远乡

三部曲

张金良 刘英民 著

山遥水遥乡梦遥

天津出版传媒集团
百花文艺出版社

图书在版编目（CIP）数据

山遥水遥乡梦遥 / 张金良，刘英民著. -- 天津 : 百花文艺出版社，2024. 8. --（远乡三部曲）.
ISBN 978-7-5306-8803-8

Ⅰ. I247.5

中国国家版本馆 CIP 数据核字第 2024S0L596 号

山遥水遥乡梦遥

SHAN YAO SHUI YAO XIANGMENG YAO

张金良　刘英民　著

出 版 人：薛印胜　　**责任编辑**：张　雪

装帧设计：刘昌凤　　**特约编辑**：李　路

插　　图：李景森　　**顾　　问**：陈现宾　蔺雪朝

出版发行：百花文艺出版社

地址：天津市和平区西康路 35 号　**邮编**：300051

电话传真：+86-22-23332651（发行部）

+86-22-23332656（总编室）

+86-22-23332478（邮购部）

网址：http://www.baihuawenyi.com

印刷：三河市元兴印务有限公司

开本：710 毫米 ×1000 毫米　1/16

字数：330 千字

印张：22.5

版次：2024 年 8 月第 1 版

印次：2024 年 8 月第 1 次印刷

定价：98.00 元

如有印装质量问题，请与三河市元兴印务有限公司联系调换

地址：河北省廊坊市三河市黄土庄镇尚庄子村

电话：0316-3180002

邮编：072750

题记

远乡

你的风华，你的柔情，日暖三春，月挂碧穹。伊人早已远去，昨夜又入我梦，忍将热泪两行，送与九天沧溟。

你的秧田，你的老井，养我育我，陪我远行。故乡早已远去，牵念寄给孤鸿，如今回身相望，古巷老树蝉鸣。

你的悲欢，你的奋争，几度轮回，化作长虹。遍寻天涯海角，踏破山水万重，誓言将你追随，无悔终了此生。

太行花

一种古老的残遗物种，多年生草本、国家二级保护野生植物，中国特有、太行山独有属种，生长在太行山的悬崖中或者林内的岩石裸露和土层瘠薄处。截至目前，原种太行花尚未发现生存报道，其变种族群缘毛太行花，近年又在太行深山区零星发现，因结实甚少，目前尚不能大量采种，养分和光照对其影响甚微，分布区域狭窄且范围日益缩减，不采取有效保护措施，将濒临灭绝。

目录

第一章 同是人中凤 同台不同命 001
第二章 桃红溢流香 古槐笑沧桑 014
第三章 利欲堪比寇 命数似魔咒 031
第四章 黎庶无余闲 阔门有奇传 048
第五章 孽业祈神护 冤苦凭谁诉 065
第六章 梨花助酒醇 深山有佳人 076
第七章 浮萍任天涯 断肠彼岸花 097
第八章 摘来香香果 梆子双重火 113
第九章 匪女做新娘 斑鸠寓流殇 126
第十章 徽州贫贱根 秦淮大梦归 141

目录

第十一章 遗诲化云烟 良田肋骨拴 161
第十二章 悲喜转瞬间 梦醒奈何天 182
第十三章 福脉云共月 歹念蛇与蝎 197
第十四章 战火并灾荒 生死两悲伤 215
第十五章 三河涌怒涛 山倾铁臂摇 234
第十六章 杏花竹马缘 弦断谁人怜 256
第十七章 大地起风雷 千年一梦真 278
第十八章 翻身秀红旗 先生赴戎机 296
第十九章 山妮自选郎 夭桃饮恨亡 314
第二十章 钢枪亮堂堂 参军种田忙 329

第一章

同是人中凤　同台不同命

“四月芒种麦割完，五月芒种刚开镰。”

忙活麦收的时节，大坡地一带叫“过五月”。富裕一些的人家或地多的庄稼主儿，会在忙忙碌碌的劳作中蒸上几笼白面馒头，境况欠佳的，也会扯上几碗润滑筋道的拽面，或烙上几张大饼——既缓解一身的劳苦，又庆贺收获的季节。再差不过的庄户，也会擀上一锅面片，在小半勺的棉籽油里，炝上一撮小山葱或小山韭，再另外调上半盆酸黄菜——火火热热的又一次轮回，便在庄稼男女的粗瓷大碗中，清清爽爽地适时到来了。

该收的早已收完，该种的还没有种上。大太阳整日熏烤，脚下的土摸一把烫手。小蚂蚱钻在草叶下不吃不喝，叫苦连天。零零星星的春庄稼弯头躬身，卷卷曲曲。

院里的七叶树下凉凉爽爽，蓊蓊郁郁的叶子苍翠欲滴。王炳中坐在树下，摇着蒲扇眯着眼，每过一会儿，用脚去点一下地上的大青砖，身下的那张藤摇椅，便前俯后仰地来回悠荡。

大太太牛秋红端坐在廊檐下，安排完长工林满仓明天的活计后，踮着粽子般的两只小脚，摇摇摆摆地荡了几个来回，头上的那些龙簪、凤钗、金铃、银坠，也快快活活地叮咚了几个来回。

在大坡地村，王炳中家才四五代人的光景，可王家却像一个吃足奶水的婴儿，蓬蓬勃勃地扶摇直上。眨眼工夫，王家人便奇迹般地人模人样起来，方圆几十里内，到处都有王家的土地。

牛秋红是漳水县人，大坡地向南十多里地便是漳水县。她娘家属当地的高门望族，本人生得也标致：银盘一样圆润的脸庞，略高的两颧，微凸的下巴。平时话语不多，却算计精准。没有读过几年书，却有一手好女红。月牙儿般弯弯的双目似睁非睁，总叫人猜不透。

去年秋天，王家的地一直按每亩四升麦种耩播。那天，计划耩播的八亩麦田，本来该装三十二升麦种，林满仓却装了四十升——多了八升。他正要给装麦种的布袋扎口，牛秋红突然站到了他身后，歪着头笑嘻嘻地问：“满仓，够了？”

林满仓登时满头大汗，牛秋红的月牙儿眼，仿佛涌出一团三昧真火，再快的腿也跑不脱。

牛秋红不知道，林满仓不是想把多出的八升小麦拿回自己家，而是因为待耩播的那八亩地土质薄，本来计划来年春季种杂粮，秋红突然改变主意让种麦，林满仓头天去地里转了转，墒[1]情不太好，而且还有三亩坡根地，石头多，不好出苗，他担心麦苗稀了受埋怨，所以自作主张每亩地多耩播一升，才装了四十升。

林满仓呜呜呃呃地正要说，牛秋红急不像急，气不像气，摇响满头铃铛，往另一个小口袋中装了十升小麦。她的小“月牙儿”眨巴两下，把小口袋给林满仓一递，漾出一缕浅笑：“这个你拿回家去，忙活了一秋天了，算个小心意。满仓啥时候做活儿都快，两手上多吐把唾沫，一晃荡，就把大西沟的两亩地也种上了——省着四两生铁再动动炉！”

牛秋红想的是：满仓你多装了八升小麦，哪能逃过俺的眼？多加两亩地的活儿你不亏——总共十亩地每亩四升，你已经装足了四十升麦种，俺的麦种耩到俺家地里，本就应该；小口袋里的十升，明明白白送给你，不能叫你吃闷心食，算

[1] 墒：田地里土壤的水分含量。

是多耩的两亩地的工钱，再不能说少；不戳破你多装麦种的事，给足了你面子，那是你赶上了一个好东家，有福！

林满仓这边想：每亩耩四升，那些好地也是前几天行，又晾晒了这么些天，就是好地这几天也嫌少，更甭说剩下的这几块赖地，多出来的那八升，拿不到俺家；你小口袋里的十升，白给俺？哪能？这么些年，不说你也没有开过几回眼，俺也没有白拿过恁[1]家啥，那十亩地，你出去问问，谁敢说一亩耩四升能行！

林满仓心里的一团火突然蹿到嗓子眼，满脸通红，不知道该从哪里说起。牛秋红在鼻孔里笑两声，颤颤悠悠地回屋了。

第二天天微微明，林满仓刚刚从圈里牵出来青花骡，已梳洗打扮齐整的牛秋红，早端坐在了二门前。林满仓气得一晚上没合眼，低声呵斥帮耧[2]的佃户盖大全："看啥！嗯？等着天上掉石头？赶紧走，快点儿扛耧套车！"

眨眼间收拾停当，林满仓叼着烟袋抄着手，赶了青花骡大车要走的时候，牛秋红追到大门口，拧着眉头低声说："满仓！听着点儿啊，这回可得操点儿心，给作务好点儿啊！那个大全，他靠住……心里头有数没有？"

林满仓坐到车辕后边，一边哼哼呜呜地应，一边在青花骡的屁股后边轻轻一捅，青花骡打个喷嚏，"咣咣当当"地驾着大车，转眼就不见了。

林满仓想了一路，这会儿的这个墒情，还有几亩石子地，唉！来年没长好，那怨水肥小土质不好，要是苗太稀，天上真能掉石头！最后，"奖赏"给他的十升小麦，到底还是给贴了进去。他把那个"奖赏"，按照亩均五升的耩播量，悄无声息地又归还给了王家。

本来要种的八亩地并不在一块儿，好劳力也够半天折腾，牛秋红又给增加了两亩地的活儿，林满仓到底累了个贼死，圆满地完成了王家的秋收秋种。

---

[1] 恁：冀南太行山区较为有特色的地方口语，应是汉字古发音较为完整的保留，舌中贴上腭再按"en"发出的那个音。你、您，你的或你们的意思。口语中有时说成"恁都"，则是专门指"你们"。马致远《汉宫秋》："恁不去出力，息生教娘娘和番……"

[2] 帮耧：辅助耩地的小杂工。

大坡地人都知道，牛秋红自来到王家的第一天起，就是算不上举案齐眉，也称得上一个贤惠得体的可人。头顶的太阳转了没几个轮回，她把满头的青丝向纂子里一绾，家里的大小事宜，就渐渐地由她定夺了。她真的如那棵七叶树一般，为王家撑起了一片绿荫。可王炳中，却感受不到那片绿荫的凉爽——他总感觉，有一只不知好歹的小斑鸠，常在大老雕的巢穴里蹬腿亮翅。

牛秋红出嫁第二年，生了儿子早来，而今早来已十岁，此后再没有生养。早来七岁的时候，王炳中娶了二太太雷月琴。

“沏壶茶来。”王炳中仰着头半眯着眼喊叫，却不知是喊叫晃晃荡荡的牛秋红，还是喊叫哼着小曲儿的雷月琴。牛秋红在北房的廊檐下坐着一把小凳子，给睡下的早来摇着扇子，刚想欠屁股，雷月琴早掂了小茶桌，端端正正地安放在了王炳中脸前。

沏上茶，他慢慢地品。雷月琴搬了一个小板凳，坐在旁边摇花扇。飘忽飘忽的香风，涌过她飞飞扬扬的刘海儿，让王炳中静悄悄地跟着享受了。

北房廊檐下的牛秋红端坐不住，月牙儿眼扑闪一阵子，抓起坐着的小凳摔了一个脆响，屁股朝向了廊檐外。

来王家之前，雷月琴在一梆子戏班唱青衣。她父亲也是唱戏出身，人生得标致魁伟，又有些文才，无论管乐器还是弦乐器，他都拿得起来，还会自编戏词，是个文武双全的青年。后来他被一位俊俏的同行看上，他们火一般热烈地做了梁山伯和祝英台，还没有等到变虫子成蝴蝶的时段，就鱼水交融地生了雷月琴。雷月琴四五岁时，同行的妻子再寻不见当年的浪漫，她接受不了戏里戏外的巨大落差，竟跟着一个挎盒子炮的大兵，酸酸甜甜地抽身去了。

雷月琴随父亲一直在戏班漂泊，耳濡目染，到十五六岁，就成了戏班里的顶梁柱，模样生得又好：粉白的面皮，秋水一般的大眼，马蜂一般的细腰。如果真的像名字一样是一把古琴，那么，谁要做了拨琴弦的那根手指头，真是一生最难得的幸运。师傅见人便夸：“丝桐合为琴，中有太古声。”引得许多同行是既羡又妒。日子本来一天天好起来，父亲却抽上了大烟。

一年，王炳中的父亲王维贵过生日那天，请雷月琴所在的戏班唱戏，雷月琴天外客一般的伶俐俊俏，一下子把王炳中给迷了个神魂颠倒。王老太爷极不情愿，但最终拗不过独苗儿子，便差人说合，不想雷月琴和班子里唱武生的石小魁早云水相依好些日子了。

无奈雷月琴那大烟鬼父亲，架不住王炳中猛砸过去的银子，他生拉硬拽辞了戏班的活儿，将雷月琴锁在家里，向闺女诉说自己的如戏辛酸："石小魁？就是西山上的那一团云，你费半天劲儿爬到跟前，也不过是一团雾，头上没顶，脚下没根，太阳出来指不定飘到哪儿，也不知道变成个啥！夫妻？——夫妻就是一条船，柴米油盐酱醋茶是船底，'执子之手，与子偕老'，最多顶个船帮，没有底的船，它过不了河！生人容易活人难，戏里戏外两重天！"

"中有太古声"的那个"丝桐之琴"，最终将"执子之手，与子偕老"的船帮撒了手，"嘀嘀嗒嗒"地上了王炳中家的花轿。

站在牛头垴上向东望，巧踞天地造化之功的大坡地村，三面拱山正面临川。王炳中正值青春亢奋的癫狂少年时，曾在大雨中攀爬到"牛头"的脖颈处，极目尽望，风雨洗涮之后的山峦河川，清新透亮得像一位浴后美人，妩媚妖娆又芳华四射，它无限风韵的精华凝结，全纳入牛头垴巅的云水万端之中了。

王炳中是第一次，也是唯一的一次爬到那里。在大坡地的历史长河中，他是爬到那里的第一人。那一次，若非撞上了绝版幸运，不用说性命，尸骨恐怕都拿不回多少来。尤其是娶了雷月琴后，除非偶然的幽梦之中，天地之间"云水万端"的清凉世界，便再也无法与他相约相见了。

王炳中忘记了北房里的那个"月牙儿"，正小镰刀一般磨得锋利。他一个激动，就把搭在椅轴上的那只软手，拉在了自己怀里——那张脸却红红地明亮起来，他向上一望，月朗星稀的苍穹上，红彤彤的一片云映亮了半边天。

牛秋红摇荡着满脑袋的铃铛，靠着往东院去的二门。两座大院，靠在那里，哪个角落也张望得到。"满仓，过来！"嗓音不太高，却藏着一股透骨寒。

林满仓提着草筛，猛地晃悠了几下：他不知道是先放回筛子，还是先到他的主人跟前去。

“这早烧阴，晚烧晴，半夜烧云等不到明，看这天儿，轰里轰隆来一场，也就是眨眨眼的事，那么大个人，总也干不了个鲜亮活儿！这种地的事，咋也不用谁教你，也不用太高的技术，又不是叫你纳日本鞋底，干点儿本分的活儿，不难！行行好，叫人畅畅快快地喘口气！”

牛秋红说的“日本鞋底”的事，大坡地人都知道，那本来不是什么稀罕事，时间久了，却变成了王家女主人的训诫词。

那是她去年回娘家的路上，远远看见一队日本兵扛着“膏药旗”，呜里哇啦地走过来，她和牵着马的林满仓便急急忙忙地钻进了路旁的高粱地。等那队日本兵看不到人影以后，他们才心惊肉跳地钻出来。她大喘几口粗气想走，两条腿却哆哆嗦嗦地不好使唤，怎么也爬不上马背，林满仓又不方便抱她上去，她爬了几次，竟累得扶着膝盖娇喘吁吁。不想这一低头，她竟像捡了金元宝一般兴奋不已：不甚宽阔的黄土路上，明明白白地拓印着一串又一串日本兵的鞋印子。

她兴奋无比地喊：“满仓，快看！快看！”

“你看，这日本娘儿们纳的鞋底，那花，要多宽有多宽，要多窄有多窄！那针脚，一般大小，一般长短，一般粗细！怪不得叫他们小鬼子，真鬼！连那日本娘儿们，都那么鬼……”

在牛秋红看来，她在十里八乡的女子中间，应该算是做一手上上等的女红了，可是，连她自己纳的鞋底，都达不到印在马路上的那种水准。

自那以后，每当诉说别人不称心的种种，这便成了一个经典的标尺——她不知道鬼子穿在脚上的，是机器压出来的胶底鞋。

林满仓双手提着草筛，低着头一语不发。牛秋红斜睨一眼七叶树，似乎比往常更加激动——她不仅动起了手指，头也跟着舞动的手臂一颤一颤，摇荡起来的满头铃铛，“叮当叮当”地响：“蛤蟆屁股上粘鸡毛，再日鬼也成不了鸟！人家日本的娘儿们，那才真叫个‘日鬼’！人家把闲来的工夫，都‘日鬼’到了正经地方！”

王炳中又一次感到，那只不知好歹的“小斑鸠”，又在“大老雕”的巢穴里蹬腿亮翅了。他真想跑上前去，一把拧住“小斑鸠”喝问一声：你县太爷打更——能不能干点儿正经活儿？

或许是他真的没有那点子胆气，只是用脚使劲儿蹬了一下地。那把摇着的椅子，猛地向后仰去，几乎要将他倒扣过去。摇椅在一个很高的角度停顿一下，又猛地向回翻，和大青砖交合出“呱吱、呱吱”的响。

牛秋红的小“月牙儿”忽然变成了“小镰刀”，寒光闪闪地照着林满仓说：“这人也是！满仓！把谷种今儿黑夜就倒腾好！耩地的牲口，就挑那些多吃不多做、攒着闲劲儿啃槽耍的！掂对好家具，赶明儿要下了透雨，立马就能上手，啥活儿都整仔细了，别总是弄的动静不小，籽又饱，墒又好，费那么大的劲儿折腾，到底也没弄出来几根苗！”

林满仓正在点头称是，牛秋红把她的“小镰刀”往袋子里一收，得意扬扬地踮着一双小脚，颤悠悠地回到了北房，“咣当”一声关住了房门。

“猪头肉！就着猪头吃麻糖[1]——腻透了！”王炳中一边悄声嘀咕，一边又去拉雷月琴的手。雷月琴猛地一抽：“啥时候叫俺也问问那些活儿好的，籽饱！墒好！她那个盐坷垃地，倒腾了这些年，到底长出了几根苗？”说罢，气哼哼地去了西房。

王炳中无趣至极，两只大手胡乱抓搓一阵，摇椅也不再摇荡。四下瞅瞅，淡青泛白的夜色无边无际。

二太太雷月琴本来是住在东院的，自从鬼子来了后，村庄里更加的不安宁。除了日伪军，那些杀人越货的、劫财劫色的、小偷小摸的，都风起云涌般此消彼长，鸽子岭上杨老歪的土匪，更是明火执仗时不时光顾。为了安全，雷月琴便和大太太搬到了一个院子里。他咬牙切齿地嘟囔：“猪头肉！死猪头！就着猪头吃

[1] 麻糖：冀西太行一带特殊称呼的一种不太特殊的食物，做法和油条基本相同，只是把面摊开后，再加上一层熬制的糖饴，成品以方形居多，和“册”字差不多的形状，炸制好后，尤其是那层糖饴，干、脆、焦、甜、香，非常可口。

麻糖……”

“猪头肉”是王炳中对牛秋红的私密称呼。在他看来，只有煮熟了的猪头肉，才是对牛秋红再精准不过的画像。她也总是一副慢悠悠的说话腔调，县太爷坐堂一般，不凉又不热。嫩油油的一张粉脸倒也真不丑，可只要她未动心，那就是一只煮熟了的猪头，一以贯之的定格形状，像她是天底下的老大。

王炳中这只“大老雕”在忍无可忍之时，向蹬腿亮翅的“小斑鸠”嘟囔过几次，“小斑鸠”也总是那么一句：“那又不是黄菜捞饭，能一碗接一碗地捂着吃。”

牛秋红说的捞饭，是大坡地一带的地域特色饭。把小米煮熟到一定程度，用笊篱捞到锅、盆里，瓦盆最好，吸水还略保温，又蕴含着泥土的原始醇香。小米捞出后用铲子压实。黄菜是用萝卜缨类的叶子或野菜，放在缸里用小米汤自然发酵的酸菜。夏季气温高，酸黄菜可以凉调，放上食盐、香油、蒜泥或葱花，配上小米捞饭吃，消渴解暑又养胃健脾；酸黄菜也可以烧油热炒，配上山韭、山葱、大蒜或大葱，最后再撒上盐，烹制出来的热乎乎的酸爽，能让每个骨头缝都舒畅熨帖。再喝上两碗饱含了小米精华、四溢着小米清香的捞饭汤，庄稼百姓的四季劳碌，就抛在脑后了。

条件具备的人家，小米捞饭做好后，捞饭汤用来煮杂面。杂面是在小麦面粉里掺了黄豆面、黑豆面、绿豆面其中任何一种面的杂合面。杂面里的麦香交融了豆香，相辅相成，相得益彰。杂面汤煮好后，在铜勺或铁勺的热油中，放入适量的山韭花，再放上食盐，“噼噼啪啪”地爆好后，把滚烫的铜勺或铁勺，“咕嘟嘟”地往杂面汤里一戳一搅，山韭花炝出的奇香，和麦香、豆香、小米香碰撞到一起，汇聚了大坡地山野灵秀的杂面汤捞饭，就再也让人忘怀不了了。

王炳中吃得起杂面汤捞饭，牛秋红却对他说“就是黄菜捞饭，也不能一碗接一碗地捂着吃”——那个女人，正如那棵婆婆娑娑的七叶树，永远蓊蓊郁郁的满眼浓荫，见不到个灿烂的时候。

北房和西房都熄了灯，王炳中自觉无趣，顺手拿起一张凉席，上房顶睡去了。

四周绵延的群山，夜色中黑魆魆的幽深。多半边月亮，张望着满天星辰，大海一般深邃的夜空，宁静得吓人。三百台炮楼那边明明灭灭的闪烁，像飘忽着的几点鬼火。王炳中孤独透顶。

王炳中的家，位于大坡地村的最西头，是整个村落的最高处，站在房顶上，几乎可以眺望到村子的全貌。那几个硕大的院落，欹枕着连绵起伏的群山，交映着浩浩荡荡的巍峨。每当站在自己高大的房顶上，他的心中，总会蹿升起一股俯视万物的昂昂豪气。

王炳中在房顶上刚刚入梦：他拧着牛秋红的一只耳朵，问："你是不是一块猪头肉？你能不能舒心惬意地给我笑一个？你能不能不再去半夜蹲窗台？……"

远远的山那边忽然传来几声闷响，眨眼工夫，东飞西窜的闪电，横七竖八地编织成了网。他一个激灵翻身坐起，看一看下边的院落，黑洞洞的一片，望一望轰里轰隆的天空，似有千军万马呼啸而来。

大雨点一阵紧似一阵地砸下来，他才卷起凉席，站在房顶冲着院内喊："喂——喂——听准点儿，看清点儿，手脚麻利点儿——给你——接着！"

他本想根据以往的经验，哪个太太接住他的凉席，便到哪个屋中安歇。不承想下面的两个，端午节的蛤蟆一般，全都音容不见了，只有隔着窗棂巴瞪着的四只眼，却不曾出来一个人！凉席"扑通"一声，砸落在了院子里。

王炳中从房顶下来后，把无人收拾的摇椅、茶桌、茶壶、茶碗、茶凳、丝帕、花扇，磨磨蹭蹭地收拾到大门楼里的走廊中，心中热切地企盼能有一扇"吱呀"打开的门。等了又等，竟连一盏点亮的油灯都没有。不一会儿，倾盆大雨便"哗哗"地瓢泼而下。

"哗哗"下着的大雨，似乎没有停止的样子，王炳中来回踱着步，憋屈难耐又火烧火燎。他想着，总会有一把接他安歇去的红雨伞。等来等去，到底也还是芒种的麦子——黄了。

王炳中没有别的去处。王家不常用的贵重物品，都放在东房，包括牛秋红娘家的丰厚陪嫁，全在那里存放着。自从牛秋红当家做主后，东房就成了她的私房，王炳中也没有开门的钥匙。南房倒也不小，原是王家的待客厅堂，也兼用作收租放贷的账房，王家的往来账目全在那里保存，除了牛秋红，别人一概进不去。日子不太平之后，钱粮类的经营活动、迎来送往的客人，都少了很多，小打小闹的事，也就不值当打开那个门。东院和西院就是晚上不上锁，让哪个知道了也不合适。

过道里的地面已被雨雾溅湿了小半个，王炳中腰酸背疼，在靠墙放着的长条板凳上躺下，又过了很久之后，才头昏脑涨地迷糊起来。

天将明，王炳中才懵懵怔怔地被牛秋红叫醒："哎哟哟！这老天爷！怨俺睡得太早了，俺寻思，这再心狠的妖精，就是不用了，也得给收留一小会儿不是？要不就是闪了腰，叫人家给撵出来了？哎哟哟！这儿睡得舒坦？那就明儿黑夜还来这儿睡……"嘴里说着，一只手在他的后脑勺上抹了一把，一只手把他的臂膀拽了，拖曳孩子一般往北房拉。

或许是她比王炳中大了三岁的缘故，她自从在"女大三，抱金砖"的祝福中来到王家，最为亲昵和疯狂的举止，便是在确信四下无人之时，偷偷摸一下他的后脑勺。她或许真不知道，她这个特别具有母性的亲昵表达，却往往使她的男人很反感，比大老鼠捋了小花猫的胡须还难以忍受。

王炳中被牛秋红拉拽着向北房走，脚下被雨水冲刷过的大青砖，蓝莹莹的鲜净。或许是牛秋红搽了什么香粉，一股淡淡的香风，袅袅地四处飘曳。王炳中抽出胳膊双手一背，鼻孔里吭吭两声后，把眉头拧了起来。

牛秋红嫁过来之后的头三两年，也真是花朵一般地闪亮耀眼，拿捏起来，大坡地村怕没有第二个。生了早来之后的这几年，她常常是肥大的偏襟大褂罩身，晚上又早早地吹熄了灯盏，听进耳朵的无韵，看到眼里的无色。尤其是娶了二太太之后，声、色、味俱全的雷月琴，让王炳中的眼、耳、鼻、舌、身，一下子生动起来，从此之后的牛秋红，慢慢地变成了一壶凉白开，喝口也行，不喝也罢，反正无色无味。

牛秋红站在镜前开始梳妆，一肚子闷气的王炳中，竟突然躁动起来：今日的"小斑鸠"换了装扮，粉红夹带黄花的对襟短袖小褂，翠蓝色的长裤；两只手去整理头饰的时候，宽袖向下滑，露出两截脆藕般的手臂，高擎着的两只臂膀，把丝绸的小褂子向上揪，张张扬扬地撒播下一片春光来。

林满仓已从外边担水回来，榆木扁担伴着他“咚、咚”作响的脚步，“吱呀，吱呀”地叫。

在那张长板凳上也真睡不好，王炳中又小眯一会儿才起来洗漱了。他一边用篦子篦头上的碎屑，一边审视镜中的形象：宽腮、大鼻、阔下巴一如既往，粗壮的臂膀和厚实的胸膛，张扬着傲视一切的豪勇。望着那张熟悉又陌生的面孔，他从鼻孔深处哼了两哼，自觉有一股昂昂豪气，从脚跟蹿向头顶。

天已大亮，那棵七叶树经过了雨水洗涤，更加的浓郁苍翠。王炳中正准备抬脚出门，林满仓扛着镢头，从大门外回来了，一脚的泥水和湿了半截的裤腿，拖曳着庄稼主儿的殷勤和田野间的讯息。

他跺一跺两只脚后，手扶镢把在院子中央向北房禀报：“昨日黑夜的雨，是从西边过来的，大西沟、马鞍地那边下透了，要耩谷子就到明儿了；东湾的雨，下了四指多点儿，浸湆浸该能成，要不就种上黄豆，省墒；北岭下得大，墒好，后晌就能进脚了……”

雷月琴“吱呀”一声推开了半边门，听见林满仓又在说墒的事，已半开的门扇，“咣当”一声又关上了，紧接着，屋里响起摔东西的“叮叮咣咣”声。

牛秋红好像没有看见，也没有听见。“马鞍地那边，前晌就能耩了，净是些石头沙土，不沾脚。”牛秋红一边说一边向院中走，“赶紧给牲口多加些料，给廷妮儿说，给人也整些顶饥扛饿的，这几天苦沉……”她一边安置应声作答的林满仓，一边拐向了东院。

在王炳中家，小到三餐的饭食、每个人的换季衣服，大到家庭的收租放贷、礼仪往来，都是牛秋红一人安排。她的记性也特好，什么地方有多少地、种什么，什么时候该耩、该锄、该收割，都念账本一般的清楚。除了长工林满仓，她是每天清早起床最早的一个。天色微明她便梳洗打扮得齐齐整整，然后将她的筹措计划一并安排，至晚饭用罢，便向做活儿的一一要账。她尽管有一双颤巍巍的小脚，却总会突然出现在某个田间地头，查工看活儿之外，再带去些不痛不痒的问候，静峦寺撞钟的僧尼一般，殷勤而执着。

她刚到王家的几年，着实让王炳中大吃一惊，可日子久了，她也就成了静峦寺被撞响的大钟。她永不间断的执着和殷勤，尽管是不可或缺的存在，王炳中却呼吸到肚中的空气一般，都在漫不经意之间滑了去。连她那个渐行渐远的曼妙绝伦，王炳中再也没有想起来的时候。

牛秋红走了后，王炳中慢慢地踱入西院来。西院和他住的中院有侧门相通，再往西是王家的花园，一直通到西山脚下，共计三十余亩的样子，王维贵每天早起在那里打南拳。

王炳中不愿打搅父亲的雅兴，来到父亲住的北房。廷妮儿正在打扫，把已掉漆的罗圈椅和八仙桌擦拭得干净而透亮。见王炳中进门，廷妮儿笑嘻嘻地搬来一个小方凳。

廷妮儿二十大几近三十的年纪，听口音好像是山东人。鬼子到来的那一年，不知是随着鬼子，还是随着逃难的人群，一个人来到大坡地，精神时好时坏，吃饱了或困极了，便睡在石碾街的北圪台儿上。天冷的时候，蜷缩在打烧饼或炸麻糖的炉子旁；天热了，就躺在石碾街的大槐树下。间歇性的疯病厉害时，会从尚官道的西头到夏官道的东头来回疯跑，跑累了之后，手抓一团黄泥站在北圪台儿上，跷起一条腿，大声地喝叫："谁要？谁要？不要白不要！"然后把那团黄泥糊到个什么地方。

看着哄笑的人群，廷妮儿会跑到人群中，用手戳指着问："你是小鬼子？——不是？那你是小鬼子？小鬼子等着，等着，等俺拿把大剪子，一截一截，给你铰掉！"

她嘴里喊着，把两个指头变作剪了形状，冷不丁地向人的裆里猛一伸，然后哈哈大笑着嚷："哇咦——铰掉了，铰掉了！叫你小鬼子下辈子也不能生养……"

小孩子只要见到石碾街的疯子，往往会手捂裤裆抱头鼠窜。

她的疯病轻一些的时候，也会将破烂的衣服穿戴齐整，给卖烧饼的拾把柴，给小炉匠扇扇风箱什么的。有人问起的时候，她除了知道自己叫廷妮儿，其他的一概不知。北圪台儿那个不可或缺的乐园，或许是被她搅乱了，有人给廷妮儿指点到了王家。自从在王家的大门外，吃了两碗杂面汤捞饭后，她便撵也撵不走了，尤其是见了王维贵，更是言听计从。

去年正是精神不太好的时候，她一个人在东河滩，撞上几个日本大兵，箭也似的蹿上去又抓又挠又咬，结果被打得血肉模糊人事不省了。人们都以为她死了，谁知经过猛然的一场大雨一浇，竟又活了过来。清醒过来之后，反倒发病的时候少了许多。一直也没有人找寻，她便待在王家不走了，有房住有饭吃，倒也将就了一个苦命的女人。

王维贵居室的北墙上，挂着一幅中堂画，画中一丛刚硬似铁的老梅；一旁的山石上，站着一只半闭着双眼的老鹰；一条杨柳依依的大河，河对面一美人，正掩面回头张望；河中一艘画舫；落款为史云烟，并有题画诗：

江南烟雨润香罗，豪气常为秀气夺。
红尘多少兴衰事，汇入秦淮百味河。

王炳中不太懂画，但父亲却视之如命，是件许看不许摸的东西。

第二章

桃红溢流香　古槐笑沧桑

头天晚上睡得早，王炳中早早地醒了，抬头看看窗外，月朗星稀，桌子上那盏羊皮罩子灯，倒格外鲜亮。牛秋红的妆饰“叮叮咚咚”地打闹着，一头的乌发，被脑后的纂子收拢得紧绷而平整，油灯的照耀下，几个闪闪烁烁的光点，出溜出溜地来回蹿。

王炳中说了一堆好话，牛秋红顺手从衣柜里拉了一身衣服，往身上轻轻巧巧一披，一个鲜鲜亮亮的可人就出来了。他本想细品味一下那个逸风雅韵，不想牛秋红转个身就卸了妆——不到三十岁的年纪，大都是一副不养眼的装扮，淡蓝色的府绸偏襟大褂，褪了色的黑裤子扎住了裤口，看上去鸡腿一般。

“啥时候能不去敲那破钟？”王炳中嫌牛秋红起床太早，比静峦寺里撞钟的僧尼还殷勤。

牛秋红边拉门闩边说：“不去‘敲钟’也行，要不拆了寺，要不拿根麻绳，把那些吃饭的嘴都给缝起来。”说完，在王炳中的后脑勺上抓了抓，还拍了拍，又忽闪了几下“月牙儿”，才扭身去开门。

王炳中打个长长的呵欠刚要闭眼，牛秋红忽然尖叫一声。王炳中从炕上猛地一跃跳下来，他以为又来了抢劫的土匪或者盗贼，开门时，顺手抄起了门旮旯里的一柄钢叉。

“哎嗨！后悔死了，看了场啥破戏，文武场差点儿使死，可惜，那角儿，功夫也忒差劲儿，踩不住鼓点也和不上弦，连个过门都走不好，砸了文武场也没用。看咱，仓七七七七——才——才——才——哐……”

刚闪到西房门前的雷月琴，嘴里一边“仓七七七”着，一边踩着小碎步，一扭一跃进了西房，“吱呀”一声关上了门。

牛秋红一手扶着门框，捂着胸口说：“行！行！行！小妖精，学会半夜起来圪蹴[1]着走了！看，看，看，这回可真高兴了，这回可叫那满大街的人看西洋景吧。你也真是，除了那些描脸画屁股的，那妖精打架的活儿，谁会！”

王炳中挥一挥手，扭身将腿跷到玫瑰椅的扶手上，噘着嘴说：“当大的不正，当小的不敬！跟着好人学好人，跟着师婆子[2]下假神！”

牛秋红扭过身来，那样子，是想再摸一下他后脑勺，却扭捏一下没有伸出手来，歪着头哼了一声后，晃晃荡荡地出去了。

天微微发亮，王炳中洗了脸，到西房看了一眼，雷月琴脸朝里在床上歪着。王炳中出了西房门，到东院厨房，告诉正在烧火的廷妮儿照看早来，回头抄起那根檀木拐棍，气哼哼地出了门。

王炳中出了大门向南，过了尚官道口南行后西拐，便到了尚官井，井上早有人“咣当、咣当”地摇了辘轳绞水。

尚官道和尚官井，据传是明朝的一位姓尚的官员领头建造。传说为迎接皇妃省亲，自村西头至村子的正中央石碾街，平平整整地修出一条宽阔的官道，道路的中央，全部用三尺宽、丈余长、尺余厚的青石条铺就，青石条的两边，用红石块拼砌出各色图案。因大坡地一带饮用水稀缺，姓尚的官员拨专款掘出一口深井。后来接任的姓夏的官员仿效前任，又修了石碾街到村东的官道，在村的东南角也掘了一口深井。当地百姓为纪念他们，将两条大道称为尚官道和夏官道，两口井，

[1] 圪蹴：方言，读gējiu，蹲着或半蹲着的意思。

[2] 师婆子：巫婆。

分别称为尚官井和夏官井。

王炳中拿在手里的拐棍一会儿拄着，一会儿抄在手里，踱着方步，左顾右盼一路向西。那条黄土夹杂着石子的土路，只有一驾马车的宽度，经雨水的冲刷后变得沟沟坎坎。左弯右拐的缓坡通到西山根下，依山而上翻过两座坡，便看见半山腰上的静峦寺了。

路上来来往往的行人，扛着耧的，牵着马的，赶着驴的，提着种子掂着锄的，身背孩子手扬鞭的……一片繁忙景象。风风火火的庄稼主儿，有的和王炳中点头哈腰打招呼，有的低着头匆匆而过。对那些打招呼的，他从鼻孔中哼一声算是回应，点点头或扬一扬手中的拐棍，是回答那些看得上眼的主儿。

红彤彤的太阳爬过树梢，那条被踩踏得油光闪亮的山石道，他又踩踏一遍后，就到了静峦寺跟前。

崇山峻岭之间的静峦寺始建于明代，据说也是为迎接皇妃省亲而专门修建的，或许从那时开始，静峦寺里只有比丘尼居住。寺院坐北向南，山门的东西两边各有一棵银杏树，灰褐色的树皮崩满了横横竖竖的裂口，硕壮的树干，两人合围粗细，主干之上的横干，向四周开放生长，以至两个树冠相拥相抱交织在了一起。两棵树一雄一雌，每到秋末，一棵树上挂满疙疙瘩瘩的银杏果，另一棵则是闪亮的一片秋黄。

王炳中本来憋闷异常，想去瞧一眼寺里的几位俏尼僧，抬头看见一个满身桃红的女子，被一个男人牵搭着，欢喜雀跃地向后山走去，一扭头的工夫，便到了山崖的那边。小女子窈窕的风姿飘逸脱俗，头顶上的阳光一般，灿烂而清爽，热烈又妩媚。

王炳中一激灵之后，忽然精气神十足，猫捕鼠一般屏声静气又穷追不舍，煞费心机地折腾了小半天，到底也没有看清，那个满身桃红的女子，究竟是一副啥眉眼。最令他懊恼无比的是，逍遥在那个“满身桃红”左右的男人，竟是村东的边世喜！那真比别人家的牲口恣意啃咬践踏了他家的庄稼还要忍无可忍。

大坡地村数得上的大户人家，除了王炳中家，便是村东头的边家——边世喜家了。边世喜比王炳中大十多岁，近四十岁的年纪，论同村乡亲的辈分，王炳中平时管他叫叔叔。

王炳中最看不惯的，便是边世喜那一身滑溜溜的粉气，望着他披了一身春风的背影，王炳中真恨不得跑到静峦寺去，将天王殿护法王的利剑借来，咬着牙跺着脚，比在他的细脖子上，然后猛地一挥，将那个自称“命犯桃花”的贱头，砍向静峦寺前的深沟去。

太阳升到半空，王炳中兴味索然地向回返，将到老虎洼沟底，忽听到一阵悠扬悦耳的歌声：“头一回瞧你来呀，十里路途，过了一道河呀，转了个沟沟，爬了一道山呀，累了一头汗，走到你家门口，心怦怦跳呀，脸蛋蛋烧呀。第二回瞧你呀……”歌声如泣如诉的苍凉辽远，直冲人的肺腑，像失群的小鸟呼唤同伴。

王炳中第一次听这么个调调，他忽然感觉，是不是哪里闹鬼祟？刚刚一想，一股凉气便从脚底直冲头顶。

老虎洼的尽头是一片荒坟，岭那边的鬼沟子，也是妖狐哭、厉鬼笑的一个所在，沟里七零八落的大牌坊依稀可见。沟的尽头，是曾出过妃子的老王姓的祖坟，沟口据说还埋过一个朝廷的太监。平时一般人很少去，半夜里敲锣打鼓、唱小戏、说大书的事，虽没有几个人真见过，却有不少人都说过。

王炳中看一眼明晃晃的太阳，仔细听确实是一个女子在唱，便蹑手蹑脚地向前找，隐约看到一个人的头顶，他悄悄地在一块大石头后边蹲下。好长一会儿又没了动静，他稍稍地探出头去，看见那个“满身桃红”，舒心惬意地在边世喜的腿上坐着，半勾着边世喜的脖颈，哼唱着撩撩拨拨的小曲儿。

王炳中真想一个飞跃跳下去，即使不能和捶打那头花斑犍牛一样，把边世喜砸上一榜镢，也总得踹上他两脚才舒坦。

王炳中家西边的花园，当时还没有圈围墙，时不时地有人去里边放牧。那一年，放牛的孩子把牛群赶到了里边。牛群里有边世喜家一头花斑犍牛，有王炳中家一头黑斑犍牛。当时正值春花落、夏花发，是孕育牛后代的好时节。王炳中家的黑斑犍牛，体魄壮硕、威武英俊，两只弯弯的大犄角张扬有力，像高擎着两柄霸王鞭，长嚎一声，哪头犍子也远远躲，哪头犉牛也紧紧跟。当时，黑斑犍牛正和一头黄犉牛相好，边世喜家的花斑犍牛，和边世喜一样的不自量力且顽劣不堪，被黑斑犍牛连拱了两个跟头。王炳中远远看着喜不自胜，满怀的勇武比黑斑犍牛还要阔壮。

不想边世喜的花斑犍牛贼刁，远远地跑了一圈，转回来从后边隐蔽偷袭，黑斑犍牛正要回头教训，边世喜不知从哪里突然冒出来，夺过放牛娃的鞭子，死命地抽打黑斑犍牛。他的花斑犍牛借机发势，一个空当上去，把黑斑犍牛从山坡上撞下来，肚子上给划了个窟窿。过了没多长时间，黑斑犍牛就死了。

王炳中几次想找边世喜赔偿，他的父亲王维贵死活不让，慢吞吞地说："人欺负了畜生，再大的事也是小事；人欺负了人，再小的事也是大事。跟畜生有关的事，做不得。"

王炳中很是不服：这老太爷，大道理真多，"大事"不让干，咱就不干，可这"小事"咋干？他耿耿于怀了好一阵子，终于茅塞顿开：边世喜不就是一个畜生？跟他个畜生较一回劲儿，"再大的事也是小事"。想明白了后，他故意给边世喜找了几回麻烦，可边世喜这个假畜生，比真畜生精明多了！无论王炳中如何挑衅，屁也不放一个就跑远了，气得王炳中，连件"小事"也没做成。

他到底等来了机会，欺负了一回真畜生，不仅把那件"小事"干成了，而且，还干出了一身豪气。武二郎肯定比不上，他干的是一头牛。

去年秋天，场光地净的日子，儿子早来和林满仓一起接牛回家，眼看时候不早了，两个人却没有回来，王炳中便去接。向西刚过了尚官井的大坡，远远地看见了一群牛过来，前边的两头牛踢踏踢踏地跑，荡起满路的烟尘。林满仓背着早来抡着耪镢，吆吆喝喝地捶打着后边的那头牛。走近一看，原来是边世喜家的花斑犍牛，正在追赶王炳中家的另一头犉牛，花斑犍牛哩哩啦啦的一嘴黏涎，一路的不舍不弃。

王炳中怒气冲天，夺过林满仓手里的耪镢，两手攥紧镢把，抡圆了之后，向花斑犍牛的两只犄角中间死命砸去，只听“噗——”的一声，花斑犍牛“扑通”一声倒下了，四条腿挺得笔直，嘴唇向上翻，牛头向后仰，两只大牛眼溜圆，却看不见黑眼珠子，满嘴白沫，浑身抽搐。

林满仓瞪着眼张着嘴，浑身颤颤着不知如何是好。趴在林满仓背上的早来，突然“哇——”的一声哭叫起来。王炳中扔掉榜镢抱起早来，一副无所谓的样子：“不哭，没啥，恁爷爷说过，欺负一头畜生，大事也是小事。怕啥！那头贼牛，跟它主家伙着一个祖宗，皮肉都不值钱，阎王爷懒得勾它名，小鬼烦得不拿绳！拾掇了他个狗日的，咱那是替天行道！”

不想放牛娃飞也似的叫来了边世喜，王炳中喊叫时，边世喜正从坡下走上来，把他的话听了个一清二楚。也是忍无可忍，边世喜拉开了拼命的架势，一路吼叫着向王炳中奔了去：“小贼羔儿！才刚刚吣的啥？再嘟噜一遍俺听听，叫俺也开开眼，看看你小蚊子咋着衔秤砣！”

王炳中放下儿子，不紧不慢地又抄起那把榜镢，笑眯眯地比画着躺在地上的牛说：“你跟它煮到锅里，还就是一个味，今儿一齐拾掇了算了，也替那些少脓没血的受气鬼出口恶气！来来来！今儿咱就比画比画！”

边世喜登时站住，看看地上浑身打战的牛，再看看人高马大的王炳中，两只瘦肩膀向上耸了耸，哆哆嗦嗦地指着王炳中说：“好汉不给牛置气！你——你——打狗还看主人面呢！你——杨老歪的队伍！——俺找恁爹说说去！”边世喜一边说，一边跺着脚走了。

边世喜的那头牛哆嗦了一阵子后，竟“哞——”地叫了一声，摇摇晃晃站起来，又“扑通”一声倒下去，反复几次后，颤颤巍巍地站稳了，又过了一会儿，醉酒一般地梗着脖子，竟趔趔趄趄地走了。林满仓舒一口长气，说：“这牲口就是壮，比人壮，怪不得人说，牲口都有七条命——真壮！真壮！”

后来边世喜找了王维贵，作为补偿，扛走了半布袋棉籽饼。

王炳中这两天本来不高兴，尤其近两日，家里的两位太太，一日胜过一日地角力掐架，甚至连他这个家庭主子的冷热温凉，她们都顾及不到了！他感觉，自己的每个骨节间，都四蹿着一股无可名状的滚烫，那股滚烫，既安抚不住又无处释放。原本花朵一般的两个女人，却像是三九寒天的漫野上，点燃起来的两堆篝火，让靠上去的人，胸前边烈焰灼心，后脊梁冷风穿背。

今日，他本想到静峦寺这边转一转，撞上哪位法衣加身的俏尼僧，也好端详一下养心养眼的世外清凉，换一换七窍冒烟的愤懑心境，不想撞见了边世喜的这个勾当，就开始恼恨，大清早撞见了这样的霉事。他思谋着，得先破破再说。于是和了一团尿泥，从旁边摘了几个蓖麻叶，包了一团湿漉漉的东西向堰下扔去。

不承想下边的两个人早听到了响动，他扔下那团蓖麻叶时，边世喜已拉着“满身桃红”，兔子一样地跑了，王炳中只看见了两个摇摇摆摆的屁股。

他一边拍打着双手，一边怅然若失地向回走，“满身桃红”的那个荡魂销骨的音韵，在心头久久不散。他虽然没有看清楚“满身桃红”的脸，只那个穿心透肺的韵律，就能想象出“满身桃红”的俊美模样，心中就更加忌恨“花斑犍牛”。

想起那个颇为潇洒的一击，他的身心又有些亢奋——边世喜那身贱无可比的狗骨，和晃荡着爬起来的花斑犍牛，差不了几分毫。他想，边世喜肯定看清了自己，那个耀人眼的“满身桃红”，说不定也瞥见了他的宽腮、大鼻、阔下巴，他比边世喜那可英俊勇武得多！于是又有些得意扬扬，随着涌向心头的欢快，他下定决心，晚上要到西房睡。

王炳中从家里出来时撑胀着满肚气，饿了之后才想起来没吃早饭，正要急急地往家走，回身看见两个小尼僧，从寺院的地里一人割了一篮青菜，正低头快步向寺中去。小尼僧年岁不大，面貌清秀，小步快走。王炳中突然阴阳怪气的一声吼，还兴味十足地将那个紫檀木拐棍在头顶呼呼生风地抡了几圈。待他回头看时，一个小尼僧斜着脸，冲他这边啐了好几口。

不知不觉来到村西的马鞍地，一块又一块苍黄的土地，高低交错又叠叠加加，三三两两的人，穿梭如织般地忙碌着耕种。自从去年又买下一块后，他家的地在这里就连成一片了。远处两个人正在耩地，他一眼就认出了自家的青花骡子，那是那匹大红马前年生的，是一匹十足的马骡。

母马和公驴的后代叫马骡，一般个头儿大力气足；母驴和公马的后代叫驴骡，多数个头儿较小，力气比驴大而比马小。

王炳中看见自己家的青花骡子，无比的自豪在心中油然而生：他家和边世喜家一样的马骡，自己家的，却比边家的那头整整高出半个身子，真是天晓得！边家的马骡，怎么就变成了驴骡！

林满仓扶着耧，和他帮耧的是王家的佃户盖大全。他不时吆喝着牲口和牵牲口的盖大全："吁嘘！吁嘘！吆吁！——逮逮。""吁嘘和吆吁"是叫牲口，"逮逮"是说盖大全，合起来的意思是：向左走点儿，拉紧笼头。

三条腿的木耧随着林满仓的左右摇动，"咕里咕咚"地向前涌动，耧铧划出三条不深不浅的土沟，耧腿上紧挨耧铧的三个漏口，随着摇晃将种子均匀地播入沟内，拴在耧腿上的泼拉棒[1]，跳舞一般地上下欢跃着，欢跃的过程中，不仅能把耧铧拌起的部分坷垃打碎，还能把耧铧划到沟外的土，重新添回沟内盖住种子。

"喔哈！喔哈！喔！喔！——推着点儿"林满仓又在呼叫，这次却正相反，意思是：向右来点儿，推住骡子头往右走着点儿，已经向左偏了。

林满仓是一把种地好手，如有一个好牵牲口的，他耩出的地不仅出苗均匀，而且耩出的垄背和垄沟，如尺子划出来一般匀称而笔直。

林满仓祖祖辈辈大坡地人，早年间，他"千古遗恨"的父亲先被人打了个半死，后输了官司，凄惶地告别自己的贫寒家境时，除了留下年仅五岁的林满仓，只给满仓娘留下一条"千古遗训"：屈死不告状，饿死不做贼；有人不算贫，没人贫死人！

"吆吁——嘚嘚儿——嘚儿——"每当林满仓嘴里开始叫"嘚嘚儿"时，那匹青花骡子便会伸长脖子低下头，四蹄一扬向前猛蹿。林满仓的吆喝声，耧铧撅起黄土的"咔咔"声，耧斗里种子翻滚的"唰唰"声，青花骡时不时的"噗噗"声，搅和在一起后，像演奏着一曲原始歌谣。

青花骡滚圆溜滑的屁股，闪耀着汗津津的光，粗壮的尾巴，"啪嗒啪嗒"地

[1] 泼拉棒：一根质地沉重的粗木棍，长短和耧宽差不多，绑在耧后边用来打坷垃和盖种子。

驱打着屁股上的蚊蝇。林满仓斜着身子，不慌不忙地摇晃着耧把。种子在耧斗里上下翻滚，发出“唰哧、唰哧”的声响，种子顺着耧斗后面的四方小孔，源源不断地滚落到三条耧腿里，再均匀地播入黄土地中。

王炳中想扶住耧把试试，看了几眼却没敢动手。在他想来，那耧把抓在林满仓手里，就是雷月琴唱梆子戏甩出去的水袖，随心所欲又得心应手！若是换到他手里，那绝对变成牛秋红非常时刻的那脸“猪头肉”：眼不睁眉不皱，张嘴也是条死舌头。

看看日近中午，王炳中忽然想起，要到石碾街林先生的学堂接儿子早来，那是“猪头肉”昨天晚上再三叮嘱了的，便和林满仓打声招呼走了。

踏上尚官道时，他才将那根紫檀木拐棍，认认真真地拄在手里。雨水冲刷后的街道更显一番清新，官道中间的青石条光滑如镜，无论贫贱富贵，也无论雨雪风霜，将踩压过它的一切全部送往永恒。

石碾街是大坡地村的中心，因在东南和西南角，各有一个碾米的石碾而得名。石碾街二十余亩大小，周围全是货店，县城里有的东西，多数在石碾街都可以买到，而且还要便宜一些。街的北边，是一排比肩接踵的大商铺，门前垒起了长长的石台，人们习惯称作“北圪台儿”。

北圪台儿丈余宽的样子，修鞋的、拴簸箕的、吹糖人的、打烧饼的、炸油糕的、卖凉粉的、摆象棋摊儿的，吃的、穿的、用的、玩的，祖传绝活儿和现学现卖，应有尽有。那些租不起门店的小手艺、小买卖都聚在那里。每逢冬季，那排高大的商铺遮住了呼呼的北风，北圪台儿上只留下一片温暖的阳光，冬闲无事的人们，便聚在那里消磨时光。

多数人有事无事，都愿意到那里转一转，看一看，山南海北的新闻逸事，都在那里汇集：谁家添了驴骡，谁家买了土地，谁家起了新房，谁家生了儿女，谁家老了爹娘，谁家娶了新媳……甚至谁家籴了多少米，谁家粜了几斤粮，那里的人们似乎都一清二楚。弄不太清的许多事情，只要去北圪台儿坐上半天，多数时候也会找到答案。

街的东西两头，各有一棵粗壮的古槐，碧绿参天的树冠，酷似两个巨大的华盖，两棵树均有三抱粗细的样子。北圪台儿上的白胡子老头儿，曾问过他的白胡子爷爷，他白胡子爷爷也不知道栽种的时间。

不知什么时候，北圪台儿上有人说，那两棵槐树有仙气，东边的那棵树如果长得好，石碾街以东的人家便人财两旺；西边的那棵树要长得好，街西的人便人顺财丰。于是街东和街西的善男信女们，便络绎不绝地在大树上绑红布，并且在树下各垒起一座二尺余高的小庙，重大节日也燃起虔诚的香火。街东面并排着两栋二层小楼，一家是王炳中家的烧锅酒楼，另一家是边世喜家的洋货铺，也是大坡地村最豪华的两家铺子。

烧锅酒楼是进门后的内楼梯，中间有气势宏大的天井，瓦扣的房顶和蓄水的池，有些类似江南的建筑。一般有些脸面的人才进得来，吃得起，一般的百姓，也只是从门口路过时，探着身子朝里面瞅上几眼，其实也看不到什么，只能看见：侧面有一个油光可鉴的柜台，冲门是一扇木质屏风，上面雕刻了四个惟妙惟肖的仕女。可惜的是，楼里和楼外的人物风情，不过相距一步之遥的同一方天地，那四个栩栩如生却永不言语的仕女，却把两重世界构筑开来。

那些好奇的人，有时也驻足听一段里边的小曲儿，碰不巧就会遭到厉声呵斥："咋咪？想吃撤桌？""撤桌"是客人吃剩后撤回来的饭菜。

有些偶然坐进里边，气气派派地吃了一顿的主儿，往往成了北圪台儿上讲新闻的中心人物。常来常往的那些主顾，多数时候是一边抹了油光光的嘴，一边绅士般地和送行的俏女人们挥挥手，耷拉着眼皮，斜睨一眼北圪台儿上闹哄哄的人群，坚挺着一肚的豪迈摇荡而去。

边世喜的洋货铺是吃、穿、住、用的一应俱全。边家的路子宽，进货的渠道也广，从外国的洋火、洋盆、洋油、洋布，到东北的老山参和南方的古香缎、克利缎、妆花缎，还有新疆的和田玉、西藏的冬虫夏草，以及缅甸的翡翠、东海的珍珠……东西一排排码放得齐齐整整、满满当当，谁家给媳妇买了块洋货铺的双宫绸，也是家庭走向富裕的表现。

北圪台儿的西北角，是林先生租来的学堂，临街的门面被人租去专卖粗布[1]，院里的三间才是学堂。

粗布店的门口有几个人正在下棋，正好乘了大槐树的阴凉。卖灌肠的瘦三在一旁蹲着看，远远看见王炳中过来，笑嘻嘻地站了起来。

瘦三十八九岁的年纪，父亲去世早，只留下弟兄两个。他一身凹凸无致的骨头，细长细长的脖颈，青筋暴突的脑袋，乍一看那颗头颅，像是安插在肩膀上的一个其他什么东西。

他响当当的大号叫白运昌，因为算上夭亡的两个，他是第三个，又长得精瘦，所以叫了瘦三。他那个白运昌的名号，大坡地人知道的没几个，或许只有到了百年之后，在灵柩前边写祭牌时，也才会用那么一用。

不知什么原因，王炳中和瘦三有着天生的渊源——两个人见面就高兴。他漫不经心地端详着那两个瘦肩膀，没话找话，让瘦三大热天给他煎灌肠。瘦三抄着同样精瘦的两只胳膊，撇了撇嘴，继续看下棋。

真正的灌肠又称“香肠”，是有钱的富贵人家才买得起、吃得起的奢侈之物：把精选的驴肉剁成肉末，加绿豆粉芡、小磨香油、名贵香料拌老汤调成糊状，灌入驴肠衣内，封口后蒸至熟，再用精选的松、柏、果木熏烤。

荞麦面搅成糊蒸熟后，起码在颜色上和灌肠内的填充物，有着差不了许多的颜色，或许是因为条件差些的百姓人家，驴肠衣内没有太充足的驴肉末可灌，抑或是因为偷工减料的黑心门店，故意以次充好，掺了一些荞麦糊灌了进去。千真万确的是，荞麦面和驴油结合之后，会生成别样风味的奇香，驴油加荞麦面的百姓灌肠，亦慢慢传开，深受人们喜爱。

瘦三的灌肠，早轮回成了另外一种品质和形状：主料为荞麦面，面里放上盐及其他作料后搅成糊状，放到笼屉里蒸熟后即成一个大圆坨，再把这个大圆坨分割成手掌大小的小方坨。需要吃的时候，把这个小方坨放在手掌上，用小刀削成薄片，然后放到铛锅里，用上等的驴油煎，蘸上不加盐的蒜泥水吃，别具一番风味。

[1] 粗布：手工织的土布，因布线较粗，俗称“粗布”。

村庄里的买卖人，为了和香肠类的上等灌肠加以区别，有人在奇形怪状的招牌上，常常把“灌肠”写成“贯掌”或“灌掌”。

因为加了蒜泥的灌肠才有其独特风味，所以在气温较高的季节，吃的人不多，灌肠也就成了地方区域内的时令食品。王炳中说的时候，瘦三以为是在跟他开玩笑。

王炳中的心性，就像北圪台儿上那一溜商铺，何时开张，何时闭店，全由自己说了算，尤其在众多的大坡地乡邻面前，向来是说一不二。

王炳中从兜里掏出一沓钱递给瘦三：“你噔噔儿二五三，快马加鞭，赶紧整去！”

瘦三接过那沓票子翻了翻，狼咬屁股一般叫喊起来：“你上坟带草纸——糊弄鬼呢！”

那是一沓日本鬼子发行的军票，还有汪伪政府的中储券，是王家的酒楼时不时地收来的。

瘦三晃荡着那沓票子，向围拢来的人们来回展示，摇着摇着掉下了两张，弯腰正要捡，早被人捡起来跑了。他们想看看，小鬼子花的到底是什么鬼钱。

除了瘦三，敢跟王炳中粗声大嗓说话的，整个大坡地村，怕也没有几个。也是奇怪，王炳中凡事遇了瘦三，天大的火气也急不起来。

听了瘦三的话，王炳中好像很气愤，把拐棍忽地一下举向了瘦三的头顶，围观的人们有的张着嘴，有的瞪着眼，都盼望着拐棍落向瘦三头的那一刻——说不定拍拍手叫个好什么的，王炳中一高兴，每人就能领到一份赏钱。但拐棍最终没有落下，瘦三缩着脖子，用手拽住拐棍，人们便哄笑着四散开了。

瘦三将那沓纸票装入口袋，蹲在粗布店的门口向里边张望。他的弟弟白文昌也在这里读书。大坡地人都知道，对于瘦三来说，弟弟文昌是他的命根子，就是砸了他的灌肠摊子，他的小兄弟，也是万万碰不得的。

瘦三父亲临死前的唯一叮嘱，就是一定要为白家供出个读书识字的儿郎——泪汪汪的一双眼，到死也没有合上。

王炳中站在树荫下，一腿台上一腿台下与人下棋，马踩着车的时候，瘦三一把拉住他的胳膊：“看看去，看看去，你那嘎小子，差不多是头小花斑牛，别等俺动手，你自己去砸他一榜锼镬！”

王炳中被瘦三拽了胳膊，顺着粗布店的大门往里瞧：白文昌正在写字，早来用一个纸捻子，正悄悄地往人家的耳朵里捅。瘦三一副无可奈何、倍受欺凌的样子。

王炳中探着身子看了两眼，怪声怪气地呵呵了两声，扭回头看看瘦三，瘦三抄着手缩着头，正向他挤眉弄眼。王炳中学着瘦三的样子挤了几下眼，把拐棍向瘦三腋下一插，跨入学堂便将早来提溜了出来，说：“瘦三，给，就拿你手里的拐棍敲，敲！这葫芦吊大，孩子哭大，没啥，俺好长时间没听见孩子哭了，敲！使劲儿敲！你也放放毒，解解恨，出出气，通泰通泰，省着吃了人参都不长肉！”

瘦三撇着嘴，把头歪到了一边去，王炳中一把拽回拐棍：“咋？下不去手？给你把刀子也就会削灌肠，心不狠，手也没练出来？叫俺上一回水泊梁山，替天行道。”

王炳中的拐棍还没有举起来，瘦三又一把拽住了，来回拉扯了几下，把嘴凑到王炳中耳边，咬牙切齿地说：“你大老爷，还就是心狠，要不，也过不成财主！不说怕你不知道，这世界上，下死手的都是后爹，俺是早来他亲爹，甭说打，拍都舍不得拍一下，不信？你找孩子的亲娘问问去！”刚说完，就一溜风地跑远了。

王炳中丢下拐棍正要追，林先生手提着长袍的下摆走出来，点着头比画着两个手指，一顿一顿地说：“唯仁者宜在高位，不仁而在高位，是播其恶于众也——仁则荣，不仁则辱！”

那些嘻嘻哈哈的围观者，仰面听着林先生的圣人之言——其实多数也并未听懂，但依据林先生的手势，猜想那定是一个殷殷的教导或赞赏之类。于是他们你看看我，我看看你，都不住地点头称是——究竟是称道林先生还是称道王炳中，是谁也弄不明白的事。

大家正享受着那一片安乐与祥和，石碾街东边的夏官道，飞也似的跑过几个人，边跑边喊：“乡亲们快跑，小日本来了！来了！一大群！”

人们嗡的一声炸开了锅，机灵的撒腿就跑，迟钝的手足无措，有跑丢了鞋的，有挂住了衣衫的，有找不着孩子的，有摔了个跟头的，有撞翻了卖货的小摊子的……正开门营业的店铺，全部“叮叮咣咣”地安上门板，锁上了锁。

瘦三冲着粗布店一声呐喊:“文昌快来！”学堂里的学生“轰隆隆”地往外跑。坐在门口的白文昌第一个跑了出来，紧跟着的，是王炳中的儿子王早来。瘦三使劲儿一掂，将弟弟扛在了肩上，撒开腿向西飞跑。

早来吃得肥胖，被他爹拉扯得趔趔趄趄却跑不快，王炳中一激灵，掏出一块大洋冲瘦三喊:“瘦三！瘦三！背上早来,一块大洋！”瘦三似乎没听见,脚步不停。王炳中气喘吁吁地又喊：“瘦三！瘦三！你个贼羔儿，贼羔儿！两块大洋！”

趴在瘦三背上的白文昌一骨碌滚下，拉着瘦三说：“哥，背！背！两块大洋！值！值！一年的学费不发愁！”

大西沟内一片黑压压的人，大人孩子鸦雀无声。太阳将要落山时，王维贵提着一个小食盒，从沟口走了来，远远看见孙子，几步上去抱了起来，在脸上啧啧地亲着：“老天爷！吓死俺了！”

白文昌慢慢地靠过来，扯着王炳中的衣襟，一只手向上伸着。

王维贵知道了后，从怀中摸出两块大洋，嘴中一个劲儿地说:“值，值，真值！”一边说，一边把白文昌抱起来，下巴抵着白文昌的头，说：“你个小精怪！好好儿念书，以后，你更值，更值！”

瘦三抖抖地接过那两块明晃晃的大洋后，凑上前抖抖地问：“这是真的？真的？”

王维贵接过一块捏在手里，用嘴使劲儿一吹后送向瘦三听：“这是啥事，能作假？敢假？要那样了，那人，还能活？”

王维贵以为瘦三问大洋的真假。瘦三的意思是，这两块大洋，是不是真的给我——也难怪，瘦三的灌肠摊子，恐怕半年也挣不下两块大洋。

人们围了来，充满嫉妒地笑骂着，瘦三真是王八走了鳖运，同时赞赏王家父子的一言九鼎。不花钱的恭维像沟口涌来的风。

大家似乎忘记了刚刚的惊恐,“叽叽喳喳”地热闹起来,几个胆大的爬上沟帮，探头探脑地张望，忽听见一个有调无韵的哼唱：“大门子锁上你翻墙跳来，咱二人相好就只有咱俩，你那老婆再不要去管她，咱二人相好就在一打打儿，哪怕你老婆喝了我那人杂碎……”走近后才看清是边世喜。

王炳中一听就知道，那是从“满身桃红”那里学来的酸曲儿。边世喜只顾唱，看见这许多人，摇头晃脑地不好意思起来。

大家凑上去，问村里的鬼子如何，他马上一脸的不屑，一对眯眯着的小眼睛登时活泛起来：“哈哈！哈哈！屎壳郎打个喷嚏，都能吓场病！那日本鬼子，在村东砍了一头猪，早抬回去炖着吃去啦！——就这点儿胆量，看看那些金满箱银满柜的主儿，哪个也敢给阎王亲嘴摸屁股！”

王维贵一路抱着早来往回走，大坡地人哪个不知道那是他心肝上面的肉。

当年牛秋红嫁到王家，一年多的光景便生了早来，一家人自是欢天喜地，请神灵谢奶奶，闹腾了好些日子，单是早来的名字，便闹了个惊心动魄。

大坡地一带的风俗，对于刚生不久的金贵儿子，有个“撞姓名”的习惯，即抱上孩子，在即将黎明尚夜深人静之时，碰到谁便由谁给孩子取名字，被撞见的人不能细想，需随口即来的才见灵验。如若一时想不起吉祥又上口的好名字，一般是撞上姓李的，孩子叫李保，撞上姓牛的，叫牛保，寓意该姓氏的人，保孩子平安健康，同时借那个人的福分和运势，保佑孩子平安长大。如遇到一条狗，孩子有可能就叫狗子，若遇到一个不愿应承这种事的，也许这孩子就叫“不理”了。凡被撞见的人应承了这件事，以后便是孩子的干爹，至死往来。

早来出生以后，先是找了九个家无伤剋的灵巧妇女，一人抱着转了一个谷场，九人相加便是九个谷场，意寓孩子性命久长，财福久长。转完九个谷场后，由一人抱着，林满仓领着，到街中“撞姓名”。那天，不知那个抱孩子的女人是夜里害怕，还是转谷场转累了，一步一挪地落在了后面，也许是林满仓折腾了一晚上，想早些弄清早些完事而走在了前面。

恰好这天夜里，有两个人要去做“梁上君子”，为了行事方便，按照事前约好的打扮，用麻头纸糊了一顶白帽子戴在头上，那帽子除给眼睛留下两个黑洞外，整个脑袋都被装了进去，又披了一条不白不灰的破长衫，再用细草绳，拧了一双像鞋不是鞋的大套筒套在脚上，活脱脱的一个无常。

相约的两个人，总有一个先一个后地到达相约之处，早到的那个无常，蹲在墙角心急火燎的不耐烦，终于听到那边“啪嗒啪嗒”的响动，以为是自己的伙伴到了，于是戴上帽子站起来，看也没看就给对方礼貌一个：“早来了？”他不知道过来的那个不是同伴，而是领着人“撞姓名”的林满仓。

林满仓猛然看到一个头顶大白帽、身披大长袍、足蹬大套筒的怪物，头脑猛地一炸，他真的以为，遇见了白无常之类的恶鬼！“啊——呀——”地拼尽全力大叫一声后，一头栽到地上，再也说不出第三个字来。

待那个白无常似的怪物，飞也似的逃走好一顿工夫后，林满仓才慢慢地缓过神来，脑袋胀大得榼栳[1]般粗细，站了几站竟也没有站起来，只感觉裤裆里有些湿润，凉凉爽爽地清醒了一阵子后，才想起了白无常说的“早来了”的话。

“能说人话——该不是个鬼祟！鬼祟那边，会说人话？俺，俺，俺日他个亲祖宗的！”心里一边思量一边咒骂，便也壮了些胆气，一骨碌爬起来，急急地招呼后边抱孩子的女人向回返。女人靠着墙，两条腿抖抖地迈不开步子，林满仓一手接过孩子，一手架住女人的胳膊，以比那无常更快的速度逃了回去。

此后，王炳中的儿子便叫“早来”，只是没有干爹。

---

[1] 榼栳：从井里往上提水用的一种尖底大水桶，容量是普通水桶的两三倍，开始大多木质，后来才有铁质。浇地或其他需要大量取水时才用。

古槐笑沧桑

第三章

利欲堪比寇　命数似魔咒

自从日本鬼子来了以后，王家便把多数地租了出去，宁可少收点儿，也图个清静保险。早先的时候，那些成色好的地都是自己耕种，经年累月的长工便用了十多个，东院的前半座院子里总是热闹非凡。如今忙忙活活的一季下来，尤其是靠近日本炮楼的那一带，眼看庄稼要收割，却被鬼子、伪军驱赶着民夫给收拾殆尽，最后连种子也搭了进去。“宁可让中国人吃了，也不能白白送给日本鬼子！”王维贵这样安排大儿媳牛秋红。估量那些洋鬼子一时半会儿的也走不了，牛秋红按常年地租的五分之二，把那些地全部租了出去，只留下了村子附近的田地，长工也只留下林满仓一人，忙时雇上几个短工，小打小闹地种。

东院的前半座院子除了林满仓住，再就是牲口棚和放农具、杂物的仓库，后半座只有廷妮儿一人，东房是厨房，西房是一家人吃饭的地方，自从雷月琴搬到中院后，廷妮儿就搬入东院雷月琴住的北房。

她自从那年挨了鬼子的一顿打后，闹疯病的日子一天比一天少了，在她的记忆中，那箭一般扑向日本兵的刹那，便是生命的起点。当有人问起时，无论正在做什么，她总会停下手中的活儿，直起腰来，用手撩一撩额前的刘海儿，翻涌出一个无与伦比的自豪和满足：“那天，俺——要是再不松手，要是再使点儿劲儿，准定抠死那王八蛋！”那个不多见的神情，好像在炫耀自己的传世杰作。

也的确，据那天看到的人们说，廷妮儿将鬼子抓了个血流满面！而除了“准定抠死那王八蛋”的话题，廷妮儿一般不太多说话。她自从进了王家的门，小到王家的洗洗涮涮、缝缝补补，大到做衣、做饭、碾米、磨面，几乎全应承下来，脸也红润了许多，愉快的心情，随着那片高墙大瓦一起宽敞了起来，只是不提过去。

因为怕她犯病，就是邻里街坊，也很少和她交谈不愉快的话题。娘家婆家向来没有音讯，也不见有个找寻的人。慢慢地，廷妮儿真的融入了大坡地村，迎面遇到个街坊四邻，互相响当当地称呼着，像毫无隔阂的一家人。这或许是因为大坡地村本来就处在一个南来北往的位置，外地搬来的住户又多，大家彼此和睦，从不排外。而廷妮儿，整个身心也似乎汇入了王家，虽然只做些粗人的活儿，不掌握钱财、粮食类的重要物事，但走里打外的，和在自家一般。

王维贵或许是上了些年纪的缘故，平时言语不多，但古怪又左性，他认准了的事情，几乎成了村西高擎着的牛头垴，任你枪打炮轰也岿然不动。家里的许多事情在卡壳的时候，但凡被廷妮儿看好，王维贵那边也就八九不离十了。她提上壶开水，或端上碗杂面汤，或找寻任何一个小小的理由到西院一坐，不消一袋烟的工夫，便会回来回你：“行咧！”地位甚至超过大太太牛秋红。

尽管牛秋红在这方面也多少有些心中不快，但对廷妮儿的种种议论，王炳中向来讳莫如深。外边曾有人撺掇过王维贵和廷妮儿的事，王维贵竟理也没理甩手走了。

王炳中相中雷月琴时，刚刚二十多岁的年纪，桃红柳翠的心境如六月天的云，稍稍一碰，便会洒下一片雨滴来，更何况遇到了美艳似月、风韵如歌的雷月琴！那边不过有意无意的一回眸，这边即被人掳走了七分魂魄。他对雷月琴的向往，就像一片龟裂干燥的土地，渴望碧汪汪的一泓清水。

王炳中饿虎争食般降欺住了牛秋红之后，誓不罢休地和王维贵商量。第一次商量，王维贵摔了正吃饭的碗。

王炳中在炕上躺了三天后，从雷月琴的翩翩风姿里又借来一股力，再次找父亲商量，王维贵把吃饭的小桌子也给掀翻了，好像娶过来雷月琴，他就活不好了：“这英雄难骑尥蹶子驴，好汉斗不过唱戏的妻！这一字一句，字字千斤，啥狐媚子妖精掘了天河，挡都挡不住！不要那个娘儿们，能要了你的命？”

王炳中跌跌撞撞地往回走，王维贵的态度越坚决，他越不肯放手。雷月琴的一颦一笑和一嗔一怒，那是几千年的修为之后，专门给他留着的，他忘怀不下！回到屋里后，他突然有些癔症，直勾勾地看着房顶，对牛秋红说：“这个家，还是早早归了你吧，你也称心了，大家也都好过了。俺也不想受这个罪了，俺也就是个光棍汉子和尚命，谁也甭管，谁也甭劝，找个黄道吉日，俺就去剃度出家了。”

牛秋红吓坏了，这如何了得！这要是成了廷妮儿原先的样，可不是摔碗掀桌子的事，那是连吃饭的锅也砸了，连房子的顶也给揭了，这如何了得！她整晚上不敢睡觉，屁股朝外脊背靠着门扇，绞尽脑汁挑拣好听话、宽心话说，生怕男人在某个意想不到的时间，忽然跑到哪里剃度了，甚至成了早先的廷妮儿，在石碾街上疯跑够了，手抓黄泥，跷起来腿问：“谁要？谁要？”

牛秋红到底想起了廷妮儿，抱着试试看的心态，打发她去了王维贵的住处，自己踮着一副小脚，颤巍巍地跟在远远的后边。

廷妮儿进屋给王维贵装了几锅子烟，王维贵抽足了之后，娶雷月琴的事就成了。

事后，牛秋红做了经典总结：老太爷是豆腐，廷妮儿是卤水。只是这个总结，她只在心里暗暗记着，没有当成“日本鞋底”。

这天，是短工们做活儿的最后一天，王家那“撞钟的尼僧”牛秋红，比平日起得更早。林满仓吆喝着盖大全一干人等，直到套好了大车，装好了使用的农具，嘴里还在嘟囔：“都使劲儿拉，都聚劲儿受，拉好了才配吃草料，受好了才能吃窝头……”既是说正打着喷嚏的青花骡，也是说那几个叽叽喳喳受苦的。

牛秋红站在大门外的青石阶上，或是醉人的风姿全靠摇荡出来的缘故，她粽子一般的两只小脚，一直前后左右倒腾着来回挪，直到门神一般把那些做活儿的车、马、人，遥送到一片“叮叮咣咣”的黑暗之中后，才摇摇荡荡地掩住了大门。

廷妮儿早早地点燃了院里的柴灶，噼啪作响的木柴，红彤彤地照耀着。大锅里的水开始嗞嗞作响，廷妮儿洗了手，到东房给雷月琴帮忙和面。

廷妮儿揉面揉了一身汗，说今儿的面咋整的，这么劲道，新米也没有这么大的劲儿。雷月琴探身看看门外，回头说："那边那个下令了，叫五升米面加半升好面！"雷月琴说的"好面"，是大坡地人对小麦面的俗称。

廷妮儿看雷月琴一眼不说话，雷月琴越发神秘地压低声音："那边那个主儿，真是一嘴吃了个阎王殿——毛尾[1]尖里都是鬼呢！她的东西，都是老鼠夹子上的肉，最好看也别看……"廷妮儿只顾做活儿，眼皮都不抬一下。

一个屋檐下的所有，本没有什么机巧，牛秋红的心思，雷月琴早拿捏准了。太阳升到大半空，林满仓领着一群受苦汉，"叮叮当当"地回来了。大家吃着掺了麦子面的窝头，纷纷念叨大太太的慈善——不热不凉的黄豆稀饭，可以喝饱喝够；脆生生的萝卜咸菜，不仅放了些醋，里面还滴了几滴香油。

牛秋红舒心惬意地斜靠在七叶树上，笑嘻嘻地招呼："都多吃点儿，他爷爷不是说，受了苦，才能大碗捂！"

那些大饭量的，一人一顿能吃四五个大窝头，一锅五屉的窝头，整整吃了四锅。牛秋红也的确好算计——今天起了个早，着了些忙，虽然不到中午就歇了工，活儿却没有少做，尽管仍按半天算工钱，却省下了中午一顿饭；大家都起了个大早，吃了顿加了麦子面的窝窝——王家落了个慷慨大方的好名声，方便下次再找短工，还没有多费粮食，也没有多花工钱。

因近些年花花绿绿的票子太多，用起来不仅不方便，而且放上几天后，便如同废纸一般。索要大洋又抵不了那么大的价钱，况且大洋是硬通货，见涨而不见跌，所以即使有钱的人家，也不愿意付现银。村子里约定俗成的规矩，大都以小米计算应付的工钱。牛秋红给众人合好工时，称好、付清小米后，向每个人盛装小米的口袋里，又给添了一把。受苦汉们带着一身扑鼻的汗臭，笑眯眯地一路吆喝着去了。

[1] 尾：读 yǐ。毛尾，方言，指头发。比如蒸鹿尾、马尾巴，口语中都读 yǐ。

林满仓拴好牲口，添上草料，将干活儿的农具一一擦净、放好。要吃饭时，院子里只剩下了空荡荡的板凳、桌子。正在左右转悠，厨房里的廷妮儿喊："满仓哥不急，大太太叫俺给你擀面条呢！"

王炳中吃过早饭后，被王维贵叫到了西院，原来是商量早来学堂的事。经过前些天的那场惊吓，王维贵盘算了几天，那日本兵说来就来，万一哪天倒腾个大岔子出来，那可是叫天天不应，喊地地不灵。

石碾街上林先生的那个学堂，往哪里走都不方便，王家在村西头，出大门走不了几步就到了村外，就是不出大门，东院、中院、西院到花园，都是相连相通的，进了花园里，打着火镰[1]点上烟的工夫，就到了西山上。东前院偌大的一个院子，只林满仓一个，空闲着二十余间房子，不如让林先生将学堂搬了去，有个什么事也好照应，再说人多了，也能壮壮家里的阳气——诸多的便利。王炳中听了父亲的意思，也觉得有道理，便去了石碾街。

石碾街的人群熙熙攘攘，只是各家商铺的货都卖得不快。王炳中隔着粗布店往里看了一眼，林先生还在讲课，或许是讲到了哪个紧要处，一脸的慷慨激昂，颇有些指点江山的意思，他便去自家的烧锅酒楼等。

林先生本属大坡地村的中等偏上人家，娶过一位媚艳四射的"蝴蝶"，"蝴蝶"看不上崇爱诗书却不解风月的林先生，出墙了一位擅风情秉月貌的采花郎君。采花郎君弃她之后，"蝴蝶"羞愧不已上吊身亡。娘家人为了泄愤，几乎折腾光了林家的财产，林先生的父亲，因此悲愤交加谢世而去。

后来，林先生又续娶了大他两岁的石姓女人，女人娘家棋盘山里磨盘沟，因不生育被前夫休了。新夫人中等个头儿，微凸的前额，微塌的鼻翼，瘦瘦削削的一个人，自从嫁与林先生后，才渐渐地丰满起来。林先生不在家时，她除了做些女红、家务等零碎活儿，安静得像一只熟睡的猫咪，为人处世像门旮旯的那口水缸，不声又不响，宁静而恬淡——除了取水的那一刻，绝对微波不兴。

[1] 火镰：火柴大量使用之前百姓取火的用具。

她最大的幸福，似乎是看林先生吃饭。盛好饭后，她盘腿坐在土炕头的草片儿[1]上，荡漾着无限欢快的双眼，目不转睛地看着林先生，静听着林先生嚼咬萝卜咸菜的脆响，想象着林先生吞咽小米稀饭的舒帖，张望着林先生两鬓上的热汗珠。每逢此时，舒心惬意的一丝微笑，会悄悄地爬上她的嘴角，再布满整个脸庞，心满意足的样子，像花骨朵迎来了春风。

王炳中坐在烧锅酒楼的柜台里等林先生，四个手指轮番敲打着柜台，像骏马在“嗒嗒嗒”地狂奔。周大中站在柜台外，笑脸盈盈地向他禀报酒楼的经营情况。

周大中家住村南，大王炳中三岁，是个有牲口有地的中等人家，生有三个儿女，闺女山花、山杏，儿子山民。大闺女山花比王炳中的儿子早来小一岁。周山花和王早来都在林先生的学堂念书。从父辈时起，他家便与王炳中家来往颇多。

周大中脑袋活泛，能说会道，精于世故而又工于算计，又有些文化，人称“铁算盘”，但也是胆小怕事的一类，不会惹起大的是非。王维贵正是看中了这些，才选中了他代管酒楼。酒楼招待的是四方的客人，大都是些有钱有势的主儿，说些傲气的话，做些凌人的事，都是些免不了的磕绊，是万万较不得真儿的。周大中就有蹲着撒尿的本事，他能将平常人看来的屈辱，萝卜咸菜一般吞咽下去，平平安安地为王家和气生财。他一个不大不小的毛病，就是好贪些小便宜，店里的油盐、作料、碎肉、米面什么的，有时也偷偷地往家里拿一点儿，王维贵父子都当作补贴或奖励，睁只眼闭只眼地过去。

最近一些日子生意不太兴旺，即使来几个客人，也是匆匆忙忙地吃些饭便去了，就是酒楼里那些拉弦唱曲儿的，生意也少得可怜——那些明里有人疼，暗里少人怜的“香玉”，都开始在店里赊账吃饭了。

王炳中问了些老主顾的情况，忽然想起了边世喜——对于酒楼，边家确实送过不少银子：“东头儿那个大‘骚货’，最近常来不常来？”羊群里领头的种羊，大坡地人俗称为“骚货”。

[1] 草片儿：也叫草编儿，用玉米穗外边的软皮或麦秸梃等手工编织的片状坐垫。

周大中恍然大悟一般，俯下身说："东家不说，俺倒还给忘了，老'骚货'最近常来，时不时还领上一个'水灵灵'，那个'水灵灵'，还就是三九天的水仙花，明晃晃的耀人眼！"

王炳中猜想那个"水灵灵"和"水仙花"，十有八九应该是自己看见的"满身桃红"。

王炳中半眯着眼斜一下周大中，内心涌出一股子欢快，却半捂着嘴，紧巴着脸说："还有件事——你抽空儿找找林先生，叫他后晌到俺家去，要不——你明说，叫他赶紧把学堂搬到俺家的东院……"

周大中微微皱了一下眉，王炳中就急急地说："这有啥难——要不，干脆跟他说，房租不是个事，仨俩钱的，起不了大年五更，大不了免了它，教好俺小子就行！"交代完后便回了家。

王炳中吃完中午饭，足足地睡了一觉后，摇荡着那把藤摇椅，在七叶树下喝茶。等雷月琴泡的第二壶茶喝完，仍不见林先生过来，他便给雷月琴留了话，往西院去了。

王维贵不在屋内，廷妮儿坐在西房的墙根下，"唰哧、唰哧"地搓洗维贵的衣服。她看见王炳中，向西边努了努嘴，王炳中冲廷妮儿跷一下大拇指，从风道里的侧门奔花园而去。

王维贵坐在梨树下的官帽椅上，摇着蒲扇，正在看林满仓刨地。

林满仓不到二十岁就成了王家的长工，父亲死后，满仓娘拼死拼活地做工，为了男人"有人不算贫，没人贫死人"的嘱托，早早地给林满仓成了家。林满仓十七岁时便生了儿子有田，生了有田之后，媳妇一连两年没有生养。那本来也是正常的事，满仓娘却磕头如捣蒜，到处求神告佛。她那双小尖口、瘦三角状的小布底鞋，在她认为的每一处灵验之地，都拓印下一溜又一溜十万火急的虔诚。

林满仓的二儿子有粮，生得俊俏又乖巧。后来又生了有山。或许真的有些蹊跷，满仓娘四处烧拜了一通后，二孙子有粮，竟像送子观音专门挑了送过来的，天庭饱满，地阁方圆。尤其是那一笑，像大雨洗涮过的一个好天气，纯净鲜亮的感觉，让人神清气爽。他双唇一咧，和弥勒佛差不多的喜乐融融。

有粮三岁时，请了一位算卦的瞎先儿[1]到家。瞎先儿喝了满仓娘一碗稀饭，出生时间报过之后，瞎先儿一只手的大拇指，开始一个个地抠掐另外的四指，嘴里念念有词一阵后，另一只手抖抖地拍着大腿，竟忘记了再喝第二碗稀饭。

瞎先儿说，他算了半辈子卦，还没有遇到过这么好的八字：身临旺地，两庚并透，神煞有太极贵人、天乙贵人、文昌贵人。神奇的是，瞎先儿批完有良的八字，竟脱口说出了孩子的面相："四方脸！"

林满仓一家抖抖地站了起来，慌忙地答应："是！"

"俩胳肢窝下，各有一片黑胎记！"瞎先儿的话没有半点儿犹豫。一家人匆匆忙忙地再看一遍，急急忙忙地答："是！是！一点儿不差！"

瞎先儿继续说："这小孩儿——听清！"大家一齐回答："听着呢，先生。"

瞎先儿咳嗽两声，格外加大了嗓门："眼大有神——眼明；鼻大有根——鼻梁高；嘴大有唇——嘴唇厚；耳大有轮——形状好！成人以后，无师自通，点铁成金，有地不种，没翅能飞！"

孩子究竟以后能不能"没翅能飞"，该另当别论，但瞎先儿煽呼了一通后，一家人晕晕乎乎的，简直要驾雾腾云了。林满仓朝着石碾街一路狂奔，给瞎先儿买了两个肉包子回来——他倒是真的没有翅膀，但轻松的两条腿，跑起来却实实在在的像飞。

随后，林满仓生了个"没翅能飞"的特大新闻，从石碾街的包子铺，长翅膀一般飞遍了大坡地的角角落落。

说来，有粮也的确乖巧，四五岁时，跟着林满仓到王炳中家玩耍。当时已吃

---

[1] 瞎先儿：方言，专指双目失明，以卜卦为主要谋生手段，多数兼有吹拉弹唱等技能的残疾艺人。他们男性居多，且各项技艺均靠师徒口耳传承。师门、辈分清晰分明，组织严密，管理有序，行规、门规、师规相当严厉。他们对年、月、日、时的干支推算，是保密严格、便捷准确的独门绝技之一。

过晚饭，火上坐着的大铜壶，“咕嘟嘟”地翻卷着热腾腾的水泡，王炳中和雷月琴正在给早来煮鸡蛋。有粮半蹲在门口，巴瞪着鬼精鬼精的大眼看。雷月琴满脸蜜甜地看了一会儿，有意逗他，从火上提下滚烫的大铜壶，放到有粮面前说：“有粮，这壶里还有仨鸡蛋，你要能用手抓出来，就叫你吃了。”

有粮忽闪忽闪地巴瞪一会儿眼，跑到院中拿了一个大铜盆来，提起壶将开水倒入铜盆，又拿起铜壶灌了一壶凉水，伸手将壶里的三个鸡蛋抓了出来。雷月琴故意说：“把水倒扔不算！”

有粮说：“也不可惜，给太太洗脚，不是正好？”

有粮说完后，抓着那三个鸡蛋就要走，被雷月琴一把抓住：“咦——还没说清就想跑？跑那么快想做啥？”

有粮把那三个鸡蛋向怀里一揣，皱着眉头说：“咦？咋？还能后悔？俺奶奶说过，这好人说话，就得像老天爷下雨，落到地上就不往回收。这鸡蛋归俺了，俺想做啥就做啥，拿回家，奶奶一个娘一个，俺跟有山，一人吃半个，不行？”

雷月琴仍拽着有粮不松手，四周看了看，顺手抓了一把炒熟的栗子说：“你倒挺会分，给！俺家赶明儿，有五十来号人吃饭，你把这八九十来个栗子给分分，叫他们人人都尝上一口，看看能不能？”

有粮歪着头想了一会儿，说：“这还不好分，找个蒜臼子，捣碎了，煮到做饭的锅里头，谁都能尝上一口！”雷月琴刚一愣，有粮猛地一挣撒腿跑了。

一晃几年过去了，雷月琴也不见有个生养，渐渐地，就有了把有粮要了做儿子的打算，王炳中也说过几次，林满仓一家竟死也不肯。雷月琴却一直不死心，去年还给有粮买了一把银锁，至今戴在脖子上。

廷妮儿在王维贵身旁又放了一把官帽椅，王炳中坐下后，说林先生的事，安置给周大中了。王维贵歪一眼不答话，父子俩便看林满仓刨地。

王家的花园虽叫花园，真正栽种的花草却不太多，也许是王维贵经常念叨“栽桑栽树少栽花，教子教孙须教艺”的原因，花园里几乎全是黑压压的树林，太行山区成形的树种，少数可以成活的南方树种，只要应了各自的时令，许多树木也是开花的，所以就叫作“花园”。

林满仓光着身，一疙瘩一疙瘩的腱子肉。当他抡起和抡下那把大铁镐时，那些疙疙瘩瘩，就此起彼伏地扩大和缩小，热腾腾的活力，像大柴灶上翻滚的锅。

太阳渐渐地向西移，明亮又热烈的太阳光，从两棵大楸树间钻过来，罩了王维贵半个身子。王炳中推推半眯着眼的父亲，把他坐着的那张官帽椅，搬到了一棵硕壮的大梨树下。树上的梨子才核桃般大小，一串一串的，风涌过，像挂了一树欢欢喜喜的铃铛，只是没有声响。

梨树一共四五十棵的样子，每年春季，杏花早开罢，桃花乱纷纷的日子，雪白雪白缤纷一片的梨花，就继续摇曳那满园春光。

林满仓不仅是个种地的高手，还是个垒墙的巧匠，就地取材的石头，砌起的石堰平整而结实。按林满仓的速度，再找上两个短工，加上冬闲的日子，明年即可开垦出一片像样的田地来。

西边围墙下的山坡上，三步一跳、两步一蹿地跑来个小孩子，到跟前的时候，才看清是林满仓的二儿子有粮。有粮只穿了一件粗布短裤，满脸尘土一身泥，边跑边喊，说他在西山上捡了半布袋杏核背不动，让他爹替他背回去。

林满仓不理有粮，抱起一个黑瓷罐喝下半罐凉水。王炳中指指面前的茶桌，林满仓弓着身说：“嘿嘿！嘿嘿！俺打小儿就习惯了，喝凉水舒坦，热水不解渴。嘿嘿！嘿嘿！这个——嗯，再，再过几天，许能弄出来个亩把地——俺去给有粮背回来？”王炳中摆摆手，林满仓手拉着一蹦一跳的有粮，高高兴兴地背杏核去了。

王维贵一直在那把官帽椅上眯着，直到周大中来说林先生的事才睁开眼。他看一眼林满仓刨出的地，回头看看身后的周大中：“你看看这块地，收拾好了，还真是像模像样，这满仓就是能干，出活儿！这就是干得了茧子[1]，才吃得了卷子。受了苦，才能大碗捂。”王维贵的意思是说，只有能独当一面或出了大力气的人，

[1] 茧子：原意蚕茧，方言，多代指人所做的营生、所干的活儿。当地口语也称为“茧儿”，意思相同。

才配吃白面馒头。在他眼里林满仓不是白吃饭的主儿。

周大中一边听，一边点头称是，王维贵左看右看找林先生。

周大中弯腰提起一篮核桃，说:“他媳妇娘家的侄子来了，给捎来了点儿核桃，这不，给您先拿来了些，他有点儿小事，就几句话，安置好就来了。”

王炳中插嘴道:“她娘家厚待[1]不是绝户[2]了？咋又冒出个侄子来？啥时候编台戏，叫月琴给唱唱？”

周大中捂一下嘴，又跺一下脚，颤颤巍巍地答：“这编戏，倒也不是，绝户了不差，来的这个，是她娘家的堂干叔伯兄弟的孩子，也都姓石，像是要买她娘家的那两间石板房，顺路来商量一下。”

周大中弯弯绕绕地又说了一大通，最后的意思是，根据少掌柜王炳中的交代，免了林先生仨俩钱的房租，林先生保证“教好咱俩孩子”。

周大中反常的唯唯诺诺，王炳中一直心中犯疑，这时才明白：周大中借捎信带话的机会，把他交代的“教好俺小子就行”，把自己闺女山花也算了进去，给变成“教好咱俩孩子”了！王家应收的房租，不用谈价也不论长短，更不用记账，不显山不露水地就把其中的一半，给周家的孩子交了学费！

王炳中猛感觉，有只臭猫或癞狗，悄悄地伸出一只脏爪子，在他的后脑勺上，肆无忌惮地乱抓了一把。他忽地站起身，王维贵扬起手中的蒲扇，“啪嗒”一甩，打在他的后脊梁上:“猴屁股抹蒜的脾气,就不能憨畅点儿？——唉！还是满仓好，满仓这人，就是实诚！也真是，这不多言、不多语、不转圈，也不见得就是啥赖事，你看那庙里的菩萨，哪个也不吭声，见天儿都有人拜。”

周大中弯着腰，搬着官帽椅，一颠一颠地跟着王维贵走了。

---

[1] 厚待：对于一个家庭整体，妻子娘家及妻子娘家近门的本家，统称为夫妻双方的“厚待”。主要是维护自家闺女在婆家的各项权益以及牵涉到夫家的其他权益。因婆婆家不会慢待这些人，故称。

[2] 绝户：没有可以传宗接代的后人，没有儿子。因为女儿将来生的孩子跟婆家的姓，所以有女无男的家庭，有时也被认为是“绝户”。

王炳中回到自己住的院子，看牛秋红正在屋中和廷妮儿说话，便到西房雷月琴的屋中转了一圈——利利落落的满屋清爽，桌子上一盒香粉打开着。听说小坡地村有梆子戏，他猜想雷月琴准是看戏去了，心中便有些不快，一个人走到院中的七叶树下，坐在那张摇椅上晃荡起来。

在王炳中看来，雷月琴自到王家以来，哪样都好，就是对戏的迷恋让他不快。虽然关上屋门以后，有时也愿意听她哼唱几句，高兴的时候，雷月琴甚至手、眼、脚并用，还给扭上几扭，那也是两口子闹耍的秘事。

大凡哪个村有戏，只要不太远，月琴总要闹着去看上几场。散戏后，每当她哼着曲儿兴冲冲地归来时，他总是想象着，在臭烘烘的人群中，她和别人挤蹭着肩膀、碰撞着屁股的样子，心里总像吃了一颗大青杏。

在他看来，天地风水轮流转，自家的女人自家看，这才是没有规矩的规矩！和挖鼻孔一个道理，自己的鼻孔痒了、堵了，如何挖，什么时候挖，用哪个指头挖，全凭自己的感觉和心意，舒服就行。自家的女人让别人看，和别人的手指头伸到自己的鼻孔一样，如果没剁下来那个手指头，那是因为刀子不够快！

雷月琴要是再不断地哼唱下去，他就会低眼皱眉一咬牙："找靠家儿[1]去咪？骚唧唧的不知道个丑，也没个够？"

雷月琴脸一红，索性又走上几个台步，说："情哥哥早拽住了俺的手，再过一会儿还得走，拽住哥哥亲一口，不怕臊来不怕丑，亲完哥哥还不走，再给哥哥扭一扭！"

王炳中坐在椅子上，正在暗暗咒骂那个缺乏调教的"骚狐狸"，听到脚步声抬头一看，林先生已站在了院子的南墙根下，灰府绸的长衫，胖墩墩的身材，笑眯眯地望着他。

王炳中摆摆手，让他在一旁的凳子上坐下，说："来了？还是早了点儿，要再不来，俺这边正思谋着，是不是该准备俩好菜，烫壶好酒，再驾上骡子大车，叫上两班响器……唉！按说，先生的本事，应该没的说，俺有个事想向你请教——

[1] 靠家儿：正常夫妻关系之外的那个暗地里靠着的人。

好人不常在，赖人活千年，这话说的，应该不对，可都还这样说，究竟啥意思？”

林先生一听，这王炳中又露了原来的本性——嫌来迟了。林先生坐在小凳子上，不由自主地晃荡起来，想了一会儿后，一字一句地说：“这‘常在’，不是经常在的意思，是皇宫对某类宫女的一个称号，比丫鬟强点儿，和死了没处埋、活着没有名的婢女差不了多少，好人自然当不得这个‘常在’。‘活千年’其实是读错了，是‘活歉年’，旱涝灾害庄稼减产，战火频仍缺衣少食，均可称之为‘歉’，赖人在‘歉年’，才会大赚，单论这几年，算不算‘歉年’？汉奸、奸商，哪个活得不滋润？”

王炳中摇头晃脑地不赞成，林先生又说:“要说，中国字的一点、一横、一撇、一捺，这里边的学问大了——音调差不多，字却差得远;音调差得多，字却一个样，其中的考究那是罄竹难书。咱老祖宗的东西，比那些曲里拐弯的洋文，可讲究多了，比方说，到沙水城，麦子叫 mài 子，到了大坡地就叫 miè 子，其实都是一个字……”

二人正说着，早来拉了周大中的女儿山花的手，一路蹦跳着进了大院。

早来四四方方的云盘大脸，山花细眉大眼的粉面桃腮，两个孩子站到一起，画中的金童玉女一般。王炳中见到两个孩子，一下子欢喜起来，林先生来迟了的事，就悄无声息飘远了。他将两个孩子一把拉到了跟前。恰好周大中也走了来，看见林先生来了，静悄悄地站到了西墙根。

王炳中看一眼周大中，又转向林先生：“先生一笔好字，给查查皇历，选个好日子，给这俩孩子写小帖[1]，就当俺早早养了儿媳妇，街里乡亲的，也好有个说道。这小闺妮儿，真不丑，比她爹清爽多了！”

林先生一听猛然站起，看看两个孩子，又看看王炳中和周大中，似乎觉得不太对头，结结巴巴地说：“那……行？那……真……”

周大中满脸红胀，指着早来和山花：“你说……这……林先生你说……”正说着，早来笑嘻嘻地抱住山花的头，结结实实地在脸上亲了两口。

王炳中兴奋无比，宽腮、大鼻、阔下巴上，冒出来无数个兴高采烈，手指着

[1] 小帖：订婚的帖子。

林先生说："你看看，你看看是不是？小小子儿，小闺妮儿，一人一个琉璃瓶儿，红琉璃，黄琉璃，把你领到俺家去！下边该咋说？林先生给接接，接好了，就按大中许下你的办！"

林先生撩起长衫，踱着方步，指指画画地吟起来："摽有梅，其实七兮！求我庶士，迨其吉兮！摽有梅，其实三兮！求我庶士，迨其今兮！摽有梅，顷筐塈之！求迨其谓之……"[1]

第二天清早，周大中、林满仓和廷妮儿，便开始了东院的打扫收拾。前半晌的时候，林先生摇晃着四平八稳的步子来了，后面还跟了个小伙子。小伙子白白净净的面皮，二十啷当的年纪，高大的个子往院里一站，如王家花园里的那棵大楸树。林先生指指点点，叫小伙子和林满仓一块儿收拾。

那几间东房原本就是住人的，没人住以后整日锁着大门，只是多了些尘土。一伙人边收拾边打扫，屋子里的烟尘飞出来，飘飘荡荡地掩了少半个院落。

林先生撩着长袍，飞扬的尘土把他驱赶到了西墙根，大声喊那个小伙子："小魁，小魁！找些水来洇洇，看把人整得灰头土脸的。"

小魁从东房跑出来，把满脸的灰尘扒拉了几下，忍不住连打了几个喷嚏。廷妮儿也跑了出来，顺手抄起墙根下的水桶往里院走，小魁跑上去接过水桶去了后院。

王家的东大院由三个院落组成，都是由房屋或隔墙分开来的连座房，最后边的院落封死和这边连通的内门后，廷妮儿现住着的中院，便成了这个院子的后院。前后院由一个带有月亮门的隔墙隔开。雷月琴嫁过来后，在隔墙的内外各栽了两排红帽、黄帽月季，东西两边，各有一棵碗口粗细的枣树。

天气热了起来，枣树上的知了"呜呜哇哇"地扯着嗓子拼命叫，林先生抹着

---

[1]"摽有梅"句：想吃梅子，树上还剩七成，想摘的，找个适当的时候动手吧！想吃梅子，树上还剩三成，想摘的，现在就该动手了！想吃梅子，树上一个也没有了，速速地拿筐去地上扫吧，不给你直说你什么也不知道！

额头的汗珠，不耐烦地喊叫：“小魁！小魁！掉水缸里了？”

他一边喊，一边往月亮门处走。雷月琴端着一碗挂面，红着脸从月亮门里走出来，大眼睛冲林先生忽闪一下，径直朝西院去了。

小魁提着满当当的一大桶水，一路泼洒着出来了，斜扫了林先生一眼，就把头扭向了别处。经过林先生身旁的时候，林先生扯一下他的衣角，走到牲口棚的门口，装作看牲口的样子，一只手背后，一只手扶了下巴。

小魁过来后，林先生低声说：“现打了一口井，现提了一桶水？还是没顾上，忙了点儿别的？嗯？”

小魁抬起一只手，拍打着身上的尘土：“亲姑夫，您老行行好，人有三急。”

林先生两手交叉着搭在胸前：“嗯？你倒真是个唱戏的。子曰‘非礼勿视，非礼勿听’。这些个你也不懂——那象牙筷子、翡翠碗，不是盛黄菜捞饭的家伙！”

吃过晚饭后，天气闷热起来，院中的那棵七叶树，经过一天的熏烤，碧绿的叶子耷拉着，感觉不到一丝的风。

小坡地村正唱戏，“叮叮咣咣”的锣鼓声，在潮湿的空气里格外响亮。整个后晌，雷月琴都坐不住，屋内、屋外，中院、东院，来来回回穿梭了好几趟。

直到吃过晚饭，雷月琴一直拧巴着眉头，王炳中几次搭讪，雷月琴只当没听见。曾经的一段日子，雷月琴和牛秋红两个，就像两只咬在一起的螳螂，即使咬掉了谁前边的一个“大刀”，或者咬掉了谁后边的两条腿，也得分出个胜负。可就是把谁咬死了，也还分不出胜负，死的死了，残的残了，胜负还是没有。也就是刚刚的这两天，两个人才能坐在一个桌子上吃饭。王炳中不敢再惹哪个不舒坦，不想让她们心绪不好了之后，喝凉水剔牙缝——没事找事，乱生祸端。

天尚早，雷月琴却准备关门睡，王炳中没好气地说：“去吧，去吧！找个伴儿去，把这身儿换了，这也叫件衣裳？这是个盖着脊梁露着屁股的大裤衩！找件端端正正的换上！”旗袍是雷月琴当年来王家唱戏时，王炳中专门托人买来送她的。

王炳中出门后，雷月琴换上薯莨纱[1]的偏襟大褂，浅粉色的，袖口、领口、下摆及偏襟的边缘，镶裹着杏黄色的花边，长短和膝盖相平；浅绿色的胖裤，宽宽大大的像一个裙；大脚片蹬着一双枣红色的绣花鞋，兴高采烈地跷了几个台步。

小坡地村在大坡地村的南边，四五里的路，出村向南上了土地庙的缓坡，村子便近在眼前了。一路上不断的人群，搀扶着的、怀抱着的、肩背着的，提了马扎、板凳的，拿了坐墩、草片儿的……暮色里的山乡路上热热火火。

雷月琴提了个小包袱，里边是给父亲做的几件衣服和鞋袜，还有偷偷攒下的十多块大洋。她爹抽大烟的毛病至今没有改掉，平时她接济的花销，几乎全化成了一团团蓝色的烟雾随风飘散了。他的身体大不如从前，人也日渐消瘦。

下了土地庙的小坡，再走上那么几步，小坡地村就近在眼前了。雷月琴远远地看见小魁在路边站着，两只手插在上衣口袋里，两只脚踢着路边的石子玩。雷月琴只当没看见或不相识，步履匆匆的，像挎着包袱回娘家。

开场前的垫场戏演完后，雷月琴左顾右盼一阵，慢慢地退到了人群的后面——她的意思是，让熟识的人看见，她真的来看戏了。

雷月琴站在挤挤撞撞的人群后，只看见了演员的脑袋。听那个青衣拖的假腔，像撒落一地的旧棉花套子，少筋骨，没形状，还烂乎乎。她真想放开嗓子喊上一回。后衣襟被人逮了几次后，才没事人似的左右流连一番，一顾一盼地走出来。

天空浓黑如墨，雷月琴跟着前边的黑影走向村南，走着走着黑影就不见了。她又急又怕，四周风大草深，除了村里传来的锣鼓声什么也没有。正要往回走，她突然被一个"呼哧呼哧"大喘粗气的人，一把抱入怀中。

她知道是小魁，想挣脱却怎么也使不上气力。慢慢地就感到胸部有些闷，身上有些烫，上牙和下牙打了一会儿仗之后，全身酥酥的有些瘫软。

慢慢地，她又像被一泓碧水浸没了去，一层又一层的波浪涌过之后，最终被冲刷到了生命的原点，整个身心澄明异常，空灵到一个无以复加的曼妙境地，不

[1] 薯莨纱：香云纱的俗称，纯天然手工制品，独产于广东，我国历史上身价最高的丝绸，制作工艺繁杂。薯莨是一种植物，汁液可用来染色。

知喃喃了一句什么后，就感觉自己全部的灵魂，畅快无比地幻化到另外一个世界去了。

后来，不知是嘴咬到了哪里，还是手触碰到了哪里，她畅快无比地进入的那个世界就突然迸散了。小魁急急地摇晃着她的膀子说：“有，有，有人？还——还——还是，不大点儿的小个儿……”

雷月琴一个激灵之后，感觉全身有些酸软还有些疼。她推开小魁，让小魁把她的包袱捎到小南沟去。小南沟是雷月琴娘家，离小魁家磨盘沟十余里的山路。

小魁不接包袱也不开口，雷月琴扭头要走：“一个狼心兔子胆的东西，抽空儿俺自己送！”

小魁一把拽住，急急地说：“敢！敢！不是原先了，这会儿俺可是啥也敢，俺唱了下一个台口，就给你送过去，真不是不敢，刚刚看见一个啥东西在那边，是鬼？这天还早，是人？他不高高，小孩儿他不敢来。真的，一闪就又不见了……”

雷月琴边走边说：“你吔，还不敌边世喜的花斑牛出息！”

回到小坡地村后，雷月琴又到戏台下转了一圈，心里乱纷纷的正要往回走，远远看见自家的小账房白锁住，正在人群中钻来钻去。她几步过去，一把提了白锁住的一只耳朵：“早知道你个贼羔儿撵着来了，俺瞅你老半天了，窜过来窜过去，水里的小王八一样，一会儿露个头，一会儿沉了底，你个贼羔儿，来看戏还是来唱戏！今儿你个小羔儿说说，这半天，都倒弄了点儿啥？说！要敢哄俺，把你个小羔儿做贼的事给说出去！”

第四章

黎庶无余闲　阔门有奇传

立了秋，挂锄钩。王炳中家的地已锄完了第五遍，苦累的庄稼汉们，终于可以竖直脊梁喘口气了。田野间到处都是绿茵茵的庄稼，家里的牲口也不便再赶出去放养，以免糟践了谁家的地。昨天林满仓闲着无事，割了满满的两车青草，吃过中饭以后，便开始铡起来。

林先生的学堂搬到了东房后，那里就骤然热闹起来。林先生安置好学生要做的功课，靠在院子东边的枣树上，看着林满仓将一捆捆的青草铡碎。林满仓将铡完的草，一杈一杈地扔向身后的草棚，有粮背着荆条挎篓，蹦蹦跳跳地从大门进来了。

有粮和他爹一样，是个勤谨爱动闲不住的人，和他爹一起弄完了青草，放好了铡刀，便去枣树下捡枣子吃，一边捡，一边不住地向学堂内张望。林先生很喜欢有粮，摸着有粮圆乎乎的头问："你个小精怪，去哪儿蹦跶了一遭？"

有粮说："卖漤柿[1]去了。俺爹漤的柿子好吃，脆生生，甜滋滋，赶明儿，那一缸也就漤好了。俺给你个尝尝。"

林先生看着老是向学堂里张望的有粮，对林满仓说："俺说，满仓哥——"

[1] 漤柿：漤读 lǎn，用温水或生石灰水浸泡后使青柿子去涩。当地给庄稼施肥也叫漤。

林满仓其实和林先生同岁，但一般人看来，却要大林先生许多。他才三十余岁的年纪，一脸横七竖八的皱纹已慢慢地滋生起来，微微发驼的背，永远也抬不起来的头，或许总是过度劳累的缘故，一双拖不动的腿，比常人更增添了几分岁月的沧桑。

林满仓放好杈，正要拿扫帚打扫地上的草屑，听到林先生叫他，便扭过身来。“你这仨孩子，有田、有粮、有山，有了这三样，可真就啥也有了，真有了，那可真好——不过，有粮的粮，俺给换个字，应该更好。”

林满仓听说林先生要给儿子换个名字，笑眯眯地答：“行咃，行咃！那敢情好，那敢情好！”

“这‘粮’字去掉‘米’，以后，就不光有粮吃，还寓意孩子前程好！”

林满仓听了，不住地说：“行，你是先生，听你的，听你的！就去掉‘米’字，这讲究好，这讲究好，行！行！”

林先生到学堂去，写了“林有良”三个字交与林满仓。林满仓看着齐整整的三个字，左看看右瞧瞧，似乎很神奇“点铁成金，没翅能飞”的有良，写在纸上竟变成了这般模样。他虽然不识字，却拿着那张纸，抖抖的像攥着儿子的性命，笑嘻嘻地看了半天后，才小心翼翼地折好，交与有良：“拿好，这就是你咧。”

林先生看到林满仓开怀的样子，便鼓动林满仓让有良上学念书。一听到念书的事，林满仓便不再言语。

林先生还想说什么，边世喜家的小长工魏老大，扛着锄头进来了，一边走一边说：“俺满仓叔，啥时候也脾气见长咧，大老远地就喊，屁也不给放一个。”说着，便将扛着的锄头放下，用脚蹬着锄板上的泥土。

或许，林满仓只有见到魏老大，才能重新找回那份做人的感觉来。他大嘴一咧，急急忙忙地去后院里，舀来两大碗凉水，笑嘻嘻地说：“你贼羔子，看把你急的，放了你又不吃。”

林满仓看看魏老大的锄头，又说：“都啥时候了还扛着锄乱逛荡？糊弄东家饭吃，也不找个好说道。真是，墙上挂羊皮——不像话（画）。”

魏老大气哼哼地说:“挂啥羊皮、狗皮,俺屁股一挨地,俺东家他就头疼。这不,到地里一试，谷子齐腰深，又看不见地皮，锄头一碰，脆生生的都折了，俺说不能锄了，还就是不听！那人，还真是对着屁股亲嘴，也不知道个香臭。”

两人正说话，牛秋红颤巍巍地荡了来，一脸灿烂，叫魏老大看都不敢看。林满仓刚要坐下歇会儿，便又站了起来。牛秋红望一眼魏老大黑黝黝的脊背，又看看林满仓：“老大来了？俺说这么热闹，哎呀呀，多勤谨个人，都啥时候了还锄，谷穗都快秀齐了！跟他们劳累了这么些年，给恁东家说说，叫他给你找个媳妇！——今年多大了？”

魏老大低头看着牛秋红手中的丝手帕，说：“俺，十七了。”

牛秋红又说：“俺说该了吧，跟你一般大的都早当爹了！——天也不早了，在俺家吃后晌饭吧,叫廷妮儿给整杂面汤捞饭。”当地人把晚饭俗称为“后晌饭”，中午饭为“晌午饭”。

在那个时候，家境好点儿的人家，也不过一天一顿稠，那还得遇着个忙时候。魏老大正在思谋杂面汤捞饭的事，牛秋红说着说着，便给林满仓和魏老大一并安置了吃后晌饭前的活儿——秋天眼看到了，她让林满仓和魏老大，一块儿给倒腾一下陈谷子，腾出囤子来，好装盛秋季下来的新粮。

当魏老大看到那满屋子的粮食，就后悔不该为了那顿后晌饭应了牛秋红的差事。他本想装上个几布袋，往肩头一扔，走上几步就做了顺水人情，还能吃上顿杂面汤捞饭。不想，其他的东西不算，光谷子就囤了二十余囤，足有几万斤。

王炳中家储存的粮食，确实沾了牛秋红的光，不容易放置的豆类、高粱、玉米等杂粮 ，只要留足了用的，便都卖了。谷子和芝麻类的只要不受潮，放上几年也照样顶粮用。所以凡能存的，牛秋红都可着劲儿地存了下来，实在无处存放的时候，才会把陈粮往外卖一些。每年倒腾来倒腾去，王炳中嫌烦，几次想卖，牛秋红却死活不同意：“陈谷子烂芝麻，存起来又坏不了，家里又不缺放粮的地方。再说，剜到篮子里的才叫菜，咽到肚子里的才算饭，这新粮没有足足地拿到手，这陈粮就是雷劈也不能动！这兵荒马乱的年月，到了紧要时候，银子不能吃，这个能叫你活命！”

牛秋红见魏老大有些不太情愿，笑嘻嘻地扭头回去，拿来王炳中的一双旧鞋和一件旧外衣，说：“试试，看合不合适，能穿拿走。”

魏老大试了试，那双鞋略微有点儿挤，却总比自己脚上露着脚指头、还磨着脚后跟的那双强；褂子肥大了许多，领口露着肩膀，后襟苫着屁股，嘴里却说：“行，行，能穿，能穿，差不多，合适！合适！”

魏老大七八岁时，随母亲讨饭到了大坡地村，本来想一路西上到山西去投亲，不想半路上，娘却染上了瘟疫，最后死在了村西南的土地庙中。

自此以后，上无片瓦、下无立锥之地的魏老大，就在大坡地村一直没走。当时村东南的边家，正是如日中天的光景。魏老大人虽不大，却异常的勤快，边家也确实需要这样一个闲不住的人，嘴对嘴一说，便留了下来——只管吃住而不计工钱。魏老大一天天地长大，家里家外的杂活儿，也一天天地扛了起来，他在边家吃了做、做了吃地循环往复，已长成了一个粗壮的小伙子。他有个人人皆知的特点：手大、脚大、屁大、饭量大。在大坡地村，没有人知道他原本的姓名，而是随着边家老小的呼唤，称呼为“魏老大”——却不一定是魏家的老大。

魏老大一直干到昏天黑地，那些谷子也没有倒腾完。牛秋红过来盯了好一会儿，自己把自己的两个粽子小脚倒腾累了，才招呼吃饭。魏老大回到边家，已经很不早了。

或许是因为祖上出过衙门官员，边家的宅院较为壮阔宏大，朝南开的大门楼，雄伟又气派，门口两边各有一尊石狮子，七层的青石台阶。进门后，东西五间的厢房，是下人居住的地方，再上三层石阶，进入一个阔大的穿堂。前些年，穿堂内的东西两面，各修了一堵墙，变为边家的仓库。再向里，便到了边家的主人——边世喜居住的院落。

进大门的西厢房，魏老大住过一段时间，因边家的太太嫌他不干净，就叫他搬了出去。西厢房的后边，是边家的牲口棚，魏老大就住在牲口棚旁边的小屋内。

边世喜居住的中院，和东西院各有内门相通，只是东院和中院仅一墙之隔，东西两院各开了东南门和西南门。日子不太平以来，边家锁了朝南的正门，东西院的门照走，东院暂无人住，西院住着大儿子边进财、李小桃两口子。

魏老大蹑手蹑脚地进了西南大门，反身轻轻地关上，径直走进牲口棚旁的小屋内。女主人杨旗旗一路咳着走了来，一边走一边嘟囔："这群鸡也真是，该嬔个蛋[1]的时候，嬔不了蛋；能嬔蛋的时候，跑到别处野蛋[2]，许是不想活了。"

魏老大偷偷向外看，一个灰黄的灯笼，照了一张惨白的脸。杨旗旗见没人应声，便提高了灯笼，顺着通向牲口棚的二门往里照，颤颤着头向里边喊："老大，老大！后晌锄的哪儿的地？"

魏老大低着头从小屋内走出来，听着"好野蛋"的骂人话，猜想这女人，说不定瞄见了他后晌的事，也说不定，是哪个快嘴加快腿学了舌。于是他一双大手"啪、啪"地拍打着，笑嘻嘻地回："转了几块地，都试了试，谷子都抽出穗了，地也黏，下不得锄咧！嘿嘿！嘿嘿！"

杨旗旗抖抖地放下灯笼，字从牙缝里迸着说："俺当你摔死了呢，后晌饭也没吃，要不，就是长了本事了，挣了大钱了？拿几个大子儿来叫俺看看——可别打了俺眼！"

魏老大顿觉肚子里有一股气，自上而下鼓动起来。"啊——啊——阿嚏！俺看看牲口去。"魏老大一边说，一边给牲口添草去了。

红卷毛马骡儿的石槽里早已精光，见魏老大来，便昂起头，"噗——噗——"地打着喷嚏将头伸了出来，喷出的黏液溅了他一脸。魏老大正没好气，扬起蒲扇般的大巴掌打了过去。他等了一阵子，听听外面没动静了，添上最后一筐草，才回到自己的小屋内躺下了。

小屋内潮湿的空气中，弥漫着驴粪、马尿的霉臊味。魏老大一边躺着，一边

---

[1] 嬔蛋：嬔读 fàn，嬔蛋指母鸡下蛋，也通指禽类生蛋。

[2] 野蛋：把蛋下到别人家。

胡思乱想。

前些日子，杨旗旗娘家的表侄杨大卫，被鬼子安插在炮楼里当警备队队长后，她似乎又壮了几分胆气，试探着闹了一次，不想边世喜把小眼睛一翻："咋？仗凭那嘎小子？傻！错！没听人说？嗯？警备队，真受罪，光许往前冲，不许往后退，肩扛拨火棍，整天吃大粪！他也就是小坡地唱落子：顾不住，顾不住——糠菜！糠菜[1]！俺尿他都没空儿！"最终的结果就像刮了一场风，边世喜反倒乘了那风，愈加自在逍遥了。

杨旗旗尽管惹不得边世喜，但常常把一腔的怨气撒在别人身上。

魏老大忽然想起，王家那诱人的杂面汤捞饭，那真是好吃——不算稠也不算太稀的杂面条，宽窄一样且薄厚均匀，上面漂着几朵焦黄的山韭菜花，豆面的香味热气腾腾地扑鼻而来，黄澄澄的小米捞饭不软不硬，挑一块送入口中，一噙即化的感觉。

廷妮儿低眉颔首，怯生生地一碗碗双手捧了来，从未享受过如此待遇的魏老大，接碗时那两只大手一直颤抖不止，第一碗稀里糊涂地吃下去，竟忘了仔细品品那个味道。

本来能再吃上两碗，魏老大竟有些急于逃窜的冲动。他总共才吃了两碗，不到他平时一半的饭量。出门时，林满仓往他手里塞了两个小米面窝头，他当时竟看也没看。牛秋红"跟你一般大的都当爹了"的话，一直在他心头涌动，回来以后，他才知道手里头攥的是什么。

在他看来，除了呼呼地吃下东家那半锅无论好坏的饭食，"当爹"，便是他有生以来，第二件尽善尽美且无与伦比的快事了。

魏老大靠着土坯墙半蜷着身子，或许因晚饭吃得太快，或许因窝着肚子，一股气嗝了出来——杂面和炝韭菜花的香味还在。他换了个姿势想睡，左右乱摸索了一阵，却没有摸着垫头的那个桐木棒，这才想起来，是昨晚砸地上的老鼠用了，

[1] 顾不住，顾不住——糠菜！糠菜：谐声落子曲调的弦子声、锣声和铙钹声："叽的咕，叽的咕——仓才！仓才！"

于是从窗台上抓过一块松动的砖垫到头下，仰面朝天躺了下去。

牛秋红的那张笑盈盈的脸，在他的眼前闪了一遍又一遍。不长工夫，肚中竟感到有些空荡，便把林满仓塞给他的窝头翻出来一口一口地嚼——一种对边家的不快，也慢慢地在心头乱窜起来。

在边家的十余年里，魏老大沉默如隔壁那匹黑马，勤快像官井上的辘轳。

黑马只要上了套，便在主人的吆喝声中“呱嗒、呱嗒”地拉，或许咬嚼草料时“嘎嘣、嘎嘣”的脆响，才是它唯一而至高的享受。不舒服时打个喷嚏，闷极了“咚——咚——”地敲砸几下驴圈，至多卷起上嘴片儿，来上一声长嚎——那便是它最剧烈的抒情了；官井上的辘轳只要有人摇，便“咣里咣当”地转来转去，那个油光可鉴的辘轳把，就是它镇日无闲的终极表白。这一切正如他那双巨大的手，铁皮一样的老茧，粗壮硕大的骨节，一面是四分五裂的口，一面是条条暴起的青筋。

在魏老大看来，杨旗旗那一脸惨白倒也可说，最终，也不过是一个死了之后，连家谱也不能写上名字的娘儿们，活着的时候再招摇、再风光，做完传宗接代的那些事以后，也就干瘪为九月里的一根枯瓜蔓了，无可奈何地谢世之时，即使还有谁记起那根枯瓜蔓上，曾经有过“大北瓜”的辉煌，至多也是在棺材头上，给写上个歪歪扭扭的“杨氏”，也就再回不了头了——自古便是面条不算饭，娘儿们不算……

最可恨的是边世喜。去年，李小桃因为看不过，给他做了一双鞋，他无法回报人家什么，抽空儿到村东李小桃娘家，给小桃爹帮忙做了几次活儿。一来多少还人家一个人情，二来如果可以，以后拜人家一个师傅，学个木匠，以后走投无路了，也好讨口饭吃。边世喜找个“茶太烫”的借口，竟抡起痒痒挠，狠命地敲砸他的脚踝骨，让他仔细瞅瞅，“心肝肺咋长到了脚后跟”。

魏老大越想越不痛快：俺“心肝肺咋长到了脚后跟”？啊啊——呸，啊呸！恁那一家人，没心没肺更没有脚后跟，恁就是一坨牛粪！一坨牛粪！

魏老大吃完窝头后，使劲儿地向地上吐了两口唾沫，然后运足力气、压低声音叫了声：“一坨牛粪！”

那声颇具底气的怒吼，和着肚子里爆出的几个响，在他的小屋里一齐消逝尽净之后，全身就涌来一股说不清的舒帖，一个呼噜刚刚响起，就迷迷糊糊地睡了去。

据流传着的故事，边家的发家史，的确和一坨牛粪有关。

对于祖祖辈辈的大坡地人来说，手拿一块脆生生的萝卜咸菜，“咕咚、咕咚”地喝着大碗的稀饭，然后大嚼上一口小米面的窝头或饼子，那是他们世世代代的想望和渴求。至于稳排大坐在八仙桌前，碗中喝汤、盘中吃菜的舒坦日子，那只是一个传说，或一个遥远的希望所在，而边家，却实实在在地这般消受着。

边家的发达，在大坡地一带，被一个口耳相传的故事传奇着，并在人们嫉妒、艳羡、幽恨和无奈的心绪中，不断地加工演绎着——但似乎都坚信，边家的发达和兴旺，确和一坨牛粪有关，因为边世喜父亲的大名就叫“牛保”！

边世喜的爷爷叫“边文”，父母早亡，共有弟兄两个，弟弟叫边武。望子成龙的父母，寄寓着一个文武双全的梦想，谁承望，长大后的文武弟兄却事与愿违，文亦不成，武亦不就。

边文处世圆滑而精明，做完亩半坡地的活儿，便偷闲干些动口不动手的小勾当，像说个媒、倒腾俩烟泡之类的，划拉到手的几个小钱，虽不能保证日日吃香喝辣，却也短不了饭菜里的油盐。不想在灾荒年时，他不知捡拾吃了什么有毒的东西，肚子出奇地鼓胀起来，待产的孕妇一般，媒婆嘴和烟泡手倒腾来的那俩小钱，又生生地送给了卖草根树皮的先生。先生很喜欢，那病却不见好。

边文个头儿本来不高，又加了个鼓绷绷的大肚，走起路来摇摇晃晃，远远一看，秋天里等着下子的大肚蝈蝈儿一般。当地人管蝈蝈儿叫蚰子，所以渐渐地，大家都管边文叫“大肚蚰子”。边文天生的好脾气、好人缘儿，“大肚蚰子”的雅号，只要有人叫他便应，这“大肚蚰子”就流传开来。因此，他人近三十也未娶妻生子。

边文对弟弟边武，有一个简洁明了的总结：富身子穷命。话虽不好听，细想起来却有那么一点儿意思。边武天生的一副好嗓子，在梆子戏男扮女装唱青衣。妻子嫌他太多的女儿气弃他而去，不久，他也离家出走再无消息。

边文的日子也不甚好过，整日腆着大肚子来回晃荡，后来跟着一帮山东的客商，到山西漂了一段日子。谁承想，他回来后竟变成了一位揣骨算卦兼安坟镇宅的先生！加上天生的一副好嘴皮，头脑也灵活，大坡地村之外的三五十里，也有人时不时牵马坠镫地来请。那卦究竟灵与不灵，大坡地人并不知晓，因为也没人找他算，他也从不给谁算，在外边的远处，“大肚蚰子”边文，却有些或真或假的虚名。

却说有一次，沙水县的绿营兵，有一位正七品官职的把总，把“大肚蚰子”请去算卦兼安宅。边文被把总折腾了好几天，啥事都办完了早急着走人，可把总却没有给钱的意思。

边文只知道县太爷是一大官，也见过一些扛着洋枪的兵很是厉害，跑得再快的人，几十步之外便打个跟头栽了去。这把总还是拿着大刀片儿——芝麻大的官儿也来折腾自己，他便有些瞧不上眼。由于急着要走，内心也渐渐地焦躁起来。因为把总和太太相处得不太和谐，他老怀疑太太红杏出墙，就叫边文给夫人卜一卦。

边文见过那女人，属于倚门唱曲儿、侧目窥人、掩鼻窃笑、泪眼颦眉的那种。她水蛇一般的腰身，魂不守舍的神态，丢了东西似的。边文做完了把总原来交代的事项时，那女人拿出一件破皮袄送给了他，意思像是要抵顶了他几天的辛苦。

看到那件脏兮兮的皮袄，边文像被一群绿头苍蝇绕着飞，正是“有疮好摸，有话好说”，边文整日心事连连，神经质一般地乱念叨，但把总夫人的卦却不能不算，骨也不能不揣。

锦罗帐里哼哼唧唧，极不情愿地伸出一只玉手。边文这边，脑海里仍是那件破皮袄。他摸着那只玉手，心不在焉地念叨：“唷？三伏天给弄件破皮袄，干啥？养汗（汉）？”

话音刚落，摸着的玉手忽然飞蹿起来，“啪、啪”地抽打了边文几个脆耳光，直打得他两眼发黑，脑袋“嗡嗡”响。边文急急地喊：“哟！动武了？说差了？不是养汗是啥？”

边文的意思是提醒夫人，你给我件破皮袄没用——那是一件富人嫌脏、穷人又穿不出去的东西。红罗帐里的娇夫人雷霆一般跳出来，一边抽打边文的耳光，一边厉声喝叫：“打这王八蛋，照死里打！”顿时，一顿拳脚棍棒铺天盖地而来，边文登时昏死过去，口中不住地流着黄汤。

把总看势不好——本来的一件小事，真要弄出人命来，真也不是个交待，找几个人把边文抬了，“吼吼喳喳”地送到了沙水县衙。

把总的手下将边文抬到知县衙门后，便去禀报知县老爷。知县老爷手攥一只精致的花葫芦，在训斥一位衙役：“这葫芦尚可，这‘叫哈儿’不行！”

知县老爷眼睛眯眯的，审视着手中的花葫芦，审视够了，猛然拍下桌子就是一声吼：“生就的一个枣木橛，十八面儿下线，砍不成个耳朵勺！尔等！——孺子不可教也，朽木不可雕也！粪土之墙不可圬也……”

知县老爷拿的葫芦，是一个专门制作、专装蝈蝈儿的葫芦。葫芦青小时即用原模套起，随着葫芦长大，原模上的花纹，也就印在了葫芦上。长成后取下原模，就成了名副其实的花葫芦。然后锯下拇指宽窄的一截做罐口。上档次一点儿的，就使用玳瑁、紫檀、海黄花一类，雕琢打磨后做罐盖。这样就制成了一只精美的蝈蝈儿葫芦。

葫芦经饵茶洗过晾干之后，变得光滑又结实，内部又有天然的纹理，装上蝈蝈儿，声音有很好的反射，也利于蝈蝈儿爬行。蝈蝈儿本是百日虫，欢蹦乱跳的时光不过四五个月。有钱的富贵人家，想在严寒的冬日，也能听到蝈蝈儿脆美的叫声，便有人专门在冬季里繁殖蝈蝈儿卖。从腊月到年后，天寒地冻的日子里，就有人能欣赏到错季的优美。

知县老爷说的“叫哈儿”，是经培育后的上等蝈蝈儿，不仅叫声悠扬响亮，还可以模仿蛤蟆，发出低沉、圆润而有节奏的叫声。在滴水成冰、万物萧疏的酷寒时节，让人闭上眼，就到了草繁水深、生命如歌的绿色世界。

受训斥的衙役见把总的人来叫，逃命一般撅着屁股退了出去。知县老爷闭着眼睛捻着胡须听完缘由，心中忽然来了兴致：早就听说，把总的那个妖精女人，天生不是什么好货，可天下，真有这么灵验的先生？他便半脸神秘、他半脸凝重地站起身来，顺手拿起一块擦嘴的手绢，包了花葫芦坐到了大堂上。

堂下的边文，仍旧在地上蜷曲一团，从把总家到县衙，嘴里涌出大口大口腥气的黄汤，还不住地冒泡。堂上的知县老爷，看看喘息着的边文，猛地一拍惊堂木，左右衙役雷鸣般的吼声震天。边文经过这一震一吼，浑身一激灵，吐出一口黄汤之后，竟醒了过来，摸摸瘪下去的肚子，忽然感到说不清的许多舒服——只是浑身无力，支不起个头来。

知县老爷喝道："异端邪术，妖言惑众！揣骨算卦，污蔑良家妇女！该——当——何罪！"威武的吼声像猛虎下山。

边文本想抬起头来，只觉水桶般粗细的脑袋，还在"嗡嗡嗡"地响，浑身像坐在船上似的，忽悠悠地荡。知县老爷继续吼："念你初犯，先把我手中的东西看看——里边装着何许物件？若真的说准，便可另论；若胡猜乱道，则勿用辩驳，老爷的板子，可多少天没闻到腥了！倒看看你多硬的屁股！"

两边的衙役再次山呼雷动。边文一个激灵，勉强抬起头，大声喊道："老爷饶俺，才刚刚儿，叫人打得不轻，又离得太远——俩眼冒金星，如何看得清？"说完，又栽下头不动了。

站在知县老爷一旁的主簿，急着找知县老爷说事，也不愿看那一地腥臭的黄汤，从知县老爷手中接过葫芦拿到边文跟前："看清没有？谅你也是个骗吃骗喝的懒杂种，趁早去南监等死吧！"

主簿之所以这样说，是因为那只花葫芦原是朝廷里传出来的东西，民间根本见都见不到，最低档的东西，恐怕也在十亩良田以上的价格。

边文听到主簿这么一说，拼尽全力大喊大叫起来："老爷！你真要把俺'大肚蛐子'，弄死到这个玩意儿里边？青天大老爷！你真要俺'大肚蛐子'，死在这里边？"

一霎时，大家惊得目瞪口呆。边文喊了两声后，又体力不支躺倒过去。

边文的意思本是说，老爷你因为那只花葫芦，要了我"大肚蛐子"边文的命，于理不公；知县老爷和众衙役理解为，边文真的有本事，他看上一眼，就知道花葫芦里边，盛装着一只蝈蝈儿！

尽管把总夫人不依不饶，但那个似乎有些妖气的边文，知县老爷真的不愿再招惹了，断了个“事出有因，查无实据”了事。

当大堂上空无一人，边文才摇摇晃晃地爬了起来，虽然仍是头晕目眩，毕竟肚子瘪了下去，除了脑袋，全身顿觉轻松了许多。他晃里晃荡地出了县衙，心惊肉跳地回到了大坡地村。

大坡地向北不足百里，有一条横跨太行山的关隘，常年驻守的绿营兵达四五千人，绿营兵的首领姓杜，人称“杜防御”，正五品的武官。衙署设在邢州。

杜防御的公子生了一身癣疥，需要一味中药配伍，那中药便是太行花。太行花本属稀缺物种，即使一世专门采药的人，也寻不到多少棵，况且又一年年地减少。

杜防御托沙水的知县寻了两棵，公子用后，癣疥果然好了许多。杜防御又听了郎中的指点，说太行花有回春之功效，就以太行花为主药，配了几粒药丸，服用后顿觉神清气爽、遍体轻盈，五十余岁的人，竟和青年人一样容光焕发、活力四射，连他的三太太服用了几粒后，身上多年的淅淅沥沥，也干净了许多。

郎中又指点，若用新鲜的太行花配药，将有百倍的功效。杜防御费尽周折，寻了无数的园丁花匠，竟没有种活一棵——种下的种子，要么不发芽，要么等长出第二片嫩叶时，便蔫蔫地死去，更不用说开出花来。

杜防御再次找到沙水的知县，知县把边文举荐了去。

边文遭绑架一般，被强塞进一顶蓝皮小轿。来到邢州的第一天，杜防御派了两个洋枪兵形影不离地跟着。边文使尽了装疯卖傻、鸡鸣狗盗的千般解数，无奈杜防御铁了心，他要在邢州的土地上，种出一片太行花来。

太行花唯中国独有，中国唯太行独有，药用价值极高。大凡越稀缺的东西越难侍弄，早先曾有不少人试种，最好的结果，也是长出第三片嫩叶后便死去了。

东北的千年野参，据传也相当的神奇，找参叫作“放山”，挖参叫作“抬参”，挖参的剪称呼为“快当剪”，挖参的刀称呼为“快当刀”，终于找到之后，还要用两头拴铜钱的红绳系住，不然挖的时候，人参娃娃会跑掉。东北老山参难得的金贵，比瑶池的蟠桃差不了多少，但毕竟养了出来。而这太行花，似乎比东北老山参更娇贵，人们花尽了心血，就是种不出一株来。

也正因如此，边文才死活不敢答应，直到两个洋枪兵拿枪对准了脑袋，为了不致顷刻毙命，他才应承下来。应承下来之后，边文便和洋枪兵一起，到太行山寻找花种。从五月一直到深秋，在太行深处棋盘山里的一户人家，终于找到三棵。不想那人死活不卖，只说为了采这三棵花，家里丢了一条人命。急得洋枪兵朝天连放三枪，才花三十两银子最终买下。

边文把针尖般大小的一小撮花籽，小心翼翼地用红绸布包好，装入一个随身携带的小木匣中。终可暂吁一口长气的边文，将已风干的三棵太行花棵子，顺手扔给了旁边拴着的牛。

他们轻松愉快地向回赶，兴冲冲地爬上了最后一座高山。三个人半蹲着，哆哆嗦嗦地沿着石阶往下走，没想到深秋雾浓，苍苔露冷，提匣子的洋枪兵一个站立不稳，翻了几个跟斗后，哼都来不及哼一声便不见了踪影。眼看着那个木匣，在石阶上跳了几跳后碎成数片。那个红绸小包，随风飘摇起来，来来回回晃悠一阵，便落入万丈深渊。余下的两个人镇静下来之后，来回找寻一阵，只看见挂在葛条上的那支洋枪，还在半山腰上荡着秋千。

边文和那个没死的洋枪兵吓个半死，两个人一直蹲到夕阳西坠又红日东升，边文才猛然站起来，招呼没死的洋枪兵："回去！"洋枪兵问也没敢问，跟着边文，哆哆嗦嗦地又往山里走。

原来，边文听说，棋盘山中生长着一种鸟衔茶，是从南方飞回的鸟，吃了茶籽未消化，把屎拉在树洞中生长出来的，且茶的味道奇美。边文想，那被牛吃掉的棵子上，说不定也有余下的种子。于是，两个人抱着试一试的心态，奔着一泡牛粪撞大运去了。

等到了那户人家，天已过中午，两个人进门就急急地打问："那头牛从昨天到现在，拉过没有？拉过几泡？都拉在了哪里？"

牛主人满眼迷惘："这养羊喂牛，都操心它吃了多少，喝了多少，有没有病，上不上膘，有谁吃饱撑得学狗叫，管它做作[1]多少！恁俩人天天在山里边乱转悠，敢是叫妖精狐仙给弄迷糊了吧？就是撑得学狗叫，那满圈的牛粪，狗也不知道是哪头牛，啥时候做作的哪一泡！”

正说着，只见牛的屁股后边，一坨黑黄的牛粪还在冒着腾腾的热气，二人急忙找了个布袋，将那坨热腾腾的牛粪，宝贝一般装了起来。

当二人将那坨热腾腾的牛粪，背向邢州的时候，边文的心，却随着离邢州的越来越近，变得越来越凉。当看到杜防御哭笑不得的那张脸时，他真的感到，项上人头，已经归别人所有了。

“能行？”杜防御的话中又充满了期待。边文为了脖子上的脑袋，信誓旦旦又言语凿凿。最后，杜防御找了个废弃的小花园，将边文安置在了那里，洋枪兵增加到五人。

边文思谋着，那牛粪里的花籽是多半没有，即使有，那牛的五脏，远不比鸟的肠子，况且牛还反刍，即使有，也早变成了其他的什么玩意儿，即使没有变成其他的什么玩意儿，也不见得能生长出一株绿油油的什么活物来。于是他将那一坨牛粪，顺势顺手撒到了花园内假山石下面。

住在小花园里的边文，心情一天比一天焦躁，每天的日子，数着指头算计着大限的到来。五个洋枪兵，形影不离地跟着。

一日，闷急了的边文到野外转悠，看到那苍茫的大地，忽然感到活着是那么的美妙，哪怕是每天吃一碗泔水剩饭也行。熙熙攘攘的人流里，他真的感到天也美，地也美，每个活着的人都幸福无比，连呼呼的寒风都像在唱歌，而在不久的将来，他将告别眼前的一切，惨不忍睹地被钉进一个木匣子，将世界化为一片黑暗。他多谋善变的头，他巧舌如簧的嘴，他洞察秋毫的眼，连同他的胳膊和腿，都将变成谁人脚下的一抔细土！于是，一股无可名状的苦痛涌上心头：在能活的日子里，总是抱怨天不公，地不明，把自己留在世上，忍受了太多的苦痛与折磨；在离死

---

[1] 做作：当地方言对大、小便等不雅行为予以文明表述的替代词。不同语境下，亦指把事情搞得很糟糕，或用不应该甚至下流手段玩弄人或祸害人。

不远的日子里，才真正知道，能够睁着双眼看世界，那是多么难得而奇妙！

他幡然悔悟，父母留下的二亩山坡地，那才是幸福的根本所在！他万分痛恨自己，如何就冒出那么多稀奇古怪的想法，最终自己葬送了自己！如果真能不死，他啥也不求，能种地就行！

边文漫无目的地胡乱转悠，发现地边的土堰上，长着两棵地黄，当地人叫“炮仗花儿”。炮仗花儿开花的时候，是小喇叭形紫红的圆柱状花朵、椭圆的锯齿状的叶子，和太行花相比，花虽差得远，毕竟叶子有三分相像，于是他连根挖了几棵带了回去，种在了花园的一角。

一冬无事，边文整日在花园里晃荡，渐渐地和杜防御的小女儿媚儿熟了起来。媚儿和杜防御一样，个头儿不高，小小的眼睛。她曾嫁于一州判的儿子，出了些端倪被休后，回了娘家好几年。

边文经过先前的那一顿痛打，坏事却变成了好事，肚子也恢复了正常，细细看上那么几眼，鼻是鼻、眼是眼、眉是眉的倒也端正，加上能说会道和揣骨算卦的本事，颠翻个无甚大思维的小女子，也不算一件太大的难事。也或许是因为，最焦躁的时候，捞饭也解渴，没有了朱砂，红土就为贵？阴错阳差的边文，很讨媚儿的欢心。日子久了，二人眉来眼去的有了些意思。

待到第二年春天，杨柳又吐新绿的日子，边文种下的地黄吐出嫩叶之后，杜防御切实感到，他那个迫不及待的希望，正在一天天变凉。他异常烦躁地对媚儿说：“如若养不出太行花来，再不许和边文往来，给他留条性命，便是谢天谢地的事了！”

谁知三月末的一天，媚儿又悄悄地溜进小花园，看见颓废的假山下，一株绿茵茵的植物，胀着雪白雪白的骨朵！椭圆形锯齿状的叶子，翠绿翠绿。边文一看，一把抱起媚儿，兴奋地大叫起来：“太行花！太行花！”

原来，太行花本为耐阴植物，一般生长在沟谷上部的悬崖上，或峭壁下的瘠薄土壤中，不喜欢太多的养分和光照。过去种植的人们，给了太多的娇贵，太行花反而不能生长。而边文抛到假山石下的牛屎坨，里面不仅有花籽，而且那些花籽，正好应了这个特性！

媚儿嫁与边文后，杜防御给边文谋了个盐运司经历的差使，官不大，却不仅实实在在地管钱，还实实在在地管那些稀缺之物，是个万人有求、坐地收利的营生。

边文和媚儿后来生了牛保，也就是边世喜的父亲。这牛保的名字，究竟是撞姓撞到了一个牛姓人手里，还是为了纪念那坨热腾腾的牛粪，是一件不得而知的事。

奇怪的是，太行花在小花园中绽放之后，花园里的其他花属，当年竟一枝也没有开放。第二年，小花园里的太行花便销声匿迹了。边文想尽了办法，竟没有一棵再生长出来！

阔门有奇传

第五章

孽业祈神护　冤苦凭谁诉

昨日晚上睡得早，鸡叫三遍过后，魏老大便醒了。他常和别人说，自己天生的贱命，觉自小就少，无论冬夏，头挨着枕头即睡，五六个小时的觉，到时即醒，睡的时间一长，便头昏眼花精神不振。即使漫长的冬夜，天明得迟，也得起来活动活动。外面天寒地冻，他便在自己的小屋子里来回转悠，躺的时间长了，老感觉身子下面有东西在跑，夏官井的辘轳，几乎每天都是他第一个摇响。

魏老大早起后，先给屋里屋外的几口大水缸担满水，然后把院子的角角落落打扫干净，闲着没事，便去听棚里的牲口，“嘎嘣、嘎嘣”地嚼吃草料，“咚、咚”地用蹄子捶击驴圈，“哗哗啦啦”地撒尿。每天如此，歌谣一般地陪伴魏老大送走寂寞，迎来新一天的曙光。

魏老大闲着无事，早早地便学会了抽烟，他不知从哪里捡来一堆黄澄澄、明晃晃的弹壳，找铁匠精打细做了一个烟袋，从烟袋锅到烟袋杆，全用黄铜的弹壳打造。烟袋经天长日久的摸索，太阳下闪着耀眼的金光。

去年，少东家边进财的媳妇李小桃，找了一块花软缎，小针细缝做了一个烟荷包，用来盛装自产自销的旱烟叶。烟荷包厚厚实实的，用了双层的缎子缝制而成，柔软而光滑，阳光下反射出五彩的光。缎面上织就的暗花，正看和斜看会有不一样的颜色，绣花的黑丝线搓了一根绳子系了，绑在烟袋杆上。

魏老大每日起来后，做完手中的活计，掂着黄烟袋，在寂静的屋外屋内转悠，倒背了一只手，巡视检阅一般来来回回走。也只有这时，一种活人的感觉和滋味儿，才会在心头慢慢地复活。等边世喜夫妇打开那扇沉重的屋门，除非外出做活儿，他会不由自主地把放在后背的手放到前面，静悄悄地蜷曲回自己的小屋内，冬眠一般地蛰伏起来。

李小桃已经起床，在“哗啦哗啦”地洗漱，边世喜站在李小桃院子的二门边，倒背着手，好似在看那两排清丽硕壮的珍珠梅。见魏老大过来，便说：“早些吃饭，套好车，去静峦寺逛荡逛荡！”

边世喜前些日子经常到静峦寺去，魏老大撞见过几次。谷苗正锄三遍的时候，还看见他领着一个小女子，在那一带转悠。一段日子里他曾留心观察，边世喜光头净面喜庆洋洋的时候，不是要到静峦寺那边去，便是刚从那边回来，而每逢此时，话也多了起来，脾气也好了许多，简直是逢人便讲，见人就笑，老鼠般的一对小眼睛光芒四射，两只瘦削的肩膀也提了起来，细长的瘦腰，走起路来也十分的活泛，瘦胯随着那个瘦腰，一左一右地跳跃，仿佛表演着一曲欢快的舞蹈。最近的十天半月，边世喜倒是没怎么往西跑，好像往东北角的薛姓女子家去了几回，几天前，还叫魏老大给人家送了百余斤麦子。

吃过饭后，魏老大牵了那匹黑马套上了车，将马拴在门口的夜合欢树上，坐在大门边的上马石上静静地等。

魏老大抽了两袋烟，再前后左右转一会儿，东升的太阳，将夜合欢映照得灿烂一片。他把需要带的东西拿上车，李小桃搀扶着杨旗旗。那个病歪歪的女人，一边走，一边拿手绢捂着嘴不住地咳嗽，嘴里还不住地嘟囔，等咳嗽终于停止，才听清是嫌车上铺得太薄了。

李小桃低着头，一路小跑着回去拿垫子，那女人仍不住地嘟囔：“净是些吃才，都像小狗拨磨，拨拨转转，不拨不转！”

她说的小狗拨磨，是穷人家的小孩子自制的小玩具：用红胶泥摔一个泥坨子，在泥坨子上倒插一根圪针[1]，再截一截高粱秸的外皮，高粱秸皮的两头各插一个泥蛋蛋，将那截高粱秸的中间，放到针尖朝上的圪针上，用手轻轻一拨，便忽忽悠悠地转起来。

杨旗旗咳嗽一阵后，斜一眼牵着马缰绳的魏老大："没吃过猪肉，也没见过猪走？那么粗那么高个人，这人饰衣裳马饰鞍，狗佩铃铛跑得欢！这车也要有个妆盖，没见过谁光着屁股去街跑唻！不知道是真茶，还是假傻，一个个懒得骨头不疼肉疼，饭不少吃，活儿不多做，也不见养出来的一身膘……"

杨旗旗年轻的时候，更像边家的那台老式矿石收音机，只要眼睛睁开，就好像打开了收音机上的开关，无须用电，就能连说带唱地整日呱呱。魏老大倒也习惯成自然，只当听小公鸡学打鸣，没个韵律，只图个动静。杨旗旗也确和那台机器一样，出了毛病后，打开开关，便"叽叽喳喳"地响，声音却令人难受——是想蹦又想跳，那种忍受不住的难受。

李小桃重新铺好了车，杨旗旗坐上后说李小桃："你甭去了，回去看孩子去，有俩大老爷们儿了，又不是去打狼——打也没有，西山上的狼也早死绝了！要不咋不跑出来，把那些少心没肺的东西，叼走他几个练练嘴！"

魏老大坐在车辕后的左边，边世喜坐在右边，吆喝一声，大黑马打两个喷嚏，"呱嗒、呱嗒"一路向西。

四野的庄稼，蓬蓬勃勃地张扬着接地连天的千年绿；齐腰深的谷子，像忽涌忽涌的一片海；高坡低洼沟沟坎坎，全是一片苍翠。大黑马伴着"呱嗒、呱嗒"的蹄声，有节奏地摇摆着浑圆的屁股，雄壮而矫健，脖子上的大铜铃，在晨风中"叮叮咚咚"地欢荡。

大车走进颠颠簸簸的山石路，路两边的柿树和枣树多了起来，渐渐地连成了一片。边世喜不住地调摆着身子，一直半眯着的小眼睛，忽然格外闪亮。

"吁——"边世喜忽然叫停了黑马，跳下车去，在路边跺了跺脚，吆吆喝喝地甩了几下胳膊，又蹬了几蹬腿，四处望望，跳到了地堰下边。眨眼工夫，怀抱

---

[1] 圪针：野酸枣的棵子或单指上面的长刺，也泛指植物上的尖刺。

着四五个北瓜喊："老大！老大！不长心也不长眼？快接快接！回去熬锅猪肉瓜菜，大碗来上两碗，你说舒帖不舒帖？"

边世喜像寻到了一堆宝，魏老大塌蒙着眼，慢腾腾地过去，一边接，一边说："东家，咱家的地，不缺，春天的时候，俺种的可不少。"

边世喜的小眼睛忽然蹿出一团火："天生的吃才！啥也不知道，见东西不拾有罪！天生的穷命鬼，你也不看看，城里的那些大老爷，哪个怕东西打破手！"

魏老大接过几个，边世喜上来时又一手拿着一个，笑嘻嘻地放进车里，一边拍打着手，一边对魏老大说："天生的穷命鬼！你也就当不了老爷，拿俩瓜还两手打战，谁要给你送两块白光光的银锭，那还不吓死你！你又不少吃，多吃点儿菜，也养养你那个直进直出的臭肚囊！"

来到静峦寺的大坡下，边世喜提了一个小包裹，头也不回上了台阶就走。魏老大本来想留下看护车马，支支吾吾的不知该如何开口。边世喜见他不走，扭回头说："扶太太下车，一起去！你还就是个小狗拨磨，不拿手指头戳你，就不知道动弹！你也进去，实实在在地烧几炷香，虔虔诚诚地磕几个头，说不定哪天，老天爷瞌睡了，从天上给你扔下个媳妇来！"

魏老大一手搀了杨旗旗，一手背了两个大包裹，一步一挪地往寺里走。

那女人上了几级台阶便喘得厉害，剧烈的咳嗽，把脸憋胀成了生猪肝一般颜色。魏老大这才想起来，边世喜不想留在后面，是不愿意和杨旗旗在一起，他怕传染了肺病。一家人很早便和杨旗旗分开了碗筷。

魏老大和杨旗旗三步一歇、五步一挪到了寺门口，早有两个尼僧在那里候着，一个接了魏老大的包裹，一个搀住杨旗旗。

自进门的天王殿开始，观音殿、大雄宝殿……杨旗旗见佛便拜，拜完之后竟没有了太多的咳嗽，嗓子开始拉风箱一般叫唤了起来，原本白苍苍的脸，三月的桃花一般粉艳。两个尼僧待杨旗旗休息一会儿后，将她搀到观音殿里，再次拜过以后，她在蒲团上盘腿坐了下来。魏老大和边世喜在外边转悠着等。

不一会儿工夫，过来眉清目秀、一高一低的两个小尼僧，半闭着眼，手执木鱼，一边念念有词，一边“哪哪哪”地敲着。边世喜倒背着手，神采飞扬地向两个尼僧迎了去。也许是熟悉，待走到跟前时，突然伸出一只手，要去摸高个子尼僧的脸。高个子尼僧像是早有防备，拿着敲木鱼的木棒，闪电一般在边世喜的手背上击砸了好几下，侧过身子宽袖掩鼻，满面怒容说：“施主！灯油供养可随心，认捐布施能随风？都三年了……”

边世喜红嘴白牙许诺寺庙的捐赠，好几次都没有给寺里兑现，全变成了灶里的烟和嘴上的风。这次人家明明白白要他还愿。

高个子尼僧一边说，一边“哪哪哪”地敲着木鱼走了。边世喜鼻孔哼一声，回头看着小个子尼僧，刚想说什么，小尼僧念了声“阿弥陀佛”，伸手向远处做了个“请便”的动作：“施主随喜。”

小尼僧的意思很明白：此处不欢迎，你还是去他处，转转看看吧。

魏老大怕边世喜难堪，一扭身就向前面的大雄宝殿去了。进门后，他对着佛陀，恭恭敬敬地磕了三个响头，然后抖抖地爬起，虔诚无比地望着左手下垂、右手屈臂上伸的佛祖，一股心酸在胸腔里涌动起来。

魏老大又转到观音殿，已不见了杨旗旗。看到慈祥的观音，有一种落泪的冲动，他的那份心情，好似狂风暴雨中的一只小鸡，终于找寻到了老母鸡的翅膀。一个按捺不住的强烈祈求，从心中慢慢升起，他抖抖地拿起香案上的木槌，谨慎又恭敬地敲向那个水桶般粗细的钵盂。钵盂随着那一下不太重的敲击，“当——”的一声震响起来，“嗡嗡嗡”的余音袅绕，在大殿中久久不息。

魏老大站在那里发怔，殿后面走出一位双手合十的尼僧，定睛一看，是寺里的静心师父，到边家化过缘的。他不知如何是好，抖抖地从口袋里掏出两张纸币，放入菩萨前的钵盂中。

那是他往薛姓的女人家送那百余斤麦子后，边世喜既作为奖励，又作为封口费给他的。那两张皱皱巴巴的钞票，叫他兴奋了好多日，也一直随身带着。

静心师父并不作声，静静地站于一旁，过了一会儿，见魏老大仍然不动，指着香案上的竹签筒，做了个“请”的手势。他抖抖地捧起那个筒子，重新跪下，闭上眼“唰啦啦”地摇了起来，确信一支竹签被甩出时，才慢慢地睁开眼。静心师父弯腰捡了起来，慢慢地走向后边。

一袋烟工夫，静心师父又慢慢地过来了，手里拿着一块黄绸布递与魏老大。魏老大打开一看，上面红笔写了一行字，因为不识字，他怯生生地问:“这啥意思，师父给解说解说？”

静心师父慢条斯理：“禅机是不能解说的。”他指指那行字又说：“俺认不得，给念念也行！”

静心师父面容恬淡，轻声慢语：“记住了？——独钓寒江雪。”

静心师父念经一般的轻吟慢诵，像丝竹管弦中流淌出来的音符。过了好久，那个余音袅袅，还在魏老大的耳膜里缠绕着。他把那块黄绢紧紧地一攥，一遍又一遍地念叨那几个字，待确信记牢之后，才小心翼翼地装入口袋里。

他原想，像他这样的苦命，是神仙也不会眷顾的。他尽管分不清各路仙佛和老天爷的区别所在，但永远怀着一个坚定不移的信念和执着，敬畏蓝天白云之上的神明——就像一只迷惘的野兔眷恋自己的窝。大佛那缓缓伸出的手，仿佛给了他一池洗却苦难的圣水。他想，总有那么一天，即使不能和王炳中、边世喜一般神武而风光，至少可以双手叉腰，叼上他的铜烟袋，站在石碾街的北圪台儿上，风风光光地会入人群中去。

魏老大想着想着，不由得把手再伸进口袋中，摸一摸——软绵绵的绸布还在。“独钓寒江雪”，当他再念叨一遍后，隐隐约约地有了一种感觉——在无边的苍穹中随风流浪的他，有一个可依可靠的东西正向他走来，心情便格外激荡起来。

天王殿前长着几棵古色古香的柏树，硕壮的树干包裹着一层层的皴皮，魏老大手掌一般的生涩。听说日本鬼子刚来的那一年，向静峦寺这边打了几炮，一发落在了寺后面的菜地里，一发卡在了寺里的柏树上。他便围着那些树来回地找，最粗壮的那棵柏树，高高的树杈中间，似乎卡着一个大棉花壳一样的东西，不知究竟是不是那发炮弹。

魏老大正在转悠，边世喜疾步找了来：“俺家那个坏事娘儿们，大清早，睁开眼就乱呱呱了一顿，叫俺把大事也给忘了个净年年！你赶紧回去，盐店、米店今儿交账，没有翅膀你就快点儿跑，进财收了两回账了！这回你要给拿不回来，就先停了你的饭，听清没有？”魏老大捏着口袋里的黄布，一路小跑着去了。

魏老大甩着蒲扇一般的大脚，大喘着粗气往村东的盐店、米店赶，心中有几分不甚明了的不悦，但想起静心师父递过黄绢时的神态，心里又渐渐地舒展——白净面皮上，分明绽出来了微微笑容，九霄云外涌来的万丈阳光一般，况且，“独钓寒江雪”这几个字，虽不知究竟何意，但定是一句绝好的谶言，听来就有一种说不出的秀美。

他刚把两个店交的钱收齐，正要往回走，远远看见进财急匆匆地赶了来。他本想拿着钱回寺里交给边世喜，再把他们夫妻接回来，却担心进财半路追上来夺抢，大小东家，他可是哪个也惹不起。于是紧紧地抱在怀里，三步两步跑回了家。

到家后顾不上许多，钻进他的小土屋，先将包钱的布包，藏进炕面的半块破土坯下，再把他那个臭虫咬、老鼠啃的破铺盖卷盖上去，然后把那块黄绢布放到小屋内又一个私密去处。感觉万无一失后，他才晃荡出那间破土屋。

院中并无他人，武老栓正从牲口棚里往外倒腾驴粪。武老栓家住大坡地村的中间，父母早早离世，只留下他一个，长大后，东奔西忙劳苦了好多年，快三十岁了，才娶上个随身携带药锅子的病媳妇。病媳妇继续吃了几年药，后辈人也没给留下半个，就仓仓皇皇地去了。武老栓欠了一屁股阎王债，半路学了个做空心挂面的小手艺，靠嘴里边省两个，吃点儿苦再攒三个，饿不死就继续还债，有口气就拼命做活儿。

据说边世喜拿了他的挂面，既不给麦子也不付钱。武老栓不识字，与一般人的账目往来，全凭双方的记忆和认可。平时在邻里之间，无论拖欠时间长短，很少有人欠账不认的。偏偏遇上了边世喜，一个说拿了二十斤挂面，一个说一点儿也记不清了，又没有个凭据。最后边世喜许诺，给武老栓三圈棚驴粪两清，双方再不提此事。

自从边世喜锁了正南的大门后，全家的进进出出，一般都走李小桃的院子。

院子里本来长着一棵夜合欢，几十年的树龄，巨伞一样的树冠。花开时节，一树毛茸茸的淡黄伴粉红的花，远远望去，像一把把柔嫩秀丽的团扇。站在树下，一股淡淡的幽香扑鼻而来，小篦子一般的树叶，一对一对地夜合昼开。

边进财发神经刨掉那棵树后，李小桃在院子的两边栽了两排珍珠梅，闲来无事不断地侍弄，如今已长得魏老大一般高的棵子，苍苍翠翠的一片。未开放的小花蕾，比一串串的珍珠还娇丽，已开放的五瓣花，晶莹似雪，洁白如玉。

李小桃坐在西墙根下，正给那个一身脓疮的儿子喂奶。李小桃的弟弟李小旦，十一二岁的样子，手里牵了一根线，一头拴了一只知了，蹦蹦跳跳地在院子里玩耍。

李小桃是村东李木匠的闺女，娇美清秀的面容，比盛开着的珍珠梅逊色不了几分。当年，边家父子疯了一般托人说合，最后还搬来了杨旗旗在警备队的表侄，连吓带哄之后，"嘀嘀嗒嗒"地将李小桃娶了过来。开始的一段日子，小两口倒也如胶似漆地恩恩爱爱，时间一长，边进财又猫叫春、狗走窝[1]一般，锁不得关不住，便不时地拌嘴。开始的时候，边世喜还或真或假地数落进财几句，渐渐地也没有了好脸色。

魏老大从来没有摸过那么多钱，心正怦怦地乱跳，边进财笑嘻嘻地进了门。这么多年，魏老大还没见过，边进财能有这般的好脸色，只装作没看见，一扭身回到中院，蹲在破土屋的门口，两只胳膊一抱，就把头伏了上去，不吭也不动。

边进财站在他身后，心缓气慢，态度友好："哎呀呀呀！这有福之人不用忙，没福之人跑断肠。刚刚听说，你替俺把账收了？啥时候，叫小桃给做顿好饭。——拿来吧？家里边谁有事我给谁说，万不碍你……"

边进财软硬兼施了一大通，魏老大竟睡着了一般，不仅一声也没有回，而且抱着胳膊窝着头的姿势也没有变。边进财性起，半蜷起手，拿指关节连连敲打魏老大的头："茅连石！又臭又硬！茅连石！"边进财说的茅连石，是茅坑边那块斜放着的石头。那块石头，在方便时起缓冲作用，避免落入物溅起下面的脏东西。

边进财走后，魏老大索性爬上小土炕，把头往那卷破铺盖里一拱，把喘气都

[1] 走窝：猫狗类发情。

给藏起来了。他实在害怕进财再来讨要他的包，一来不好和边世喜交代，二来这钱到了进财手，不去赌场便入了柳巷，总没有个好的使唤。

魏老大的头一直在破铺盖里拱着，隐约听到西院“噼里啪啦”的厮打声，一会儿就是边进财的叫骂声和李小桃的呼叫声。安静下来以后，他才慢慢地踱出来。

李小桃满脸涕泪，披头散发，一只袖子只剩下半截，一条裤腿撕裂到膝盖，一边抽抽噎噎，一边给弟弟李小旦洗鼻血。李小旦玩耍的两只知了，一只被踩踏稀烂，一只挂在了珍珠梅上，正扑棱扑棱地嘶哑着嗓子叫。

武老栓捂着汩汩流血的手，来回踱着步，一副无可奈何的样子。推粪的小车在一旁翻着，洒了满院的驴、骡粪，一群蚊蝇在上面，欢喜无比地东奔西窜。

见魏老大过来，武老栓的嗓门忽然高了起来：“这，这，这一家人，嗯？咋连个拉架的也没有？听不见还是吓破了胆？”

魏老大哼哈两声，找了块棉花套子，烧过之后，将余下的灰烬搭在武老栓手背上。武老栓回头又埋怨小桃爹：“这李木匠也是，精明一辈子，糊涂一阵子，小野兔供养饿老雕，高攀不要命了……”

魏老大给武老栓使个眼色，杨旗旗拽着边世喜的后衣襟，气喘吁吁地从大门进来。边进财眼疾手快，把拿在手里的妆奁盒往腋下一夹，弯腰捡起地上的两个银簪，扭头就不见了踪影。

杨旗旗看一眼满地狼藉和披头散发的李小桃，一边咳一边嚷：“干啥唻？干啥唻？又大闹东京了不是？”看了看李小旦堵着的鼻孔，比画着说：“看看，看看，把娘家厚待都搬来了？行，行——老大！去，把李木匠叫来，叫那个名声在外的能工巧匠也看看，一辈子斧子劈的也不少，自己家不顺丝缕的东西，咋不知道早早拾掇拾掇！再问问他，那成不了材料的东西，是不是该剁砍剁砍……”

李小桃双肩一耸一低头，双手捂着嘴跑回了屋。杨旗旗一跺脚：“有娘生没娘管的东西，不知道丢人现眼！怨不得人家说，能要大户人家的丫鬟，不要小户人家的小姐！”

武老栓去了牲口棚打扫，或许是气不过，靠着喂牲口的大石槽，冲着大黑马和大灰驴嘟囔：“驴踢马咬，死赖活赖！”

杨旗旗正要扭头走，听见武老栓含混不清的嘟囔，把攥着的手帕一把甩出去，忽飘飘又落回了脚下：“哎哟！还没看见呢，羊圈里头跑出来头驴驹子，俺当是啥大东西嘞！驴尾巴连驴屁股都苫不严，你也敢咸吃萝卜淡操心？连个赖娘儿们都养不住，倒想操心皇帝爷爷的登基大典！”

边世喜小眼睛一翻，唾沫横飞：“咦？还真是，屎壳郎碰见个闹肚子的，过上吃喝不愁的好时光了？有空儿操闲心了？”

慢慢地起了风，浓黑浓黑的乌云，自西北涌了来。魏老大卸了车，给牲口添上草，把李小旦送回了家，武老栓歪着头噘着嘴，一颠一颠地去了。

魏老大回来收拾完该收拾的东西，看看院中还有李小桃晾晒的衣服，几次跷起了腿却又缩了回去，生怕边家人看见后，又问他“心肝肺咋长到了脚后跟”。

时间不长，扯天扯地的大风刮了起来，大风刮进院中，旋上几旋又冲上半空，两排珍珠梅被风卷裹着，惊恐逃窜一般乱作一团，被吹落的白花瓣乱纷纷地四下飘散。一道道白光在乌云中忽闪着，天边传来几声炸雷的脆响，黑暗暗的天空，像一张怒不可遏的鬼脸，透亮的雨滴砸下来，“噼噼啪啪”地爆响着。

魏老大忍不过，将铜烟袋插到腰间，把李小桃的衣服一一收起送入屋内。李小桃抱着儿子壮壮，壮壮一双惊恐的眼看看魏老大，又歪过头钻进李小桃的怀里。家里摔坏的镜子、翻倒的椅子、打破的坛子，七零八落撒了一地，李小桃卧室外边的花格子隔扇，透了个簸箕大小的窟窿，里面花格子床上，绣了一对鸳鸯的帐幔，有一半踩到了地下。

魏老大将手中的衣服放在一边，左看看右瞧瞧，弯腰低头地正要往外走，不想李小桃“呜——呀”一声哭叫起来。

魏老大晃悠一下，看看外面雷电并作的大雨，回身看看借着雷声、雨声才敢吼喊一声的李小桃，弓着腰，拍打着两只大手半求半劝：“这雷鸣电闪的，姑奶奶！悄声点儿，行不行？……”

祷告似的念叨着“姑奶奶！悄声点儿”，人却逃命一般蹿回他的小屋内。

魏老大躺在自己的小土坯炕上，想起了早起跪拜的佛祖——无忧无喜的慈祥面容，给人扑入娘怀的感觉，但是，他的娘死了，再也看不见找不着了。那天，在知道失去娘的一刹那，他稀里糊涂地排泄了一裤子，醒来后，再也感受不到娘的温暖了。娘的那双圆睁的眼，成了他伴随永生的痛。娘病痛难忍的时候，叫他扶着她靠在塑像上，或许是想借一借神力，以延续苦难的生命？埋了娘后，他竟忘记了看一看，那尊神像，是否也有一双佛祖般的巨手。

魏老大想着想着，竟也抱了头，呜呜咽咽地伤心起来，猛然间，两道闪电，把浓黑如墨的天空，照耀得瓦亮一片。

他从朝西的小窗户向外张望，一个榼栳般大小的红火球自天而降，火球拖着一道蓝莹莹的亮光，落到村西一带，紧接着，又传来一声震耳欲聋的巨响。巨大的响声过后，天空上回旋着“轰隆隆——”的尾音，响声尚未停息，杏核般的大雨点，带着一股透骨的寒气瓢泼而下，满天的乌云变成了青白色。

他突然感到，一种从来没有过的孤独和恐惧，正向他劈头袭来，急忙找出那块黄绢，紧紧地抱在怀中，嘴里不住地念叨：“独钓寒江雪，独钓寒江雪……”

第六章

梨花助酒醇　深山有佳人

小账房白锁住，大早晨跑过来说，烧锅酒坊的酒师傅，昨天黑夜突然找不见了。王炳中吃过早饭后，抬脚就去了。

酒坊门前是王家的谷场，谷场很大，能同时放十多套碌碡碾场，谷场下是一条深沟，当地人叫“大北沟”或“北沟子”。沟里有一条土路，是向西经三道岭入棋盘山的必经之路。酒坊大门朝北，门前长了一棵硕大的皂角树，和牛头垴上的另一棵遥遥相望。这棵树每年都缀满密密麻麻的皂荚，都说这一棵是雌树；牛头垴上的那一棵，除了掩映在万山丛中的一片葱茏，什么也没有，都说那一棵是雄树。

烧锅酒坊阔大的门、宽敞的院落，院子里可同时停放二十多辆马车。院子的四周，全是一色的青砖蓝瓦房，院子中一道花格墙，隔成了东西两院，东院是名副其实的车马店，能吃能住，西院才是烧锅酒坊。

王炳中进得门来，车马店里只停靠着两辆马车，几个人正围在一个磨盘上吃饭，南腔北调的口音，在真江湖、假义气的新旧故事里，你争我抢地喧嚣着。

周大中正跷着二郎腿，指手画脚地吩咐着什么，白锁住斜着不规整的瘦身板，想说欲说又轮不上说的样子，着实有些急不可耐，摇晃了几下脑袋正想走，见王炳中进来，将坐着的那把木椅，一路小跑搬了过去。

白锁住十三四岁的样子，他娘原是王家常年雇的女杂佣，干些洗洗涮涮、看管门户、帮厨做饭类的杂活儿。

日本鬼子来了之后，土地不能好好耕种，锅灶难以准时冒烟，即便是优裕惯了的边家，除了一本万利的魏老大，也把长短工都给辞退了。王家的境况尽管还算稳当，王维贵一来是为了缩减开支，二来是避免树大招风，所以除了林满仓、周大中，还有酒坊、酒楼里十数个离不开的劳动力，也借机把其他人全部辞掉了。

锁住娘在王家做女杂佣时，和牛秋红攀上了老亲。她离开王家不久，平时工于算计的牛秋红，却不知中了哪门子邪，硬是让白锁住这个十三四岁的孩子，管起了酒坊的账。因为白锁住什么也不懂，什么也不会，各项账目仍由周大中统筹，唯一的结果，是王家多了一个有用无用的小跑腿，账上多支出了一份银子。

王炳中看不上这个多余的小差遣，连他搬来的椅子都没有坐。

周大中低首弯腰，向王炳中禀告了酒师傅跑掉的原委，说到要害的时候却吞吞吐吐。酒坊的其他伙计，都纷纷各忙活计去了。

原来是山东一皮货商住店，一男一女合作买卖，来到大坡地时，女人染了疟疾，在店里住了好多时日也不见好，二人商量一下后，女人留在了车马店，男人领着伙计上了山西。

男人在回行的路上，先是遭了匪劫，不想，翻越太行山时，又有两匹骡子连同驮运的货物，一齐滚入山涧，回到大坡地后，连女人的饭钱也无力偿还了。

在男人西行的那段时间，不知是酒师傅拈花惹草，还是那女人耐不住寂寞，两个人竟做出了风流事，男人回来后发现了端倪，便讨要说法。经多方说和，最后说定，由酒师傅代偿女人的店钱、饭钱后两清不欠。不想，女人因为靠上了酒师傅，可着劲儿地吃喝消费，酒师傅把余下的工钱全搭进去，还欠几块大洋。

王炳中舀了半碗烧酒，“咕咚”一声喝下去，说：“没有金刚钻，硬揽瓷器活儿。看！大掌柜被了二掌柜的伤[1]不是？算啦，大中，还是你来办这事，把酒师傅找

[1] 被了……伤：受到了……伤害或吃了……的亏。被伤：受到伤害。

回来，工钱照常给他结算，叫他该干啥干啥去——做买卖的也不容易，欠账不提，两清走人。”说完后便回家了。

前些天早来出天花，牛秋红点蜡上香，请神送鬼地一直闹，说是怕那些不好听又不好看的勾当，惊扰了痘奶奶，为了监督男人在她睡熟后往别处跑，让王炳中睡在她的套间外，想不到的是，她还往那张木床上拴了好几串铃铛。

王炳中想起那张铃铛床就满肚子撑胀。刚进大门时，雷月琴斜倚在西房的门框上，左手捏着绣花的撑子，右手扬着绣花的针，嘴里噙着绣花的线，正迷迷离离地向着大门口张望。王炳中刚转过冲门的木屏风，她细腰一忽闪就扭进了屋。王炳中清清楚楚地看见，进门时，她紧贴在后胯上的绣花撑子，花点头一般地招摇了好几下。

王炳中浑身一轻，三蹿两跳就进了西房，热热烈烈地定睛看时，雷月琴已端坐在床幔边的梳背椅上，正满目流光地穿针引线。王炳中激动难耐地跨上前去，双手一抱又一轮，雷月琴就被扛在了肩上。她的两只脚上上下下欢快地扑腾着，一只手伸进王炳中的后腰里乱抓，另一只手朝着窗外指指画画，嘴里“呜呜嗯嗯”地叫。

王炳中紧抱着雷月琴的两条腿，趄到窗边踮着脚，张张望望地向外边看，雷月琴大喘着粗气说：“驴！驴！松手，松手！叫俺下来！你不就是摇了几黑夜铃铛，那怨谁，怨你犯贱！驴！驴！松手，快点儿！叫那拴铃铛的瞟见了，家里头可就真蹦出来妖精了！”

王炳中“嘿嘿”两声，把肩膀上的雷月琴颠了颠，腾出一只大手，拍打着她的后脊梁说：“蹦啥妖精，你不懂！这种时候，大妖小鬼都得绕道走，咱这个东西，还有一个功用——它天生辟邪！”

王炳中把雷月琴放到床上，刚拉下半个床幔，就听见牛秋红对着窗子，脆生生地喊：“风来了！雨来了！王八敲着鼓来了！那么长的闪电忽闪忽闪，恶雷没好雨！”时间不长，兜头的大雨，铺天盖地倾泻而下。

雷月琴重新梳了头，捏着小镜子的一只手，搭在王炳中的后肩上，夹着粉饼的另一只手，蜷贴在自己的瘦腰上，蝶恋花一般地左瞧右照，心满意足之后，两条胳膊刚箍住王炳中的脖颈，忽见天空一团耀眼的火光闪过，一个火炭般的圆球，拖着长长的尾巴向西花园落去。一声巨响之后，脚下的地和头上的房顶都在一起颤抖。两个人正愣着，一股浓浓的烧硫黄味道扑鼻而来，王炳中叫声“不好”，反身抓起一把油纸伞，风驰电掣一般奔西院而去。

王维贵坐在屋子中央的太师椅上，手里拿了那支长烟袋，“吧嗒、吧嗒”地在抽。廷妮儿坐了一把小凳子，在太师椅后边瑟缩着。王维贵不说话，将手里的大烟袋向身后一伸，廷妮儿抖抖地装上烟叶，又抖抖地点上火。

一阵又一阵的疾风暴雨，稍稍地小了些后，王维贵说：“你去跟满仓说，啥时候雨停了，啥时候吃饭，把大门上好，谁叫也不给开，锁住娘拿来的点心，各人分点儿，俺不说话，都在各屋待着。”

后半夜，雨越来越小了。黎明时分，房檐上“嘀嘀嗒嗒”的水珠，也渐渐地没有了响动。

天刚泛亮，王炳中父子来到后花园，一直向西走，除了雨水冲刷的沟沟坎坎和满地树叶，并未见到什么异常。快走到坡根时，远远望去，那棵枝干最大的梨树，整个树冠都不见了，一人余高的树桩，露着黑乎乎的茬子。走近一看，树冠落在了丈余外，满地青生生的梨子。树冠的大半个火烧般的乌黑，梨树桩的一边，掘出一个三尺见方的土坑，疏松的土壤里，泛着一股硫黄味。

王维贵围着树桩转悠着看，皱着眉头说：“雷劈了，劲头不小。活这么大岁数，还没见过这么大的雷。”

看了一会儿，他指着碎成几块的石头说：“好！好！这就叫孙猴子转世，石破天惊，地动山摇。”

王炳中随父亲回到了西院，王维贵坐在太师椅上安排他：“去，叫满仓跟酒楼说一声，多弄几个好菜，搬两坛酒，今儿晌午，说成啥也得贺贺！”

一家人草草地吃了早饭后，按王维贵的安排忙碌了起来，过节一般，将屋里院外打扫个干干净净。菜到酒齐之后，太阳将到头顶，王维贵把林满仓叫了来。

开席之前，几个人来到花园的那个土坑前，王维贵让林满仓从花园北房的储酒窨子里，搬来一坛陈年烧锅。父子俩恭恭敬敬地三鞠躬三叩首，将那坛烧锅酒倒了进去。四散的酒香浓浓地涌开来，再闻不见硫黄的味道。回来时，王维贵让林满仓把园门锁了。

席间，林满仓破天荒地喝了两碗烧锅酒，话也比平日多了起来。他先向王维贵夸赞牛秋红是如何的能工巧干——这哪一碗酒里，都有她的一份功劳；接着又褒扬，雷月琴是如何的心慈面善——最要紧的时候，也没忘把早来抱在怀里……

林满仓说着说着，舌头就打不过弯了。王维贵把廷妮儿叫了来，倒上小半碗酒说："抿口吧，她们是驮房的梁，你就是顶梁的柱！"王维贵一仰脖，自己碗里的酒就不见了。廷妮儿流着泪，端起碗只抿了一点点，便"吭吭咔咔"地咳嗽起来。

吃过饭后，大家按王维贵的安排，又忙了一下午。天擦黑，林满仓晃晃悠悠地，在各院点上了明晃晃的红灯笼，连茅房和牲口棚都挂了一盏，四处一片通明，各院供奉的各路神位前，也都明灯蜡烛的香烟缭绕，过新年一样的气氛。

因为家里出了那样的事，雷月琴晚上一个人睡觉害怕。吃晚饭的时候，她一直给王炳中挤眉弄眼，牛秋红的两弯"月牙儿"，都快变成两轮"圆月"了，雷月琴只装作没看见，直把牛秋红气得，不是拿着筷子撞碗，就是拿着勺子碰锅。

王炳中看这个一眼也笑，望那个一眼还笑，直到牛秋红喝令林满仓"赶明儿找人骟了那头灰叫驴"之后，他才抹抹嘴，讪讪地说："俺好了，好了！谁吃了谁饱，谁饱了谁好，谁饿了谁吵！走喽！跟爹商量大事去，这节骨眼上，一天两天的，啥事怕也顾不上！"

牛秋红和早来睡了后，雷月琴一直坐在通向西院的门槛处等。大半夜后，王炳中晃晃悠悠地走过来，雷月琴一个猛子扑上去，狠狠地在他的肩膀上咬了一口，双手抓住他的两只耳朵："是个啥，是个啥，这到底是个啥！不敌只猫，也不敌只狗，半个人，还有半个牲口！"

第二天吃过早饭后，一家人都来到花园的那个土坑边。坑边放了两个硕大的八仙桌，桌上放了天地三界的牌位和雷公的神位。王炳中一家，和林满仓找来的五六个帮工一字排开，九荤六素的盘子，齐齐整整摆着。牛秋红恭恭敬敬地点上蜡，燃上香，一群人肃肃穆穆、恭恭敬敬地候着。明晃晃的太阳，从婆娑的树影间，挤挤撞撞地涌了来，瓦蓝瓦蓝的天空，格外的幽深高远，澄明透亮水洗过一般。

三眼枪[1]放过三通九响之后，王维贵行了三拜九叩的大礼，各色的小花炮和双响爆竹，一齐轰鸣起来。林满仓看着供桌上的那只羊头，那双不死的死羊眼，令他老是感觉，有什么东西在屁股后面站着，于是他手掂着那把大铁镐，挤到了前边。

王维贵拜完之后，拿了他那只龙头拐，向坑内奋力一戳，扯着嗓子喊："开——挖！"声音沉闷有力，像出征的将军吆喝开拔令。

林满仓早脱掉了上衣，往两只手掌心里，"噗呃！噗呃！"地吹了两口，将那把光亮沉重的大铁镐"呼——"地抡向天空。大铁镐划过一道美丽的圆弧，一头钻入泥土中。

廷妮儿满脸谦恭，悄悄地问王维贵："做啥哟，整这么大动静？"王维贵拧着眉头乜斜着天，说："打井！老天爷给找好了地方，画好了圈，不领情不行。"

王维贵要在那个雷劈处打井，家里一下子多了五六个壮劳力吃饭，廷妮儿一个人忙不过来。虽然牛秋红和雷月琴，时不时帮些小忙，单单每日三大笼的窝头，做的时间长了，也累得几乎岔了气，就临时找了满仓娘过来做活儿，每天一升小米的工钱。

那口井越挖越深，井口有五尺粗细。慢慢地，辘轳上的吊篮里吊上的东西，由黄沙土变成了白沙土，又变成了红胶泥，挖上来的东西，在砍倒的梨树桩那边，堆成了小山一般。

牛秋红沉不住气，过个一两天，便和王炳中嘀咕："咱爹，到底心里有个谱

[1] 三眼枪：旧时村里的一种仪仗类的土炮仗，胳膊粗细、三四尺长短的一截木棍的顶端装有一个半尺余长的铁桶子，铁桶子的另一头有三个窟窿，用来填火药也用来点火，点燃后爆响如雷，有些枪的形状又有三个眼，故称。

没有？那几个，整日撅着屁股干得欢，半缸米一缸米面，快吃没啦，还五天一顿好面，两瓦缸子也吃没了，腌的萝卜咸菜，也吃了快一半了。你说，嗯？可是，咋好？嗯？咋好？”

王炳中马上倒背了胳膊，说：“问俺？亏你！你要把造铃铛床的心劲儿使出来，比神仙差不了几分毫！还问俺，哼，问个蒜！”

牛秋红嘻嘻一笑却不恼，顺手在他的后脑勺上抓了一把，往前凑了凑，悄悄说：“你个小叫驴，说正经！哎——咱爹六十来岁的人了，门神老了还不捉鬼呢，是不是老糊涂了？”

廷妮儿撞头走进来，拿了个东西，拉上早来转身走，一边走一边说：“就说六十来岁了，眼不花耳不聋，这人老先坠腿，俺看那俩腿，走路‘噔、噔’的，结棒着呢，俩眼明晃晃，俺看老太爷不糊涂——人要迷糊了，眼就呆了。”

当那口井挖到两丈五的时候，打到了山根上。青白色的石头坚硬如铁，顶大号的榔头锤砸上去，溅起一团火花后又弹起来，仔细察看，才不过一个小白点。

做活儿的几个人，不无详尽地跟王维贵说了。王维贵噙着大烟袋，半天没吭声。当他把最后一缕烟雾吸溜到嘴里，又在铜盆里磕去了烟灰后，说：“赶明儿，早点儿去大圪梁，找俩好石匠凑个手，一天挖一尺，每人的工钱加一升米，五天满五尺，一个人一天再加一升黄豆。从明儿起，见天儿晌午一顿肉菜。能干就干，不能干，另找人。”几个人几乎一齐声，说：“干！能干！”

吊篮开始往上吊石子，大大小小的石子堆成堆后，到了半夜时分，打下去一尺有余。

第五天，那块五尺余厚的石头被打穿了。几个人一齐找到王维贵说：“这往下是越挖越深了，越深就越不好挖，说实话，倒都比那块青白石头软，看这工钱……”王维贵想也没想说：“说了就算，规矩不变，碰见软的是福气，碰见硬的，也别埋怨。”

当那口井打到三丈六尺深，掏上来一桶一桶夹着水滴的青沙时，王维贵叫几个人收了工，从烧锅酒楼叫了几个菜，几个人吃饱喝足，倒头睡去了。

王维贵叫了王炳中，半夜时趴到井口上听动静，井下传来“滴滴答答”的滴水声，父子俩过一会儿听听，过一会儿再听听，将近黎明，滴水的回音越来越厚重。

喜气洋洋的红日，点燃了漫天的流云，父子俩把水桶系在辘轳上往下放，只听得“咕咚”一声，水桶全浸到了水里！两个人小心翼翼地摇着辘轳，一桶满满当当清冽透亮的水，被提了上来！王维贵欢欢喜喜舀了一碗，猛灌了两大口，一股穿心入肺的透心凉，令他连打了几个寒战。细细一咂，竟甜甜的有些梨子的味道！王维贵让王炳中把大家喊了来，尝过之后，都说确实有一股梨味——凉阴阴、甜滋滋。

为防止天长日久后坍塌，井壁全用小青石条甃[1]了起来，还给水井取了个文雅的名字：梨花井。

一连几日，父子俩每天都要把梨花井看上几遍，王家又添了新人口一般。王炳中忽然问：“爹，开始打井的时候，你咋知道，下边肯定有水？”

也的确，在大坡地村的西北角一带，比王维贵倔拗的人也不少，除了留下一个个黑窟窿，还没有谁挖出过一口见水的井。

王维贵看看天，又看看地，再把他的大花园巡视一遍，说：“那么大个雷劈下来，不弄出个道道，总不算个交代。”

王维贵忽然想起了什么，扭过头说：“哎——咱家的烧酒，要是用这井水去酿，味道该不一样！”

谁知试过之后，梨花井水酿出的酒，还真的不一样！入口火爆，回味绵甜，不灼胃、不上头。父子俩合计一番，便取名“梨花烧锅”。后来，连石碾街上的烧锅酒楼，也改成了“梨花酒楼”。

当那香喷喷的梨花烧锅，一坛坛地被人们买去尝过之后，雷公给王家劈出一口神井的故事，便在大坡地一带疯传开来。爱喝酒的买了一坛去，细细地品尝梨花烧锅的热辣和绵香，不爱喝酒的只要有闲钱，也买了一坛去，找个空闲的地方，

---

[1] 甃：读zhòu，在挖好的土洞、土窖、深井的四周，用砖或石料等浆砌，防止四周日久坍塌，加强其坚久耐用性。

挖个坑埋进去，当了个神奇的物件储藏了起来。更有那个被找回来的酒师傅，在买酒的人积成堆的时候，总爱放下手中的活计，一手叉了腰，一手绘声绘色地比画着，演绎着:“那天的云，嘿！黑压压的吓人，不信？俺亲眼见的，一道闪电过后，就是一溜火光，影影绰绰的，一个花白胡子老头儿，骑着一头弯角角牛——”

众人都睁大了眼，一齐问：“真的？真的？你真看见了？”

酒师傅拿起舀酒的提子，舀上小半两酒，“咕咚”一声喝下去，再“吧唧、吧唧”地咂一阵子嘴，然后让人们闻闻酒提子，神秘无边地说:“那还有假！闻闻，给，闻闻！香不香？嗯？俺做了多半辈子酒，就没有碰见过这么好的水！还甭不信——那老神仙，你不仔细看，还真看不清，就尿泡尿的工夫，骑着弯角角牛，忽飘忽飘地，飘到了花园上头，一伸手，一道闪电，夹着一个炸雷！嗨——这井就成了，等你一眨眼，老神仙刮了一股风，再一伸手，驾上了云，再一眨眼，嘿！飘走了！”

屏声静气地听着的人，着急地问：“没了？后边呢？”酒师傅一脸春风：“有了这井，就有了这水，有了这水，就有了这酒——你还想有啥！”有人问：“能不能领上咱，见识见识那口井？”“你以为那是个耍物？想看就看看，想摸就摸摸——除了人家王老掌柜，谁消受得起吔！”一边说着，一边欢天喜地又神秘兮兮，一眨眼，扭头做活儿去了。

伴着梨花烧锅的阵阵酒香，田野间碧波一般的谷穗，渐渐地化作一片金黄。学堂那边林先生放了几天假。早来吃过早饭后，非要跟着廷妮儿到地里逮蝈蝈儿。

昨日林满仓下地回来，抓了两串鼓胀鼓胀的大肚蚰子，在灶火上熏烤好了给有良吃。那些即将产子的长尾巴蝈蝈儿，烧烤成焦红色的时候，一股喷香便扑鼻而来。用手扒开大肚蚰子的肚皮，抽去中间黑色的肠胃，露出满肚的金黄。成熟待产的子，一粒粒的略略发黑，放在嘴里一嚼，咯嘣嘣的满嘴香。

那本是穷苦孩子解馋的小肉肉，不论干净不干净，也不管卫生不卫生，只知道吃起来很香，吃下去没毒。早来看到过，因没有吃到过，一直转来转去地看。

牛秋红走了后，早来就蹲在灶火旁边看。林满仓确信牛秋红走远了，就把剩下的一只，剥净后给了早来尝，还悄悄叮嘱，不能让别人知道。

早来吃完饭，看见廷妮儿要往地里去，拽着她的衣襟不松手，非要一块儿去地里，说是碰见只小鸟、小雀啥的，抓回来玩。王炳中拗不过，嘱咐廷妮儿几句，便由他去了。

到了中午，短工们吃罢饭，也喝足了水，到了又要下地的时候，却仍然看不到林满仓，王炳中急得到处找。

廷妮儿张了几张嘴，竟没有说出什么。见王炳中真有些急了，她才说，早来拿自己的半个好面馍馍，非要换有良手里的一串大肚蚰子，有良觉着亏，非要换一个囫囵馍馍。后来不知为何，早来就把手上戴的银扳指摘下来，套在了有良的那个上边，还拿猫猫儿眼（一种野草）的白水往上挤，后来就肿了，银扳指摘不下来。后来林满仓抱了有良看先生去了。

王炳中便急着找早来，屋里屋外叫了好几声，竟也没有找到。正要往外走，林满仓满头大汗抱了有良来，看到王炳中，急急地说："快点儿，快点儿！帮帮忙！再不中，这孩子，毁了。"

王炳中来不及细问，随林满仓来到了西院，王维贵正坐在院里。三个人一看，有良下边的那个小东西，青紫青紫的颜色，明晃晃的像要胀破，卡着的银扳指，牢牢实实地在肉里边嵌着。

王维贵一看，又着急又好笑，说："哎吔！这咋弄的？这孩子捣蛋到家了！把那个银扳指，给套这上边了？那个扳指，是俺专门定做的，厚实着呢，砸不开，这地方，又锯不得！这，这，这……"

林满仓说："老掌柜哟，这晌午边，肿得还没这么大，叫王老水作弄了大半天，越整比原先越大！老水说，他把绝活儿都使上了，还是不灵，拿咱家的梨花井水洗洗，保不定能行。那井里有神气——孩子疼得厉害，要不就试试？"

林满仓说的王老水住在村东头，身板不算太小，却从来不干出气力的活儿；年纪不算太大，却早早地谢了顶；文化不算太深，但认识的字比一般人多几个。

他的鼻子不太大，也不太挺括，说起话来，鼻音却格外幽深，尤其是别人有求于他时，鼻音拖起来不仅格外长，还格外响亮，若遇到自己心情特好，或对方特恭敬时，他拖完那个并不风光的调调后，往往会再加上一句话，而且那一句话，永远都差不了几毫分："这个，叫俺说，嗯？就是这么一个意思，这《黄帝内经》，这《伤寒杂病论》，这开——天——辟——地！嗯，也就是这么一个意思……"

王老水知道若干个有时管一些用，有时也不怎么管用的稀奇偏方，尽管好多时候是人兽并用，但毕竟花钱不多，就是把一些病急乱投医的人除外，他确实也是个富人看不上、穷人离不开的"有小用"的角色。况且，林满仓一家是何等的一个勤俭节约，就是到了快要命的时候，看先生的事，恐怕也要掂量再三的。所以有良的这个事，首选的也就是王老水了。

王炳中听说林满仓找了王老水后，把头一扭，哭笑不是："老水？哈哈，老水！那就是碗水，教过几天书，谁也不愿意听他讲；劁了几回猪，就开始给骡子、驴看病。自己说'秀才变医生，只用一五更'，可他就不是个秀才！——这会儿，又给人看开了？"

几个人急急忙忙来到花园，有良龇牙咧嘴地一直哭叫。王炳中"咣当咣当"地绞了两桶水，倒入洗衣服的木盆里。因为井很深，刚绞上来的水，化开的冰雪一般钻心透骨。

有良双手提着小短裤，一边哭叫，一边双脚跳。王炳中一把抓住有良夹在了两腿间，连鞋带短裤都给脱了下来，翻过身来一手抓了有良的脖子，一手攥住两只脚，"扑通"一声就把他摁到了水盆里。

有良杀猪一般地号叫起来，满仓娘和满仓媳妇，还有牛秋红和雷月琴，都双手合十围了一圈，一边急急地伸长脖子看，一边急急地念佛祷告。

王炳中两手酥麻的时候松了手，有良从水盆里出来，双手捂着裆一边哭叫，一边转着圈圈找他的小短裤。满仓娘把有良抱在怀中一看，套在上面的银扳指没有了！

大家四下找时，看见银扳指早掉在了木盆内的清水里，再看看有良的小东西，变戏法似的，抽缩得还没有大肚蚰子的脑袋大！满仓娘急惶惶地放下有良，跪在梨花井旁磕响头，虔虔诚诚地倒腾一番之后，一路念着佛去了。

秋露冷似冰。地里的麦苗刚透出嫩油油的一点儿绿，一早一晚的天气，就带了好些寒意，但到了前半晌，太阳便又热烈奔放起来。远处的青山，早褪去了承天接地的苍翠，山崖上、坡地边，一簇簇黄色的、白色的、紫色的野菊花，全扯着劲儿地竞相开放——正是一年中，不算太冷也不算太热的时候。

因为王炳中惹了一件不大不小的事，雷月琴一直生闷气。地光光粮入仓之后，王维贵安排王炳中和雷月琴，替他去看望一下亲家去。

天微微透亮，雷月琴早早地叫王炳中起了。洗漱完后，一人吃了一碗空心挂面，廷妮儿还给一人打了两个荷包鸡蛋。吃完饭后，王炳中便叫林满仓套了车，往车上装了一布袋小麦、两布袋谷子、多半袋豆子。林满仓赶了青花骡大车，到酒坊里又装了四坛梨花烧锅，一行三人迤迤逦逦地向西而去。

王炳中骑着大红马，手里握着那柄明晃晃的三股钢叉，“呱嗒、呱嗒”地在前边走。雷月琴坐在林满仓的大车上，黑亮又茂盛的一头乌发，被脑后的纂子收拢得舒舒帖帖。她身着碎红花的紧身偏襟夹衫、亮蓝色的府绸长裤。秋水般澄澈透亮的大眼，却一直盯着青花骡的两只耳朵看。那两只耳朵，离得不算太远，却死也不能贴近，天知道她在琢磨什么。

王炳中一路上喜笑颜开，要上三道岭的时候，回身对林满仓说：“跟紧点儿，这地方，山高沟深人烟稀，早先那会儿，野狼、野猪、土豹子成群，这会儿那些东西少了，比那些东西厉害的赖人多了。看看套股车闸。”林满仓停下车细细地检查一遍，吆喝着青花骡子，紧紧跟在王炳中的马后，王炳中紧握了那柄钢叉，威威武武的豪勇。

只过得去一辆大车的山石路，忽左忽右地盘旋。开始上坡后，青花骡不再来回甩动粗壮的尾巴，大蹄子敲打着坑坑洼洼的山路，清脆而响亮。漫山的柿树和野枫，正自上而下由黄变红。蜿蜒无尽的层峦叠嶂，像穿了一件褪色的旧衣裳，灰蒙蒙的一片暗绿，宣示着又一次的宿命轮回。

当他们爬上三道岭的最高处，交错明灭的磨盘沟村一眼尽望，村四周时隐时现的山路，像一条条蚯蚓，曲曲折折地和村子相连。山里气温低庄稼种得早，山脚下、沟壑中，一块一块的田地透着一片片新绿，池水般荡漾的麦苗，在不尽的秋风中，摇曳着来年的希望。

三个人在岭尖上歇下，王炳中正在四处观望，去方便的雷月琴，一溜疾呼从树林中跑出来："哟哟！快快……亲娘祖奶奶！这回——真撞见，那要人命的东西了……"

王炳中浑身一紧，雷月琴后边的不远处，一头野猪从树林里蹿了过来，再快的腿也来不及跑了。他一把抓起钢叉，拉开马步准备开战。

野猪灰褐色的皮毛，脊背上奓着一根根硬鬃，拱嘴下一对坚硬锋利的獠牙。它看见王炳中拿了武器，猛地顿了顿。王炳中喊："满仓，满仓！领上月琴赶紧往高处上！"一边喊一边回了回手，重新调整了捏叉的姿势。

野猪四下瞅瞅，叫都不叫一声突然加速狂奔，箭一般地向王炳中蹿来。他握紧钢叉对准野猪一刺，野猪竟蹿了起来，肚皮擦着叉尖跃了过去。他急忙转身，大红马受到惊吓，转着圈疯狂蹦跳。

野猪闪过一刺之后，转身又扑过来，大红马尥着蹶子，狂愤无比地仰头狂叫。想不到的是，它飞起的铁蹄，瞄好了一般，一下子踹到了野猪的拱嘴上，"咔叭"一声，踢掉一只獠牙，野猪翻个跟头后，竟原地转起圈圈来。王炳中攥紧钢叉，照着野猪的脖颈全力插了进去。野猪一个大回身，把他甩趴到一边去。王炳中晕晕乎乎地爬起来后，野猪已拖着钢叉，跑出去二十余丈远，嚎叫了几声后，就浑身哆嗦起来，再哼哼几声便倒地不动了。

王炳中回头看看雷月琴，正双手抱头，半蹲在路边的石堰上打哆嗦，林满仓一手抓着一块石头，呼哧呼哧地喘息。

三个人定下神来后，也不敢久留，匆匆忙忙地把那头猪抬上了车。王炳中双臂酸麻，两腿酥软，将大红马拴到车后边，三个人爬到大车上，吆喝着青花骡，"吱吱呀呀”地下了三道岭。

下了岭来，三五里路便到了磨盘沟。磨盘沟四面环山，中间的低洼地带很像一个大磨盘。这一带的周围有大小三十多个村庄，磨盘沟村最大，正坐落在磨盘的中央，远远看，村子像磨盘上的磨脐子[1]。村外四通八达的羊肠山道，条条与村子相连。

刚进村口，就有许多人围了车看，像在观看打虎的武二郎。也难怪，野猪平时不仅凶猛异常，而且行动如风，弹跳能力极强，性急之时能跳丈余高，五六个手执利器的青壮劳力，也不一定打得过。

惊奇的人们围拢起三个陌生人，满腹狐疑地左瞧右看，待确信他们没有枪炮类的大杀器之后，才你一句我一句地问这问那。一个粗壮威猛大汉，一直皱着眉头，打量着手牵大红马的王炳中:“嗯？呵呵！这块头，倒也说得过去，那头野猪，二百五十斤，靠上靠不了下，那东西要是急了，碗口粗的树，一獠牙给掀翻三五棵，可是真有人见过，这个，嗯？呵呵……”

林满仓从车上拿起那柄三股钢叉扬了扬，笑呵呵地走上前，拍拍大红马的圆屁股，冲着王炳中的后脊梁努努嘴，万分虔诚又万分自豪地对众人说:“早有人说，那是个‘走蛟’，看来不差，呵呵！呵……”

林满仓说的“走蛟”,来自“先生、大师、半仙”之口,他们说小时候的王炳中:这孩子，是个人物。若生在南方水乡，兴云施雨，拿妖缚怪，必将大有作为。可惜生在北方，又逢层峦叠嶂，故困不可免;好在恩被水乡河湖之泽，屈己化为“走蛟”。“走蛟”倒也不差，熬过山崩地裂之厄，前程也有繁花。

围观的人们正在赞叹唏嘘，王炳中突然手也不酸了，腿也不软了，反身抓过满仓手里的钢叉，跨上大红马，气昂昂地打马前行，张扬不尽的威武豪迈之气——那柄带血的钢叉，似乎是他最雄壮的见证。

快出村的时候，王炳中想起什么似的，在路边的一个小凉棚前停了下来，皱了一会儿眉头后，安置林满仓 :“去把那头野猪就地卖了。”雷月琴翻翻眼，王炳

[1] 磨脐子：方言，石磨中间的轴心，限制磨盘乱跑。

中说:“翻啥眼！恁家满打满算，也就剩一条光棍了，一副猪下水，够他吃一个月。”林满仓和雷月琴走了后，他勒住马，在路边那个小凉棚前等。

那是一个银饰铺，凉棚下支着风箱和火炉，大红马“咴儿、咴儿”地叫着。拉风箱的闺女回过头，瞥一眼这个身骑大马、手握钢叉的大汉，猛地拉了几下风箱后，又张望了几眼大红马。

王炳中细细地端详那个姑娘，粉嘟嘟的脸蛋，葡萄一般的大眼，不胖不瘦的身段，胯上面颠着的大辫梢上，系着一段翠色欲滴的绿绸条。那个露珠一般纯净透亮的小山妮儿，真像三月天拔地而起的一棵嫩水葱——春意盎然又生机勃勃。

闺女拉着风箱，突突的火苗一蹿一蹿。当她看到那个宽腮、大鼻、阔下巴的男人，正目不转睛地端详她时，便羞羞地低了头。因为不好意思，一扭一颤的细身板，像柳枝上落上去了一只鸟。

王炳中抽风一般地浑身一颤，感觉躯体内的另一个自己，已畅快无比地随着那个闺女，飞翔到一个五光十色的世界里了。

大红马“咴儿、咴儿”地叫，两只前蹄“咚咚”地交替着刨地。王炳中傻傻地半眯着眼，无可名状的兴奋和愉悦，把每个汗毛孔都填塞得饱饱满满，并汩汩不停地四外迸射，他的整个胸膛，和那只烧红的火炉一样，热烈而滚烫。那根青油油的“水葱”，使他乱了方寸，他甚至比看到那头野猪时还要狂乱，以至于使他想不起来，是春天孕育了“水葱”，还是“水葱”给了春天以生机。

“水葱”微微地侧歪了头，似笑非笑地一直看着那炉火，一只手“呱嗒、呱嗒”地推拉着风箱杆，身子也随着手的拉动微微地摇晃。炉中的火苗，随着“呱嗒、呱嗒”的声响，春花一般地四面绽放。

老银匠不喜欢那个手捏钢叉、骑在马上的宽腮大鼻汉，他翻上翻下地歪了几下眼，突然拿起敲打银饰的锤子，连连地敲击着火炉上的铁盖子，铁盖子“咣咣当当”地闷响，一股股的火花，随着上蹿的火苗飞腾四散。

王炳中颇为自信地一笑，老银匠手中的锤子，“当——”的一声，重重地砸向了火炉上的铁盖，铁盖在空中翻了两个跟斗，哈哈大笑一般，“肚皮”已朝了天。

林满仓和雷月琴刚巧赶了来，王炳中双眉一皱，斜睨一眼愤怒的老银匠，两腿用力一夹，颇为潇洒地骑马去了。

磨盘沟向西南，再走十余里的山路就到了小南沟。村子不大，半山腰上稀稀落落的十余户人家。王炳中算这趟总共来过三次。雷月琴娘家，在山坡最上头的大石崖下，马车最多能走到半坡。他们寻个地方将车卸了，雷月琴提了两个包裹，青花骡驮了粮食等物，林满仓一手吆喝着青花骡，一手牵了大红马，王炳中倒背着双手跟在后面，一身的气宇轩昂，脚下的青山一般宏阔硬朗。

雷月琴娘家和别处一样，传承了大山里延续千年的建筑特色，红石条垒砌起来的小平房，房顶上一块压一块的红石板，风吹、日晒、霜打、雨淋，全都奈何不得。就地取材的建设用料、匠心独具的建筑样式，与葱茏巍峨的大山，形意交融地糅合在了一起。五间房屋坐北朝南，中间有一道隔墙，一边三间一边两间。石头垒起的半截院墙，跷一下腿就可跨入院内。

雷月琴进得院后，喊了两声并无人应，来到父亲睡觉的屋子，一股霉味夹杂着汗腥的臭味扑鼻而来，油光黑亮的被子卷了一团，似乎做了枕头用。炕上铺着的苇席，黑黄黑黄的泛着幽暗的光——席子只剩下半边，铺在下面的谷草，张牙舞爪地从四处涌了出来。破草帽扣着的瓦盆里有响动，雷月琴掀起草帽，“噌——”地一下，两只老鼠蹿了出来，“吱吱”地叫着，眨眼不见了踪影。

她又到东北房的杂物间里转了一圈，头顶上一块砸坏了的红石板中间，隐隐秀着一线蓝天，上过油漆一般乌黑的梁檩，满屋子的烟熏气。摸一摸地上烧柴的灶，凉阴阴的没有一丝暖意，掀开锅盖，锅边一层干巴巴的米粒，锅底一碗多剩饭，上边飘着一层黑黄的毛。

斜对面山上的一户人家，看见家里来了人，站在山崖边，双手拢着嘴使劲儿地喊，喊叫声乘风越涧而来，碰到这边的山壁上又撞了回去，乒乓球似的再弹回来，山坳里就传来一声接一声颤悠悠的回声——那叫“喊山”。

没有喊过山的人，不仅不会喊，而且听起来也费劲儿。雷月琴仔细听了，原来是说，她爹去磨盘沟三天了，今日应该回来，有啥急事就去找找，没有急事就在家等等；黑夜到沟那边的他家吃饭，北瓜稀饭地皮菜，有蒸好的饼子，掺了一半的橡子面。

雷月琴站在一丛酸枣、葛条后面冲那边喊，颤悠悠的回声，照样从这山传到那山，好像有好几个雷月琴。王炳中坐在院里的石头板凳上，扭过头去嘟囔："怪不得唱戏，见天儿的喊山，咋有吊不好的嗓子！里里外外的劲头都不小，可惜，是他娘的头骡子！"

鸡上架的时候，林满仓骑着大红马，搂抱着左摇右晃的月琴爹回到家。雷月琴已将屋里院外打扫得干干净净，王炳中搬了块石头，坐在杂物间里烧火，煮着米粥又蒸着窝头的大锅，腾腾地翻卷着云雾一般的白汽。月琴爹坐在院里的石头板凳上，笑眼眯眯地看看这屋，又看看那屋，时不时地用树皮一般的大手抹一下鼻头，然后把抹下来的鼻涕涎水，涂擦到屁股下面的石头上。

三道岭上的最后一片夕阳，被西山巅笑吟吟地抹去后，石崖上边的山坡上，传来一连串"咕咕咕——咕"的叫声。"你听，斑鸠！斑鸠！斑鸠这东西有人性，它知道恋窝！你听，都说斑鸠叫是在说'领着我——哥'你仔细听听，像不像？"月琴爹说话的时候，突然孩子般的无忧喜庆。

当晚，林满仓和月琴爹略略地清理了一下后，在杂物间的地上铺了谷草，权当作床铺睡下了。王炳中和雷月琴，睡在她爹睡的土炕上。土炕很小，王炳中整晚上蜷曲着腿，雷月琴翻来覆去的，一会儿眼泪汪汪，一会儿唉声叹气。

王炳中自闭上眼的第一刻起，磨盘沟的那根嫩"水葱"，就开始活灵活现地跳跃起来：那个带着几分俏皮的红脸蛋、很长很长的眼睫毛、齐腰的大辫子、系在辫梢的绿绸子，像宜花、宜鸟又宜人的又一个澄明季节！——王炳中对"水葱"的向往，甚至超过月琴爹对烟泡的企求。

月琴爹整夜"吭吭咔咔"地咳嗽，林满仓那如雷的鼾声，拐着弯还打着呼哨，像哼着一首即兴演唱的歌谣。王炳中心中的那个滚烫欲望，在黑暗里翻滚蒸腾，像窗外啼号不止的山狐，躲在一个神不知鬼不觉的偏僻之处，彻夜声嘶力竭，呼叫它跑远了的另一半魂魄。

当山里的风开始呼呼作响，王炳中在终于筹措好了下一步计划后，全身就渐渐地轻松起来，一边遥想着那个羞羞答答的俊美，一边飘飘忽忽地进入了梦乡。

第二天，林满仓和雷月琴牵了青花骡，驮了谷子到山下碾米去了。王炳中和月琴爹坐着说话，慢慢地说到了月琴爹年轻的时候。王炳中亦是有意地抬举，说："您老一肚子文才，也给俺留下个颜筋柳骨啥的？见不着面的时候，也是个念想——家里有笔墨？"

月琴爹便高兴起来，说："有！有！前年还使过，给人写过地契，应该在那屋的瓦罐里，你等等，等等，俺去找找。"一会儿便找了来，指头缝里夹着两张糊窗户用的麻头纸，攥着笔，另一只手拿着一块四四方方的铜砚。掀开砚盖，里边涪浸墨汁的蚕丝团，早硬成了一块。月琴爹仍是满心欢喜："不碍事，不碍事，滴点儿水就能使。"眼睛里闪烁着熠熠的光芒。

因为家里太黑，也没有个写字的地方，二人来到了院子里，将笔墨纸砚放在了一块大红石板上。月琴爹终于和好了滴上水的墨，把那支粗钝的毛笔，在铜砚的另一边润了又润，想了一会儿后，便在麻头纸上写了起来：

千年田地八百主，田是主人人是客。

他乡羁旅匆匆日，谁惜黑发变白发。

他在每张麻头纸上写了两句，写完后向后退了两步，佝偻着腰，一副喜气洋洋的样子。待墨迹风干后，指着那两张纸对王炳中说："可惜纸、笔、墨都不好使，你看这字，标准的柳体是吧……"

王炳中故意左瞧右看，月琴爹以为他没看懂，凑上前讲解说："不押韵？押着呢，这个'客'和'发'，押的是古入声韵，'入声短促急收藏'，《玉钥匙歌诀》说的，错不了！杜甫的'俄顷风定云墨色，秋天漠漠向昏黑'，也是入声韵，可惜，这会儿的人，知道的不多了，慢慢，啥也就变没有了……"

王炳中想，就是不识字，大坡地人也都把"客"念作"kè"，把"发"念作"fè"，啥“出声”“入声”,你的“kè”和“fè”倒是押韵,月琴娘不是叫别人给“押”跑了?那么大的学问，连个娘儿们你也没“押”住？那东西屎用没有！就是不在乎月琴娘，要没有银子，看谁叫你烧烟泡！

王炳中也只是想了那么一想，嘴上仍滔滔不绝地夸赞。待他把恭维月琴爹的话，再也搜刮不出来了，就开始说磨盘沟村的“水葱”。

“‘水葱’姓苗,叫“香香”。苗家世代祖传的银匠,香香是老银匠最小的闺女。”月琴爹打个呵欠，直截了当告诉了他。

尽管王炳中按照晚上背好的台词，说了好多曲里拐弯的话，但月琴爹不傻不苶的半世风霜，岂有瞒得过的蹊跷！只是碍于面子不好说破——王炳中的那些小诡计，就像小孩子捂着双眼的手和藏在裤裆里的头。

月琴爹收拾好笔墨，打着呵欠放了回去，先前的兴奋和荣光已消失殆尽。临近中午的时候，更是呵欠连天，一把鼻涕一把泪地流了起来，浑身的不舒服，像生了许许多多的虱子，坐立不安的样子，像丢了羔子的母羊。

王炳中跟在屁股后边，索性把“水葱”的事讲了个明明白白，还信誓旦旦地发了许多誓愿——就是死，也要给月琴一半的家产。说来说去的大半天，月琴爹竟像没有听到半个字，蹲在北墙根下，摇头晃脑的像得了急症。

王炳中从怀中掏出十块明晃晃的大洋，他的双眼突然冒出了电光石火，伸手去抓的时候，王炳中又攥了回去，说：“事成加倍，咋样？”

月琴爹想了想，浑身颤颤着再不说话。王炳中把那十块大洋又给递过去，没想到，月琴爹说什么也不接了。王炳中以为月琴爹惦记闺女，忽然改变了主意。他伸出另一只手,张开五个指头,在月琴爹脸前晃着说:“只要成了,这个数,另给!咋样？说句话！”

月琴爹顾不上说话，忙不迭地点头，一把抓了那十块大洋，佝偻着腰，一路小跑着去了。急不可耐的样子，像是向绑匪赎命。

太阳快要滑到西山顶，月琴爹才回到家里。雷月琴把她爹拉到杂物间里去说话，王炳中和林满仓搓了几根细麻绳，给野兔下套子去了。

林满仓下完套子，天就很不早了，林间的猫头鹰“呱——呱——呱——呦”地凄叫着，两人深一脚浅一脚往回走，山坡上的人家点亮的灯火，隐隐约约地闪烁在寂寞幽深的雾霭中，像忽明忽暗的萤火虫，浓雾下黑黝黝的山涧，像一个个张着大口的怪兽。一路拾级而上，未在夜里走过山路的王炳中，像坐了一艘飘浮于空中的船。

二人摸索到家门口，听见月琴爹正高一声低一声地开导闺女：“那种事，要是一旦有了那个心，锁不住，也绑不住，垒堵墙，翻了墙头，也得去！啊！再说了，这天底下，那只不闻腥的猫，你去哪儿找吔！啊！圪挤[1]一个眼，啥事过不去……”

王炳中听着，心中泛起小鱼入水一般的欢快，大踏着步走向了西北房。雷月琴紧跟着撵了来：“叫驴！叫驴！今儿黑夜，叫驴给俺把文书写了，死也不回去了……”

该哭的哭了，该闹的闹了，哭够、闹够了之后，半月都没有到头，雷月琴就被爹扶上了“叫驴”的青花骡大车，颠颠簸簸地回去了。

[1] 圪挤：方言，用力挤拱；闭合。

深山有佳人

第七章

浮萍任天涯　断肠彼岸花

雷月琴回大坡地之前，跟王炳中谈了两个条件：第一个，给王家说合苗香香的事，雷家绝不能掺和；第二个，他许诺事成后的酬谢，要增加到一百块现大洋，少一个子儿都不干。王炳中手头不够，答应日后给雷月琴，或找人给她爹捎了来。

雷月琴上车之前，给她爹“嘣嘣”地猛栽了三个响头，她爹浑身颤颤着把她扶上了车。林满仓捂着半个脸，一鞭子甩出去，青花骡踏起一片烟尘，“咣咣当当”地远去了。王炳中刚上马，月琴爹突然牛一般地吼吼了两声，接着就拿头往山崖上撞，“嘣嘣”地撞得山响。

青花骡大车再次爬上三道岭，在杀死野猪的那个地方，雷月琴叫林满仓停车，还要去上次的林子里方便。王炳中高声断喝：“谁敢！想死？死也不是这么个死法！加鞭快走，片刻不容！”林满仓刚扬起手里的鞭，青花骡奋起四蹄就是一阵猛蹿。大红马在荡起的烟尘里打着喷嚏，大铁蹄摔打得山响，直到下了岭，到了亮亮堂堂的山这边，才甩打着耳朵仰起头，“咴儿、咴儿”地叫了几声。

王炳中把手里的钢叉递给林满仓，俯下身，满脸堆笑地跟雷月琴说：“在岭上嗓门太大了，呵呵，那地方，你咋还敢去？嗯？不知道好马不吃回头草？”

王炳中把雷月琴的“方便”，说成是“吃草”，还说雷月琴是匹“好马”，他也是挖空心思和雷月琴逗个俏。王炳中除了不爱念书，身上的七窍倒也四通八达，尤其是和女人闹耍的本事，颇具几分灵慧，只是，再也逗不乐雷月琴。不知是因为骡车的嘈杂雷月琴听不见，还是她根本不想听，王炳中趴在马上，一直搜肠刮肚说东说西，雷月琴头也不抬。

她想，不算从前，单单这一次的百余块大洋，品相差不多的十亩田地，这些钱足足可以买下。如若放到一个正常的农户家，一年里出上几身透汗，算不上多富足，但也能丰衣足食。她想这个时候，爹一定躺在一个什么地方，从鼻孔里冒着两道不知香臭的蓝烟，那些钱，也就一天天地，随风飘走了。她想不通，娘走了以后，爹怎么就变成了这个样子！没有女人的男人，就不能好好活？

王炳中回来后，先是安排林先生，闲时和周大中一块儿记记王家的账——他给林先生多挣了半个差使的钱，他是想，林先生媳妇的娘家也是磨盘沟村，他想托林先生夫妇，做他和“水葱”的大媒。林先生犹豫半天后，还是答应下来。

王家的各项买卖一天比一天发达，梨花烧锅在不长的时间里，便需先付了款排了号，一个月后才能拿到酒，梨花酒楼的客人，尽管吃大宴席的仍不太多，但吃顿饭，顺便带回一坛烧锅的人不少。

林先生到磨盘沟村去了两趟后，苗银匠绷紧的口终于有了松动。王炳中听完林先生的述说，再也按捺不住狂放躁荡的心，满怀喜悦地出得门来，踏着尚官道蓝莹莹的青石条，跷着四方步向石碾街行来。

大槐树落光了叶子，暗绿的枝丫探头探脑，仍遥想着昔日的丰盈繁茂。他总感觉，那棵长在西边的树，从根到梢，焕发着一股不尽的朝气，和王家的时光一样，日日升腾，年年光耀。

瘦三在北圪台儿上支了煎灌肠的锅，缭绕的馨香串街走巷，无孔不入，也正如大坡地人所说：“家有万贯，吃不起瘦三的灌肠蘸蒜。”王炳中刚进石碾街口，煎灌肠的香味便扑鼻而来，那个“灌——肠——吔”的叫卖声，还是那么沙沙哑哑的洪亮又悠长。

瘦三的灌肠确实是大坡地的一绝。北圪台儿的神奇，单瘦三叫卖时的那声吆喝，便是一个难描难画的独家招牌。只要吃灌肠的人不太多了，或因为心兴比较好，他干柴一般的胸腔里，似乎积蓄了来自丹田的气韵，“灌”字出口时，声音低沉而沙哑，音阶低，音域宽；经过由低到高的一个清晰明快的转折，“肠”字便像蓄了千钧之势，呼啸生风地喷薄而出；“吔”字出来后，声音便由高到低到无，像忽悠悠地抛落到了天际。

吃着瘦三的灌肠，不仅嘴香肚暖，单那一声优美别致的吆喝，就会把人送往一个忘我的境地，仿佛人生的忧乐和悲喜，早已融进烫嘴的荞麦面片中，再伴着辛辣和喷香，嚼巴嚼巴后，就一起吞咽了去。而且，蹲着吃、站着吃、坐着吃，他都会双手托了小盘子给送上来，一个铜钱便享受了一次老财主的感觉。吃完后将钱随手丢进那个柳条筐里，大票子则自己捏了要找的零钱去，少扔了两个大子儿，或多抓走两个大子儿，瘦三绝不会抬眼皮多看你一眼，但如果真的有人做了那样的事，瘦三紧接下来的一声吆喝，就会让人猛听出来另一种雄壮。

王炳中拿了马扎坐在旁边，瘦三拿了小刀，一片片地削下来，再放到热烘烘的锅内，削下来的灌肠片，几乎比平时薄了一半。王炳中一边吃，一边说：“瘦三你嘎小子，卖给俺的灌肠，两块才抵得上别人一块，给俺削灌肠的那个小刀，你磨了三天三夜？”

瘦三并不作答，他美美地吆喝了一声“灌——肠——吔”之后，才抬起头说：“今儿才知道，你那么大的老爷，也小肚鸡肠，大鱼大肉吃不够？在乎俺那一捏荞麦面？你哪儿都好，就这点儿坏了当老爷的架势。真嫌块小，就当俺送了人情，不用掏钱！——可是，王大老爷吃灌肠，落下个小家子气的名声，北圪台儿上传出去，哎！——那可是你自己挣来的，不怨别人。”

瘦三一边说着，一边捧了小盘子双手送上去，又凑在他的耳边说：“你不通泰！灌肠片削得薄，就煎得脆香；厚了，里边煎不透。俺知道你不在意肚饱，在意品味，品味！——哎，俺像不像你肚里的蛔虫？”

王炳中正吃第三盘时，周大中找了来，悄悄嘀咕几句，王炳中放下盘子，喜颠颠地往东边的梨花酒楼去了。

酒楼二楼的东北角，有两间一明一暗的雅间，雅间的包间费用便需半块大洋，包间费之外的酒菜、唱曲儿等等，则需要另算。雅间里究竟有些什么别样之处，知道的人永远不会说，不知道的人也永远不会知道。除了那些肥头大耳的人，一般的主儿很少光顾。边世喜领了静峦寺的"满身桃红"来过几次，怕也是为了给那个不可多得的逍遥事，找上一个相匹配的逍遥去处而已。

王炳中随了周大中，"咯噔、咯噔"地上了楼，拐了两拐就到了雅间。油光闪亮的八仙桌前，坐了一位娇俏闪亮的小女子，最令王炳中大吃一惊的是，这个女子，也是满身桃红！

王炳中刚进门槛，小女子便匆匆站起，双手抱拳低了头，右腿向左腿的后方点一下，别了一个女儿步，再低头、弯腰、下蹲，给行了一个圆圆满满的女儿礼，真真的小鸟依人之态。站起来后，才觉身材娇小，一说话，满口滴里嗒啦，像房檐下呢呢喃喃的燕子。

王炳中从上到下仔细地看了看：大额头、小弯眉、长睫毛、高鼻梁、粉嫩的脸和白生生的牙。她的年纪不大，一双透亮的大眼，在王炳中身上照来照去，七分的娇柔含了三分的了然。

王炳中忽然觉得，这个小巧玲珑的女子，像三九隆冬里养护出来的一簇蒜苗——水灵灵的嫩绿，是那种青翠欲滴的妩媚。

女子用半生不熟的冀南话，夹带些听不太懂的土语，柔声细气地和王炳中说了大半天，最后竟把他说得，只想先拿两块大洋送了去。

女子姓殷，叫小莲，陕西汉中人。早些年，家里出了些事故后，随父母到了山东青岛，不久，父亲就先到望乡台候着去了。十多岁的她随母亲流落到济南，只过了年余光景，母亲也悄悄地和丈夫团圆去了。殷小莲后来被一老鸨收养，在花花绿绿的舞台上，刚唱了半折戏，日本鬼子便进了中国，而后风雨飘摇，一路流落到此。

殷小莲在云烟往事里穿梭了一个影影绰绰，和演唱皮影戏一样，提溜着几根线，在看得见的大幕上，像又不像地给晃了几个影子。和殷小莲一起过来的还有两个女子，一块儿在酒楼待了几天。那时王炳中正好去了雷月琴娘家，周大中也做不了许多主，只和她们几个说，现在兵荒马乱的，生意不好做，主家回来，怕也不能把她们几个全留下。周大中有选择地留下了殷小莲后，另外的两个，心知肚明地跟着几个上山西的客商，到别处飘摇去了。

到了楼下，周大中手舞足蹈地给王炳中补充：殷小莲有个艺名叫“一串红”，她的同伴说，她曾是济南“群芳艳”的头牌花魁，练就了“数票子功”和“滚菠萝功”的绝技，日本太君慕名而去，结果叫她给顺手勒死了……

王炳中听周大中说完，心里虽然按捺不住的狂喜，嘴上却一本正经：“这个，嗯？怕不好，再说，她那个‘绝技’，到了大坡地，怕也使不上。嗯！这个‘菠萝功’，是你专门挑拣的吧？烂脚穿破鞋！”

其实，王炳中从雷月琴娘家回来之前，周大中已盘算过八百个来回，把殷小莲这样的尤物留下来，绝不会有差错。收留下殷小莲，对于王炳中来说，比饿猫欢喜老鼠还要毋庸置疑。

王炳中说完后，周大中虽然成竹在胸，却装作思考一小会儿，然后低下头来，压低声音说：“俺想把小莲留下来，像聚财一类的那号人……”

二人正说着话，早来牵着山花的手进了门，见王炳中也在，咕嘟着嘴说：“爹！山花想吃舌根，不敢来拿，俺就领着她来了。”

周大中听早来一说，自觉有些不好意思，拉住山花的一只手，大声呵斥：“小闺女家，那么吃嘴，在家没吃饱？”山花揉着眼睛，嘤嘤地哭了起来。

周王炳中仍因殷小莲的故事兴奋着：“红琉璃，黄琉璃，把你领到俺家去！真半点儿不差，去！自己到厨房割去。”

早来喜喜欢欢地牵着山花的手去了。王炳中两手搭在胸前，笑嘻嘻地对周大中说：“还真是红琉璃，黄琉璃，弄不好，咱还真成亲家了！”

周大中弓着身，笑嘻嘻地摇头晃脑，王炳中倒背了手，一边往外走，一边说：“咋唻，嫌俺门楼低，配不上你？”

走出好远后，听得周大中在身后喊：“你，那，真——当真了？那，啥时候，找人说说？”

天气日趋一日地寒冷起来，扯过一场大风后，暖融融的太阳只照了大半天，漫卷着的乌云，把蔚蓝的天遮盖得严严实实，后半晌便飘起了雪花，第二天天亮，大雪下了半尺余厚。

下雪前，魏老大在山上设了几个兔子套，他真渴望能抓到只野兔解解馋。在边家，即使大年大节，他能够敞开来吃上两顿油炒的菜，那也得边家的主人心情畅快时，赐予他一个格外的恩惠才能办到。吃过早饭后，他掂上根柳木棍子，准备去看一看他的兔子套。边世喜与边聚财父子也是闲闷，带上件宝贝要一起去。

宝贝是一只德国产的勃朗宁手枪，俗称“撸子”，枪把上嵌着一个马标，是边世喜花了五十现大洋，从杨旗旗的表侄杨大卫那里买来的。杨大卫平时住在三百台的炮楼里，时不时鼓捣些稀罕东西卖。窑头村的财主吕大林，前些日子从杨大卫手里，买了一把“张嘴蹬”向他炫耀，冲着菜窖“当当”地打了两枪，再吹一吹膛口冒出的蓝烟，然后神神乎乎地别回腰里——竟舍不得让边世喜摸上一摸。

边世喜找到杨大卫，花同样的价钱买了一把马标的，杨大卫还多给了他五十发子弹。杨大卫说，在常用的撸子中，“一枪，二马，三花口，四蛇，五狗，张嘴蹬”，吕大林的那把，是最次的“张嘴蹬”。

边世喜揣着他的宝贝来了后，魏老大咬牙切齿地埋怨自己：咋想起来放那个“上山找兔子”的大瞎屁，招来了俩屎壳郎，牛魔王的芭蕉扇，也给扇不回去了。

到了静峦寺后边的山上，魏老大终于高兴起来，一只不走运的兔子，被勒死在了麻绳套里，四条腿挺得绷直，睁着双眼，全身已经僵硬，掂一掂有四五斤重。

边世喜父子一边挖苦魏老大踩上了狗屎，一边急急地四处寻找。直到转悠得满头冒汗气喘连天，终于看见两只野兔，正在远处刨草籽吃。那两只野兔像两只修炼成了的兔精，不仅行动超常，而且胆识绝伦，刨几下抬头望望，望一阵再低头刨刨，和边世喜父子玩笑逗乐一般。

边世喜咬着牙屏着气，哆哆嗦嗦地拉开马步，“当当当”地打了三枪。打完枪跑去一看，地上除了一片杂乱的脚印，连兔子身上的一根毛也没找着。

边世喜很扫兴，拿着撸子左翻翻右看看：“这啥东西？嗯？这啥东西？就听个声响？不敌一根麻绳？”

在魏老大寻得第三只兔子后，边世喜越来越不高兴了：“回去，回去！今儿天明睡醒，就眼皮子乱跳，不走运！踩狗屎的套了仨兔子，眼皮子跳的，扔了一个现大洋。”

将到静峦寺的时候，边世喜忽然高兴起来，摇头晃脑地开始哼唱：“二茬茬韭菜红根根，妹妹袭人惹亲亲……就因妹妹你长得好，二不溜后生就往你家跑……”

三个人深一脚浅一脚地往回走，不知不觉到了静峦寺的大门口。那些尼僧果然勤谨，山门外的小广场和附近的路，早已干干净净地铲了出来。边世喜歪着头往寺里照了一眼后，突然兴奋不已：“这见佛不拜，总不算个说道，咋说也得给佛祖打个招呼不是？”

三个人进得大门，刚到前殿的拐角，身后猛地蹿出几个人，还没有看仔细，硬邦邦的快刀就顶住了后腰。刚想扭个身，头上就被套了一个黑袋子，两只手被反绑起来。

魏老大反绑着的双手被人高高地提溜起来，他弯着腰，趺趺撞撞地一路小跑，两个膀子被吊得钻心痛，嘴里被塞了一团烂布，想喊也喊不出声音来。他只感觉碰上了土匪，“嘀嘀咚咚”地进了一个屋子，被反绑在了一根圆柱子上。

直到寺里的大殿掌起了灯，一个光头和一个络腮胡子，才给魏老大松了绑。摘去头上的袋子后，他过了好大一会儿才看清，边世喜耷拉着头斜靠在门框上——满脸的乌青肿胀，有气无力地冲他摆手。魏老大急急忙忙站起来，跟着边世喜，趺趺撞撞地出了静峦寺。

魏老大急命奔逃的欲望，绝不亚于被他套上的兔子。待他的双手和双脚不再酸麻，转过山包将近村口时，才想起不见了边聚财，战战兢兢地问：“这——这——到底啥事？不明不白地叫绑了一绳，还叫打了一顿——哎，聚财呢？”

边世喜在前边一跺脚，扭回了头："你就是话稠屁多，不该问的别问！今儿的事，你就当啥也没见，跟谁也不能说，你个贼羔子，可给俺听清了！"

魏老大看见边世喜气急败坏的样子，不用猜，就知道又是他惹了祸，便频频地点头，心里想：一人造罪一人担，就是可惜了俺那仨兔子，白忙活了好几趟，吃不上肉了。

边世喜回到家里，直接躺到了魏老大的小土炕上，在驴骡粪便的臊臭里，静静地过滤着刚发生的事。

从静峦寺门前经过的时候，他看见一个女子向门外张望，像是他好久不见的"满身桃红"张红梅，心里一惊之后，就涌荡起一阵狂喜来。

张红梅和她娘夏天的时候，在寺里待了七七四十九天。开始时，他只知道她娘身体不好，在寺中吃斋念佛，根本不知道母女二人的来历。当两个人倒提双手，老鹰抓小鸡一般，把他猛摔到两个女人面前时，他才有了大祸临头的感觉。

张红梅站在她娘身后，他磕头如捣蒜地告饶，他不相信张红梅在短短的光景里，真的能怀了孕！他和杨旗旗倒腾了那么多年，也才勉勉强强地整出来那么两个！即便是肥大、土厚、籽饱、墒好，也不应该这样的风来雨到，更不应该这样的一枪要命！他的第一感觉是遭人算计了！

他刚刚想了那么一想，即被一个光头大汉，揪着头发打了无数个大嘴巴，那张嘴就肿胀得连话也说不清了。他拼了全力冲着红梅娘磕头，指着张红梅说："要杀要剐随您，只求叫俺单独和她说句话。"两个大汉将门反锁后，一边站了一个。

反锁门之后张红梅让他坐下来，可听了张红梅说的那些故事，他感觉坐着比跪着还难受。那些故事，他不敢想，也想不通。

红梅娘是山西河曲人，刚刚十七岁，就给晋绥军一上校团长做了五姨太，生有两个女儿——张红梅和张雪梅。

团长钱多势大心花哨，时间久了，红梅娘逆来顺受，却连人身平安也保不住了。万般无奈之后，她暗里随了部队里的一个连副，也就是在棋盘山里的鸽子岭上，盘踞了好几年的土匪头子杨老歪。二人密谋好之后，带着二十余人和枪，一起逃到太行山做了土匪。逃出的时候因为张雪梅太小，送回了红梅姥娘家。

杨老歪的骨子里原本就没有几滴好血液，红梅娘自然也是从虎窝挪到了狼窝。母女两个一为敬佛求安，二为散心消暑，夏季时一起来到静峦寺。

知道了这一切后，他只剩下一个念头了——半辈子的快活逍遥，真的到了仓皇终结的时候。要不是那只撸子被收了去，他真想一了百了，速速投生！

边世喜躺在魏老大的小土炕上，几乎到了求生不能、求死不得的境地。红梅娘和张红梅一样的细皮嫩肉，声音不大，细声细语地呢喃出来的每一个字，有快枪安上刺刀一般的凌厉。他哆哆嗦嗦地跪在那里，鼻子和嘴几乎触着青砖地。红梅娘轻轻地拍一下身边的桌子，他的屁股都要紧缩上一阵，总感到只要稍稍的不经意，肚子里的那点儿尚存的元气，一下子便会喷泻殆尽！

红梅娘开出来一张两清的单子，就像在一根一根地掰扯他的肋条骨。他静静地听着，头“嗡嗡嗡”地响着，似乎能听见肚子中一根根肋条，被咔咔折断的响声。要不是受不住疼，他真想把那个惹祸的东西一把揪了去！——红梅娘索要大洋两千块，谷子和小麦各五千斤，布三百丈，马三匹，骡三匹，限期一个月，鸽子岭上交割。边世喜千恩万谢之后，她带走了边聚财。

边世喜在魏老大的土炕上，一会儿坐起一会儿又躺下。他感觉，身上的每个关节都疼痛难忍，白日里发生的事，回想起来做梦一般，他真的希望那是一场梦，可掏出那张单子看了又看，白纸黑字写得一清二楚。

想起勾引他坠入深渊的那些酸曲儿，便抽筋一般哆嗦起来，哆嗦了一阵子后，感觉整个身子，鸡毛一样向空中飞，头顶上的梁、檩和木椽，也一齐晃晃荡荡地飘摇起来。他万分地痛恨自己，只记得“二茬茬韭菜红根根，妹妹袭人惹亲亲”，却忘记了“我们家门子哥哥你不能串，小心我男人把你的腿打断”。他攥起拳头捶打自己的胸膛，感到腹腔里和外面一个景致，全是冰冷的漫天大雪，整个肚囊之中，比那飕飕刮着的北风还要刺骨寒。

直到杨旗旗拿了刀子来，边世喜才勉强起了床。杨旗旗将一把寒光闪闪的军刺，比在了自己的咽喉下，对边世喜说：“家里到底出啥事了？聚财好几天不见人影，你要再不给俺个交代，俺死给你看！”

边世喜走投无路，能为他扶危解难的，除了神灵再没有第二个。想起静峦寺来，他就浑身痉挛后门松弛，踏着满路的泥浆雪水，在飕飕的寒风里，十万火急地找到一位大仙扶乩，神示的乩语是“边魏挑一担”。

直到跌跌撞撞地进了大门，他才突然顿悟：“边魏”，应确指他和魏老大，而且神仙早知道，家里原来的积蓄，不论够不够，差多少，都是杨旗旗管着，不能动也动不得，现银之外的那些东西，就是家里现成，那也拿不出去，一旦被扬旗旗发现，那如何了得！至于“挑一担”，那是让他叫上魏老大，备不齐就挑上一担实在货，清不了账，就把魏老大押那里。即使后边撕票，魏老大在边家白吃、白喝、白穿、白住了这许多年，眼下边家遭大难，他魏老大理所应当替边家“挑一担”！行也行，不行也得行，神灵就是这么安排的！

以后的日子，边世喜开始偷偷地卖地卖铺子，可那些东西真要卖的时候，反倒没有了主顾，一来多数人家拿不起那么多的现银，二来边家卖的东西，敢买的人也不多。

边世喜找到王炳中和王维贵，那父子两个商量一番后，却只要边家的店铺和邻近一些的好地，而且价钱压得很低。边世喜急得团团转，来回几个说合之后，最终跺着脚说：“这身子都掉到井里头了，还在乎挂扯的耳朵？”最后，除了洋货铺和连房的皮店，像样的铺子，几乎全部卖与了王家。

将要誉写契约的时候，王炳中家只拿了一千五百块大洋，尚欠的五百，王维贵拿出一只宋代钧窑的青瓷莲花碗来，说至少值五百块大洋。

边世喜拿着去了当铺，掌柜的看了又看说：“是个好东西，果真要卖——恐怕不止五百块大洋，可惜俺手头紧，拿不出那么多，您收好。”

尽管账单上的物项还差很多，但有了一千五百大洋和那只碗后，他便来到了魏老大的小屋。

魏老大听说让他上鸽子岭，没等边世喜说完就站了起来，一双手摇得像要把边世喜推出门外：“啥事都成，这事不能，俺靠气力吃饭，实在不行，俺卷铺盖走人。”

边世喜急急地说："还没听个囫囵话，急啥？你和俺一起去一遭，从东湾给你一亩地，鸡冠山那一亩也给你，总共二亩地，你劳力又好，又能受，三两年就翻身了，有了地，娶个媳妇，也算有了一辈子了。行是不行，嗯？——明早给句话。"

临走他又加了一句："不行俺找别人，那可是二亩地，神灵给指点来的馅饼，可想好了。再说，你要真不行，神灵也饶不了你，你看着办！"

边世喜走后，魏老大躺在他的小土炕上，翻来覆去睡不着。半夜的时候，他又翻出了那块黄绢，心里想着：这"独钓寒江雪"，是不是说，天降大雪，俺魏老大就要翻身了？

虽然边世喜的话多数时候不敢想念，但"有了地，娶个媳妇，也算有了一辈子"的话，却是颠扑不破的。魏老大好像看到了二亩地上长着的谷苗，忽涌忽涌地在他的眼前连成一片。一会儿，谷苗变成了弯着头的金黄的谷穗，割完谷子后他便耪茬，耪完茬便清理杂草，然后吆喝了牲口——没牲口就是拿手刨，也会把那些地整得松软而平整，匀匀地耩上小麦，几日工夫，就是绿茵茵的一片。最后在新年的炮仗声中，坐在另置办下的房屋里，一个和李小桃一般好看的女人，抱了他们的孩子，他担了清冽冽的水，倒入自己家的水缸，然后找到边世喜，像王炳中一样仰着头叉着腰，即使不拿痒痒挠敲砸他的脚踝骨，也得满脸威风地问问："你的心肝肺，啥时候也长到了脚后跟？"

第二天一大早，魏老大照常担满了边家的水缸，清扫了院子，并故意把东西弄出响动。边世喜揉着眼出来后，魏老大只说了一句话："话是风，笔是踪，得找人写个文书。"

文书是林先生写的。除了东湾的一亩，另外所谓的一亩，是鸡冠山时种时不种的半亩坡地。边世喜却让写成了"总共良田二亩，明年五月清茬交割"。但魏老大的好心情，没有受到半点儿影响。

回到他的小屋后，他将那张地契一会儿放在这里，一会儿又放到那里——开始觉着万分安稳，一会儿又觉着不太妥当。最后找到一个炮弹壳，连同那块黄绢一起放了进去，砍了个桐木橛子塞住口，放到了房梁上的椽下边。那个高高在上的地方不怕鼠咬，装在炮弹壳里又不怕屋漏。

放好之后，他把头钻进那条分不清里外，也看不清颜色的破棉被中，拼尽全力大吼了几声，声音像哭又像笑。边世喜在外边跟杨旗旗说："听！听！魏老大做梦娶了个媳妇，一高兴，就精神错乱了。"

这一夜，魏老大睡了个神仙一般的香甜觉。

鸡叫三遍之后，魏老大牵了大黑马，套了大车，除了拉上备好的东西，又专门拉上了一条扁担和两个大箩筐，预备下"挑一担"的工具。边世喜把编好的故事，给杨旗旗再复述一遍后，"悲喜与共"的两个人，一个头顶着悲催，一个心揣着欢喜，一起坐上同一挂大车，直奔鸽子岭而去。

静峦寺那场事的当天，边世喜平添了头晕目眩加心慌的毛病，排泄的次数也格外多，而且胆子越来越小，听到稍大点儿的动静，都要心跳半天。

去鸽子岭的路上，走上个三五里的路程，他总要叫魏老大把车停下，找个堰边、地角，喘一会儿粗气后再蹲上一会儿，而且附近还要有人陪着，不然，就算旁边飞过一只麻雀，也会使他心慌不止。魏老大一路上很是不耐烦："整那个事，你自己就慢慢整吧，俺又替你使不上劲儿。"

边世喜咬牙切齿："二亩地咧，代价不小！不过一泡屎，又臭不死你！"

大黑马摇荡着肥壮的屁股，坚实有力的大蹄子，踏碎了一路的冰雪。凛冽的寒风中，魏老大却满身热乎。他戴了一顶捡来的破毡帽，欢愉无比地抄了手，想叫想唱也想吼喊，却不知道哪一件最畅快淋漓。他真后悔来之前，没有到娘的坟头上大哭一场。他想，要是早有了这两块地，娘万不会死。

一会儿，炮弹壳里的那两件东西，又在眼前闪来闪去，他也就奇怪，咋白纸写上几行黑字后，边家的那二亩地，就姓了魏？该是观音真的显了灵？若果真那样，就该往菩萨前的钵盂里多放几张钞票——想放可惜也没有。他制定下一个前所未有的雄伟计划：明年收了粮以后，把属于自己的粮食，往寺里送上小半袋。

边世喜望着冰冷的原野和光秃秃的山峦，第一次感到，自己是世界上第一个孤苦伶仃的人。树梢在寒风中打着的呼哨，一声接一声地撞击着他惊悸不堪的心。

就是在平时，魏老大也和他说不了几句话，更何况这时的魏老大，又暗揣了一个前所未有的欢喜，只顾一遍又一遍地，去品味那个突如其来的快乐，哪里还有心思理他。边世喜几次跟他说话，竟也没有听到。他用脚向前边踹踹，说："喂！喂！你整天怔怔个啥，是吓傻了，还是中邪了？"

魏老大猛一惊，回了头笑着，过了一会儿，又扭过了头，说："东家我想问你个事。"边世喜正巴不得有人给说句话，连忙说："你上边那个嘴，总算也有个响动了！使劲儿放！俺听听。""打兔子那天，你哼哼的那首小曲儿，还真好听，到底从哪儿学来的？"

边世喜马上一脸的恼怒，他真想一脚把魏老大从车辕上踹下去，咬了几次牙，最终也没有踢出去。一会儿就觉得胸口有点儿堵，心脏仿佛要从胸膛里跳出来，稍稍稳定一些后，才咬着牙说："老大，你想不想学？想学就教你，可就凭你那二亩地——恐怕学不成！"

一番咬牙切齿之后，他的双眼就模糊，随后便扯开嗓子吼了起来："我们家的门子哥哥你不能串，小心我家男人把你的腿打断，咚不隆咚一咚锵，锵锵锵！打断！打断！打断……顾不住吔顾不住——糠菜！糠菜……"边世喜大吼了一通，胸口竟觉畅快起来，索性一路吼开了。

自磨盘沟向北，便是当地人说的棋盘山，跨入棋盘山，到了接近山西的边缘，就到了鸽子岭下。行至半山腰时，山崖上"轰隆"一声跳下一伙人，看清楚之后，长枪并短刀早架到了脖子上。那伙人问清来历之后，给边世喜和魏老大蒙了眼。准备往岭上走时，边世喜再三叮嘱那些人，他带来的那些"货"，无论如何，让魏老大拿扁担挑着。

自从又被人拿枪顶住脑门，边世喜一直揣摩着杨老歪的模样。当他走进一个宽大的房屋时，两个男人和两个女人正在打牌。冲门坐着一个五大三粗的胖子，红黑的脸膛，刁钻的目光，两颗不大不小的虎牙，一副笑眯眯的样子。挎长枪的跟胖子附耳低语几句，胖子笑眯眯地一边搓了牌，一边端详了边世喜一阵子，摆摆手，说："去吧，去吧，跟她说，跟她说。"

边世喜跟着挎长枪的，穿过一片树林，在一排小石房前停下，挎长枪的进去时间不长，便招手让他过去。

边世喜一步步地挪过去，红梅娘从屋里迎了出来："来吧。"似乎不是要收债，倒是要招呼客人。

他忐忑不安地坐下，见红梅娘不开口，便急急地问："这个，这个，人呢？俺小子呢？"

红梅娘不说话，向林子那边努努嘴。边世喜抬头望去，边聚财正担了一担水，后面跟着欢蹦乱跳的张红梅——他的整个身心，一下子坠入冰窟窿：又过了这么多天，张红梅不仅仍是细细的腰身，还蹦蹦跳跳、身轻如燕！

边世喜感到真的不能活！那个张红梅，《聊斋志异》里手段最高的狐狸精，怕也是她一手调教出来的！这个聚财，难道在静峦寺里，没挨打？还是打得轻？就是毫毛未动，那也得长眼看看不是？傻小子哟，你不是俺儿，俺叫你一声爹算了！嗐！嗐！嗐！倒也好，不用给聚财说啥了，哪个故事也不好编圆全。但不管咋说，这事万不能，祖宗不容！

边世喜不知道，前些天因为雪大路滑，红梅娘领着边聚财和张红梅，先在秀水村她干娘家住了几天，不用鬼神撮合，两个人就火热到了一起。红梅娘也合计着，闺女也这么大了，寻个像样的人家怕不容易，看看闺女和边聚财两个，还真说得来，也有了把张红梅说给边聚财的意思。这样一算计，趁杨老歪高兴的时候把意思说了。

张红梅本不是杨老歪的亲闺女，他也根本没有当回事，笑眯眯地说："闺女的事，你当家——欠债得还，不能坏了规矩。"

等红梅娘把事情讲明了，边世喜不敢说行，也不敢说不行，红梅娘有些急："真不行？俺不管了，你给当家的说去！——你还欠那么多东西。"

边世喜抖抖的，感觉有一个影影绰绰又千真万确的恶鬼，正一步步向他逼来，脑袋嗡嗡了两声，双眼也突然模糊，摇摇晃晃地说："这个，怕，不好，也得叫俺想想。"

红梅娘说："想想行——想好了再下山！"

在山上住了一晚后，第二天一早，边聚财领着边世喜和魏老大在山顶上转悠。边世喜想了一晚更加坚决，聚财就是找个土匪做媳妇，就是把红梅娘娶回家去，也不能娶红梅！再说，来的时候，给魏老大的地已经写了文书，那二亩地也不能白给！领了一个来，咋就叫他成了骒骡子的屁股？生不出个骡驹，也拉不出一泡大粪？便想着让聚财先脱身，红梅娘如果不行，就把红梅许配给魏老大，大不了再赔上二亩地，反正大罐子油倾了，也不在乎几粒芝麻。"边魏挑一担"的全意，落下一件也对不住神灵。

当他确信四处无人时，偷偷地对边聚财说："傻小子，快走，快走，你先走！"边聚财因恋了张红梅，摇头晃脑，哼哼唧唧不动弹。

边世喜真急："傻了？这啥地方？土匪窝！快走！快走！恁娘快不行了，走迟了，你就见不着了！"

边聚财一听娘不行了，浑身一哆嗦，一撇嘴转身就跑。不想两个扛枪的土匪一直远远候着，见边聚财突然向山下跑，"当当"的一人打了一枪，随着枪响，边聚财"扑通"一声倒了。

边世喜大呼小叫跑过去，边聚财抱着一条腿乱叫唤。时间不长，红梅娘领着几个人和张红梅来了，看着边聚财流血的腿，喝问还端着枪的土匪咋回事，端枪的土匪说："那不是有交代？他跑……"

几个人抬回边聚财，找人看一下，子弹从小腿的边缘穿过，未伤着骨头，便上了药包扎起来。

吃过早饭后，边世喜去崖边的角落方便，刚提起裤子，就被两个土匪一人一只胳膊架了起来，直把他拖到了悬崖边，半真半假地推搡了几次后，一个豁嘴塌鼻的丑八怪结巴说："你这熊，熊东西，也想在凌霄殿里头，翻俩跟……跟……跟斗？还要穷折腾是……是不是？给句话，真要，想……想下去蹦上两蹦，你也给……给弟兄们，响铃叮当地放上个……个狗屁！"

另一个土匪一脚踹下去一块石头，说："看清了？要没看清，咱就再踹一个活东西下去！”

边世喜看着那块坠落的石头，在崖壁上弹跳了几次后，四分五裂地迸散开来，使劲儿地往后撅着屁股说：“随你，随你！说咋就咋，说咋就咋！”

两个人松了手，边世喜赶紧往回走，杨老歪笑眯眯地迎了来：“闹啥，闹啥！这可是咱鸽子岭的亲家！”

临走的时候，杨老歪定了个腊月二十八的娶亲日子，边世喜只说了一个条件：“就是打死，迎亲也不能上山，真那样，一家子人，哪个也活不成。”

张红梅母女未言声，杨老歪说了句“小事一桩，那俺不管”，然后摇荡着大胖脑袋，笑眯眯地去了。

最后边聚财又留在了山上，红梅娘说，过个十天半月，略好些了再回去，山高路远，天寒地冻，路上冻了伤口，一辈子就残废了。

回去后，边世喜给杨旗旗说：“聚财找着了，咱聚财还真是，阴差阳错碰见了一个天仙女，天仙女一笑，他就不走了，那——碰上了是走运，碰不上是有福！反正是一个俊俏俏的大闺女，还不要咱备彩礼！千年修来才能同船渡，那个闺女至少修了一万年，该渡不渡，那可是棒打了姻缘！那一门亲，俺看是老天爷送给咱的便宜，只是咱小子的腿，不操心叫狗咬了一下下，咬也不能白咬，先在他亲戚家养几天，差不多了就回来。”

杨旗旗狐疑了半天，还是在一声连不上一声的叫骂里，为腊月二十八的日子，别别扭扭地忙了起来。

第八章

摘来香香果　梆子双重火

边世喜一下子苍老了许多，时不时地捂着胸口乱转悠。魏老大则像换了一个人，那二亩地写明了，明年麦收后清茬交割，两不相欠，他便日日夜夜掰了手指头数算，想着那二亩地里，生长出来的金灿灿的谷穗和红彤彤的高粱。空闲的时候，他总要到两块地里看一看，转一转，思谋着如何耕种突然姓了魏的这两块田。

每天晚上夜深人静时，他给牲口添上最后一筐草料，闩了门，爬上凳子，取下那只弹壳，把一白一黄写着文字的纸和布，一边小心翼翼地抚摸，一边小心翼翼地品咂。真的过足了瘾以后，死死地塞上木塞，再小心翼翼地放回房梁上的椽下边，心里边，再遥想一遍那个辉煌灿烂的未来，然后倒背了胳膊，在他的小屋子里转上几圈——仿佛一条瑟缩于寒风中的汉子，终于预订了明年春天交货的棉衣，再在那个遥远的祈盼中，徜徉一番满怀的喜悦。

边聚财拐着一条腿回来之后，杨旗旗由半信半疑的叨叨咕咕，最终变成了怒不可遏的歇斯底里，她拿了一根火箸[1]满街追着边世喜打，最后一跤摔在了雪堆上，“哗啦啦”地吐了几口鲜血，十天不到，那女人便去了。

[1] 火箸：方言，又叫“火撺子”，就是一根手指般粗细的铁棍，通煤火用的器具。

王炳中自从和雷月琴去了她娘家一趟，雷月琴对他是来便来，去便去。令他百思不得其解的是，还是那一对忽闪闪能说话的大眼，咋就在忽然之间，消失了应有的光华？

这天，雷月琴早早地起了床，在外边的屋里点了油灯绣花。王炳中喊叫几声，雷月琴有一搭没一搭地哼哼着。他把欠着的百十块现大洋拿了出来，见她仍不高兴，又给加了五块。雷月琴似乎并不领情，缓缓地接了，说："咋，还给利钱？既然给，也就要了。"

王炳中穿衣爬起就找到了林先生，他盼望尽早娶回苗香香，比魏老大盼望耕种那二亩地还要迫切。刚看见林先生他就急急地说："这秀才造反，三年不成。一百大洋、一匹骡子、五石小米，这都翻倍，别的，你只能点头不能摇头，你点头就是我点头了，听清记住了？不能再跑第二遭！"

好像怕林先生听不懂，要走的时候，他指指天，向上看一眼，指指地，再朝下跺一脚，绘形、绘声还绘色，恨不得找张纸，把心里想的，全给描画出来："俺给你说——这老天爷造人，跟人种萝卜一个理，一块地，秋天一刨，能有几根不长毛毛腿的萝卜？碰上一个俩，就得赶紧抢！那透灵闪亮的东西，最后到底归了谁，就看那些长着铁胳膊钢爪子的，谁下手快！那种事，老天爷不管，不讲姻缘，也不论命！哼哼，哼！要不说透，你啥也不知道，这些东西，书上没有，也没谁往书上写！"

林先生刚要开口，王炳中已背了手走到门口，一边走还一边嘟囔："紧要时候，不敢下死手，眨巴眨巴眼，再怔一会儿，她跟不了鸡，也得白送给狗！别总念叨那些'关关，啥的鸠'，都是瞎扯淡！"

林先生坐着林满仓的大车，和妻子石氏一起，又去了趟磨盘沟，这一趟他办了两件事：石氏娘家的房屋，卖给了石小魁，再也不愁下雨下雪的没人照看；苗香香的事，除了各项钱款物事全部翻倍，苗家哥嫂又加要了五十斤棉花，还有十块大洋的上轿礼、十块大洋的下轿礼，迎亲的食箩[1]又多加了二十斤肉。林先生

[1] 食箩：婚姻嫁娶用的盛东西的器具，木制，和蒸馒头的大竹笼一个形状。

按照王炳中的意思，摇头不算点头算，一一爽快答应，下一步，便是过小帖……

林先生夫妻坐着林满仓赶的大车，回来的路上，完成了皇命一般心舒气畅。翻越三道岭以后，林先生问石氏：“一路上不吭声，你也说说，这个，咋样？”

石氏伸出两只手，把头上黑缎子的平顶圆帽，重新端正了端正，将盘坐着的两条腿伸出一条来，敲打一阵子后，又盘了回去，抬起头四下看了看，又低下头去，重新看着搭在腿上的两只手，像自己跟自己说：“唉，吓死人了，别的都不说，光骡子，就有两匹呢——唉，吓死了。咱那时候，不值一头小毛驴呢！”说完便抿了嘴，埋着头，斜望着林先生“哧哧”地笑。

前边赶车的林满仓听了后，笑得一颠一颠的。他一边吆喝着青花骡子，一边说：“听俺嫂子说的，东西可不一样呢，人家要的，是那根不长毛毛腿还光净的萝卜。一块地长不了几个。”

石氏一扭脸，歪着嘴说：“不长毛毛腿还光净的萝卜？吃下去能成了人参？——也说不定，叫蛆早给拱了呢！——这个香香倒不算。葱是葱味，蒜是蒜味，那才是好东西！要酱不是酱，醋不是醋的，尝一口就反胃，再看见准恶心。不论毛毛腿不毛毛腿！是不是？嗯——满仓？你说是不是？”

林先生回了王炳中后，王炳中首先到了牛秋红那里，他在掂对这件事，究竟该怎样开口说。

在他的心里，牛秋红就是一壶晾凉的白开水——倒也透灵，倒也没有挑得出来的大毛病，却永远的一个颜色，一个滋味，一个腔调。她每日做着王家的撞钟和尚，勤奋而执着，无怨又无悔。

王炳中每时每刻地享用着，但他却感受不到那壶“凉白开”，能有多大的实在效用，一任那个不可替代，也无可替代的功用，自来自去，自生自灭。牛秋红却无时无刻不在企盼着，忽然能有那么一天，她的男人，在急急慌慌的脚步中，能有一个急转身，把她这个秀外慧中的女人，仔仔细细地审视打量一眼，想一想，算一算，她究竟给王家带来了多么大的成就和惊喜！可是，一遍又一遍的翘首属望之后，总也看不到，能有一个阳光灿烂的日子。

王炳中笑意融融地跷腿坐下后，牛秋红在镜子前，反反复复地照了照，跷起兰花指，将滑出来的一绺鬓发拢进去，两只嫩手一搭，坐在桌子另一边的椅子上。两只小脚半挨着地，脚尖相对，脚跟微微分开，像一尊娴静似水又洞明世事的佛。弯弯的月牙儿眼，照了王炳中一遍又一遍。

牛秋红微蹙着眉，沉寂了久久之后，两个弯弯的“月牙儿”，几乎变成了细细的两条线：“你就是不说，大家也都心知肚明。说一千道一万，俺还是那句话——这话呢，说不说在俺，听不听在你——那不是黄菜捞饭，不能一碗接一碗捂着吃。”

牛秋红踮着一双小脚，晃晃荡荡地出去了，油光闪亮的头，摇响了那一片铃铛。

王炳中也出了门，在雷月琴的门前站了一站，是一种想说点儿什么，又不知如何说的感觉。他在两个院子里转悠了半天，瞅了个没人的时候，给廷妮儿的衣兜里塞了几张票子。廷妮儿斜斜地歪了一下眼，淡淡地说：“俺又不卖给你啥东西，净整些啰唆事叫人心慌，畅畅快快的比啥都好，是不是？”廷妮儿的大眼在他身上扑闪一下，又飘到了别处。

王炳中心里咯噔一下，来来回回搓了几下手后，把苗香香的事一五一十给廷妮儿说了。廷妮儿想了想后，说：“唉！知道了，泥胎[1]要真有人拜，还真能成了神。”说完就再不吭声了。

廷妮儿做完手中的活儿，煮了一碗杂面，盛好后，才说了见到王炳中的第三句话：“你吃不吃？”

王炳中说：“俺吃不起哋！你贵人总算开金口了，俺给你说的事，咋样？”

廷妮儿仍是不吭，把那碗杂面放到木条盘上，又拿一个小碗，盛了一点儿韭菜泥，端起木盘往西院走的时候，将那几张纸票子，塞回了王炳中的衣兜里，说：“这个俺没用，以后，别再整这些没用的。”

廷妮儿往西院走，王炳中远远地在后边跟，廷妮儿迈进了王维贵的门槛后，他在二门的门墩上坐了下来——门墩那边是一溜绚烂夺目的月季，一人多高的棵子，如今虽是稀稀落落，却总算有个遮挡。

---

[1] 泥胎：庙里泥塑的神像。

过了好一会儿，估摸王维贵已将那碗杂面吃了。廷妮儿出来倒了铜盆里的烟灰又进去，王炳中才隐隐约约地听廷妮儿说："有个事，想给你说说，你要着急，就不说了……"后面的话便听不到了。

大冷的天，王炳中坐在青石门墩上，直到快要坐不住的时候，廷妮儿终于走了来，说："还在这儿坐着？老爷子叫你呢。就跟看见了似的，早知道你在一边等着。"

他忐忑不安地进了门，王维贵坐在那张官帽椅上，眼也不睁，说："不提这档事不行？"他浑身一颤，像突然被浸入了梨花井，全身透凉。

王维贵睁开眼向后坐了坐，直起了身子，拿起烟袋，廷妮儿给装满烟叶，打着火镰点上。一团蓝色的烟雾飘过头顶，缭缭绕绕地四处弥漫，廷妮儿咳嗽起来。

王维贵又吸溜了两口，把烟袋递给廷妮儿，说："啥时候，你替俺去看看，人要没啥，给俺个话——唉！这一口井，真不能淹一回就算了，总还想试试，试试就试试吧。"

从王维贵处出来后，王炳中随廷妮儿来到东院，对廷妮儿说："你别去看了，俺连彩礼都给人说好了，那就是板上钉钉的事了——你去也行，把事给俺办好就成，反正就这一遭，俺连皇历都托人查好了，喜事年前就得办，推迟不能。先说你，要个啥？要不说，过了这个村，可就没有这个店了。"

廷妮儿低了头，想了想说："不该要的要了心慌，不短缺的要了累赘，就是该要的白要了，也不算个讲究，你也不看看，脚底下的蚂蚁，都得有讲究不是……"

腊月十八，王炳中骑了大红马，领着迎亲的队伍，从村东的夏官道入村，把苗香香娶了来。经过石碾街时，他把马勒住，四班人马的鼓乐，东头两班，西头两班，都铆足了劲儿吹，十二杆三眼枪，此起彼伏地响，"咚咚"的震耳欲聋。

梨花烧锅酒坊的院中，王家支了五口大锅，略有些瓜葛的，都能吃上一碗猪肉炖粉条，大坡地几乎半个村的人，都吃了王家的饭。王家还请了三合班五天的大戏，在酒坊门前的谷场上把戏台一搭，当晚就开了锣。

三合班是漳水落子、河南高调、直隶梆子都能唱的杂合班。兵荒马乱的年代，为了求生存，各路艺人凑到一起，相互帮衬寻饭吃，也是再正常不过的事。

捏泥人的、粘糖瓜的、煎灌肠的、炸油糕的、糊灯笼的……熙熙攘攘地拥挤到王家的大谷场上。那棵大皂角树，已看不见那片幽凉似水的葱茏，西边的牛头垴还是那般的巍然屹立，张望着喧闹的庄稼男女。有心兴的看看人，没心兴的听听声，闲不住的凑凑堆。锣鼓敲响后，为了应和王炳中的喜事，开场便是落子戏《借髢髢》。

我借你头上的元宝纂，还借你的那个银镯子，借你的胭脂借你的粉，我还借你的耳坠子，我借你上身大红袄，我借你下身绿裤子……恁娘家，姊妹多，他大姨，他二姨，他三、他四、他五姨，他六姨，他七姨，他八、他九、他十姨，他胖姨，他瘦姨，他黑姨，他白姨，后边跟着个罗锅姨……

苗香香的事定下来以后，雷月琴便收拾了东院的北房搬了过去，廷妮儿搬到了西房。吃过晚饭后，两个人各搬了一张灯挂椅，坐在了戏台下。雷月琴一只手拍打着灯挂椅的立柱，一只手搭着廷妮儿膀子，心里在偷偷地跟着哼唱。

《借髢髢》算是垫场戏，唱完后便是直隶梆子《蝴蝶杯》。扮演田玉川的小生上场后，雷月琴简直惊呆了，她揉了揉眼，那唱腔，那熟悉的磋步和跷步，明明白白是石小魁！她不知道，石小魁什么时候到了三合班。

石小魁把他的“宽落音”“夯音”“硬上功”糅合到一起，再猛地抛向天际，一腔的哀婉和幽怨，如六月天的一场倾盆雨，“哗啦啦”地自天而降。

雷月琴感到，石小魁是专门唱给她的，那一招一式，也全是为她而来的。她的心，随着每一字的念白和每一句的唱腔而揪紧，好似一只饥饿的猫，在撕扯一只无路遁逃的老鼠。

台上的石小魁看见台下的雷月琴后，唱着唱着忽然走了腔，把鼓板师傅敲的花点都给搅乱了。雷月琴屏住气仔细听，石小魁把戏词给改了！

月光下把大姐仔细观看，渔家女只生得亚赛天仙……她为我，我为她真情一片，陌生人反变得休戚相关……我有心上前去把大姐呼唤，患难中怎能够提及姻缘，闷忧忧，闷忧忧……

学唱时的本子应该这样，师傅教唱时也是这样，石小魁却变了样：

月光下见旧人实属突然，不承想旧模样还是当年……想当年，我为你真情一片，你倒跟陌生人同车同船……在这里我把你大声呼唤，待明日姑母家辰时相见，辰时见，辰时见……

石小魁唱到“想当年，我为你真情一片，你倒跟陌生人同车同船”时，雷月琴浑身一颤，只感觉有一股透骨寒，自脚底向头顶飞窜。听到“待明日姑母家辰时相见”时，飞窜到头顶的那股透骨寒，忽然变为一股灼热无比的烈焰，翻个跟斗打个旋之后，自头顶一下子涌入胸腔，直把她烧灼得几欲焦煳。

雷月琴头一晕身一软，差点儿从灯挂椅上出溜下去。廷妮儿一把拽住，抚胸、捶背、掐人中的紧折腾。雷月琴喘过来那口气后，两手拽着廷妮儿的衣襟，哆哆嗦嗦地说，心疼、胸闷、俩眼黑，甭害怕，回家歇歇就好了。

到家后，吸溜溜地喝了两杯热茶，前额冒了一层细密密的汗珠后，呼吸开始匀畅，人也精神了。廷妮儿长喘一口气：“天奶奶！吓死人！家里刚刚的大喜事，到处红灯蜡烛，锣鼓喧天，是哪个不怕死的鬼祟瞎折腾！要不，敢是，哪个不操心的，给落下了哪一项？没安置好？”

这一夜，雷月琴反反复复地躺下去、坐起来。她知道石小魁还在记挂着她，却没有料到，经过了这么多沟沟坎坎，他咋老是牵扯不断！

她当年在梆子戏唱青衣时，师傅曾把一支点翠[1]传给了她，并仪式隆重地给

[1] 点翠：点染翠色。此指以一种特殊工艺镶嵌上翡翠或翠鸟羽毛的一种首饰。

插到了她的头面[1]上。点翠上的羽毛，据说是翠鸟背部的活摘羽，七彩的流光绚丽夺目，且经久不褪颜色。尽管现在不知流落到了哪里，即使还在，多少总也该有些变化！除了走了眼或迷了神，天下地上的所有，还找不见那个经世不变的东西！石小魁这是怎么了！

想起石小魁的那个“姑母家辰时见”，那真是兔子枕着鸟枪睡——胆大包天！就是你石小魁吃了熊心豹子胆——天不怕地不怕，俺就是找死，也得找个鲜亮体面的！去恁姑姑家？亏你也敢，你知道不知道，那还是林先生家！

第二天她起得很迟，洗了涮了之后，过了辰时，又过了巳时，直到过了午时吃罢饭，她哪里也没有去。

中午靠在椅子上刚打了一个盹儿，白锁住叫叫嚷嚷地提着个包裹进来了，后面跟着石小魁。她想，也许是白锁住在门口或半路碰上的，顺手接了包裹领了来。因为王炳中刚刚大喜，家里来来往往的客人多，白锁住帮了几天忙，被王炳中调教得，也学会些迎来送往的礼节。

白锁住放下包裹点点头去了，石小魁四下瞅了瞅，留下一个五味交杂的迷离笑，就去西院看苗香香去了。他和苗香香是一个村的乡亲。

雷月琴插住门打开看，大包里有两个小包，一个小包里，是一件鲜红的对襟褶子衫！那是她嫁给王炳中之前，在她唱的最后一场戏上，只穿了那么一穿的全新行头，这么些年了，仍然一尘不染流光耀眼！更没想到的是，褶子衫里，还裹着师傅传给她的那支点翠！

她浑身哆嗦，稍稍平静些之后，打开另一个小包，是一块沉甸甸的石头。那块石头也是奇怪，正像一把月琴：满月一般的琴箱，短小的琴颈，弯曲如龙的琴头，琴头两边各有两个弦轴，通体的暗褐色，透着一层油油的光。最神奇的是，在琴箱和琴颈的中间，明显地生着四道白线，正如四条琴弦。但那的确是一块未经雕刻的石头。石头的背面，刻了两行规整的行书：“丝桐合为琴，中有太古声。”

心里乱纷纷了一天后，雷月琴再不想看戏。到了晚上，房后边穿云破月的梆

[1] 头面：演员头上面的装饰。

子响，清脆而来悠远而去，还有那如泣如诉又慷慨激越的板胡声，又和她乱纷纷的心境搅在了一起。

她想起了王炳中。他对于女人的算计，就像一头发疯的叫驴，下流的丑态，还不如廷妮儿养的那只红公鸡，他就是因为看戏，自己才有了今天。她无论如何不能和王炳中一样，臊臭如同黄鼠狼的那个臭屁！

后谷场的戏开锣半个时辰后，她听到有人敲击山头墙。不一会儿，王炳中过来叫她，说："别去后谷场看了，今儿黑夜唱不了好戏，待会儿，俺请戏班的几个角儿来家吃顿饭，再打个赏，叫他们在家，给老爷子各来几段拿手的。老爷子不待见往人多的地方凑，自己家请的戏，总得叫老爷子，舒舒帖帖听上几段不是？你也过去坐会儿？"

雷月琴说，身上难受。王炳中呵呵两声，阴阳怪气地走了。

廷妮儿在东房做菜，雷月琴心"扑通、扑通"跳。一会儿，又有人在山头墙上"咚咚"地砸了几下，急促又沉重。

雷月琴留下那件褶子衫和点翠，将那块石头琴重新包了。刚迈出大门槛，看见南墙根一个小黑影，向一边急急地躲。她跺了一下脚转身回屋，火烧火燎地转悠了一会儿，皱了一会儿眉头，拿了一把镶着镜子的象牙梳，顺手往头发里一插就出了门。

迷迷离离的半片月亮，在头顶上羞答答地浮着。雷月琴摇摇荡荡地在前边走，那个小黑影在后边躲躲闪闪地跟，走着走着，她猛地摇了两下头，插在头上的象牙梳滑落下来。又走了几步，弯下腰跷起一只脚，顺手提了提鞋：她分明看见，跟着的那个小东西，把她的象牙梳捡起来了。

快要转弯时，雷月琴突然疾走几步，拐过墙角就放下手里的包，把身子贴住了墙。等后边那个蹑蹑踏踏的小东西刚露脸，猛地抡圆胳膊把巴掌甩了出去。跟来的小东西来不及躲闪，被飞来的巴掌，扇了一个跟头。

雷月琴扑上去，揪住小东西的头发就是一顿猛打，一边打一边说："叫你做贼！

叫你做贼！你偷了俺可不是一回，说！今儿咋说！把俺的拢子[1]拿出来！”

雷月琴把手打疼了才停下来：“咦——锁住？咋又是你？上回你偷老太爷的玉扳指，俺好心饶了你，不想今儿，偷到俺头上来了！这回不能饶你，说吧，咋办？”

白锁住想哭又不敢哭，双手抱拳颤巍巍地说：“这回，真不是偷，真不是偷，千真万确拾来的，拾来的！娘吔！他交代的那个破事，俺要是不抓紧，再等上一会儿，咋能有这事？决不能有这事……”

雷月琴不容白锁住说完，又甩过去几巴掌：“小小孩儿，不会做活儿，倒会编瞎话！这拢子，老大家的屋子里，一模一样的还有一把，你给拾过来俺看看！”她一边扶住墙弯下腰，不知是要脱鞋，还是找别的什么东西，白锁住猛地爬起来，弯着腰，箭一般地逃窜了。

雷月琴揉揉手，刚拿起放在墙角的小包，抬头看见一个人远远地向她招手，就在后边远远地跟着，一路向东北，来到村北的大北沟边。

沟边有一片粗壮的柿树，树身大都一人高。夏季时，硕大的树冠交织拥抱，遮天蔽日，大北沟涌来的千里风，清清爽爽、温凉宜人。五黄六月闷热难耐的天气里，短辫子的小媳妇和长辫子的大姑娘，拿上件轻巧的营生活儿，或爬到树上搓麻绳、纳鞋底、绱鞋帮，或坐在树下听新闻、说旧闻、闲拉呱。因为北面就是两三丈深的大沟，需要看管好不知高低、乱撞疯跑的小孩子。

雷月琴和石小魁合靠在大柿树上，石小魁一再说那块石头没花钱，是一个老戏迷送的。雷月琴知道那是一块林滤石后，真想哭一场后再打上石小魁几巴掌。她好像听她爹说过，太行山一带，有一种奇石叫林滤石，是一种有名的石头，只是不多见。

“咋？这东西养性？养啥性，富人养性，穷人养命！富人跟穷人相差的那些事，远了去了！没经过没见过的，想都不敢想，有天地远！孙猴子就得在花果山滚逛，硬闯到天上也是个弼马温！你连富人该做啥、穷人该做啥都不知道，还念想啥？连养性跟养命都弄不清，你还想图个啥……”

[1] 拢子：方言，梳子。

石小魁一声不吭，静静地听雷月琴数落。“富人啥都有了，一辈子才折腾那些不该有的；穷人啥也没有，一辈子就求那些该有的。穷人，就是下辈子想顺心，怕也得先给阎王老爷通融好；穷人，连通融阎王的那几个纸钱，怕也没有……”

正说着，西边四五个人急匆匆地往这边来，像是找人。雷月琴和石小魁夺拽那块石头，石小魁一边推搡一边说：“快走，这东西俺拿不走，给你说，戏班是八路军支持办的，带这个不合适！”

石小魁不容说话就急急地向东去了，雷月琴也扭头向南，遁入夜色里。

雷月琴转了好几个弯，确定后面没人后才回到家。刚刚把那块林滤石藏好，王炳中随后进了门：“这一会会儿，身上就好受了？妖精似的！”

直到第二天中午，雷月琴才听林先生说，三合班昨天晚上后半夜走了，石小魁大黑夜的乱转悠，在大北沟的南帮上，踩空脚摔断了腿，在他家养着呢。“这孩子，真是鬼迷头……”

王炳中整天在两个院子里晃悠，雷月琴急着到林先生家看看去，又怕王炳中疑心，火烧火燎地熬过了一天。

又一天，廷妮儿和林满仓要去碾米，雷月琴说：“闲着也是闲着，给恁俩帮个忙去。”手里攥了个小口袋，顺手掂了个簸箕，三个人一起出了门。

碾出来一些小米之后，雷月琴往准备好的小口袋里装了十多升，跟林满仓和廷妮儿说，小南沟娘家来了人，想给爹捎回点儿小米，看看行不行。

廷妮儿笑笑不说话，林满仓瓮声瓮气地说：“啥行不行，孝敬自家老人，不遭罪！”

雷月琴掂了那小袋米，一径来到林先生家。石小魁在炕上躺着，林太太坐在火台上，看守着火上的药锅子。石小魁伤了小腿，蓝布条缠着三四块木板裹着。林先生不知因为什么也回了家，坐在炕头的草片儿上，端了碗水，在吸溜吸溜地喝。

雷月琴坐下来，做贼一般的战战兢兢，大气都不敢喘一声。林先生说：“非亲非故，无功受禄，寝食不安，寝食不安！”

雷月琴唱惯了戏的一张巧嘴，却不知道该说什么好。好在林先生也不想听她说什么，他给雷月琴说了戏班的事：戏班的人还没走到要唱戏的地方，半路就叫一伙鬼子和警备队给截了，“叮叮咣咣”打了一阵子，接应的八路军死了两个，戏班里的人死了三个，鬼子和警备队死了十几个。石小魁伤了腿，班里的台柱子大角儿，眼下只剩了两个，其余的人也都走散了。

雷月琴听说死了人，直勾勾地看着林先生，哆嗦不止地张大了嘴，“啊、啊”了好几声，却说不出一句话。林先生说：“塞翁失马，焉知非福？嗯？成也萧何，败也萧何？嗯？不达意，不达意……”说着说着下了炕：“这圣人曰：‘君子行乎于道，止乎于礼……’狂乱之事，万不可为呢！”

雷月琴猛地抓住林先生的手，眼泪扑簌簌地掉下来：“求你，林先生，俺跟……要是做过啥伤天害理的事，过不了年，叫雷劈死……”

林太太一把拉住雷月琴，一边埋怨林先生：“贼老头儿！念书念昏了头！整天叽里咕噜些啥！老和尚念经，叫别人一样也听不懂，就知道瞎喃喃，还没有瞎先儿算卦的子丑寅卯好听！一天天的，神鬼兮兮个啥！闺女，甭理他！俺老头儿也就那嘴，就当他放了个罗圈屁，光响不臭！”

雷月琴从林先生家出来，林满仓和廷妮儿刚好碾完米，三个人收拾完了往回走。刚卸下牲口，牛秋红颤巍巍地迎了来，问：“这二百多斤谷子，就碾了那么点儿米？”

林满仓说：“谷子不饱，糠多。”

梆子双重火

第九章

匪女做新娘　斑鸠寓流殇

这年农历的最后两天，腊月二十八，边世喜的二儿子边聚财，从鸽子岭下的秀水村，敲敲打打地迎来了一位娇美秀气的新娘。

杨旗旗十一月末去世，去世之后，出殡的头一天，秀水村的“亲家”来了一帮子人，个个骑了高头大马，上了猪、羊、牛各一头的大供，外加现洋一摞的大礼。左邻右舍的惊诧，绝不亚于落入王家花园的那个炸雷，连王维贵都猜不透其中的玄机，只有边世喜悬着的心被越吊越高。

在鸽子岭，那两个龇牙咧嘴的山匪，恶狠狠地把他架到悬崖边的时候，他就知道，那些敢做不敢想、能做不能想的勾当，就要一个撵着一个来了。看到笑眯眯的杨老歪，他更是清清楚楚，自己不仅要把那些难以张嘴，更难以下咽的东西吞下去，而且还要笑眯眯地吃得津津有味。

对杨老歪的了解，他原先只限于传说中的一个想象，那是一种杀人越货、无恶不作、六亲不认、面目狰狞的潜意识，而他看到的那张笑眯眯的脸，似乎和阴险狡诈、杀人如麻挂不上边，但他更明白，那才是一个真正的无底深渊。自登上鸽子岭，他就在红梅娘身上，察觉出了那种寄人篱下的无奈，清清楚楚地看见，鸽子岭的二三百人和枪，无一不拴在一根绳子上，并牵在杨老歪的手中。

打了边聚财一枪的那个土匪，把边聚财送了回来，一样笑眯眯地告诉边世喜：磨盘沟的一个前清老秀才，银白的胡子、银白的头发，骑了驴赶集回来，半路上碰见杨老歪。老秀才在十乡八里，平时很受尊重，因为年老腿笨，骑在驴上并无躲闪的意思。杨老歪笑眯眯地抽出马刀，手起刀落，老秀才栽到了驴下。杨老歪笑眯眯地扭回头说："看看，都看看，这一身白毛，还不死，想修仙？敢是碰上了我，要不，咱这儿出了妖精可咋办！"

打发了杨旗旗之后，为了腊月二十八的大好日子，边世喜就开始精心准备了。鸽子岭的悬崖边上，那块跌落深涧的石头，令他天天晚上做噩梦。他尽了所有的力量，安置一切该安置的事，他把打折的胳膊藏在袖子里，把敲掉的牙吞咽到肚子里，即使狼和羊一统了血脉，他也记不起来所做的一切，到底能不能，应该不应该了。

腊月二十八这天，尽管边聚财拐了一条腿，但边世喜还是把所有该做的事，筹划得周到又详细，以至许多的庄户人看迷了眼，他们挥舞着满是老茧的手，以自己庸庸碌碌的半生，去教诲自己懵懵懂懂的子孙，以延传千年的言辞凿凿，去想象着和边家一样的一个金灿而光亮的未来。

边家娶来了那个媳妇，更像是飞锤砸烂了他们的手指头，沉重又扎实，疼痛而无奈。他们好像在河南高调，或者是漳水落子，或者是直隶梆子的戏台上，见到过一个天仙似的小妮儿，如今，却娇娇羞羞醉美如歌地来到了边家大院！那个足以让所有人瞠目结舌的女子，一脸的娇羞和妩媚，像六月天里淅淅沥沥的雨，飘荡不尽的滋润，能湿透任何一块裸露的砖头！忽飘飘的身段，像风又像云。一身红彤彤的绣花软缎，像元宵节里擎在手中的火把，将无尽的吉祥和火红的念想，撒满了大街小巷。

张红梅娶在了边家的东院，自敞开的东南门，踏响了一路的花炮，她整个的灵与肉，便与边家紧紧地粘贴在一起了。

令边世喜感激涕零的是，娘家送亲来的黑压压的人群，整齐划一的行动做派，像听着一个威不可触的号令，还安安稳稳的不声不响。统率教导他们的族长，那该是一个多么了得的人！不像大坡地的那些送亲：老头子、老婆子、半大小子、毛孩子，逗乐的、骂俏的、欢欢喜喜打闹的，大脚片的小媳妇、裹小脚的老奶奶、戴着花的山妮子……还有穿豁裆裤的“爷爷”，拄拐棍的“孙子”，曲里拐弯都是亲戚。家族大了，亲戚多了，见面少了，相聚在一起论一论的机会不太多，不用说哪个人在哪个辈该如何称呼，顶头撞见，或许都不认识……嘻嘻哈哈，叽叽喳喳，管不住也没人管，只要是吉利话、吉祥事，什么高兴说什么，喜欢什么做什么。

边聚财拄着拐棍，挨个儿敬酒，那些“送亲”，毕恭毕敬地站立起来，不等说话，便将大碗的梨花烧锅，一仰脖闷下去。

王炳中在边家宴席上喝了两碗烧酒后，领着苗香香，看了几块刚刚姓了王的良田，又看了两个刚买不久的铺子。走到米店时，看着稀稀落落的生意，就让看店的韩狗子，去把周大中找了来。

周大中提溜着肥大的灰布棉袍，说边家原来在米上做手脚，信誉一直不太好，刚接过来的米店，生意自然受影响。王炳中安排去四村张贴告示：米店已换新主，一月之内八折半，过了破五重新开张。

苗香香到底做惯了活儿，对衣来伸手、饭来张口的日子，实实有些不习惯。她一个人坐在家里闲不住，便到米店帮起了忙。尽管正月里买米的人不多，但跑来看新媳妇的人却不少，来来往往的人，也给米店增加了不少人气。

这天吃过早饭后，苗香香脱了双宫绸的花棉袄、妆花缎的红棉裤，要换上旧衣服去米店。王炳中把旧衣裳一块抱了，说：“咋，怕俺养不起你？一天一身换着穿，咱也供得起！”

苗香香去了米店后，王炳中到处转悠一通，转悠了一通仍是满脸失落，最后来到王维贵住的西院。王维贵坐了那张官帽椅，享受着满院的阳光。

父子二人正在说话，周大中上气不接下气跑了来，说：“快，快！米店，出事了！”

周大中手里攥着一把纸票急急地扬着，说八路军拿这种麻头纸票，买走了一车米，又买第二车，米店的小帮工韩狗子不让卖，八路军开了枪，把狗子的肩膀给穿了个窟窿。

周大中拿着的，是根据地冀南银行发行的纸币，那些纸币的纸张质量及印刷工艺均嫌粗糙，当地百姓叫作“麻头纸票”。

大坡地一带和沦陷区相连，日本鬼子的军票、汪伪政府的中储券、国民政府的法币，花花绿绿的票子见多了，尤其是东边过来的那些票子，刚开始一捆票子能买头驴，过不了几天便买不了一升米了。苗香香家临近边区政府，第一车米收了冀南银行的纸票，买第二车米时，周大中过来了，说什么也不让收麻头纸票了，还硬要把装上大车的米卸下来，双方推推搡搡闹了起来。

王炳中去烧酒坊叫了一伙壮劳力直奔米店，远远看见他家的佃户盖大全招呼着一帮人，在那里比比画画地乱喊叫，苗香香正双手牵着骡子的缰绳，韩狗子捂着膀子坐在大车上。

买米的两个八路军，一个留着锅盖头，十四五岁的样子，背着一把拴了红布的大刀；另外一个稍大一点儿，看来也不过十六七岁，灰色的粗布衫苫着屁股，端着一把长枪。

看到王炳中几个赶了过来，锅盖头缩着脖子就想躲，灰布衫重新握了握长枪拉开了马步：“都怨你个棒槌！俺就两粒子弹，还走了一粒火……怕啥！要真动起了手，你要抡不圆大刀，不会张嘴咬他？”

受了灰布衫的教导鼓舞，锅盖头肩背大刀，双手叉腰，冲着王炳中他们喊：“来那么些人做啥！想打架？谅你也不敢！俺们八路军，公买公卖，不白拿群众针线，你凭啥不卖！凭啥不卖……”

灰布衫拉着马步端着枪，有进有退地围着王炳中那伙人转。

王炳中并不理会，解开韩狗子的扣子看了看，好在没有大事，子弹在棉衣上穿了个洞，露着白花花的套子，肩膀上被划了个深深的沟，韩狗子一松手，血又流了出来。灰布衫仍端着枪，拉着马步来回转。

白锁住领着王维贵，气喘吁吁地往这边赶，一边远远地招手，还一边喊叫着什么。灰布衫有些慌，掉转长枪就对准了王维贵那边。王炳中斜一下眼，冷不防夺下了那支长枪，灰布衫不防备，一个跟头栽了去。

还未等灰布衫从地上爬起来，锅盖头猛地蹿到王炳中身后，抱住了一条腿，咬着牙猛拉了几下没拉动，低下头就咬住了一块肉。

正闹腾着，一个挎着盒子的大声喊着跑了过来，后边还跟了两个扛着长枪的兵。

挎盒子的是八路军的连长，姓黄。王炳中把手里的长枪递过去，说："看你像个当官的，你说说，八路军有强买强卖的理？八路军，不兴拿枪打老百姓吧？"

黄连长双手叉腰，灰布衫打起枪报告："冤枉人！冤枉好人！他血口喷人，血口喷人！俺没有开枪！俺就想吓唬吓唬拉了栓，他们几个连推带搡，连冲带撞，撞上了枪机走了火，是走了火！"

黄连长最后安排：大车暂放王家，韩狗子到部队看伤，现场见证人苗香香、周大中和两个小八路一起去，配合组织调查处理，情况严重将执行部队纪律。不知为什么，周大中死活不去。

王维贵一听"执行纪律"，一把拉住灰布衫和锅盖头，说什么也不让走："一个血沟沟，还不是有意的，啥叫执行纪律？他们还是孩子吔！哪个不是爹生娘养？要不是日本祸害，这么点儿的孩子能扛枪？要没有他们，大坡地死人多了！东边的炮楼，一拃拃远……"

王维贵拉着灰布衫和锅盖头不松手，说非要讲纪律，让黄连长把那条枪和那把刀收走，他把两个孩子领回去当孙子，自家的一干人等也都回家，自家的事自己解决，这不犯纪律。

黄连长最后做了保证：组织调查后，即便情况严重，那也得回来征求王家的意见。几个人才跟着黄连长去了。

王炳中让人锁了米店的门，把大车赶到了烧酒坊。回到家后，王维贵吩咐廷妮儿，赶紧和面烙饼，又把牛秋红和林满仓叫了来，让多准备些粮食，装到八路军的大车上去，再准备好自家的大车，装上一车粮食，还让林满仓去店里叫几个伙计，再找几个手脚利索的妇女，晚上多找几个碾子，碾上几百斤米……

安置了几项活儿，王维贵便一项项盯着做。一家人都不明白，整这么多东西，究竟要做什么。雷月琴看了看王炳中卷起的裤腿，还有那个扁圆扁圆的红牙印，忽闪了几下大眼就扭远了；牛秋红颤颤巍巍地摇过来、晃过去，偷偷地扯了王炳中好几次，不知是装糊涂，还是两个人本来就没有应有的默契，王炳中抬头看了一会儿天，一屁股坐到太师椅上，开始数自己的手指头。

牛秋红皱着眉，弯了一会儿月牙儿眼，把白锁住拉到一边叮嘱："锁住！你听仔细了，满仓这人蒙，大中这人——嗯？你可操点儿心，老太爷给交代的那些事，哪件都得给整仔细了，要准备的那些东西，哪样都能多不能少！就是闹不清为啥，也不能给打折扣！一件件的都给我记清，闹差弄混了，我饶不了你！"说完后，月牙儿眼向王炳中身上看了几看，笑眯眯地摇荡着去了。

王炳中终于忍不住，吭咔两声后就问："爹吔，你到底想干啥？这往井里头扔个石头溅个泡，还能听个响声呢，你这是做啥？就那几个人？值当不值当？这大麻籽[1]掉到锅里头，你咋真把它给当成个豆了？"

王维贵看看脚下的地，望望头上的天，回过头说："大道不可违，大势不可逆，君子敬畏天道。——大麻籽？你知道，哪片云彩能落下来雨？"

太阳渐渐地向西滑，远山近岭慢慢地变为一片苍黄。王维贵和林满仓站在烧锅酒坊的谷场边，等苗香香、韩狗子他们回来。

满仓媳妇从烧酒坊担着一担泔水，颤巍巍地走了来，手里还拉着有山。

有山是林满仓的第三个儿子，七八岁的样子，乌黑油光的小棉袄，前襟上沾满了饭粒鼻涕，硬邦邦的像一块做鞋的褙子；擀面杖一般粗细的脖颈上，顶着一颗硕大的脑袋，像枯死的棉花棵子上，晃悠着一个干棉花桃子；瘦小的黑棉裤，膝盖上破了两个洞，高高吊起的裤腿，露着两块黑黢黢的皮，街坊们习惯叫他大头。

满仓媳妇一手扶了扁担，一手拽着大头。大头趔趔趄趄地走，东倒西歪的。如果母亲松了那只手，他不知要摔多少个跟头。满仓媳妇笑吟吟地给王维贵打招呼，王维贵回头给林满仓说："满仓，去，替你媳妇担回去，领上大头来，今儿黑夜，

[1] 大麻籽：蓖麻子。蓖麻子比一般的豆子大，硬壳上黑白相间的花纹，且很光滑，有毒，不可直接煮食。

在这边吃饭。”

四周的山变成了黑魆魆一片，林满仓抱着大头来到了东院。雷月琴住的北房里已摆上了桌子，前后院各点了两盏大灯笼。

王维贵刚坐下点上烟袋，白锁住“吱呀”一声推开了大门，韩狗子、苗香香和黄连长他们回来了。锅盖头和灰布衫被反绑着双手。刚进门，黄连长就大声说：“大伯，事情调查清楚了，给您老人家负荆请罪来了。”

王维贵猛地丢开烟袋站起来，说：“绑上了？嗯？你，你可是八路军吔！打俺老汉的脸，也不该这样下手嘛！”

苗香香回身就给解开了绳子，笑嘻嘻地拍拍锅盖头的小脑袋瓜子：“个小东西，人不大，牙口还蛮厉害！”锅盖头在王炳中的小腿上，隔着裤子给咬出了一圈血印子。

韩狗子捂着肩膀，挤上前说：“怨俺，怨俺，也是一时急，大中叔也一直蹿火，俺怕不好交代，才去拉拽枪。八路那边，非要赔偿俺损失，这会儿怕都送到家里了！哪能？哪能？皮松快长，皮松快长……”

王维贵使劲儿咳嗽了两声，周大中扯上韩狗子就往外走了。王维贵叫端上了饭，锅盖头和灰布衫两个，说什么也不敢吃，王维贵拿了大饼，一人手里给塞了一张。

小账房白锁住观景览胜一般，看看这个再看看那个。他或许是既眼热那两张大饼，又嫉妒那两个拿大饼的人，舔了几舔干嘴唇，歪着头斜着小肩膀，冲着和他差不了多少的锅盖头说：“你个小东西，就比俺多背了一把大刀，后晌硬啃了人家一块肉，黑夜就又吃人家的大饼，你命真好！饼卷肉、肉卷饼，一下子都叫你吃了！”

王炳中小腿上的那块肉可能还在疼，但他既没有让饼卷着，又没有卷着饼，瞪一眼白锁住低声喝：“你屎壳郎搬家——远远滚蛋！”

白锁住一缩头，弓起身子往外钻。牛秋红摇摇荡荡地走了来，一边走，一边笑嘻嘻地说：“锁住，给老老姨说说，你是害怕上山的老虎，还是害怕下山的老虎？

嘻嘻嘻嘻——哈哈！量你个小歪脖不知道！”

吃过饭后，王维贵安排林满仓，把两筐大饼先送到酒坊的大车上，再去催一下碾米的几个人，天明务必碾完。

王维贵又给大车多装上的粮食，还有装上自家大车，准备一起送给八路军的粮食，黄连长都不知道。他只按下午装上去的半车算，去衣兜里摸了半天，摸出一块“袁大头”，说：“大伯，真不好张口，真就这个了，再没有了，要信得过我，剩下的，我打个欠条，要不怕迟，后边准送来。”

王维贵很生气：“车上的，俺大子儿不要，要给钱，就都卸下来，俺也不卖。今儿黑夜，谁也不能走，聚头有缘，一会儿搬坛酒，咋也得给俩孩子压压惊。”

黄连长他们都不大喝酒，热热闹闹的将至半夜，他们在东院的西房住下了，林满仓、韩狗子和白锁住都回了自己家。

王炳中躺下后，翻来覆去竟也睡不着。白天的时候，他一把夺下了灰布衫的枪，夺下之后便有些脊背发凉。当时黄连长跑过来以后，他曾盘算着，万一情况不好，如何让父亲先行逃掉。他死盯着套子里的盒子炮，两条腿一直哆哆嗦嗦，有些站立不稳。

他没有想到，今天的事，竟以这样的一个结果收场。当时他曾想，只要那把盒子炮对准他或父亲的头，就是十车米，也会乖乖地拿出来。

王炳中迷迷糊糊刚睡着，突然被苗香香推醒：“不好了！西院怕是不好了，不像日本像土匪，动静不大！”王炳中一骨碌爬起来，抓起门后的钢叉就往外冲，被苗香香一把拽住：“老天爷，打狼也得有个好家具，等等，俺去叫那几个扛枪的！”

王炳中顿了顿，听见了西院翻箱倒柜的响声，轻轻推了推进西院的门，里边被反锁了。毕竟牵扯着亲骨肉，苗香香刚进了东院的门，他搬来梯子就上了房，在房边摸索着向院里张望时，忘了平时放在房角的一个罐子。那是风水先生摆的一个镇物，当地人叫“吸风坛”。他的胳膊一蹭，那个吸风坛骨碌碌地掉了下去，“咣当”一声摔碎在院中。

黄连长他们刚爬上房，下面就“当当”地打枪。黄连长怕伤了自己人，朝天上放了一枪大喊："机枪准备！一排救人，二排堵后门！三……"

黄连长还没有安排好三排干什么，里边的几个黑影，顺着通向花园的门，野山猫一般逃窜了。

几个人下到院中，已静悄悄的没有了人。点上灯后，才看见王维贵光了身子，被反绑在官帽椅上，嘴里塞了一团毛巾，小腹在汩汩淌血。

子弹从王维贵小腹的边缘穿过，前后各有一个洞，属贯通伤，应该未伤及脏器。黄连长有些内疚，说事情突然，地形也不熟，让老人家吃了亏。

王维贵说："是福不是祸，是祸躲不过，今儿也多亏了你们几个，不过打了一个碗，要是没有你那三个排，说不定，叫人家连锅也给端走了，啥对不起，谢都怕来不及呢。"

廷妮儿领来先生给包扎了，又拿了些药，忙忙乎乎到了天明。

后来才知道，进家的是鸽子岭的土匪，进门就把王维贵绑了起来，事先一点儿动静也没有，看来是早踩了点儿。反绑上以后，就跟他要一只青瓷莲花碗，说本来是一对。

王炳中站起身要去找边世喜，王维贵死活不让，他的意思是，给了边家的那只莲花碗，肯定到了鸽子岭，如果是无意间落到那里，找了边世喜，也是多了一个人知道；如果是有意的，那就是边家和鸽子岭早有往来，再去找，只能招来更多的麻烦。

黄连长走时本来说好，如果走不远，肯定回来看看。到第三天，有人送来一个包裹，里面有一张欠条，附了一封信，还有一瓶药片。王维贵给王炳中说："他们怕是走远了，这会儿要是回不来，俺这辈子，怕是再见不着他们了吧？"

刚开始躺倒的一段日子，王炳中日夜陪伴父亲，灌汤喂饭清理打扫。本来平时没有做过什么活儿，没几日，他的两只颧骨便凸了出来。前些日子，廷妮儿端了一大锅滚烫的稀饭脱了手，把两只脚烫得皮开肉绽，至今还不能下炕。三个儿媳妇一直挤眉弄眼咕咕哝哝，后来便叫林满仓负责晚上，三个儿媳妇轮流负责白天。

给林满仓的待遇是每天一升小米。晚上的活儿倒也不重，无非是帮王维贵翻个身，伺候一下起居方便。林满仓在哪里也是睡觉，况且，他还有着庄稼主儿的许多好习惯，无论半夜醒几次，也无论睡得早晚，只要头挨着枕头，一袋烟工夫便鼾声如雷，不费什么力气，一天倒多挣了一升米。人口不太多又俭朴些的人家，一升小米，差不多是一天的口粮了。

后来，王维贵或许是心疼那升小米，说林满仓睡觉呼噜声太大，别来了。晚上仍由儿子陪，打发方便后就自己休息了，白天仍由三个儿媳妇照看。

年前，王维贵看似快要挺不住了，枪洞里的血水一直往外浸，整日的高烧不退。大儿媳牛秋红像是自言自语，又像是宽慰公公："不管咋样，爹也是辛苦半辈子的人了，四乡八里的谁不知道，王家的时光热火朝天，哪样离得了爹？好好养着，啥也甭想，爹在就是全家的福气，别听她们乱嚷嚷——以后该给谁留个念想啥的——先顾住自己的身子再说。"牛秋红自来到王家的第一天起，总是那副慢条斯理的腔调，受过专门训练似的，想表达的意思说了个洞若观火，把自己又撇了个干干净净。就像王维贵磕烟灰的那只大铜盆，永远的闪亮光净，永远的滴水不漏，里面的烟灰，只要不装瞎，或者是真瞎，哪个都看得清清楚楚，但哪个也不会说那些烟灰和那个大铜盆有什么关系——她刚才的话，分明是借了"她们乱嚷嚷"，却摆脱了自己的干系，又把"该给谁留个念想"的意思，给听话的人说了个明明白白。

就是到了辞旧迎新的正月初一，"她们乱嚷嚷"，还一直"嚷嚷"不停。可王维贵，像一直没听懂，没有把"该给谁留个念想"给谁留下半个。好在，他小腹上的伤口，长得只留下核桃大小的一个血痂，也没有了前些日子的疼痛。直到黄柳芽变成了绿柳叶，她们许是嚷嚷够了，嚷嚷累了，也嚷嚷烦了，她们的乱嚷嚷，再没有谁听到了。

这天早饭前，王维贵给牛秋红说："今儿黑夜吧，你跟月琴、香香三个都过来，商量点儿事。"

中午，三个儿媳妇齐刷刷地伺候王维贵吃喝：鲜鲜亮亮的绿豆稀饭，热气腾腾的白面馒头，一荤三素四样小菜，都齐刷刷地摆到了炕桌上。

“爹，春天阳气升得快，绿豆稀饭败火。”

“爹，俺蒸的馍馍，暄腾腾、甜丝丝，多吃块。”

“爹，俺炒的菜，尝尝对不对口。”

三个儿媳妇叽叽喳喳，亲昵热烈胜过房檐下筑巢的燕子。王维贵却要找早起吃剩的豆芽菜，雷月琴说：“哪儿能叫爹吃剩菜，热了热俺都吃了。”其实收拾了碗筷之后，雷月琴就倒入泔水桶里了。

王维贵的食欲今日也特别好，吃完后，他说，躺了这么长时候了，想去外边看看天，透透气，这么长时候了，还不知道外边啥模样呢。三个儿媳妇拗不过，一起将公公架到官帽椅上，七手八脚抬到了院中的北墙根下。

院子里的花草树木，已蓬蓬勃勃的一片新绿，两棵榆叶梅最为欢喜，挤挤撞撞的花朵缀满了枝头，热烈奔放的风姿，像悬挂起来的两笼火。温暖的日光，慷慨地铺满了整个院落。

王维贵想清静，只让留下一个人。牛秋红说：“要不香香在这儿吧？你不是正绣枕头，就比照着那两棵俊生生的榆叶梅绣，绣出来再好看不能，保准配不错色。”

约莫过了半个时辰，王维贵感觉小腹不舒服，用手一摸，竟是满巴掌的脓血。“快点儿香香！坏了！”苗香香看过一眼，旋风一般地招呼人去了。

三个儿媳妇七手八脚，将王维贵抬回到土炕上，不长工夫，王炳中领着先生进了屋，林满仓和林先生也来了。

先生察看一番后，摇着脑袋，让赶快把人送往县城去。王维贵却死也不去，说：“前年有一个中了枪的往县城去，好不容易过了三白台，不想又叫白口镇的鬼子截住了，硬说人家是八路军，连赶车的都给崩了！至如今，连个尸首也没整回去。俺眼看六十的人了，死也死在自己家。”

先生又说找些盘尼西林也行，王维贵躺下去再不吭声。

太阳落山时，王维贵烧得火炭一般，叫两声，眼皮都不抬一下，煎好的汤药，怎么也喂不下去。他牙关紧咬，急促而沉重的呼吸，像耕地的牛。

林满仓又去林请先生，左等右等不见人影。好歹盼来了林满仓，却不见先生。牛秋红从怀中掏出两块大洋，叫林满仓再去请，王炳中忽地从官帽椅上站起来，带着一阵风走了。

王炳中出门后，牛秋红便端坐在那官帽椅上，一会儿看看炕上的公公，一会儿看看炕头的雷月琴，一会儿又看看靠着门扇的苗香香，似乎是希望谁说出点儿什么来。屋里除了王维贵长短不齐的喘息声，听不到半点儿响动。

牛秋红再坐不住，颤巍巍地前后挪了几步，头脑上的那些金宝玉贝，伴着一对小脚，“叮叮当当”地挤来撞去。她翻了几翻“月牙儿”，冲着雷月琴说：“俺说亲姊妹，数你脑瓜好，咱爹清早说，今儿黑夜商量事，还能不能？”

过了好大一会儿，竟也没人吭声。“月琴，给你说话呢，回个声，不使得慌！”

“嗯——”雷月琴从鼻孔哼一声，“说句话，真不费啥气力，俺的话，它不顶事，说也白说，不敌不说。”

正说着，王炳中带着一股风进了门：“都走都走，一个个闲着没事啃槽耍，自己不知道牙痒，也不怕别人牙痒！”三个媳妇“嘀嘀咚咚”地去了。

到了后半夜，刚迷糊着的王炳中被王维贵叫醒了，定睛看时，王维贵像洗了个热水澡，满头热气腾腾的大汗，嗓音却比原先清亮了许多：“给俺整点儿水喝吧，把你仨媳妇也叫来。”

王维贵喝完水，浑身又湿漉漉的一片，烧竟退了许多。三个儿媳妇在八仙桌前一字垂手排开，你看看我，我看看你，静静地等着老太爷号令。

王维贵抖抖地坐起来后，让王炳中掀起脚下的炕面，敲碎一块炕坯，从下边拉出三个二尺多高的粗瓷坛子来。把里边的东西倒在炕上后，三个儿媳妇探了身子伸着脖子，像几只饿急了的鸭子围观一群小蝌蚪。王维贵先把一个双子献寿的羊脂玉给了牛秋红。

那块羊脂玉拿在手中，可以看到对面透过来的灯光，擦油一般的温润，上面雕刻了两个憨态可掬的娃娃：四只胖乎乎的小手，捧了一颗碧绿的桃子。嫩白嫩白的玉石，那颗桃子最是鲜艳，绿莹莹的闪亮透灵，春雨之后的小草叶那般颜色，鲜嫩得青翠欲滴。

王维贵说："这羊脂玉给早来，这是咱的传家宝。"他又拿起两只细脖子圆肚的花瓶看了看，然后在三只浅翠色的细碗上敲了敲，声音比牛秋红的金铃铛还清脆悦耳。他最后抓起一把大洋看了看，说："现洋一共七千，炳中两千，剩下的恁仨人一人一份，早来算半份，商量商量该咋分，另外的其他，由炳中处置。记住，出门不后悔，日后不返账。"

三个儿媳妇嘀咕完了油灯里的两盏油，也没有嘀咕出什么。王维贵大喘着粗气说："炳中在这儿眯一会儿，恁仨回去商量，明儿清早辰时回话。"

三个儿媳妇各怀心事往外走时，王维贵让她们哪个顺手，哪个给斑鸠抓把米，添点儿水。

三个儿媳妇走后，王维贵叫王炳中把那些东西包了，压在脚下的褥子下面，脚蹬着那几个包包说："你去看看俺的斑鸠吧，那几个小东西，命真不好，可就是到了大限，也总得叫吃上顿饱饭吧？刚走的那几个，心肝肺都在俺脚底下踩着呢，这会儿，唱台大戏也顾不上听。"

王炳中提着灯笼，往笼子里照了照，几只斑鸠半眯着眼，挤在一起"咯咯咕咕"地叫着，两只空碗别说是米，连一滴水也没有。

斑鸠一共六只，是去年秋初王维贵捡回来的。当时母斑鸠和老鹰打架受了伤，王维贵撵跑了老鹰，把一窝老小全带了回来。母斑鸠到家后，一直不吃不喝，没几天就死了。剩下六只小斑鸠，王维贵一直喂到现在鸽子般大小，看护得孩子一般。

王炳中给斑鸠添好了米和水，回来告诉父亲，米和水她们都给添好了。

第二天早饭是林满仓送过来的，一大碗杂面汤，上面飘着几片嫩油油的菠菜叶，不温不火地炝出来的山韭菜花，阳光下闪耀着几朵亮澄澄的金黄。王维贵的双眼登时光芒四射："咋？廷妮儿能起来了？"林满仓说："坐在杌子上擀的。"

辰时到，三个儿媳妇齐排排地来了，哪个也不吭声。王维贵说："满仓你听着，叫她们仨，去笼子里一人挑一只斑鸠，往南风道里垫点儿沙，把挑出来的三只斑鸠，拿草筛子扣起来，再找块黑布严严实实蒙好，啥也别喂，等几天以后，叫你看的时候再看。”

几个人摆弄好后，三个女人又齐排排地站到八仙桌前。王维贵问三个儿媳妇，是筛子下的斑鸠好，还是笼子里的斑鸠好。三个人这次意见一致了，都说笼子里的好——笼子里地方大，还有东西吃。

王维贵喊林满仓："满仓！今儿俺馋了，去把笼子里的仨斑鸠给炖了，赶上晌午吃。"

三个人齐排排地低着头，一个个手足无措噤若寒蝉。如此大动干戈，不就是几只斑鸠？谁也猜不出，老爷子究竟想做什么。

王炳中一脸威严："打算得到，走滚得多，步步上着那圪梁[1]坡！叫恁争争吵吵分不停！一群鬼溜滑，鬼头纂！"

中午，王维贵叫了一家老小和林满仓、林先生，一起吃了顿团圆饭。

吃完饭后，王维贵让林满仓端来了两碗瓜子和绿豆，三个儿媳妇在八仙桌前，由大到小站成一排，一个个安详沉默如旧。

王维贵大喘息一阵，安排三个儿媳妇各自随心，瓜豆自选，就在花园里面挑地方种，眼看着长，秋来论功行赏，人说"八月老头儿会种田"，到时再有意见，嫌迟。

三个女人回到自己屋里，挨个儿地把林满仓叫了去，一个个考官似的，在种瓜好还是种豆好的游移中，把林满仓弄了个哭笑不得，晚饭也都没有顾上吃。谁也没有弄清，到底是种瓜合适，还是种豆合适，也就没有决定下来，到底是种瓜还是种豆。

牛秋红最沉着大度，一脸的笑容满面，让另外两个猜不透。雷月琴把苗香香叫到东院悄悄说："你还小，好些事不知道，这娘儿们，不上炕以前靠脸，上了炕以后就靠——嗯？看老大家那个高兴劲儿，人家多了个早来，还不是不管咋分，她都能多领一份！可着劲儿，也还不是，以为自己就扣到了草筛子底下，咱俩就该煮着吃？嗯？嗯！呵呵！她身上啥也不比咱长得多、长得好——这老太爷，啥

[1] 圪梁：高低不平难以行人的山岭。

瓜子、绿豆，这地再壮，墒再好，恁小子他的种子不饱，那能怨谁！”

当天晚上，王炳中怀了一种前所未有的虔诚，去聆听父亲的教诲。王维贵用手抚摸着他的头，感叹一句“不到三十不知道爹娘哦”，便老泪纵横了。自小到大，王炳中没有见过父亲这么的身心交瘁，即使有，也不记得父亲这么的伤心透顶。他想，父亲，或许真的老了。

后边的事，王炳中感觉，比掉进三丈六尺深的梨花井，还要透心凉。那口井，是老天有意，父亲无意，有意和无意加在一起后，才挖凿出来的？

第十章

徽州贫贱根　秦淮大梦归

王维贵其实并不姓王，他原姓“汪”，究竟为什么由“汪”改成了“王”，得从他爷爷汪天成说起。

汪天成祖籍徽州婺源，“八山一水一分田”的自然山水，是生长“无湘不成军，无徽不成商”的肥沃土壤，“前世不修，生在徽州，十三四岁，往外一丢。”祖祖辈辈的辛酸和悲壮，天安排，地创造，人知，鬼知。

和许多徽州人一样，汪天成亦是“出门三根绳，万事不求人”，唯一从祖辈那里承继下来的，就是在成功和成仁之间，二选一的决绝。和许多先人一样，他也离开了生他却不养他的苍苍大山，状如飞蛾，扑向烈火是宿命。与人不同的是，他连徽州人必备的那三根绳子都没有。

徽州人出门的第一根绳子，是用来捆当地的特产——茶叶和歙砚的，那是流浪者外出的第一袋，也是唯一的一袋口粮。汪天成的第一根绳子绑在了腰间，那根绳子无法他用，抽了那根绳子，破灯笼一般的短裤在瘦腰上待不住，必须遮羞。

徽州人出门的第二根绳子，是用来吃不饱时勒肚皮，或集聚了钱财捆钞票的。他全部的行囊，只有脏兮兮的几捧芋头干，在他的破褂子里包着呢，再省俭着吃，三天都到不了头，不需要捆绑。

徽州人出门的第三根绳子，便是一事无成万般无奈之下，挂脖子谢红尘用的。他全身上下唯一的一根细草绳，也早派了用场——即使想死，他连一根上吊的绳索都没有！

那年汪天成刚十三岁。

连三根绳子都备不齐的那个徽州孩子，到他三十岁的时候，应天府南京城内，多了一家“天成记”的大商号，主营米面、布匹、茶叶、绸缎……那是汪天成的产业。他左右逢源八面玲珑，和应天府尹也颇有些瓜葛，顺水顺风地把个天成记，搞到了半道街的辉煌。

不料，汪天成那些奇迹，在一回首的时间里就命蹇时乖了。

自从长毛反[1]以来，应天府迎来送往了一批批的绿营兵、八旗兵，他们潮涌潮退一般，闹得惊涛拍岸、波声震天。天成记的流水日日下滑，应交的摊派杂税却日日见长：购枪的款昨日刚缴上去，今日又来要买炮的钱；买炮的银子正在清点时，催粮的账单又放到了案头上。

汪天成打点府尹的银子，一摞一摞地送了去，天成记应缴的款项，也跟着与日俱增。他热脸贴了凉屁股，整日忙得团团转，府尹却总是捻着花白胡子，一脸的忧闷，说不出个子丑寅卯来。终于有一天，汪天成被折腾得焦头烂额体无完肤，几乎到了伤筋动骨的时候，他又找到了府尹。两个人来到秦淮河，踏上一艘花簇锦攒的画舫。

汪天成借了酒力，似乎要把一腔的幽怨和激愤，全倾入秦淮河中去：“这清朝完了，真要完了，‘大筐小筐，大偷橐驼小偷羊’，这大点儿的官，在家坐着收银子；小点儿的官，跑到下面要银子；上不了属的，跑到酒楼里吃银子。”

他一边说，一边指点着烟柳中络绎不绝的画船：“看看，看看！有银子的花银子；没银子的抢银子；没脸没皮的，脱光了屁股换银子！——你看看，你看看！这千行百业都萧条，单单这秦淮河的生意兴隆！单单这拿刀拿枪的生意兴隆！单单这明镜高悬的生意兴隆！真是！太平的日子莫名其妙，不太平的日子鬼哭狼嚎！”

[1] 长毛反：指太平天国运动。长毛，是民间对太平起义军的称呼。

他一肚的感慨，正秦淮河水一般滔滔不绝，猛瞥见府尹的脸拉了好长——鼓泡似的大鱼眼，似乎要劈出一个炸雷来。

“留七分正经以度生，留三分痴呆以防死！——太过精明，一事无成！”花白胡子里的训教一字一顿，像刀口舔血。再看那张脸，和窗外的天一样，似阴非阴，是晴不晴。

不到半年，汪天成即被一七品的按察司经历，寻了个“不遵皇命”的借口，一条锁链锁入大牢去了。

老父亲和账房程大宝费尽周折，荡了小半个家产，终于在长毛破城前，将皮包骨的汪天成，从大牢中抬回了家。

长毛进入南京后，男女分营而居，提倡男女平等一夫一妻，女人不仅不再缠足，而且头裹布巾，身束宽带，腰挎长剑，花木兰一般的威凛之气。崭新的日子如一道横空出世的彩虹，在不辨东西的天气中扑面而来。

谁能想到，一回身之后，那条亮丽的彩虹便不见了影踪。转瞬之间，长毛里大大小小的官员，一样干起了拜金宠玉、妻妾成群的蝇营狗苟，和清朝的混沌一般无二了。而且但凡重要活动，长毛的官员们，还要巫婆一般地贴符、念咒、烧纸钱，翻着花样地折腾来折腾去。

汪天成和父亲几度合计之后，逐渐将南京的商号盘掉，一家人到苏州重新经营起来。汪天成盘掉最后一家铺子后，南京城内开始混乱起来，粮食之外的一切物件，全变不成现银了，有现银的也很难买到米。只半年多工夫，湘勇就破城而入，虎狼一般地见人就杀，见钱便拿，见物即抢，只几日工夫，南京城就横尸遍野哀号一片了。

汪天成一家迁到苏州后，蜘蛛结网一般小心而勤奋，生意逐渐稳定。汪氏父子忙忙碌碌得整日无闲，蜜蜂一样为一朵花而欣喜，为一滴蜜而狂乱。却未想，待酿就的蜜，聚积到一定量的时候，却被人一下子给筛了去，甚至连酿蜜的蜂巢，也几乎给打成碎片。

一个月朗风清的夜晚，汪氏父子悠闲地品着香茗，陶醉着程大宝“噼里啪啦”

的算盘珠子响。忽然，乌鸦一般的一群“捻子”拥入家门，其中还有两个婺源的老乡。

捻子由来已久，原是自行组织的民间团伙，小捻子几人到几十人，大捻子几十到几百人，平日里各自为生，也做些买卖，后来越发展越大，自中原以南，几乎没有不出捻子的地界。捻子们买丝贩盐无所不干，人多势众的捻子可与官府抗衡。尤其皖北一带的捻子，不仅势大无恐，而且雨后的春草一般，见雨就长，见土就生。后来长毛又和捻子搅和在一起，把清廷的兵丁打得落花流水、四散逃命，几乎占据了半壁江山，官府向来列为匪患。

望着捻子们沾血带腥的利刃，汪氏父子自是全力伺候，备足了银两和饭菜，捻子们酒足饭饱之后，裹了银子身骑快马，闪电一般呼啸而去。

捻子们的行踪，招来了数不清的官军绿营兵，他们一路砍杀着进了汪府，眨眼工夫，汪天成的父亲和妻小，就被当成匪患灭了。汪天成红了眼，电闪雷鸣地杀了几个回合后，就感到再也支撑不下去了，死亡正向他快步行来。

几近崩溃绝望之时，程大宝横里杀了过来，他纵身跃上程大宝的马背，在熊熊的火光和沉闷的洋枪声中，拼命地向城外逃窜。

当一切变成了昨天的事，二人才从马背上滚下，跌落在荒野中……

自婺源的大山里走出的那个孩子，做梦也没有想到，此生此世要投身行伍。

外忧内患的清廷，为了全力绞杀长毛，诏令南方的巨贾、乡绅，“帮同办理本省的团练乡勇，搜查土匪诸事物”——湘勇由此应运而生。

后来，江淮地区依湘军建制，开始拉起淮军，军官建制自下而上，有什长、哨长、哨官、营官、统领、元帅，各营兵丁由营官自行招募，谁招募谁统带。汪天成倾囊招来一营人马，自然而然成了淮军的营官。

淮军的组建对汪天成来说，似乎是一个天赐良机，令他那颗枯井一般的心，涌出甘泉来。他像一个迫不及待的渡客，终于看到一架五彩斑斓的渡桥，等他全身踏上那座桥之后，也未来得及审视一下，那座渡桥，是不是一道彩虹。

经过几年的拼杀，汪天成的人马，换成了清一色的洋枪洋炮。他真像一个佃农，突然得到了一块肥沃的良田。虽然刚开始播种，却仍为将来的绿茵茵兴奋不已。然而，淮军的建制，就像一个插错卯榫又安错轴的大车：俨俨然的一个庞然大物，刚安上轱辘又折了辕——营官以上的统领和统领之间，互不相让各不相下，自招自带的兵，更像一个坐胎即残的婴孩，与生俱来的疾患无法根治。

汪天成有所感觉，却仍然乐此不疲，全力耕种那块非旱即涝的盐碱地，带着他募来的乡邻，上河南、入广东，东征西战，攻城略地。最使他的身心走上巅峰的是，他撞上了一个守候千年今方聚的俏冤家。

队伍休整的闲歇，三月的水乡丽日和风，云蒸霞蔚的青山脚下，汪天成遇到了梦中的魔星——唱黄梅戏的江南春。江南春的声音翠鸟一般的甜美，使他飘入九霄忘乎所以。当晚，他便将江南春约了出来，一对冤家好似有着前生的约定，四目对射的那一瞬，便电光石火般的灿若星辰。二人惺惺相惜，相见恨晚。他将一只双子献寿的羊脂玉送与人家后，便订了终身。那时的汪天成已年近不惑。

此后，汪天成更像一个惨败的赌徒，忽然摸到了一张绝张牌，通体疯狂而精神抖擞，好像已跌落谷底的汪家，忽然又跨上一只飞天的苍鹰，飘在头顶的浮云，很快变成了踏在脚下的轻雾——这赌徒，忘记了赌输时的无奈与狼狈，全身心地享受着上天的恩典，享受着心跳的狂放，想都没想最终的赢家，只属于坐庄的人。

清廷的嫡亲队伍，仍然洋枪和大刀混杂使用，庶出的湘勇和淮勇，却不仅肩扛洋枪，而且有了相当火力的铁甲船舰。就数量而论，单淮勇，即达二十余万之众，和湘勇合在一起，即是一支近百万人的队伍。

当时清朝绿营兵的在册人员，加上吃空饷的，也不过六十余万，八旗兵也只二十余万。在清朝千万里画图一般的江山上，湘勇和淮勇，只不过是朝廷在急切之时、无奈之中，顺手捡来的一块揩屁股的砖头。朝廷没有想到，这块砖头，竟能成精变妖成气候，并且随时可以砸断那只拿砖头的手！

各处的长毛、捻子四处奔逃、噤若寒蝉以后，踌躇满志的湘、淮勇营里的元帅们，便言恳辞切地上书朝廷，痛陈“防营诚为劲旅，有事则兵不如勇”，请求将功高盖世的勇营，转变为朝廷的经制兵。

或许天下所有的有功之臣，都会犯同样的错误：小功小成之后，就遗忘了与生俱来的低贱和卑微。他们不知道，即使天下最开明的主子，在生死攸关之时，急切地盼望下属“有功”是真，船过险滩之后，他们绝不会遗忘你“之臣”的身份也是真！“有功”是驴拉磨一般的本分，是一千年的应该，一万年的理所当然，所以，“有功之臣”才是坚守了几千年的孪生弟兄。忘了“之臣”身份的“有功”们，有哪个不是被随便戴上一顶帽子，就死无葬身之地了？“大逆本道”，想和主人摩肩蹭膀的驴，哪个驴主人也不喜欢！

更何况，招募勇营的诏令明明白白，“谁招谁带，薪饷自筹”，如今，却伸手向朝廷要起了编制粮饷！那张奏折，换回了一道“裁汰疲弱勇营”的圣谕——朝廷顾不上打扫刚碾磨好的米面，便急匆匆地将拉碾拉磨的驴，送进屠宰场了——淮勇所部二十余万之众，裁汰之后仅剩五万余人，加上起家时的先天不足，拉上些裙带关系的，统领变营官，营官变哨官，汪天成之流搭不上裙带的便利，自然而然步入裁汰之列。

裁汰之后的汪天成终于明白，自己原是一只可怜无比的鱼鹰，箭一般钻入水中之前，脖子上早被人拴好了绳结，捕获到嘴里的猎物，无论时间长短，总会被人挤捏出来。

那场赌局烟消云散之后，他更是明白了，除了那可恶的操庄人，还有一个个出千的赌徒，唯一的一个倒霉鬼，那就是万劫不复的自己，他——汪天成，只不过参与了一次，入场前就定了输赢的荒唐游戏。

汪天成将已有身孕的江南春，托付给程大宝之后，和当年离开婺源一样，毅然决然地隐了姓名，汇入余下的捻子队伍，半年后，在山东杀死了清将僧格林沁。

程大宝打仗时丢了一只手臂，带着汪天成留下的少许积蓄，和江南春一起回到了南京，二人在夫子庙附近，以夫妻名义买了一间门脸，开了一间豆腐脑葱花饼的小吃店。

江南春生下的孩子是个男孩儿，取名“汪程子”，意思是汪、程两家的孩子。

汪程子喜欢舞枪弄棒，至十八岁，十八般兵器便样样叫好。汪程子的面貌随了母亲，满月一般的白净面皮，一副戏中的俏武生模样。第一年参加武科童试成了武秀才，应天府乡试又拿了第一，成了名噪一时的“汪解元”。

汪程子考中不久，热兵器渐成热门，汪程子学了一门精湛的屠龙术——竟不如家里的一碗豆腐脑受用。

汪程子一家人，像一窝寻找小虫子的鸟，镇日无闲勉强温饱。义父程大宝断了一只手臂不说，背上未取出的枪弹，几乎将他折磨成残废。汪程子闲来无事，便帮母亲在夫子庙前，一起卖豆腐脑葱花大饼。

一个叫“文千秀”的女子，不知从何时起，几乎每日来吃，后来，竟离不了汪程子端上来的豆腐脑了。

文千秀柳眉杏眼、鹤颈蜂腰，无须粉黛自生万种风情，窈窕妩媚如春风里艳放着的一枝花。汪程子的前生九世，好像都吃斋念佛又修桥补路，不长时间，文千秀千般的柔情倾泻于汪程子，两人几乎浓得化不开了。

后来江南春听说，文千秀原来是官宦之家的小姐，心中就忐忑。无奈文千秀的心思，正像已化作一锅豆浆的黄豆，再无回头的可能。

文千秀的父亲，原是绿营中一五品武官，因了个说不清的缘由，一路降到从九品的外委，是一个小得不能再小的芝麻小官。文小姐读过一段时间洋学校，开放又前卫，山摇地动地说通了江南春之后，挽着汪程子的胳膊拜见了父亲。

文千秀嫁到汪家时，文家是一只落架的凤凰。文千秀婚后不到一年，生了儿子汪小小。汪小小一副笑嘻嘻的憨态，出家人一般的慈眉善目。汪、文两家的好运气，随着汪小小的到来而乾坤挪移。

先是文外委的娘舅官复原职，文外委不仅官复五品，半年工夫不到，竟又提拔为佐领，五品变成了四品。汪程子那解元的名头，也适时派上了用场，先是在应天府谋了个八品千总的实职，文大人升任佐领不久，升任为七品把总。

汪程子升任把总之后，一家人其乐陶陶，但把总的薪俸却没有多少，年俸银不足十三两，薪银不足二十四两，加上养廉银七十两，总共也就百余两。蔬菜、烛炭和灯红、纸张的补银，五品以上的官员也才有。

这百余两银子收入的寻常百姓家，虽算不上太豪富，但也是个殷实丰满的小康之家。无奈，文千秀是一株暖房里的娇苗苗，尽管是一朵名贵的花，但养护的成本实在太高，旱不得又涝不得，更经不起丁点儿的日晒和霜打。普通的庄户女人天寒地冻时，将手揣在袖口里，或干脆搓一搓吹口气，还能不放下手中的活儿，文千秀却要裘皮貂领护身，且再怀抱一个香火炉；百姓人家的孩子，袒着裤裆玩着尿泥，也稀里糊涂地增骨长肉，文千秀却要给汪小小找一个念过新学堂的看护；一般人蹲在路边，也能吃下一顿饭，文千秀不在黄花梨的桌子上，饮不了茶！

程大宝驼了弯曲的背，一只手翻着油炸葱花大饼，江南春起早贪黑，一碗一碗地磨着豆腐脑，却也如一盏昏黄的油灯，去温暖山大的冰坨——有也枉然，无也枉然。

和汪程子平起平坐的文武百官，一个个靠山吃山，近水吃水，过着神仙般的日子，灿烂如阳春的花朵。俗语说“人无外财不富，马无夜草不肥”，当时在清廷的军队里，吃空饷早就是公开的秘密，偶遇几个核查之人，也不过是自己的口袋瘪了些，想寻些零用钱花——那原本都是朝廷的银子，上面又没有刻着谁的姓名，大家都用一点儿，也是合情合理的事。最后核查的高兴，被核查的也高兴，事过之后，呵呵一笑仍是朋友。这不过一件再平常不过的事，可汪程子愣是不干。更为迂腐的是，他还不许下属做，苦了自身，苦了妻子，苦了部属，又得罪了同僚。

文千秀多次循循善诱，软硬兼施，无奈汪程子，王八吃秤砣一般的铁石心肠，唯一的理由就是“想晚上睡个踏实觉”。气得文千秀，手戳着他的鼻尖骂：“满脑袋豆腐脑，一身的葱花饼！”

一日，一个陌生的河南人，来到江南春的豆腐脑小店，诧异和惶恐中，他带来了汪天成的消息。

原来，汪天成的那伙捻子，在山东杀了清将僧格林沁后，和清兵及淮军又打了最后一次恶仗。也许是天意的安排，滂沱大雨下了三日三夜，汪天成的那伙捻子全是骑兵，原来计划得天衣无缝，无奈这连绵的大雨，浸泡得到处松软一片，作战马匹一蹄子踏下去，泥水几乎贴到肚皮上，失去了双腿的捻子，几乎全军覆没。汪天成和少数几个人跳入黄河，才捡回一条性命，最后一路向西奔逃，在太行山南端的王莽岭安顿下来。

王莽岭是太行山系的一部分，也是山西和中原的界山。相传西汉王莽，因追杀刘秀在此安营扎寨。那里共有大小山峰近百座，斧劈刀削一般的山峰耸入云霄。大的山峰，顶上可以跑马；小的山峰，顶上仅能落鸦。登上峰顶，是人在天上俯瞰中原的感觉。山里的乡民生生不息、自给自足，对于山外的世界，是"偶有壮侠之士舍命出入"。相传老子在此炼丹，王莽、刘秀在此开战，的的确确是一个安身逃命的绝好场所。立足那苍茫的大山，便永远的老天爷为幺，自己为二。

汪天成遁入绿林略略安稳之后，才顾及江南春和未曾谋面的孩子，就派一可靠喽啰，辗转找到了夫子庙。

汪程子想想一家妻小，看看繁华的南京城，不想去做聚啸山林的土匪，他给来人吃饱豆腐脑和葱花饼后，备了些盘缠打发了去。好在文千秀对这些并不知情。

那个被打发走的人，虽吹皱了江南春的一池春水，对汪程子一家小三口，却像落入树上的一只鸟，连叽喳几声都没有就又飞走了，如果没有注意那个晃动的树枝，还以为是刮了一股风。

汪程子不仅与衙门的事体格格不入，更糟糕的是，他也弄不懂娇妻的柔情蜜意和风月无边。第二次鸦片战争之后，热兵器一批批涌入军营，汪程子整日和属下把那些火枪、火炮玩得不亦乐乎。他不仅好身手，而且好枪法。官场上那些说了也白说的人，起哄一般地，都夸汪程子"真乃天降良材也"。

一日，文千秀忍无可忍，将提脚出门的汪程子，揪了耳朵给提溜了回去——犹如一雄风遒劲的苍鹰，抓了一只无可奈何的小兔。她粉面含威，杏眼圆睁，一只玉手敲木鱼一般，连连击打汪程子的前额："猪头！猪头！满脑子的豆腐脑，一身的葱花饼！"汪程子一手扶了门框，一手摸索着被敲疼的前额，耷拉着眼皮，大气不出。

汪程子的额头自上私塾开始，便常常遭受别人的打击，文千秀玉手的频频击打，就像往秦淮河里撒下一把稻糠，不能激起多少涟漪。

文千秀见汪程子无动于衷，骂了句"不出血不出脓的东西"，索性坐到他脸前，继续发泄积蓄太久的一腔怒火：“嗯？朝廷的官员，也确实不好做哇，你给我说一下当官的要件——咱可说好，小女子可想听句脆生生的话，要还是黏黏糊糊的不利索，不能说我又欺负你。”

根据以往经验，文千秀要的结果，往往稀奇又古怪，茶坊酒肆说书的先生一般，刁钻而滑稽，有些时候好像有些讲究，却登不得大雅之堂，又合不得逻辑。对汪程子来说，那些答案，永远是一只九霄云外的四不像，什么都不是，又什么都有些相似，不能贴切地表述，却也有实在的意会。汪程子担心给额头招来第二次打击，仍是不言不语，低了头，两只手垂垂地沉着——这个经典而有代表性的肢体语言，是他自小就练成的，父母面前、先生面前、学友面前、吃完豆腐脑的客人面前，他永远低着头，两只手永远垂垂地沉着。这是一个虚心接受教诲、虔诚接受训诫的姿势，尽管接受不接受鬼神无奈，但绝对的友好四方，人畜无害。

“谅你也不知道：至武精鬼道，至文即鬼首。先说做不做得上——那不精鬼道，又不通鬼首的人，十八次投生也轮不着你做。再一个是做不做得成——那不善鬼术，又不拜鬼师的人，进退九九八十一次，还是做不成！”

庆幸的是，文千秀高高兴兴地自己说出了答案。

和许多时候一样，文千秀风里雨里地说，汪程子云笼雾罩地听，像在听一支唱不完的山歌。幸好有一位都司夫人请文千秀打牌，汪程子大赦似的逃出府第，又奔练兵场去了。文千秀的话，仿佛在耳边又刮了一次风——无论怎样地调教，他流淌在体内的葱花饼血液，一贯始终。

程大宝和江南春，也许因为汪程子不再需要照料，也许因为文千秀的颐指气使，两个人早受不住了，所以在汪天成第二次派人来时，给汪程子留下他父亲的一封信，生母、养父和儿子、孙子，最终灞桥折柳，泪洒长亭。

两人走后，汪程子平添了许多的落寞和惆怅，尤其是汪天成的那封信，他每次看见，总像脊梁上背了一块大石板，压得他直不起来腰，喘不过来气，看后就不愿再看。过一段时光又忍不住，再拿出来看，看完之后，又雷劈火烧一般的难受，心都会在胸膛里哆嗦不停：

程子吾儿：

二十余载未曾谋面，心之痛，思之切，无以言表！本为人父，未曾与儿喂得半粒米水，本属无奈，复何以堪！

窃闻吾儿已巍巍一丈夫也，为父喜甚，幸甚！然思吾儿终日与狼妓为伍，通宵达旦之惶惶难以为继。

狼妓者，清廷之官也，乃豺狼与娼妓苟且之物耳。

豺狼之性，古人备述久矣！遇肥而啖肉，逢瘦而咥骨，孜孜以求，永不倦耳。间或食之，旋又饿焉！古有养狼而乐之者乎？未有也。呜呼！狼之性也，但强于己者，藏尾夹尻落荒而逃；几弱于己者，群起而攻噬骨吸髓。盖与狼共舞之流，非智障亦狂徒也。

妓之何谓？每遇财势，温存做猫状，依人为鸟态，无求则诱之，有求则狎之。以腌臜之物，乱伦理纲常者也。所思得之乃窃喜非常，以阿堵之物夸耀市井；所思未得则蛇口蝎尾，置之死地而后快。故妓不可狎。

狼妓者，金枪必倒之物也，金枪之外，咸悉死罪。妓崇金，本性使然；狼惧枪，无须多赘。若非自恃金枪，亦未疏离狼妓，顷毙闹市，不足悯怜；命绝郊野，咎由自取。狼妓之本，枪至魂飞散，金来旋作孙。勿忘片刻。

予观夫清廷狼妓，貌申申如也，状妖妖倍也，俱乃无耻之徒，猥琐之辈，其为官之本宛阳具耳：但逢污秽之地，气昂昂如矫兔出洞；每遇凛冽之泉，委靡靡似懦夫临崖。古之声名'狼籍狼藉'者盖谬误也，应作'狼妓'也。而今而后，时风日下，斯文扫地，人心不古，予观之也久矣。吾儿置小舟一叶于惊涛骇浪，实实不安。鉴往知来，故为父惴惴而惶惶不复苟且。故求放浪形骸于山野，笑古论今于云天。为父本为万重山水一草物也，其平淡如水囿心于胸，平齿而宽足，几无伤人之意——天性使然也。大凡伤人之物，均具尖牙兼利爪也。食草之物至上之斗，乃怒目眈眈，角之蹄之而已矣。而今为拒鱼肉于人之祸，乃为草寇——吾之性终为草矣。

万望吾儿贴贴而思，为父不胜惶恐，亦倍感涕零矣。若摒弃苍蝇竞血之地，抛却狼妓群舞之窠，则幸甚莫大焉。

天成字

不说汪程子日日心乱如麻，文千秀却日日变本加厉，没个好脸色。原来的文千秀，三春的碧桃花一般，浓艳似火地缀满枝头，如今却春风无语，皎月不霁了。

终于有一天，一个浪漫的恩骑尉，闯入她云缠雾绕的幽梦中。

恩骑尉的父亲生前是一五品武官，长毛反的时候，阵亡于枪林弹雨之中，一死壮千古了。他自己说，恩骑尉的爵职是世袭罔替。恩骑尉虽无太大的能耐，却因袭了祖上的荫庇，倒也吃穿不愁，时不时穿梭于达贵名流之中，加上翩翩少年聪明伶俐，又花马吊嘴的能言善辩，最易投得寂寞女人的机缘。文千秀氤氲缭绕、旖旎一片的绿芭蕉，迎来了恩骑尉轻舒曼卷的雨滴——却不是书画才女，巧遇了吟诗才秀。

这种事长腿似的传遍了应天府，直到恩骑尉夫妻在大街上开始打仗，汪程子才知道，自己的绿帽子，早被太阳晒褪了颜色。汪程子满腔怒火回到府中，却寻不见文千秀的影踪。

三天后，汪程子终于见到了文千秀，咬牙切齿地刚吼了一嗓半，文千秀不由分说就劈过来几巴掌，又不依不饶地拉着他见了文大人。

文大人呷过最后一口茶，汪程子听到茶碗的盖子，发出丁零零的脆响，忽然有一种大难临头的感觉。

文大人尽管是一介武夫，但平时的行为做派，却温文尔雅的儒生一般，抛碟摔碗的事情，一般是很少有的。

“打狗还得看主人呢，如此的事理不通！缺乏家教也不通事理？”

汪程子不由得一哆嗦。

“再有，你在军营里的那些勾当，是个什么？嗯？想做西林县的张鸣凤？——死无葬身之地！”文大人的嗓子沙哑而粗壮，从里面冒出来的每一个字，都蹿火似的烧灼无比。

文大人说的西林县张鸣凤，就是著名的“西林教案”的主角。

法国神父马赖，在广西西林借传教之名奸淫妇女、强抢民财，精通为官之道的原县令敷衍了事，图了个圆满自保。三年后新任知县张鸣凤到任，将民怨沸腾的马神父马赖依律正法，从而招来了英法的炮舰，史称“第二次鸦片战争”。最后，张鸣凤不仅被革了职，西林县还赔付了两万两白银，给法国人重修教堂。

汪程子虽然没有张鸣凤那样的惊天之举，却也曾指使手下的兵丁，将一擅闯军营的洋人打成了猪头三。若非文大人的极力周旋，单凭汪程子的道行，还真不好收场。了结那件事情时，文大人叫女儿连洋人的马弁，也塞给了一块白光光的银锭。

“别以为学了些‘故障’就能癫狂起来，那只是些奇技淫巧罢了！堂堂五尺男儿，竟不能安身立命！上不能孝父母，中不能养妻儿，下不能荫子孙！整日弄些歪歪事，也不见些长进！嗯——”文大人似乎有些激动，一副义愤填膺的样子。也许是以为说话重了，又接着说：“天下本无事，庸人自扰之。”

当四周变得一片寂静，汪程子才挪了挪酸麻的腿脚，四下张望，早空无一人，茶碗也早不再冒气了，他才过堂的囚徒一般，怔怔地出了门。

汪程子回到家，把文大人的话过滤整理一遍。对于那些话，他有种“以其昏昏，使人昭昭”的感觉：文大人骨子里的混沌，兵营里送开水的老驴头，都要比他清澈！自己冬挨三九、夏练三伏的苦功夫，原是些“奇技淫巧”？至于“天下本无事”，他更不明白，岳丈说的是他汪程子，还是文千秀，或是恩骑尉？想来想去，竟一片茫然。他甚至怀疑，自己是不是真的如文千秀所言——“装了一脑袋的豆腐脑”？

汪程子再次将父亲的那封信，从头至尾看了一遍。文大人的那个“奇技淫巧”，在心头萦怀不下——自己在校场上，抡圆了一百二十斤的大刀，那本应是一幅叹为观止，且浸满了意志和汗水的壮美图画，如今，却成了狗屁一个！他的自尊，在一点一滴地销蚀。

汪程子终于明白，就是再倒回去五十年，在文大人面前，解元的头衔，比他盖碗里的一片茶叶，金贵不了多少。

文千秀更是撞破不如摔破，和恩骑尉更加炽烈起来，两个人说不清是雨夹了风，还是风裹了雨，风雨交加却来得有声有色，只是再也辨不清东西南北。

自此之后，汪程子像换了一个人，结交了许多琴棋书画、吹拉弹唱的挚友，若干年后的世界级画界大师史云烟，便是其中的一位。

这天傍晚，汪程子办完军营里的公务后，换了青布蓝衫，直奔夫子庙方向而来，几个朋友早在那里等候多时。

自从前些日子在秦淮河上，和一个叫“碧玉箫”的女子吃了一顿花酒后，他总有些说不清的感受：那个女子，原本就是属于自己的一块良田，悄无声息地被别人耕种了好久之后，如今，那绿茵茵的一片脆嫩，又招招摇摇地向他摆手——牵肠挂肚的感觉，简直就是千年的守候！

过了夫子庙便是文德桥，文德桥的那边，就是“六朝烟月之区，金粉荟萃之所”了。文德桥，占了一个无可名状，却意味深长的绝佳位置：一边是庄严肃穆的夫子庙和江南贡院，一边是翠冷脂暖的媚香楼和花衢柳陌。这边有：唐伯虎、吴承恩、郑板桥、吴敬梓、翁同龢……令圣子们前赴后继；那边有：柳如是、顾横波、李香君、陈圆圆、寇白门……让达贵们纷至沓来。所以，连接这边与那边的一座桥——文德桥，自古便有“君子不过桥，过桥非君子”之说。

几个人乘了一条小船向那边划去，做了一回没有过桥却到了对岸的“君子”。

三人刚上岸，就被碧玉箫的丫鬟梅子，引入一个僻静之处，那里停靠着一艘华盖状船顶的画舫。一个身着碧绿长纱裙的女子，早在船头笑吟吟地迎着。汪程子忽然感到，秦淮河一般的柔顺和娟秀扑面而来，一会儿的工夫，便化作一方风月无边的长天，将他的身心裹挟而去。

从这一夜起，汪程子留在了画舫上，将无尽的春光一拥入怀，死亡也挡不住奋勇向前的脚步。

如胶似漆的日子大约维持了半年。汪程子在画舫里的尽情逍遥，令他忘怀了一切。可是，那些梦一般的逍遥，于每一次梦醒时分，都令他无可豁免地如临深渊、如履薄冰，却又欲罢不忍、欲罢不能。

可是，汪程子三天不到，自有梅子来叫。

有一次，梅子丢下一封书信后气嘟嘟地去了。汪程子拆开粉红的信封，几行工笔正楷映入眼帘：

红颜非祸水，贱妾亦可惜。千忧惹是非，皆因尘缘起。

他似乎在什么地方见过，却又想不起来，只觉得那几行娟秀的小字，饱含了声声的幽怨，好似那双玉手中，又流淌出一段醉人的韵律，婉转跌宕，如泣如诉，穿透人的肺腑。想起咬牙切齿敲击额头的文千秀，一股壮烈的火焰，又悄悄燃起。

与碧玉箫在一起的日子，他就像一位口渴难耐的挑夫，饮了一瓢清冽甘甜的泉水，透骨穿心的滋润，让他终于感觉，自己不仅仅能站着撒尿，而且雄壮如斯！

终于，汪程子在桃花渡买了一处不大的庭院，筑起了自己的爱巢：枕河而建的小居，粉墙黛瓦，飞檐漏窗，尽收了秦淮河的如画风情。

这天，汪程子处理完一项紧急公务，踏着月光向桃花渡去。路上的行人稀稀落落，连那些“叽叽喳喳”的莺燕，也都一一归宿，依依杨柳，是时落寞。

汪程子只顾快步走，猛然和湿漉漉的梅子撞了个满怀。梅子气喘吁吁满脸惊惧，拉汪程子到一个寂静无人处：她主仆二人刚刚躺下，忽听院中人声嘈杂，一伙彪形蒙脸大汉闯进来，见东西就砸，见人就砍，碧玉箫凄惨地叫骂几声后，再也听不到声息。梅子见大势不好，猫腰躲入房后的花丛中，看好四下无人，纵身跳入河中逃了出来。

两个人正在捶胸顿足，只看见桃花渡方向，红彤彤的一片火光照亮了天。

待到黎明时分，两个人才踅到了桃花渡的近旁。小庭院里，除了没有烧尽的木料还噼啪作响，“青砖小瓦马头墙，回廊挂落花格窗”，早成一堆废墟。几个衙皂斜挎着腰刀，嘟嘟囔囔地来回游走。

文千秀干的！汪程子不用猜就知道。因为很早她就恶狠狠地警告：“别嘴硬，等我找到那个乌鸦窝，一把火烧了干净！”

汪程子带着梅子没敢回家，在朋友史云烟处住了几日。当时，史云烟虽有些才学，但终究名气不大，没有太多的收入，只靠临摹别人的画作赚几文钱。汪程子咬咬牙跺跺脚，托史云烟照顾净身出户的梅子，径自往家里去了。

汪程子战战兢兢地到了家，文千秀正领了汪小小逗蛐蛐儿，乜斜一眼汪程子后，接着拨弄蛐蛐儿玩。汪程子悬着的心刚有些放松，忽又悬了起来：抬头一看，文大人正坐在堂中饮茶。

文大人看到诚惶诚恐的汪程子，鼓着腮帮子，对着茶碗猛吹一口，茶水“噗——”地四溅开来。文大人浓墨一般铁青着脸没有作声。

院中那丛高耸入云的凤尾竹上，一只乌鸦呆头呆脑地缩着脖子，“呜哇——呜哇——”地叫。文大人向竹子上斜睨一眼，拔出一把蓝莹莹的洋枪递给汪程子，说：“去，把那畜生给我弄下来。”汪程子接过枪按上火，不慌不忙地一抬手，“砰——”的一声闷响，那只乌鸦一头栽了下来。

文大人肥胖的腮帮抖了几抖，满天的乌云绽开一片难得的光亮。“这好多事，就像饮酒，浅尝辄止为好，若当饭菜一般受用，就要伤及脾胃，折了寿命。”文大人尚未说完，文千秀趿拉着绣鞋晃着腰，领上汪小小到后院去了。文大人不加理会，说：“吃饭去吧。我有要事，要你出趟远差！”

汪程子听完文大人的话，犹如五雷轰顶，他真想走为上计。四下一望，门口站了好几个兵丁，连刚才乌鸦落下的地方也站了两个。他之所以想逃，源自文大人的“出远差”：对要砍头的犯人，一般才说“出红差”或“出远差”的。

汪程子倒吸一口凉气，但看文大人慢慢腾腾的神态，似乎又不太像，索性定下心来：果真要自己往那边去，以文大人的算计，十个汪程子，今天也逃不掉；如果不是那档子事，折腾起来，反显量狭气小。他也就定下心来，饱饱地吃了一顿，胃口奇大。

原来文大人的娘舅在春季时，和皇城里的殿阁大学士拜了把子，结拜的时候，文大人自然去道贺，可惜带去的物事，在京杭的漕运河上，被人一股脑掳了去，弄得很失颜面。再过几天就是中秋，也是殿阁大学士的生日，文大人这次备了双倍的礼物，一来还了上次的欠缺，二来两江府空了一个三品的参将职位，借此机会通融一下，也好有个照应。因为有了上次的教训，这次又备了厚重的大礼，为免得树大招风，故不再找镖局，想来想去，还是决定把这事交给了汪程子。

汪程子选了几个靠得住的兵丁后，悄悄来到史云烟的住处。梅子听说他要走，啼哭得泪人一般，是死是活，定要跟着他。汪程子念她和碧玉箫的旧情，也就应承下来，只嘱咐了一些注意的事项。史云烟触景生情，即时画了一张《墨梅老鹰美人图》，并题诗一首：

江南烟雨润香罗，豪气常为秀气夺。
红尘多少兴衰事，汇入秦淮百味河。

装裱好了以后，在汪程子上马之前送给了他。

收拾妥当之后，一行二十余人，迤迤逦逦地上了大道，梅子和汪程子的一个亲兵，乔装打扮之后，跟在二里以外。最令汪程子窝火的是，文千秀带了儿子汪小小跟着车队，一会儿前头，一会儿后头地来回晃悠，还带着那个油头粉面的恩骑尉。

原来的恩骑尉也是整日地闲晃荡，或许是为了往来便利，文千秀让文大人在他身边给找了个小差使。恩骑尉虽无大的能耐，但见风使舵、溜须奉承的本事，却是与生俱来的拿手好戏，时间不长，就在文大人身边弄了个六品的副使。

刚出门的几天，他只是和文千秀眉来眼去地打情逗俏，渐渐地就肆无忌惮起来，他把乘坐的马匹交给了随从，坐进了文千秀的轿子中。汪程子真想把后边的梅子叫来，坐在自己的马上，羞辱一下那个没脸没皮的贱婆娘——却真真的，只是想想而已，打死也壮不起来胆量。

车队越走离京城越近，周围也似乎比南方安定了许多。大道两旁，除了瞪着大眼看热闹的人群，似乎没有什么非分之辈。将近黄河时，恩骑尉和文千秀，终于耐不住缭乱的心，瞅个空闲，一唱一和地跑到一个房间里鸳鸯戏水了，俨然一对恩爱的夫妻。

汪程子则被安置到大仓房，和兵丁一起，看护那十几口笨重的木箱。整整一个晚上，漆黑一团的小屋，将他的五脏六腑给搅了个周天寒彻。第二天一早，他便去寻了些巴豆，撒在了马料里。

吃了巴豆的马匹扯着劲儿地拉，汪程子买通了瞧视的兽医，只说和人一样水土不服，并无大碍。京城已是遥遥在望，文大人内心着急，带了几个人，匆匆地往前赶路了。

文千秀和恩骑尉为了行事方便，也拼命地往前赶，把汪程子带着的大队丢在了后面。过了黄河走了不长的路程，汪程子所带的兵丁，被特意安排了一席上好的酒宴，一齐睡到了第二天的太阳当空照。醒来后，一个个头痛不止。前后左右寻找，竟不见了汪程子和那十几口大木箱！再仔细寻找，只有门后挂着的一个口袋，打开一看，里边装着二十余个包包，每个包包都装着数量相等的纹银，数算一下留下的人，正好人手一包。大家同时明白：汪程子，到底还是没能“吞下大粪，安享富贵”，他劫了钱财逃了。

原来汪程子在刚过长江不久，就派人找到了王莽山的汪天成，父子两人合计好，上演了一出“智劫生辰纲”的大戏。

汪天成已过花甲之年，并未参加这次行动。王莽山的人得手之后，汪程子曾有另谋出路的打算。山上的军师问他到底因为什么，他对天长叹：“无颜见江东父老。”

军师说：“无颜见江东父老？那个至假至空的鬼话，是史家编造出来的！小孩子也不会相信！霸王怀抱如玉美人，饕餮珍馐佳肴之时，也未曾与哪个共享！江东的父老，根本就无人在乎成与败的项羽！给张三纳税，给李四纳粮，他们原本都不喜欢，功成与功败，看用了什么尺子去度量，筋不舍骨，骨不离肉，才是生命之大道，跟颜面没有瓜葛！”

汪程子拉着梅子，登上了父亲的大寨，已满头飞雪的汪天成，早等候在寨门前，身后站着江南春。汪天成看到汪程子时，扑簌簌的眼泪，自沟壑纵横的两颊倾泻而下，颤颤抖抖地抹了几把后，扭头跪到关公像前，一边“咚咚”地磕着响头，一边号啕大哭。

汪程子这才知道，父亲那一声声长号，才是生命之大道——不可复制又无可替代的灵与肉，其悲烈壮怀，演不像，学不来，求不到。

短暂的相聚之后，历尽惊涛骇浪的汪天成，将劫来的财物偷偷地转移了出去，藏到一个百里开外的秘密去处。汪程子母子和梅子，连同佝偻着腰的程大宝一行，悄悄启程向北，沿太行深处的大山，辗转来到了大坡地村。程大宝半路滚落悬崖，摔了个粉身碎骨，三个人在大坡地村置办了房屋田地，慢慢地安顿下来。

来到大坡地以后，汪程子的“汪”去了三点，“程子”这个名字也不敢再用，但为了纪念程大宝二十年的养育之恩，“程子”就改为了“宝子”。

安居下来的王宝子，后来和梅子结了婚，一生只生育了一个孩子就是王维贵，王维贵一生育有三个儿子：王炳德、王炳彰、王炳中。

王家在大坡地村慢慢发达起来，以经营药材为名，过些日子就沿太行山向南，一趟趟地取回“生辰纲”的浮财。那些劫来的东西，有一部分是古玩字画、金银物事和老瓷器，王家便偷偷地拿到远处变卖现银。

王莽山的伙计发现少了东西，内部发生了火拼，汪天成最后死在了那里。那些余下的绿林好汉，直到日本鬼子进入中国前夕，仍然续续不断。后来，王维贵的大儿子王炳德，也掉进了取宝路上的深崖中，死时十九岁。二儿子王炳彰，拿了几件古董出去换钱，最后一次出去后，再也没有回来。

秦淮大梦归

第十一章

遗诲化云烟　良田肋骨拴

天将明，父子俩才从那个久远的故事里走回来。王维贵要了几次水喝，每次喝两口之后便浑身冒汗。他捂着小腹，一直和儿子扯东扯西。天将放亮时，又安置了几件事，才歪在枕头上眯住了。

临近中午，廷妮儿拄着拐，一步一挪地端了一碗杂面汤送了来。

王维贵没有吃那碗杂面，他紧咬了牙关，甚至不能喝下一口水。王炳中又请了先生来，先生倒腾了一阵子，把王炳中叫到一边，说："恐怕不太好，老人家的脉象乱了，看是要走了。"

廷妮儿听说后，跑到中院里，抱着那棵七叶树哭作一团。早来过来后，王维贵死死地攥着他的手不放，早来说："爷爷的手，有点儿凉。"

太阳离西山一竿子高，王维贵去了，就像从西山顶上抛下的一块石头，蹦了几蹦之后就不见了踪影，没有谁能够拦挡得住。

王维贵的丧事请周大中做了大襄奉[1]，林先生做了账房。王家亲戚不多，各店的帮工也都挂了小孝，皂角树旁扯起了两条长长的白幡，灵棚两边，悬挂了林先生遒劲的颜体大字："玉骨未入三分土，金魂已上九重天。"

---

[1] 襄奉：丧事的管理人。

王炳中在灵棚中，看着红色棺椁上蓝莹莹的图案，听着吹鼓手此起彼伏的鼓乐，心里怎么也不相信，父亲真的能死去。眼前的一切犹如梦境。父亲的音容笑貌，在眼前一遍又一遍地闪过，他不敢相信，好端端的一个人，往眼前的大木匣中一装，就再不能回头了。

林先生迈着四方步走进灵棚，手执一份祭单问："这个，总该问一下才好，万不可失之毫厘，谬之千里。这个，大中上了份人祭：小米、白面、吹鼓手，寿桃、寿面、火器营，大窝[1]、麻糖、猪牛羊，八麻、九棉、十丈绫，童男、童女、八抬轿，天篷、地阁、不老松，金猫、玉蝶、长生殿……看这，祭单上的落款……"

王炳中头也没抬："那还用问，一不沾亲，二不带故，乡友！嗯？不对，这，这祭还真不小，就是亲闺女，那也得是个大户人家，你——弄错了没有？"

林先生说："咋能错！这青天白日，红嘴白牙，白纸黑字，咋能错！嗯？是不是早来跟山花定亲了？要真是，也讲究得上：孙媳，逢大礼仪通称'亲家'。回他几丈红绫是老规矩，要嫌少，再包给他一个红包，也合情理。"

大坡地风俗，对双方已订立婚约，待嫁或待娶的那方人家，统称为"生亲戚"。既然婚约确定，双方的红白喜事就要往来，对生亲戚回赠的礼品、礼金，要用红布或红纸包起来方为吉利。

王炳中想了想，说："定是没定，俩孩子真亲过两口，我也真说过两句，八字还没一撇呢！"

林先生有些为难："这咋办，朝廷还不打送礼人呢，又不能叫人家把大窝子、麻糖搬回去。"

王炳中想了一会儿，就开始摇头晃脑："这种事，你是秀才，你要起不来名堂，这这这，先生问学生，不敌账房问襄奉。"他的意思是，让林先生这个账房，问周大中那个襄奉去。

林先生甩着手，一边往外走，一边嘟嘟囔囔："这比猫画虎，比虎画猫都好办；

[1] 大窝：又叫"大窝子"，后人祭奠死者蒸的特大馒头，中间空，形状像旧时的棉毡帽，只是大得多。

要指鹿为马，指马为鹿那不好说。著文论章算——从不论斤称；田地按亩计——没人使斗量。蛤蟆、蝌蚪，倒是一家，要把蝌蚪写成蛤蟆，大中也许能？”

望着林先生的背影，王炳中的双眼忽然有些朦胧，脑袋也晕晕乎乎地胀，摇了两下头，向那口冷森森的棺椁上撞了几下，“砰、砰”地响。不一会儿就感觉浑身烧得滚烫，周围出现了好几个苗香香，而且每一个苗香香，都欢天喜地拉着大风箱，一个个熔化真金白银的火炉，耀眼地闪亮，驴骡牲畜一般的心肝肠肺，放在火上的大锅里，被蒸煮得通体透红、稀软如饴，最终水一般地“哗啦啦”流淌开来，流淌开之后，就销匿了所有的痕迹……

王炳中忽然又感到通体透凉，比跳进梨花井内还要寒气逼人。然后，他的全身就大风翻卷鸡毛一般飘摇了起来，一道极炫丽的七彩光闪过之后，又有一股极致的快感，密密匝匝地将他包抄起来。

后来，他总感觉有一台大戏，在眼前拉开了序幕，和雷月琴常扭扭扮扮的那种有几分仿像。舞台很大很大，无边无际的那种。一位虎背熊腰的中年人，穿着王维贵入殓时一模一样的一身绫罗，气宇轩昂又神情悲壮，自报姓名叫“王宝子”。

王宝子吆喝了一挂水牛大车，大水牛的犄角，状似两弯蓄足力的长弓，关公大刀一般的杀气腾腾。一个风度翩翩的洋学生，一身小立领、洋纽扣的文明新装。洋学生手捧一幅《墨梅老鹰美人图》，还有一摞证书，在一所富丽堂皇的洋学校门口，坐上王宝子的大轱辘牛车，在充斥着书卷气的攘攘人流中，大水牛“啪嗒、啪嗒”地拉下了几坨黑粪，喊冤叫屈一般，仰天长啸了两嗓子，才“咣当、咣当”地向大坡地走。一位蓝衫黑裙的小女子，在后面一边哭一边追。到了大坡地之后，除了洋学生变成了王维贵，王宝子、小女子和大牛车，统统都不见了……

王炳中昏睡了两天两夜，在众人一声声的呼唤中，他感觉口渴得要命，喊不出声，也睁不开眼。迷迷糊糊中，王维贵在远处忽然给他招手：“咱家老虎洼的那个去处，该挪挪了，俺决不去那儿，那个去处不舒服！”王炳中大喊了一声“一定挪”，终于醒了来，只是仍有些恍惚，除了说“一定挪”那几个字，什么都不说。

众乡邻大惑不解，连读书如吃饭的林先生都瞠目结舌。周大中一边派信徒求神拜佛，一边请大师拿妖捉邪，却不见有个明了的结果。无计可施之后，请来了“人兽并用”先生王老水，才有了一个大致的脉络。

王老水吃饱喝足之后，终于有些激情难捺了，而且，鼻音拖得也不怎么长了：“不知道该挪啥？精精俏俏的一群傻瓜！走东京到西京，刨了骨堆填窟窿，不顾死活瞎倒腾，一辈子搭黑起五更！走了的人，他就操心那个土骨堆：地方要背风向阳，钻进去得冬暖夏凉；朝外看没遮没掩，朝里看亮亮堂堂；既要承天运，兴家道，旺子孙，还要接地气，少遭罪，早投胎。一个死人，想挪啥？挪坟！”

大家终于顿开茅塞：阳间的理，阴间的理，阴阳两间一条理！事也准，理也准，早就该请王老水！

王老水这人，不死半辈子，死了一辈子，正道大统的学问，全是些鸡零狗碎，旁门左道的小技，倒令人刮目相看。

王炳中这个王家的坟茔，位于龟脊梁左方的老虎洼，龟脊梁右方的鬼沟子里，是大坡地土著王老水家族，也就是土著老王家的祖坟。鬼沟子最开始的名字叫“龙降沟”，那条沟经了亿万年的雨水、山洪冲刷，形成一道蜿蜒如龙的长沟，所以叫“龙降沟”。说也奇怪，大坡地一带砂石土居多，单单龙降沟细腻如粉的黄土深不见底；大坡地一带水井很少，龙降沟里随便找个地方，下挖不到丈余就有涌泉而生。

流传的故事说，明代时，大坡地的老王家曾出过一个妃子，朝野上下红极一时。当年老王氏家族腾达之时，龙降沟里，高五丈宽八丈的青石牌坊就达十二座，那里也是一个古木参天、碧瓦生辉的所在。老王家族不阔了之后，龙降沟经了数百年的流年变迁、沧桑挪移，经了千千万的雨打风吹、水涮冰封，日益颓败、日益荒凉之后，便成了今日的鬼沟子。

王老水说：“龙降沟变成鬼沟子，是哪里坏了风水？不知道，也从没有人拿出哪本书来念一念或读一读过，发生在天地之间的事，倒实实在在。老王家的‘王妃’宫斗失势之后，大坡地的家族自此便是：一唱式微肠九断，微乎微乎我同归！这开——天——辟——地——嗯，也就是这么一个意思！”

老王家的后人这才知道，龙降沟的风水在于龙降于此，而龙就应该飞在天上。

龙降沟的可怕，也正由于降于地上的龙，原不如一条虫！从此之后，大坡地的老王家，也就再难生出一个能够光宗耀祖的门面人。

每提及此，王老水总是遗恨无限又感慨万端，真真假假地捶胸顿足一番，甚至再挤出几滴眼泪来，然后拖着长长的鼻音说："嗐！这个——叫俺说，嗯？就是这么一个意思，这周易八卦，难免算差；三元九运，千滋百味！看了麻衣相，就把人端量；学会奇门遁，来人不用问……神灵的每一个晓谕，都得靠顿悟。这开——天——辟——地——嗯，也就是这么一个意思！嗯？"

大家最后的一致意见是：把仙逝的王维贵，先找个地方丘[1]起来，待选好新坟地后，连同早逝的先人一并迁去。奇怪的是，事情定下来之后，王炳中就像小眯了一会儿，喝了一通热茶，出了一身透汗，大吃大喝一顿之后，骤然间，就精神抖擞劲头十足了。

最后，王维贵被丘在了牛头垴下的石板坡上。

乱哄哄地打发了故去的先人后，王炳中疲惫不堪地躺了一天。第二天，他坐在父亲生前常坐的官帽椅上，把全家人和廷妮儿、林满仓、林先生、周大中一齐叫了来。按照父亲的嘱咐，让林满仓把扣在南风道的斑鸠，掀了黑布装入笼里，提到北房中。

三只斑鸠"咕咕咕"地叫着，因好多天没有吃食，晃晃荡荡一副要死的样子，除了一身灰绒绒的毛，几乎变成了一个无人认得的四不像。令人想不到的是，三只斑鸠的眼睛都变得通红，像点上去两滴鲜红的血，又像两颗红艳艳的宝石。

三个媳妇和早来，一人拿了一张折好的便笺，那是王维贵去世前就写好的。四个人打开后，一一交给林先生念。牛秋红的便笺上写的是"忧喜皆因比对"，雷月琴的是"烦恼缘起心累"，苗香香的是"种收原本一家"，早来的是"无思自然无悔"。

早来什么也不懂，最关心的还是三个媳妇，她们把自己手里的和别人手里的，来来回回地看了无数遍，最后仍是不明就里。尽管都知道老太爷在世时，总有好

[1] 丘：临时安放灵柩。

多先见之明，而且好多时候颇为精准，但看来看去，便笺上的那些话，无论如何也看不出能有一个什么实在意义。至于像书上说的，锦囊妙计之类，也更不着边际。她们最关心的，还是如何分那些真金白银，但那纸上面，连个一二三四都没有。

大家面面相觑。王炳中给林先生说，老爷子临走前，还准备了一碗瓜子和一碗绿豆，一直到今儿，谁也没弄清，究竟是啥意思。

林先生无奈，把便笺上的四句诗，情真意切地又给念了两遍，引经据典地又给一一做了解释。三个媳妇你看我，我看你，恍惚了一阵子，才叽叽喳喳地你说我嚷。但相同的一个意思是：那圣人、君子、圣谕、圣言的，真不好懂，懂也没啥用，当不了银筷子金碗，也敌不过黄菜捞饭！说些有用的，老太爷的那两碗瓜子和绿豆，到底啥意思？再别说那些圣谕、圣言了，打死也不懂！

林先生顿了顿，拍打了几下蓝灰色的长衫，长长地"嗯——"了一个长腔："那碗瓜子，说的是'种瓜得瓜'；那碗绿豆，说的是'种豆得豆'。圣人曰：'不愤不启，不悱不发。举一隅不以三隅反，则不复也。'此意绝非谬注。老太爷！您就高高兴兴地上路吧，哪边都有哪边的规矩吔！这边的事，神点化，也抵不上自己悟！"

三个媳妇低着头，看着脚下的地，仿佛地底下的那个人，给传递回来了什么新的讯息。

王炳中抹把鼻子，说："老爷子走前安置，满仓跟林先生，一人领一斗米。再就是，叫咱们好好琢磨琢磨，草筛子底下的那三只斑鸠，都把最想给他说的一句话，一人一张纸给写上去，上坟时，一并寄送到那边去。"

林先生凝凝重重地研了墨，摊开裁剪好的宣纸，等着给大家写。

牛秋红叫林满仓搬来一张小桌子，把装着斑鸠的笼子放上去。她先围着桌子转了两圈，想，以公公的眼力和心计，她为王家撑起来的那片天，她的辛劳和苦累，公公定会点滴不漏地感受得到，公公一定是，借母斑鸠敢跟大老雕打斗，来夸奖她在女人中的出类拔萃，并且暗暗指责另外两个不争气的女人，该早点儿跟她学，早点儿求长进。于是她双手捂着脸，叫了一声"爹——"说："俺想爹的意思是说，叫俺们多想些有用的事，多做些有用的事。唱得说得再好，夹袄顶不了棉袄。花骨朵，它当不成饭，不顶饥也不解渴。要算计着过，省俭着花。林先生给俺写上吧：‘好天气风轻云白，好日子平淡如水！’”

牛秋红在娘家，简单读过一两年私塾后，就窝在绣楼上学女红，描花刺绣、裁剪针凿，绝对是巧匠，体面又达意地写到纸上的话，一时竟想不起。她刚说的那两句，是她嫁到王家后，王维贵念了好几年的王氏“经文”，尽管没在她的耳朵上磨出老茧来，但她也背得滚瓜烂熟；也尽管她从来都没有想过一想，那两句话，究竟是个什么意思，究竟有个什么用处。

雷月琴围着斑鸠看了又看，斑鸠“咕咕咕——咕，咕咕咕——咕”一个劲儿地叫，很像说着那句“领着我——哥！领着我——哥！”鼻子一酸，给林先生说：“写上吧：‘斑鸠遇老雕，不死也拔毛。’”

苗香香看看关在笼子里的斑鸠，一副歪歪倒倒的样子，就想，公公那么大的能耐，说没，还不是“忒儿嘣”就没了？世上真难找个舒心人。于是说：“林先生给写上吧：‘好好做，好好活，别的靠给老天爷。’”

林满仓在远处看了看，他想，老爷子临死，还惦记着给俺一斗米，那是叫俺好好儿活，就说：“先生给俺写上：‘好好儿活，苦命的东西多着呢。’”

早来一直围着那三只斑鸠转，看没人吭声了，咕嘟着嘴说：“这斑鸠，眼都红了，俺就知道，它们都想爷爷了。给俺写上：‘斑鸠斑鸠你别睡，俺替爷爷好好喂。’”

王炳中摸着早来的头，让林先生写上：“祸福来去无定，草筛扣出好命！”

林先生写完后顿了顿，见没人吭声了，向大家拱一拱手说：“都知道石鸡子憋红眼，谁知道，这斑鸠也能憋红眼，万物一理，真是不差。也正是，不受苦受难的人，成不了大事；顺水又顺风的人，写不出好文章！”说完后，在纸上工工整整地写上：“天将降大任于斯人也，必先苦其心志，劳其筋骨。”

周大中拍一拍脑袋，一副茅塞顿开的样子：“叫俺说，那几只斑鸠，也算是老爷生前的心爱物，意思是叫咱都记住，不给整点儿东西吃，鸦雀也能憋红眼？嗯，这个，倒也不全对——雅雀能不能活好，靠天；人能不能活好，靠己。林先生给俺写上吧：‘上山弯弯腰，回家有柴烧。’”

老太爷生前对她的许多好，这辈子，廷妮儿怕是忘不掉了。她叫林先生写上的是："苦命人，靠山山倒，靠水水跑。"

第二天上午，王炳中把那沓纸，连同送烧的其他香供，在那个青砖砌起来的墓丘子前，一把火点了。灰黑的纸灰，随着轻风扬起，飘飘摇摇地升入半空，他大声喊："爹！是与不是，您老人家在那边，万不要生气，说对说不对的，都给俺个信哦！做个梦，也是俺一个人，记着勤回来，看看俺吔……"

边世喜自从把几家店铺和上百亩的地，一起打包卖与王家之后，猛然间就像一只严霜打了的柿子，软塌塌的没了个形状，偶尔到石碾街去一下，也是真有急事，万不得已才去。即便到了街上，也是瑟缩着脖子低着头，一副无暇他顾的样子。

他总是担心，从此之后再被人瞧不上眼：边家的几代人，辉煌的家业就像一只貔貅，只见年年进，日日收，往外走东西的那个出口，身上就生长不出来！他想也没有想过，在自己手里竟卖房卖地！在他面前匆匆走过的一些人，仿佛都没有了先前的恭敬和仰望，甚至有人，将原来的"边爷"或"边老掌柜"，直接喊成了"老边"——心里就如刀挖了一般。

张红梅娶过来之后，才好像有了大相径庭的回转。宴席上黑压压的人群，几乎全是清一色的壮汉，有人还在人群里，发现了别在后腰上黑洞洞的枪管，就悄悄地打听。边世喜摸着山羊胡子，故意做出一副漫不经意的样子，说："嗯？你说那个，俺倒没见，带那东西做啥！这是在咱边家！怕啥！嘿嘿！嘿！要有，那也是内侄大卫的人。你还不知道？他早在东边，当了警备队队长了！他怕有啥事，现在不太平不是？非要来几个便衣，给招呼招呼，其实能有啥事？褪裤子放屁，白费手续！你不知道，那边的人也有吔，大坡地一带打听打听，谁敢把咱咋着？"说着用手向西边指了指，意思是说，八路军那边也来了人。

听话的诚惶诚恐地点着头，半顿饭的工夫，消息就从北圪台儿上传了开去：边家，还是个动不得的主儿！

边聚财自从在鸽子岭挨了一枪，那条腿就没有利落过，在山上尽管也进行了百般救治，但那样一个生死由命的群体，向来就没有过什么有效的医药，那条腿，也就在肿肿消消的煎熬里，毫无办法地挨了一段日子。

回村后，内服外用的药倒也双管齐下，直到在“伤筋动骨一百天”的祈盼里，再也坚持不住之后，才终于发现，腿上那个花生豆大小的窟窿里，早溃烂成桃子般大小的一个洞了。

后来，边世喜通过警备队队长杨大卫的关系，到邢州找了家日本医院。鬼子大夫说，来晚了，能保住性命，是“大大的希望”，想留条瘸腿，需“大大的努力”。尽管最后保住了性命，也留下了瘸腿，但却成了终身残疾，腿里边的一条筋，已溃烂得只剩下半条了。

边聚财刚知道后，的确难受了一阵子，大骂鬼子大夫 ，“医术大大的不行”，但边家血脉里遗忘痛楚的先天基因，又无可匹敌地让他发挥到了极致。凡有些关联的人，看见那条瘸腿，都免不了唏嘘上一阵子，过了一段时间，他自己倒想开来了，拄着根差不多齐腰的拐棍，一瘸一拐地，哪儿乐和就去哪儿晃荡。只是，此后大家便称呼他为“边老拐”。

对于边世喜来说，王维贵死了之后，就像有一只巨大的手，卸去了压在他脊背上的磨盘，整个身心忽然变得格外舒展。在他看来，落入王家花园的那颗炸雷，本应是一个毒而又毒的凶兆，比仓皇地睡了一个骑着“马”的女人还要霉运透顶，不想那颗炸雷却劈出个梨花井来，他就终日的闷闷不乐。后来，王家在不长的时间里，又将他的店铺和田地裹了去，他更像眼珠上长了一个疔疮，暂时要不了命，却整日疼痛难忍，白天睁开眼看不清物件，夜晚闭住眼睡不着觉。

如今，王维贵被一摞青砖，垒砌到牛头垴下的石板坡上不言不语了，边世喜从此之后不胜狂喜。他就像一只遍体鳞伤的老鼠，眼睁睁地看到了一只轰然倒地的猫，自觉着连打嗝放屁，比平时都畅快许多。

他必须毕恭毕敬地匍匐在佛祖的脚下禀告：“无上的佛祖哟！您老人家，终于执行了一次最公正的裁决！”——他情愿“砰、砰”地磕破他的头。更重要的是，王维贵那个不得不去的去处，他一定要到那里看一看，把消恶去毒一般的轻松，真真实实地再感受一遍。那比丰收了的庄稼主儿，一遍遍地抚摸，一遍遍地审视他的粮囤，还要无可替代，还要喜悦非常。

这天，经过精心的准备后，他悄悄地背了包裹，早早地去了静峦寺。

田野里的麦苗，绿茵茵的连成一片，微风吹来，像大海中忽涌忽涌的浪波，远近的山峦泛着青青的绿色，蓝莹莹的天，蓝得叫人心醉。他的心情和那天气一样晴朗。

踏入静峦寺的大门，几个尼僧看见他就远远地躲了去，连静心师父也低着眉，给他做了个“请”的手势，就凉冰冰地走开了。

这次，边世喜痛快无比地上了香火灯油钱，在每一尊塑像前三拜九叩，欢快的心境，几乎和佛前的灯火融到了一起，辉煌闪烁而经久不息。出了大门后才想起来，他连那块包东西的布单，也给落到了寺里边。

出了静峦寺的大门，他就一溜火急，跑到了牛头垴下的石板坡。抬眼望去，漫野的山桃花，粉白粉白的灿烂一片，像刚刚下了一场瑞雪。光溜溜的青石板上，就是王维贵的安息之地。他围着那个青砖墓丘转了几圈，原本想踹上两脚，却怕沾上晦气；想扯开嗓门大骂一通，又没有想起来，究竟该从哪件事骂起。于是解开裤带，在上边撒了一泡尿，带着一身从来没有过的畅快淋漓，一路奔石碾街而来。

大街上人头攒动来来往往，瘦三看见他，扯着嗓子喊了一声“灌——肠”，把后面那个“吔”给省掉了。他的心情仍然很好，在街中转悠了几遭，把东西两边的两棵大槐树，细细地观察研究了一番。

去年有好多人说，东边的槐树蔫了，连树上的喜鹊也搬家了，还是西边的槐树长得好，气势雄壮。他端详过几回，东边的那棵树，除了落下一些黄叶，看不出其他的端倪，西边的那棵树尖上，倒是新架了一个喜鹊窝，两只黑白相间的喜鹊，正“喳——喳喳”地昂着头，尾巴一翘一翘地叫。边世喜今日看了又看，两棵树的树枝都透着绿色，毛茸茸的嫩尖，从枝枝丫丫上拼命地往外钻。

边世喜刚有个好心情，边老拐在他身后，“咚、咚”地敲起了拐棍，让他给两个钱花。边世喜跺一下脚急急地走，边老拐在后面悄悄地嚷：“自打这腿拐了以后，就爹不是爹，儿也不是儿了？——也好，那边的钱啥时候过来了，可没有你一个子儿！”边世喜看也不看，噘着嘴往他的洋货店里去了。

边老拐说的“那边的钱”，是“土豆”上次来看张红梅的时候，红梅娘给捎过来的口信：“女婿伤了腿，不管迟早，先给拿一千大洋。”红梅娘暗中的打算，是给杨老歪说说，既然真成了亲戚，边家当时送去的钱，总不能留那么多，不拿回一些来，闺女受委屈不说，对亲家也不算个交代——好好歹歹跟杨老歪夫妻一场，这个薄面，肯定得给。

边老拐不太知道钱的来龙去脉，只知道山上的亲戚要帮衬些，也只操心钱的数目和拿到手的时间。当他确信不会有差后，就连被打瘸的腿也只字不提了，只道是自己前世修来的福气,急切地盼着等着。每每提起的时候,边世喜总是说:“自始至终，俺就没想过那一回！啥一千大洋，这狼嘴里头，能掏块肉吃？哭得不痛想得痛！”

后来一直到了五月临近，鸽子岭上“帮衬”的钱，还是没有个影踪。边老拐过惯了花钱如流水的日子，边世喜近来卡得也紧，红梅娘那边又靠不住，心情就日渐糟糕起来。张红梅正值风华浓郁，边老拐要么彻夜不归，要么倒头就睡。一边是杨柳依依，一边是雨雪霏霏，世界上有哪个倒霉鬼，能碰到这样的鬼天气！张红梅便有些急。

终于有一天，两个人吵着吵着，就“叮叮当当”地打了起来。

边世喜听到动静，赶紧过来劝架，不想里边把门闩了，“啪、啪、啪”一声接一声的脆响。后来听见张红梅在大骂边老拐，再后来，好像边老拐把红梅坐在了身下打，而且随着节奏，喊一声打一下：“叫你喊，叫你浪，下辈子叫你当和尚……”

说来也巧，第二天上午，边老拐还在睡觉，张红梅披头散发、红着眼圈在屋中坐着，鸽子岭的土豆敲门没人开，就隔墙跳了进来。

土豆二十七八岁的样子，五短三粗胖墩墩的身材，粗脖子大脑袋，外貌酷似土豆，却是个上树爬房的好手。

土豆很小时就跟着红梅娘，一直跟到现在。原来想挣些钱后回家生儿育女，不想稀里糊涂地做了土匪。土豆早有金盆洗手的意思，由于红梅娘一直对他不薄，又都是山西的同乡，他看红梅娘孤身在外，又到了人老珠黄的年龄，杨老歪的歪歪事又多，就咬着牙留了下来。

土豆走后，边老拐打开包裹数了数，不多不少，正好一千大洋。

正在边世喜不知是福是祸时，第五天的月黑风高夜，边家跳进来几个蒙面持枪人，进门就把所有的人蒙上了眼。边家父子本来就爱财如命，有人在边老拐的拐腿上砸了一枪托后，除了包里的一千大洋，连洋货铺和皮店刚收来的五十大洋，也都拿了去。

此后的边家又厄运连连，麦穗泛黄时，李小桃的儿子壮壮，静悄悄地去了，至死还带着脊背上的血窟窿。边进财看着孩子伤心了半天，临出门时嘟囔："唉，这该死的不死，这不该走的倒悄悄走了，这就叫活该死不该？这真是，真是，还真是骡子下[1]马，能把人吓傻……"

这天，边家的麦子收割完毕，魏老大暂时告别了难分昼夜的苦累，他把做活儿的物事放好，给卸下的牲口添上了草料，扛起榜镬，兴冲冲地奔向自己的那二亩地。

落入西山的太阳点燃了漫天的流云，那一片灿灿烂烂的殷红，全融进了魏老大的血液里，他的每一根骨头，仿佛都在吱吱作响。

他先在鸡冠山下的那片坡地里转了两圈，掏出大铜烟袋想抽两口，竟几次没有打着火镰。把烟袋别回腰里后，往手心里吐了两口唾沫，抡圆榜镬刨了下去，"当——"的一声溅起一溜火星来，手上的虎口被震得生生地痛。

还是麦子刚开始收割的时候，魏老大就整夜合不上眼。上鸽子岭拿性命换回的那两块地，他甚至查了查哪块地里有几块石头。他的活儿被边家安排得满满当

[1] 下：方言，生育，当地对所有动物生育，口语上一般称为"下"。下马指生马。骡子无生育能力，所以骡子下马，才能把人吓傻。

当，抽不出丁点儿的空闲，但哪怕是晚上吃饭之后，无论如何的疲惫，摸黑也得去看一看那两块将要归于自己的田。

从东湾的一块，到鸡冠山的一块，两块地差不多四里的路，他每天至少要走上两趟。有一天早起，魏老大照样第一个摇响夏官井的辘轳，当第二次担了空桶出门时，竟又想起了自己的那两块地，想着想着，就走到了鸡冠山，要蹲下去看的时候，肩上的扁担"咣当"一声滑落下去，才明白，自己原来要去担水。

那两块地里，给边家收拾完原有的庄稼之后，魏老大便叫林先生再去看一遍，再认定一下各自的区域范围。更重要的是，边家父子的品性，让人放心的时候不多，所以，他还想叫上边世喜一块儿去。边世喜急得直想跳起来，说："你井里的蛤蟆没见过天，两块破地，比你裤裆里的蛋还值钱，地里头押着你的魂？一天三遭，也不怕把脚磨烂，把腿磨短？要是有俺这些地，还不把你烧包死？"

骂是骂了，边世喜越是火冒三丈，魏老大越是满心欢喜。他一边和林先生往地里走，一边说："甭管咋说，那两块地姓魏了，你说是不是？咳！还真没法，气死你个爬灰头！"

魏老大每次扛着农具到了地里，天就渐渐地暗了。地里本来没有什么杂草，从开春到收麦，他有意把那两块地多锄了几遍，把田垄里的王不留、黄花草、瓦缸菜之类，全部斩草除根，他怕打籽以后耕种不方便。收麦之后留下的麦茬，庄稼主儿大都不会去清理，种上秋庄稼后雨季一到，麦茬便烂成了肥田的肥，没有谁愿意费多余的力气。

魏老大对他的地，就像年轻人新讨了一个俊媳妇：平平坦坦的大道上，非要悄悄地拉住了手——不是怕哪个不小心摔倒，而是想要讨得个亲密接触的机会。魏老大一天能把他的地看三遍、摸三遍，真的心满意足之后，才会扛上耪镬或锄，甩着大脚片，踏碎了一路的夜色回家。

这天，魏老大刚进门，李小桃正在倒刷锅的水，边世喜也正往外走，看见兴冲冲回来的魏老大，扭头对李小桃说："你早该糊住火！该干啥干啥去，有人喝风喝饱了！"

魏老大放下农具，咳嗽两声后，转身来到驴圈，牲口都在“嘎嘣、嘎嘣”地嚼着草料，大黑马伸过头来，在魏老大的胳膊上蹭来蹭去。魏老大从屁股后边的腰上，抽出那支明晃晃的铜烟袋说：“给你吸一袋？咋？看俺有地了，你也高兴？等下了雨，一齐给俺耩地去！”

他瓷瓷实实地摁了一锅子，点上火，一边抽，一边进了自己的小土屋。点上第二袋烟时，李小桃端了一碗饭过来，一瘸一瘸的，饭里边有半个窝头，手里还偷偷攥着半个烙饼，魏老大接过来，问：“腿咋了？”

李小桃只是不吭，魏老大再问，她便有些急：“大嘴大屁，吃你的饭去！”

眨眼间，魏老大就把半个烙饼，连同窝头和饭吞下肚去。李小桃还要去舀，魏老大硬是不让，说：“不敢，不敢吔！这鼻涕，咋能往眼里边流！”自己在厨房站着喝了两碗饭，就势把碗洗了。

弯弯的月牙儿挂在浩瀚的夜空，边世喜坐在院子里眯着眼，他刚感到有些透亮的心，又悄不言声地恢复了原状。大儿子边进财，自从壮壮去了之后，整日难见影踪；二儿子边聚财，刚到手的一千大洋，叫人原物给拾掇了去，还赔进去五十块。

一日，他和边聚财坐在大门口的夜合欢树下歇凉，恰好看见王炳中，骑了大马从南向北来，父子俩正要抬屁股回家，王炳中甩了一个响鞭，大红马就蹿到了眼前。王炳中勒住马缰，歪着眼死盯着两个人端详，端详够了之后，望一眼边聚财的腿，高声大嗓地不无揶揄：“二掌柜！老长时候不见，边老二，咋真成了边老拐了？可惜了姓边，要姓李，可就是铁拐李了。”

边世喜沮丧到了极点，他的时运下行，不仅神鬼不扶，就是不会说话的牲口，也不把走霉运的人放到眼里。王炳中扬长而去时，大红马身子一掉，屁股就朝向了边家大门，突然尾巴一撅，不仅“啪嗒、啪嗒”地拉了几团浓稠的马粪，还“噗——噗——噗噗”地奏出了一大串响亮！

魏老大喜不自胜的那副嘴脸，更让边世喜如鲠在喉！他到那两块地看过，东湾的一亩地，暄腾腾的一片黄土，看不见几根麦茬；鸡冠山上那半亩坡地，不知道什么时候，魏老大还栽了三棵杨树。崖下边长上来的两棵楮桃树，被修裁得有模有样，连石崖上蹿出的圪针蓬，也被斩切得齐齐整整。田地四周打起来的堰帽，下宽上窄的梯形状，匀溜溜地围成一圈，不知从哪里弄来的牛粪、羊粪，黑乎乎地撒了一层。本来应到收秋后犁地，敢死不活的魏老大，竟将地用　头刨了一遍，未刨完的一个地角，一块和大山连在一起的青石板，好像还没来得及挖出来弄走。从地里挖出的碎石块，在地头垒起一个高高的石坝。牛羊容易进出的地方，都埋上了栅栏，修整后的坡地差不多一亩。

边世喜最愤恨的，还有自己的失算。魏老大坐着他边家的大车，到鸽子岭上轻轻松松地走了一遭，除了贡献了几个大屁，魏老大什么也没有做，还白蹭了几顿饭，那二亩地，就糊里糊涂地姓了魏。边家的每一分每一厘土地，都拴在他的肋条骨上，而他的肋条骨，却生生地让魏老大给折去了两根！他试探着给魏老大说过两次，意思是，退回东湾的那一亩地也行，毕竟没有让你做啥，你也真没有给做啥。魏老大不多说话，总是一句“白纸黑字”完事。

等地里的谷苗长到一拃高，边世喜找到林先生，想让他给魏老大说和说和，要回东湾的一亩地，给魏老大一个半个大洋的也行。林先生拗不过，明知边世喜无理，最终还是含含糊糊地答应：“有了合适的机会，啥时候碰巧了，可以跟老大提提。”边世喜催了数次后他回话：“这不能张嘴的事，你就是硬撬开，那张开的嘴，也不算个形状。况且，这君子，咳！这，说说归说说，说了也白说。”

这天傍晚，在边世喜的死磨硬泡下，林先生去找魏老大。他先是到村东的那块地看了看，四周空荡荡的没个人影，就只有按边世喜说的，再向东去鸡冠山了。尽管林先生是个读书人，可提起鸡冠山，他就觉得脑袋里“哧嗡哧嗡”地响，肚子里一股一股的气在胀。

除了牛头垴，鸡冠山是大坡地村的第二制高点，它位于大坡地村的东南方向，和鸡冠山连在一起的山峦，地理上仍属太行山脉，尽管没有了西部峰峦的陡峭和险峻，但只要走到跟前去，一条条迤迤逦逦的山岭，确也层层叠叠的蔚为壮观。

令人称奇叫绝的是，鸡冠山南边，蜿蜒到漳水的山岭，几乎全是一块块褐黑色的嶙峋巨石，向北除了山脚下的一段是大青石，其他的一条条沟岭，都是卵石、红砂土合了黄白土堆砌起来的。魏老大的那片地，就在鸡冠山下，大青石将尽未尽的地方。

去鸡冠山要跨过东河滩，过东河滩后走墓丘沟。墓丘沟是红土岭上的一条横切大沟，红土岭的东边是红土沟。翻过红土沟向东，是一片地势较为平坦的荒坡地，当地人称“三百台”。

除了雨水多的年份，三百台除了生长些萧萧疏疏的野蒿子、白茅草，几乎算一块不毛之地，粗略地估计，同时唱上三百台大戏，怕也富足有余，所以就叫了“三百台”。当地人说，鸟兽都不愿意到三百台上拉泡屎去。如今的三百台，成了日本鬼子的巢穴，盖了两个又高又大的炮楼子，去的人就更少。

过了墓丘沟向南，冲着鸡冠山的方向往上走，翻过一个乱石坡，上去就是魏老大的那片地了。那个地方倒能生出些寸草来，但除了万般无奈，兔子也不愿意到那里掏个窝去。

当初，边世喜把那样的一块地，也算到了“良田二亩”之中，连林先生都有些怒不可遏，他一直瞪着魏老大看，魏老大却一直叼着铜烟袋，其实他的烟袋锅里，烟灰也不知飞到哪里去了，他仍然乐不可支地叼着，还心花怒放地频频点头，把林先生气得，连文书上鸡冠山的“冠”字，也给写歪了。

墓丘沟两边都是土堰，中间一条不太宽阔的土路，两边土堰上一个个黑窑洞，窑洞中放着一具具等待安葬的棺材。人少的时候，即使白天，胆小的人从墓丘沟过，也会觉得头发一根根地往上竖。

林先生最忌讳那些阴晦之地，眼看着四周的山，一点点地向暮色中隐去，墓丘沟里，一会儿比一会儿阴沉。边世喜还在他家等着，真这样回去，恐怕连觉也睡不成了。

鸡冠山地势高，闷热难耐的六月天，吹着一股凉爽的风。走到高处的林先生四下找，三棵杨树的地里没有一个人影，心里正焦躁，魏老大担了一担水，从沟里往上走，一边走一边说："林先生吔——早看见你了，见了面，也不知道该咋说。"魏老大放下扁担，拿个破瓢，一棵一棵地浇豆苗。

林先生一屁股坐下，扔了手中的木棍，说："哎呀呀，那墓丘沟！真是，这'内省不疚，夫何忧何惧'，看来真是不全对。大坡地上千年的耕作史，还没见过大黑夜担水浇豆苗的！"

魏老大呵呵笑着："这气力是奴才，走了再回来，这庄稼苗走了，就再回不来了。"

魏老大浇完水，叉了腰在那里边说边看，尽管看不见，他也要在暮色里想一想，姓魏的田地里，定能够长出一片人见人羡的好庄稼，他要让大坡地人都知道，他魏老大，是一个多么强健的庄稼汉！他地里长出的黄豆和绿豆，定会颗颗硕大而饱满；长出的高粱和谷子，红彤彤地红一片，金灿灿地耀人眼。

想着想着，他忽然感到，身上的每个汗毛孔里，都散发出无数个熨帖和舒坦，仿佛有一股千钧之力，自丹田之处，一股又一股地向外蹿。

林先生摆摆手，他要再给魏老大说说地的事。魏老大也知道他想说啥，林先生要张嘴时，他早担起水桶扛了锄，"啪嗒、啪嗒"地往回走了。走到村口，扭过头对林先生说："要说也不怨你，俺真想问问他，就是头牲口，这做作出来的东西，还能不能坐回去？"

只要不旱，秋庄稼是一日三变，玉米正抽着嫩嫩的长须，豆类开始结荚，谷苗子也变得绿油油的一片幽深。正是秋风乍起的时候，漫山遍野的碧绿，争相炫耀着庄稼人的辛劳。

这天接近中午，魏老大锄完边家最后一块地，扛了锄，顺路拐到了鸡冠山，远远看见一匹杂青骡子，正在他的地里吃豆苗。他急慌慌地高喊了几声，那匹骡子竟头也没抬，他感觉脑袋里"嗡——"的一声响，就像在啃嚼着他的儿子。他三蹿两跳就到了跟前，抡圆了锄头，向骡子的屁股猛劈下去。

骡子受到突然的一击，猛地向前蹿，看见前面的悬崖，又猛地一回头，由于速度过快，后腿和屁股掉了下去，卡在那棵楮桃树上，奋力地踢打着。

魏老大一惊，出了一身冷汗：骡子要是爬不上来，掉到沟里去，就只有吃肉的份了。也还好，那匹骡子拼力扑腾几下，还是爬了上来，踢踢踏踏地又摔了两个跟头后，三条腿跳着跑了。

中午回到家，魏老大正端了一大碗稀饭喝，林满仓慌慌张张地跑来说："老大，你打了一匹骡子？"

魏老大巴瞪着眼，点点头，林满仓一把夺下他手中的碗："俺东家的那匹青花骡子，你不认得？他正说找你算账呢！你快出去躲躲，该干啥干啥去，骡子屁股上掉了一块肉，后腿也瘸了，要不折还好，折了可咋赔？"

魏老大还是不走，说："王炳中咋啦，他的骡子缺管教，吃了俺两三分地的豆苗。"

林满仓有些急，推着魏老大往外走："东家那火烧毛性子，你又不是不知道，记不记得，他砸惩东家的花斑牛？再说，就是吃了你的豆苗，也不能把一头牲口，往死里砸不是？牲口，它懂人话？"

魏老大听说骡子腿折了的时候，内心突然一惊，他也是一时性急才下了手，没顾上想那么多，林满仓推搡了几下，也就扛了锄下地去了。

天将黑的时候，魏老大又来到鸡冠山的地里，把没有豆苗的地方补种了荞麦。忙活完，又把地边蹚倒的栅栏重新埋上，又坐了一阵子，一股说不清的难受就涌了上来。

他长这么大，挨过骂挨过打，忍受过无数的欺凌和屈辱，唯独没有欠过别人什么，正像林满仓说的，牲口本不通人性，何必因为几棵豆苗，把人家牲畜往死里打？北圪台儿上传出去，他也是五尺高的汉子，背地里厮打人家的牲口，那他的品性，还不和边家一个模样？那和吃草的东西，有啥分别？

魏老大最后想，他最值钱的家当，就是炮弹壳里的东西了，可那是拿人命换来的，王炳中的骡子再值钱，也不过一头畜生，要不，就让他王炳中把自己打一顿？于是扛了锄，一步一挪地向回走。

过了墓丘沟再往前，有一座小石房，原来是放羊人搭建的。放羊人晚上住在小石房内，以小石房为起点和终点的石墙里，就是羊圈。日本鬼子来了之后，时不时地过来抢东西，便没有人再使用了。羊圈的石墙多半已倒塌，小石房却依然如故。因这里离村子较远，种地的人遇到突然天气来不及回村，也可以在这里挡挡风避避雨。小石房的顶上长满了青草，石墙上爬满了青苔，和四周的庄稼融为了一体。

魏老大猛一哆嗦，石房前有个人站着，走近了一看是李小桃。李小桃看他中午只吃了半碗饭，就匆匆忙忙下地了，忙罢手里的活儿后，拿了两个米面饼子给他送来。魏老大想要回家去，李小桃不让，说她来的时候，王炳中还在家里坐着，很着急的样子。

二人就在小石房旁边坐下，魏老大也确实有些饿了，从李小桃手里接饼子时，无意间抓住了李小桃的手，李小桃“哎哟”一声叫。魏老大仔细一看，手肿胀得像个馒头，便问：“这是咋了吔，他又打你了？”李小桃不答话，哭了起来。

原来，李小桃拿了饼子要出门时，却让边进财撞个正着，嘴里叫着：“贱手，整折它算了！”一把揪过来，李小桃摔了一个跟头，他在李小桃的那只手上，拧了几拧又跺了几脚。

因为怕撞上王炳中，两人一直东扯西扯说闲话，说着说着，天下起了小雨。二人躲进了小石房。魏老大刚抽完一袋烟，就被边世喜父子三个，叫叫嚷嚷地堵在了里面。

边进财一边挽着袖子，一边从边老拐手里夺过了拐棍：“今儿咋说，嗯？这捉奸拿双，捉贼拿赃，拿住了吧？平日不是嘴硬？俺就要看看恁俩狗男女，吃下去一捆柳条，拿哪个屁股给编成笊篱！”

当晚，魏老大和边家父子达成协议：东湾一亩地归边家，是物归原主；鸡冠山一亩地归魏老大，为公平买卖；王家骡子由边家代为赔偿，老大外欠边家大洋五块，乃赔骡子、买地之借款；鉴于老大在边家若干年，既生事端，有主人家教不严之因，故小石房之事，一笔勾销。白纸黑字，两相情愿，人在账在，当日交割，空口无凭，存照为证。

第二天吃过早饭，魏老大签字画押之后，边老拐换了根新拐棍，从家里背了五升黑豆，一瘸一拐地到了王炳中家。

进门的时候，王炳中和林先生，正在学堂门口说话。边老拐远远地打招呼："炳中叔早着呢，来迟了，来迟了！这拐腿走得慢，这腿慢理不慢不是？俺家那个老大，恁都也知道，不懂事，打了咱家牲口，就是牲口有个啥的不对，这也得要看看，到底谁家的不是？这打狗，还得看主人不是？昨日听说您到俺家去了，俺也不在家，今儿赶紧给背来一袋子黑豆，给咱牲口补养补养。俺家的那个货，他不通人性，在家已经管教一顿了，等俺回去，再好好儿管教管教，啥时候管教好了，专门给您认错、赔罪，这会儿要来了，又惹您生气不是？"

王炳中向来称呼边世喜为"叔叔"，边老拐自然称呼王炳中为"哥哥"，但自从边老拐瘸了一条腿之后，他就自己降了辈分，开始叫王炳中"叔叔"了。

王炳中看看"侄子"肩上的"一袋子"黑豆，也就几升的样子，看着看着，气不打一处来。他一把抓了边老拐，"嘀嘀咚咚"地推到了大门外："去，去，去！耍尿泥走亲戚，你少给俺弄这些，俺啥时候能看见恁家的那把黑豆！"

边老拐几乎摔倒，趔趔趄趄地靠住了墙，小眼睛眨巴了没几下，忽然抓住布袋的底，松开了布袋口，先是胳膊一抡，把那五升黑豆扬了个满天飞，紧接着趁势躺倒，来了个就地十八滚："乡亲们哪！老少爷们儿呀，救人呀！出人命啦！左邻右舍都来看啦，朝廷不打送礼人，王炳中成土匪了！快来救人呀！出人命啦……"

林先生急急忙忙把王炳中往回拉，林满仓听到喊声跑了出来，一边往里拉王炳中，一边说："回去吧，东家！看人笑话，呵呵，嘿，人家笑话！再说，咱那骡子，屁股上就划掉一块皮，俺拿套子灰给揞上了，用不了几天就好了，腿也没折，歇两天照常做活儿，回去吧，啊……"

王炳中回去一会儿后，林满仓来到大门外。边老拐仍在爹娘祖宗地乱吼喊，看到出来的是林满仓，睁开的小眼睛，马上又闭上了："满仓来了？也不怕小了身份？真是！你能当多大的家？"

“那俺走，俺走了，这事，可没人再管了。”“那骡子咋办？”“不用管，俺给管好了，没事。”“当真？”“咋能不当真，没谁闲着没事找你耍，有事找俺。”“那黑豆？”“俺给捡起来，你要归你，不要归俺，反正俺东家不要。”“归谁？”“归你。”

边老拐一骨碌爬起来，和林满仓一起打扫满地的黑豆。差不多的时候，边老拐把布袋往肩上一搭，说：“还能拾半升，归你算了。”

边老拐背着那“一袋子”黑豆，鸡啄米一般，“呱噔、呱噔”的步子溜得飞快——像是在跑。

林先生看见魏老大，摇头晃脑地说：“‘多闻阙疑，慎言其余，则寡尤。多见阙殆，慎行其余，则寡悔。’圣人所言，果然不虚。可惜！可惜！不可同日而语！”

这天晚上，魏老大一夜没有合上眼，他反反复复地搓着手指头，搓够了之后，又放在嘴里咬——不知道是埋怨那只手不该摁了红指印，还是埋怨不该抓到李小桃。

第十二章

悲喜转瞬间　梦醒奈何天

欠下了五块大洋后，鸡冠山的那块地仍归魏老大。他把那块地重新进行了修整，长了两棵楮桃树的石崖，又加高了三尺有余，近一亩的坡地就颇有些模样了。那块地原为一倾斜的坡，夏天的时候，王炳中的骡子吃了他一片豆苗，魏老大补种了荞麦，荞麦长到一筷子高，一场大雨，又将他的心头肉倒腾个面目全非。天上落下的雨滴，在鸡冠山上浩浩荡荡地聚在一起，再汇成满坡洪流，裹挟着草籽、碎石滚滚而来，“哗啦啦”地漫过之后，那块地被冲塌了小半，淤盖了大半。雨水过后，石子伴着的黄沙泥上，就只能看见痛苦不堪的几个荞麦叶了。

魏老大垒好最后一块石头，从腰间抽出烟袋，伸进烟荷包里抠了半天，竟也没有抠上一点儿烟叶，他俯下身去，那只蒲扇般的大手，在靠近坡根的背风处，划拉了一把干豆叶，捡了捡捏碎后塞进烟荷包里，两个鼻孔一样冒出两股蓝烟，“吭吭咔咔”咳嗽了一阵，心才渐渐地舒展开来。

魏老大近段时间烟抽得很稠，内心杂乱而苦痛，他无论如何想不到，东河滩边的那个小石房，能和他的地联在一起。

当东湾那块地里的谷穗变成谷粒，再装入家里的粮囤，边世喜的快意和喜悦，正像脱去了穿在脚上的一双小鞋，虽然疼痛犹在，但那种难得的舒畅，足以让他忘怀一切。

自从鸽子岭的那件事之后，他除了在青砖墓丘子上撒了一泡尿，收获了一次畅快淋漓，再就是收回了东湾的一亩地。那天，他顺势挖出的那个陷坑，就像眨巴了一下眼，略略的一个忽闪，就让魏老大栽了个嘴啃泥。挥洒不去的快慰与自乐，在心头久久地激荡起来：他闭着眼轻轻一脚，就踹翻了魏老大埋在地里的石橛子，而且连长在地上的谷穗，也收入了边家的粮囤——不仅牵回了丢失的马，还领回了马生的驹子，那岂能不快！

这天，边老拐和张红梅的吵闹声，打碎了他那份好心情。

“要当爹的人咪！整日晃里晃荡，净干些摸腿抠屁股的事，娃娃日后见不见得人？今儿个哪儿也不能去！”

“哟呵——还哪儿也不能去？谁摸腿抠屁股，当你看见似的……”“没的见？拿了胭脂送给了哪个？谁使了勺勺，往人家嘴里喂？也不嫌硌硬，渠沟沟脸，太婆婆嘴，罗圈圈腿，鸡爪爪手。少腰没胯，恓惶得像根麻秆，烂菜团子一个咪，还领了到处摇串[1]满世界谝[2]，听人说甚没？对了屁股亲嘴——不晓得香臭咪！抓住只屎壳郎，当蜜蜂养咪！——拿拐棍作甚个？兀的下个死手，一死一双哩！”

随后就听得一声响，好像在摔什么东西。边世喜急急忙忙下炕，却少了一只鞋，等找到穿上后，张红梅已把边老拐揪到了院子里。

张红梅腆着大肚子，见了边世喜，松了手说：“恁父子爷们儿商量去，这家，也该整理整理了，要老是没个正形，就叫俺走，要不想要俺们了，也早递个话，甭光拿钝刀子割膂人。”

自从上次鸽子岭的人半夜进家后，不说拿走的银子，单单边老拐父子挨的那顿打，足以令他们铭记终生不敢忘怀。土匪们下手的工具和力度，要是稍有点儿漫不经心，要人性命绝不用第二下，父子俩真的怕了。

张红梅回屋后，尽管边老拐再不言语，边世喜却片刻不容，他把边老拐叫进

[1] 摇串：没事做四处乱转。

[2] 谝：piǎn，过分地炫耀。

了自己屋里，不仅把手，而且把脸也凑到了边老拐跟前："你望乡台上唱莲花落——不知死活的鬼！早知道这样，小时候，扔尿盆淹死早省心了！这阎王爷也是，咋叫俺给你当了个爹！"

边老拐听着心烦，拄了拐棍往外走，边世喜一把没有抓住却崴了脚，心里就有些急，顺手抄起了小板凳向边老拐砸去。

边老拐腿脚不方便，刚下了屋门的台阶，板凳猛地砸在了拐棍上。边老拐缺了半条筋的腿，本来就只是个形状，半个身子的重量，全凭了那根拐棍来支撑，突如其来的一砸，让他狠狠地摔了一跤，爬了几次，竟也没有爬起来。

许是摔疼了，他两手扶着地，歪着身子冲边世喜喊："你是俺亲爹不是？倒也说说！你想砸死俺？咋不早早扔尿盆淹死，那个时候，谁摁着你手咪？咋给俺当了爹？你该问俺？俺又不想当你儿，阎王殿投生的时候，阎王爷问谁想给你当小子，俺举着手、排着队，非来恁家报到咪？"

边老拐越说越不像话，边世喜上前用脚踹，不想边老拐早把拐棍摸到手里，见父亲用脚来踹，拿拐棍就势一挡，边世喜的脚踝骨磕到拐棍上，两手抓着那条腿蹦了几蹦后，"哎哟——哟"地号叫着跌坐到地上。

边进财刚好进门，看见父亲坐在地上"哎哟——哟"地叫，怒气冲冲地指着边老拐说："老二！啥时候长本事了？敢动手打爹？那是爹！你打小儿就不好好儿念书，这父为子纲——哎！伦理纲常，孝敬爹娘，这，这，这说不清不行，还反了你……"

边老拐翻了翻小眼睛，耸一耸肩，把嘴撇成了柿饼状："这是从哪儿蹦出来个圣人？这爹打俺，俺认了，也下不了死手，李寡妇踢在裆里的那一脚，要再准当点儿，圣人可就当不成了！"

李寡妇踢的那一脚，好像忽然又发作了，边进财浑身一抖，指着边老拐说："你，你，你赖皮！你就像李寡妇生的，满嘴大粪，六亲不认，你敢死不活，去莲香阁偷食，不怕王炳中急了，敲掉你满嘴大牙？"一边戳指着，一边扭了身，满身酒气地去了。

张红梅要生的时候，土豆给送来一个女孩儿叫二妮儿。二妮儿没了爹娘，一直跟哥哥嫂嫂过，是离鸽子岭不远的秀水村人。不知因为什么，撞上土豆后，一来二去两人就好上了。二妮儿敦敦实实的个子黝黑的脸，轻重活儿都拿得起来。红梅娘到底担心闺女，自己过来又不方便，就推说身体不好，把二妮儿当成红梅的娘家表姐，让土豆给送了来。既可以替自己照顾闺女坐月子，对外也有个好说道：红梅和娘家，都是有根有梢的地道人。

张红梅生孩子的那天晚上，晴朗朗的天空挂着半扇月亮，鸡子早早地上了架，边世喜说，赶明儿准是个好天气。在院子里坐了一会儿后，他就回屋和衣躺下了。迷迷糊糊中，看见杨旗旗笑眯眯地走了来，坐在床边也不说话，坐了一会儿，就进了里边的屋子，抱了一床被子后，笑眯眯地往外走。

那是一床古香缎被面的蚕丝被，深青色的面料构图精美，如意祥云环绕着修竹香桂，形态各异的亭台楼阁相映成趣。杨旗旗生前很喜欢，边世喜后来也没舍得扔。

杨旗旗抱着被子向外走的时候，他很是心疼，拼了全力使劲儿喊，却怎么也叫不出声音来。杨旗旗娇羞低眉的嫣然一笑，和当年掀开红盖头时一模一样！又一个娇羞低眉之后，一回首就不见了。

门子“咣当”一声开了，一股冷风吹了来，边世喜猛地惊醒了，心怦怦地跳着。拧亮了床头的洋油灯，到门外一看，一股旋风在院子中间翻滚着，黑乎乎的一片直冲到半空。旋风停了不久，二妮儿就踢踢踏踏地跑来，说红梅肚疼得要紧，怕是要生了，得赶紧叫人。

忙忙乎乎地到了后半夜，张红梅生下了一个瘦瘦弱弱的儿子，孩子不睁眼，小猫一样的哭叫声。忙活完后，打发了帮忙接生的人，边世喜疲惫地坐下来，又想起了那个凭空而起的旋风，还有杨旗旗那个忘怀已久的娇羞低眉。他猛地一拍腿，自言自语说：“这真有蹊跷呢，到里间屋子抱盖体[1]，那不是要包孩子吗？”

[1] 盖体：当地方言，被子，盖着身体、躯体的东西。当地口语中，也有把“盖体”念作“盖嘀”的，如果“盖嘀”的传统发音无误，写作“盖的”，“的”读作“dì”，表音、表意亦为准确，但书面文字阅读，容易把“盖的”误读为“gài de”，表意无误，表音却相差太远。故此选作“盖体”。同样，把方言中意指的“褥子”，选作“铺体”统一表述。

这样一想，他心中就忽然念起杨旗旗的许多好处来，嘴一撇就“呜——呜——”的悲伤无限：“哎哟哟——你吔，你吔，咋想起来，回来看看俺吔！你个东西哟……哎？是——也不打个招呼，吓死俺咧……”

哭了个头昏脑涨之后，他洗了一把脸。“没有一丝的风，咋，平地就搅起一股黑乎乎的旋风？”他一边自言自语，一边觉得双腿抽筋，脊背发凉，一路小跑着，生拉硬拽，让魏老大去和他做伴儿睡觉去。

魏老大进门后，边世喜把那条古香缎蚕丝被拿出来，让魏老大铺在地上睡。魏老大看着满眼的溢彩流光，轻轻摸摸，那个滑溜溜、软绵绵的感觉，被烫一般地把手缩了回来。他心想，就是自己下辈子娶媳妇，怕也用不上这样的好东西。他连连地摇手，两片嘴唇“噗，不，噗”地说不清话。

边世喜怕魏老大不愿意给他做伴儿，从里间屋里拿出一包烟。魏老大看了看，上面画着一匹骆驼，抽出一支点上，三口两口就抽得剩下个烟屁股，又抽出一支续了上去。

边世喜看见后，把魏老大身边的多半盒烟一把抓了回去：“你倒实受，这不花钱的饭，也不能不要命地吃，吃太多，撑不死也得吃出毛病来，悠着点儿好！这一根烟，能买五个烧饼！”

边世喜睡了后，魏老大悄悄嘟囔：“一点儿劲儿也没有，还呛嗓子，一股驴粪蛋子味，俺尝不出来五个烧饼。”

这天晚上，魏老大怎么也睡不着，躺一会儿再起来，抽袋烟后再躺下，躺上一会儿又起来，浑身刺痒痒的难受。直到鸡叫三遍，才找了块半截砖，悄悄垫在蚕丝被下面，枕上去迷糊起来——或许他只有枕上那样的东西才能睡。可是，睡着睡着，就梦见自己从鸡冠山上滚落下来，晕晕乎乎地摔到一块草地上。天明起来后，竟浑身酸疼，第二天，就回到他的土坯炕上。

张红梅儿子满月那天，边世喜请了一班杂耍和一班说唱，在合欢树下“叮叮咣咣”地热闹着。孩子瘦骨嶙峋，浑身红红的。边老拐难得地在家待了半天，抱了孩子左瞧瞧右看看，递给张红梅的时候说："不好看，不好看，这窑不好，坯子再好，也烧不出个好砖来！"

正说着，边世喜提了两只煺好的鸡进了门，远远地看了看孩子后，把两只鸡递给二妮儿："哎呀——这起个又响亮又讲究的名字还真难，白天吃不好饭，黑夜睡不好觉，咱今儿就定了吧，就叫'起升'，就是往起升的意思，边家打今儿开始，一步一步往起升！"

"嗯啊——嗯，也差不多，要不再想想，仓仓皇皇的事，都容易出差错……"张红梅扭过身子去，掀开怀给孩子吃奶。

边世喜给孙子取名"起升"，是想起了那天晚上翻卷着的旋风，那股凭地而起的黑乎乎的风，令他一连几日都脊背发凉。开始他总以为，是做了许多对不住杨旗旗的事，那个女人在那边仍然气愤不过，所以要来和他找些腻歪。尤其是在半睡半醒之中，看到杨旗旗那张娇羞低眉的脸，他就更加地深信不疑。倒也是，杨旗旗自从来到边家，除了短暂的那几天，温暖如春的时候真不多。

魏老大在边世喜的屋子里，只睡了一个晚上，等魏老大走后，他闻到那股汗腥伴着脚臭的气味就反胃。每到夜里之后，凡是黑洞洞的地方，他看一眼，就觉得满头的头发向上竖，以致到了后来，总感到屁股后边的某个地方，有什么东西一直跟着自己。他也请人在玉皇庙、土地庙、城隍庙烧了香许了愿，又请师婆在家里闹哄哄地折腾了两天，但杨旗旗那个娇羞低眉的样子，仍旧在他眼前挥之不去，去之又来。

杨旗旗生前是一副瘦长脸，忽闪闪的大眼紧抿的嘴，别说是娇羞低眉的笑容，就是那两排牙齿，也难见几次外露的时候。即便是吃饭，多数时候也是绷了脸、翻了眼，东歪西斜上一阵子后，才能嚼咽一口。在边世喜看来，那个娇羞低眉的模样，就像玉米秆上长出了谷穗，除了稀奇古怪，就是心惊肉跳。

边世喜专门走了一遭白口镇，找了一位能看见另一个世界的"明眼"。蒸供、煮供上齐了之后，明眼在神案前点上蜡烛燃上香，两只眼睛紧闭着，念念有词祷告一阵子，闭着眼皱着眉，面孔朝天，呵欠连连地说："啊——嗬！恁家的娘儿们，啊——嗬！真到恁家去过了。啊！道喜也讨债。嗬！喜来债也来。啊——哈，嗬！”

边世喜登时出了一身冷汗，他跪在神案前边，双手捧着胸，额头贴着地，听明眼一说，好像门外忽然吹来一股冷风，整个身子随着高高撅起的屁股，“扑通”一声倒向一边。那个倒下去的样子，就像秋天的地里，被狂风掀翻的一个谷捆子。

明眼后来说，那个女人转世又到了他家。他那颗怦怦乱跳的心，揪得更紧。

回来的路上边世喜想，人们常说，前生谁欠了某人的，某人便要转世到谁家做子孙，以方便彻彻底底讨要回前生的旧账，所以世世代代的人，总会把辛辛苦苦的一切，源源不断地给了子孙去，子孙也就是世上最难对付的讨账鬼。

边世喜一边诅咒那个刻薄狠毒的死鬼，一边盘算着如何对付这场鬼把戏。当他又一次想到那股黑旋风，一片前所未有的豁亮和光明，突然呈现于心头：起升！打今儿起升官发财，俺爷爷早先的时候，借了一坨热气腾腾的牛粪，俺孙儿打今儿起，就借了那股平地而起的旋风，比那旋风还要快！你狗日的讨账鬼，欠你的那几个小钱，岂在话下！

那日，他不知怎么就回到了大坡地村，直到跷着二郎腿，坐在了自己的家中，弥漫在全身的轻松和愉悦，还久久不散。

等瞧满月的人陆陆续续地回去，道喜的宴席只剩下杯盘狼藉，张红梅头朝里脚朝外，蒙在被子里哭了。清晨起床后，她一直等着和母亲见上一面，让母亲看看她的儿子，再给儿子取上一个响亮又文雅的好名字。她还想让母亲在家里住上几天，享受几天触摸新生命的喜悦。可是等到天黑，既没看见母亲的半点儿踪影，也没得到关于母亲的半点儿音讯。

母亲是个苦命人，自记事的时候起，原先那个挎着短枪的男人，揪着母亲的头发，从屋里拖到屋外，再从屋外拖到屋里，来来回回地打。她时常在半夜里，被母亲凄惨的哭叫声惊醒。在她的记忆中，母女两个人，就像滑落到猫窝里的两只老鼠，无奈亦无助，恓惶而绝望。十四岁那年，母亲将七岁的妹妹送到河曲的外婆家，领着她，随杨老歪来到了太行山的鸽子岭。随着鸽子岭一天天地人多势壮，杨老歪身边的女人，走马灯一般地时常轮换。母亲亦如崖畔上三月之后的迎春花，日见的清瘦和羸弱，日见的衰微与寂寥。无人知晓的酸楚，像飘摇在鸽子岭上的那片浮云。

上次得而复失的一千大洋，不用想就知道，是鸽子岭的人干的。尽管母亲许下了归还边家部分现洋，张红梅早就从土豆的支支吾吾中，感受到了一个冷森森的黑洞。

自当日的半夜起，张红梅的儿子起升，就一个劲儿地啼哭，她和二妮儿轮流抱着满地走。

第二天临近中午，土豆来了。他带来了一个惊天噩耗：红梅娘，前天晚上吊死了！

事情的起因是，红梅娘向杨老歪索要又抢回去的一千现洋，准备第二天下山时一并带来。杨老歪出去后不久，就有一个企图下山逃跑的，被拉到红梅娘的门前给勒死了，心肝被挖出来，炒熟后还送给她一碟。她哭叫着打翻后，被家里养的猫捡吃了。当晚，那只猫就叫人做了龙虎汤。后来，红梅娘就死了。

因为没有了其他牵挂，土豆想回山西老家。他胡乱吃了几口饭就想走，二妮儿哭啼啼的也要跟了去，合计一番之后，二人就一起走了。母亲的遗物，红梅托土豆带给了外婆家的妹妹。

在大坡地，谁要提起边家来，如果少了边家的长公子边进财，那绝不是一个完整的边家。

这些天，是边进财最沮丧万分、最羞辱不堪的日子。香温玉软的云梦之中，他向来是风生水起又乘风破浪的主儿，尽管中间出过一些小小不言的事端，但用过几服药丸、药蛋之后，也就风月相伴依旧了。和他有过一席之梦的女人，就像大坡地村的老鼠，来来往往的弄不清确切数目，同伍的不少人，都羡慕他的威武和雄壮：他简直就是一只大公鸡，头顶着火红的大冠子，扛了五彩的翎，踏了舞步，昂首挺胸而趾高气扬，后边跟着一群“咯咯咯”乱叫的母鸡。

边进财最令人咂舌，也最令他引以为豪的就是，他和张三癞一起，在邢州一夜之间游幸了十三位艳粉佳丽，成就了“边相公醉战十三花娘”的风流业绩。

张三癞漳水人，和大坡地仅十多里之隔，父亲是十多个煤窑的窑头，家境殷实得风雨不透。张三癞魁魁梧梧的个子，黝黑阳刚的面皮，四四方方的大脸，紫红紫红的大嘴唇硕大厚实，却“叭叭叭”的活跃凌厉，或许因为财大气粗，扛在肩膀上的头颅，总是不能端正起来。

张三癞不缺的就是银子，大块的银锭扔出去，就像拉了一泡大粪。因为钱的缘故，喜欢他的人，屎壳郎一般围在身边，乱哄哄地挤拱着，那棵临风的歪脖大树，一身的雄壮豪横，就愈加地飞扬跋扈。

张三癞推的一手好牌九，五房妻室，共育有十男八女十八个儿女，四十余岁的年纪，或许是享尽了人世间所有的快活，到了后来，就是再逍遥的事，也撩不动他那根快乐的弦了。他身边的那群“屎壳郎”，挖空心思，再找不到一件能让他怦然心动的事。

刚娶第六房妻子不久，张三癞就开始不爱巾帼爱须眉了。他和边进财是在牌桌上认识的，边进财虽是二十刚出头的年纪，可除了一对光芒闪烁的小眼睛和一个招摇风情的瘦屁股，并无十分的惹眼之处，而世界的奇妙就在于，许多叫人意想不到的事，总会突如其来。

张三癞见了边进财，就像看见失散了几千年的旧情人——如果没有个实实在在的应答，就枉了他几千年的痴心等候。

在赌场上，每当边进财血本无归急红眼时，张三癞总会准时送来一摞摞大洋，边进财一次次的无可奈何，一次次的恐惧胆寒。终于有一天，他偷偷地溜了。无路可逃的他，在荒野上的一个破砖窑里蹲到半夜，最后又被提溜了回去。张三癞笑眯眯地说：“你他姑儿见过个啥？白在人世上走一遭哩！今儿黑夜给你个舒坦的，一万个人里边遇不着一个哩！活东西，见过哩？怕听过都没听过了屌！试试，试试就知道了！要够了，咱耍‘三打摞’！”当日就把他和一个女人关在一个屋子中。自此之后，边进财得了一身脏病。

这天，边进财把一腔的火气全撒在了李小桃身上，把李小桃连摔了几个跟头后，骑上去就是一顿痛打。直打得手酸脚麻，出了一身的汗，酒也清醒了大半。又叫起了魏老大，到街上敲开卖肉的铺子，买回些熟肉，又灌下去半坛子烧酒。

挂在夜空的多半扇月亮，离牛头垴只剩了一揍手高，边进财又渴又想方便，跌跌撞撞地爬起来，喝了两碗凉水后奔向茅房。尽管小肚子憋胀得难受，却怎么也无法方便，火急火燎地转到了边世喜居住的院子里来。当他再次解开腰带，终于轻松了之后，才发现方便在了他爹门前的石台阶上。抬头一看，门子洞开着，玻璃罩子洋油灯红彤彤的闪亮，到屋里转悠一圈，却不见有个人影，就想往自己屋里走。不想喝多了酒，竟迷迷糊糊走到弟弟的院子中，听得屋中一男一女正在说话，男的声音有点儿像父亲边世喜，就走到窗台往里偷偷看。

窗户上一个大缺口，是边老拐和边红梅打架时弄坏的，脱下的半片纸呼扇着，正好看到里边。晃晃脑袋眨眨眼，张红梅脊背对着窗口，边世喜一只手在张红梅的怀那边，不知是在逗孩子，还是在干什么。

边进财先是一惊，紧接着就有些急，却又不便声张，咬牙切齿地往回走。走到边世喜的院中，看见有个黑乎乎的东西，在屋门前的台阶上，一闪一闪地晃眼，走上前去看，原来是边世喜的瓷便壶映来的月光。边进财心想：啥时候了，提了便壶不睡，那个——啥也能？就是没有啥，也不该——真不该！俺啥不知道，时候长了，就是没有啥，也真能叫它有了啥。咳咳！那个爹——也就是个爹，除了爹，啥也不是，啥也不是……他越想越着急，顺手提了那个瓷便壶，隔着墙甩向了边老拐的院子中。

边世喜在张红梅房中听见动静后就开了门，四下瞅瞅，确定无人后往自己院里走。说也正巧，边进财甩过来的瓷便壶不偏不倚，“咣当”一声正好砸到了边世喜头上。他只觉两眼冒金星，脑袋胀得水桶般粗细，两只耳朵也尖叫起来，摇摇晃晃地扶住院墙，平静一会儿后，才拼尽全力，拖了一双沉重无比的腿，勉强回到了自己屋中。

边世喜被砸的第二天，就不见了边进财的影踪。魏老大和往常一样，早早地担满了水缸，清扫边世喜的院子时，发现了滴在院中的血迹。到边世喜房中看时，他趴在床边，半个身子在床下耷拉着，床上流了一大摊血。李小桃昨晚上挨了打，一身青紫起不了床，边老拐又不在家，魏老大给请了先生包了，灌了边世喜半碗红糖水后，才慢慢地醒了过来。

边老拐第二天回来后，边世喜说好好儿地在院子里，竟不知谁在头上打了一闷棍。边老拐先是怀疑魏老大要偷什么东西，被父亲发现了，所以就打了棍子。边世喜咬着牙，把头摇得像染布匠招徕买卖时摇的拨浪鼓。后来边老拐又怀疑鸽子岭，便和张红梅大呼小叫地吵闹起来。

接着，大坡地村又来了土匪的消息，就到处流传开来，有说掳去了边家多少现银和财产的，有说把边世喜打了个半身瘫痪的，也有说，土匪连边家的牲口也牵走了两头的。

太阳懒洋洋地照着，除了枝头的喜鹊站了高处，北圪台儿墙根下的每一个角落，都拥挤着或站或蹲的人群，他们叽叽喳喳地闹哄着，在懒洋洋的日子里，打发着冰冷寂寞的时光。

闹哄够了之后，他们就把一个个故事和传说加工翻新，加入庄稼主儿的喜恶、爱恨之后，再活灵活现地演绎出来，除了自己快口快心，就为了换来一双双圆睁的眼和张大了的嘴。其中的每一个段子，几乎都和他们的生活和生产息息相关而丝丝入扣。

现场秩序的好坏，和主讲人的辈分与声望紧密相连。三三五五的人群里，有大喊大叫的，有插科打诨的，有支棱着耳朵静悄悄听的，有唏嘘不已、叹人怜己的，也有吵了个一团糟的。每个人都在即时的情绪里，演绎着生活的万象：从地上的草虫，到天上的飞鸟；从配种站的种马，到背着尿布包的东洋女人……一个个生动而鲜活的传说和见闻，既捶胸顿足，又义愤填膺；既长吁短叹，又愤世嫉俗。在说不完道不尽的嬉笑怒骂中，培育着代代的传承人。

瘦三在一个背风的角落里，支着煎灌肠的铛锅，不时地扯开嗓子吼喊一声“灌——肠——吔”，那个别具风味的吆喝声，永远是把最后的“吔”字，抛落到天际的那一个腔调。

人们习惯瘦三的喊叫，就像听戏时，同时要听到文武场上的锣鼓、梆子和弦子，瘦三真要有一会儿不喊，总会传来一声呼叫："瘦三！你屁小子，买卖太好了，是昨日没吃饭，屁股门子出岔气了？还是噎住上嗓打嗝逗了？咋半天没个响动？"

瘦三嘻嘻笑着，一样哂骂之后，就是一声"灌——肠——咃"的应答，好似又重新放了一遍录音。于是，在飘着驴油荞麦的香味里，人们再一次地欢天喜地。

最新的时报和最具爆炸性的新闻，就是在临近中午时，边世喜穿了一身明耀耀的长袍短褂，拄了个拐棍，摇摇晃晃地坐进他的洋货铺里：黑缎子的瓜皮软帽，鼓囊囊地在头上罩着，僵硬笔直的脖颈和头颅，不苟言笑的脸，似乎没有自己要说些什么，更没有要听别人说些什么的欲望。

人们都侧着头斜了眼看，待屁股对了边世喜那边后，又低了头捂了半边嘴，唧唧哝哝的一边窃笑，一边感喟，仿佛发现了一只三条腿的蛤蟆，或一头五条腿的驴。瘦三攒足了力气，对着东边连连吼喊了好几声"灌——肠——咃"之后，就在小火炉上，薄薄地焐了一层细煤面，一股蓝莹莹的烟，缓缓地飘荡起来。

天黑以后，边世喜叫了一碗羊汤，还有两个热腾腾的羊肉包子。包子只吃了一个，边进财就领了六七个人，说说笑笑地进了铺子。奇怪的是，尚未迈进门槛，边进财就高声大嗓地，一连呼叫了好几声爹，好像他爹突然耳背了。边进财在洋货铺里，给领来的人指指点点说一阵后，转身和一个粗脖子光头耳语几句，就旋风一般地转眼不见了。

约莫过了一个时辰，粗脖子光头开始焦躁起来。边世喜早就不耐烦，若不是有非来不可的事，这个时候，他也绝不会丢人现眼地来。他左等右等看不见边进财回来，粗脖子光头几个也不走，给看铺子卖货的交代一声后，气呼呼地站起身就要离开，却被两个黑大汉一把摁回了原处。

粗脖子光头几个人嘀咕一会儿后，从怀中掏出一摞纸条甩到边世喜眼前："看来恁小子又耍了俺们——不过也好，有活人它就变不成死账，你是他爹，这父债子还，子债父还，是一样的理。今儿俺弟兄几个，也不想跑第二遭了，给钱还是给命，你自己挑！”

边世喜把那摞纸条子扫了一遍，估算起来，竟比当年杨老歪的账少不了多少！他浑身哆嗦，霍地站了起来，说：“谁是他爹！俺啥时候尿过这个儿！看眉眼，你才是他爹！看面相，你最像他爹！看身手，你才是他亲爹！看……”他一边比画着，一边拄着拐棍，在粗脖子光头几个人的脸前，拧鼻子瞪眼地怪叫。

粗脖子光头忽地揪了边世喜的衣领，不由分说左右开弓打起了耳光：“不是他爹你哼哼个啥？你舒坦的时候，咋不说俺们是他爹！你快活的时候，咋没有想起来，叫俺们替你做了那个活儿！”

一顿耳光把边世喜打得眼花耳聋、头晕目眩，打着打着，边世喜感觉脑袋“嗡——”了一声后，就忽悠悠地钻入一个无边的黑暗中了。

等他清醒过来，才知道到了自己家，却被反绑在了八仙桌的腿子上，边老拐、张红梅和李小桃，都被反绑着捆在了一起，起升在床上蹬着小腿，“呜哇——呜哇——”地哭。魏老大被脱光了上衣脱了鞋，正往院中临时支起来的大锅下添柴火，锅中的水“吱——吱——”地叫着，向上翻腾着一团团的白汽。

粗脖子光头走过来说：“烧火的不算，就你们几个，你点个头，先煮谁？要不，先煮床上最嫩的那个？”

那一天，边世喜痛快淋漓地拉了一裤裆，最后倒谁也没有煮成，但从此之后的边家，就十月之后的柿子一般，稀软得一塌糊涂了。

边家经历了这场劫难后，除了自家住的房屋和一个破皮店，像样的财产，差不多全归了别人。自此以后，边世喜再没有起过床。边进财变了头入海的泥牛，静悄悄的杳无音讯了。有人说，在漳水城那边见过他，随着一伙逃荒的难民，挑着破铺盖往南去了。

边世喜恍恍惚惚地躺了近两个月，最后一顿饭，是张红梅端来的一碗葱花面片汤，自己趴在床沿上，用羹匙撩着喝了几口，躺下后便觉天旋地转起来。迷糊之中，他看见一道白光自眼前飘起，杨旗旗在白光的顶端，娇羞低眉地招呼着，定睛看时又像张红梅：光鲜耀眼的满身桃红，红彤彤的热烈，像一团燃烧的火。

他突然激动无比，想吼一嗓子“二茬茬韭菜红根根”，张了几次嘴，竟没有发出半丝声音，万分沮丧之时，鲜亮耀眼的“满身桃红”，又从天边飘了来，一头扎到他的怀里后，忽觉下身一热，继而浑身冰凉，随即就滑入一个黑黝黝、透骨寒的无底洞里去了。

第二天，魏老大发现边世喜出溜到床沿下死了，虾米一般蜷曲着，翻着白眼，咬着舌头，满裤裆的污秽，凌乱不堪的山羊胡子上，沾满了脏兮兮的白沫。

悲喜转瞬间

第十三章

福脉云共月　歹念蛇与蝎

一场扯天扯地的东南风过后，山上的麻奶，眨眼间就钻出了绿骨朵，向阳的地方，还零零星星地舒展了几颗耀眼的金黄，如夜空中寥落的星辰。虽然仍是乍暖还寒的时节，但处处都会感觉到春天的气息，一簇簇的迎春花，喜洋洋地摇曳在山崖上、沟谷里，火火热热地点缀着冬去春来的艳阳天。

太阳明晃晃地爬过房檐，王炳中才穿衣起床，简单地洗了洗就奔梨花酒楼而来。自从殷小莲来了后，楼上的大雅间不仅专供她使用，而且名字也改成了“莲香阁”。

王炳中进了莲香阁，殷小莲正在梳头，穿了一身粉红色的软缎旗袍，笑嘻嘻地在镜子里给他挤眉弄眼。王炳中拍一下她的后脊梁，坐在桌边的绣墩上：“这‘数票子功’和‘滚菠萝功’，又练了没有？总是程咬金的三板斧，也不见有个长进。”

殷小莲把咬在嘴里的银簪子插到头上，说：“三板斧哩嘛，两板斧用不完，你嘎屎日嘀，小脑袋就缩成一条蛆了。”殷小莲一边说，一边在王炳中身边坐下来，双手托了下巴，胳膊肘架在桌子上，蓬勃又热烈的一张嫩脸，像朵承露待雨的喇叭花。

王炳中说：“净弄些南蛮子话，啥叫‘嘎屎日嘀’？”殷小莲“扑哧”一声笑了，一滴凉凉的唾液，溅到他脸上。“你嘎蛋子不晓得哩嘛，‘嘎尿日嘀’，就是说你很壮噻！”

王炳中不信，一把将殷小莲拉了来，将她的两只手攥紧后，腾出一只手来去抓挠她的腋窝。殷小莲来回扭动着身子，笑得上气不接下气：“你嘎尿日嘀松了手噻，松了手，受不了了噻，受不了了噻！松手给你嘎蛋子说噻。”

王炳中松了手后殷小莲问：“你们这边管大公羊叫哈嘞？”王炳中说叫“骚货”，殷小莲又说：“嘎尿日嘀，就是在羊群里，总爱耀武扬威的大骚货！——不闹了，店里的东西油腻腻，不喜吃嘞，给俄（我）弄几块灌肠吃噻。”——一直到了后来的后来，王炳中才知道，殷小莲的那个“嘎尿日嘀”，意思是“傻家具弄出来的货”。

王炳中提上鞋，从楼栏杆上探着身子喊：“大中！大中！去叫瘦三来，今儿的灌肠俺包了，叫他到里边来煎。就说，他的那俩瘦爪子，来这儿接着哆嗦！”

瘦三抖着手，把灌肠片削得齐整整、薄灵灵，都是规规矩矩的长方形，还几乎一般大小。他的好手艺还没有全部施展，只煎了薄薄的十几块，楼上就不要了。闲下来的瘦三坐不住，正转转悠悠地和周大中扯闲话，他的弟弟白文昌找了来。

瘦三像突然吞下了仙丹，掩藏不住的喜悦非常，瞬间就涌了满脸。白文昌在他脸前规规矩矩站好，两只手背了后去，开始向哥哥交作业：从《论语》的“学而时习之”，跳跳跃跃地背到“八佾舞于庭”。

白文昌背着背着，小脑袋就晃荡起来，虽然吐字清晰声音洪亮，但背出的字音，却永远一个腔调，犹如唱书。瘦三巴瞪着眼，微张了嘴，如痴如醉。

瘦三由衷的幸福，一个是端详弟弟写的方块字，一个是听弟弟背书——尽管一个也不认识，一句也听不懂，但他的每根神经，每次都能达到快乐无比的巅峰。

每逢此时，他总是笑嘻嘻地挺直了腰板，喘口气都会觉得热烈蓬勃、舒适透顶，就像大海里一条苦行苦渡的船，终于望见了陆地；就像沙漠中一峰疲惫跋涉的骆驼，远远地看到了绿洲。他仿佛感受到了白家翻身的希望，触摸到了一团升腾的火焰，仿佛屈死的爹，正在夸赞他不屈的执着和无悔的付出。整个心房之中，一半是安慰，一半便是畅快——总感到父亲合不上的双眼，在弟弟的琅琅背书声中，从此就会变得平静而安详了。

王炳中早就准备搬迁王家的坟，临近中午时，白锁住给领来了邢州的风水先生老刘。老刘五十余岁的年纪，瘦瘦削削的个子，大蛤蟆眼，尖下巴颏，一脸横七竖八的皱纹。

王炳中陪老刘吃完饭后，去了楼上的莲香阁午睡。周大中在楼下的院子里，摆了一个不太高也不太大的小方桌，给老刘沏了壶茶后，两个人坐着闲聊。魏老大想向王炳中借种子种地，也到了酒楼等着。

周大中把莲香阁里收拾回来的剩菜，放在了院中的石桌上。他示意魏老大吃一些，魏老大摆摆手，起身拿了把大铜瓢，舀了瓢凉水，“咕咚咕咚”地喝。

也许老刘想展示一下他的神通，也许是为了消闲解闷，他端详了魏老大一会儿，攥着拳头摁住嘴干咳了几声，大蛤蟆眼眨巴眨巴的，像发现了一个神秘所在：“送你几句话，听好了。”

魏老大半蹲下，仰着脸听。“三沟九圪梁，自小儿没爹娘，遇雨紧躲避，遇雪不着忙！”

正说着，边老拐从门外轻手轻脚地走了来：“顶是个白说，下雨谁还不紧跑，下雪着个啥忙，雪又淋不死人，跑快了，指不定栽个跟头，跌拐啦！”

边老拐一边说，一边扬扬手里的拐棍，一歪一歪地摇荡到石桌前，抓了一把花生豆，一颗一颗地往嘴里送，一会儿又抓起两块猪头肉塞进嘴里，一歪一歪地摇荡到老刘跟前，说：“从哪儿来了个白吃好东西的？你说俺这拐腿，是狗咬的，还是驴踢的？要说准了，俺给你磕个响头，要说不准——你管俺一顿饭。”

老刘凸出的大嘴，颤颤抖抖地吧唧了几下，露出两排黑黄的牙。一会儿握住双拳，顶住额头闭上了眼，嘴里哼哼唧唧地念叨，一副和尚唱经文的样子。

老刘打了两个呵欠后，圆睁了一对凸出的大眼，不紧不慢地说：“这驴踢狗咬，那是个小灾，你这个，呵呵——你也别磕头，那折俺的寿，那个事，还是不说的好。”

边老拐一激灵，一只眉毛使劲儿地向下扯，另一只眉毛使劲儿地向上提：

“嗯——不说也行，说点儿别的俺听听。”

老刘站起来，又攥住拳头，顶住额头干咳两声，来回走了几步：“这世上有‘四大难闹’：短脸子、尖嘴子、骨撅胡子、瘸腿子。这四样，恐怕你占了三样。日后咋样，俺也给你说说：三角眼、半截脸、吊角子眉毛没人管——有儿也给你送不了终。”

魏老大仍旧半蹲在石桌旁，低着头思谋着老刘的话：这“遇雪不着忙”，该是合了静峦寺的“独钓寒江雪”？指不定今儿，真遇见活神仙了？想到这里，心里就有些激动，抡着胳膊往起站的时候，一拳正打在边老拐的拐棍上。

边老拐正在听老刘说，瘦削的双肩，一耸一耸地，正在想着如何对答，不防备魏老大挥来的一拳，一下子仰面朝天摔倒在地上。他一边往起爬，一边抡着拐棍要打魏老大：“你贼羔子，长俩眼喘气咪？抡拳舞棒的，也不看个地方？”

王炳中从楼上走下来，让老刘给周大中看看。

老刘照旧攥了一个拳头，顶在额头上干咳两声，念念有词一番后，说：“先开花后结籽，是不是？”周大中嘻嘻笑着，不言不语地给老刘续上了茶。老刘说到“上通下达，左右逢源，大小适中，寿终西山”时，一股甜蜜蜜的狂喜，按捺不住地在周大中的心里播撒开来，脸上笑吟吟、红彤彤一片。

正说着，瘦三领着山花来了，后面跟着早来。早来拿着一把嫩茵茵的柳条，嘴里吹着柳条皮做的柳哨子，“呜哩呜哩”地拐着弯叫。

山花穿了一件花大褂、天蓝色的胖裤，脑袋两边，扎了两条粗壮的小辫子，辫根系了红头绳，辫梢绑着红绸，满月一般的脸，灿灿烂烂的。她蹦蹦跳跳一歪一扭，像花间翻飞的蝴蝶。

山花向早来摆摆手，早来从嘴里拿出了柳哨子，一手扯了山花的大褂，齐排排地站在周大中跟前。两个孩子一会儿挤眉弄眼，一会儿你碰我撞，盯着老刘偷偷地笑。

老刘干咳两声，突然提高了嗓门：“茕茕白兔，东走西顾。”王炳中问：“在哪儿白兔？哪儿来的白兔？”老刘指指早来和山花：“这不是，还是一对。”“你说他俩属兔？”“九环山的一对玉兔！”老刘的口气坚定不移。

为给父亲找一块风水宝地，王炳中和周大中领着老刘，在大坡地的山山岭岭转悠了四五天，最后，又回到了龟脊梁下边的那块地。那本是一块马鞍形的地，中间高两头低，高的地方，和龟脊梁蜿蜒而来的山坡，曲曲折折地连在一起。

龟脊梁近于东北西南走向，和南北走向的太行山侧背相依，远远望去，酷似一巨大的乌龟趴在太行山下，“乌龟壳”上的那块地方，当地人称作“龟脊梁”。龟脊梁上长满了野枫，龟屁股处长了一片柏树，绿油油的，像乌龟翘起的小尾巴。人脊梁对着龟脊梁向北望，王炳中所站的地块恰似龟头。过了大北沟向东，马河滩上有一片悬崖峭壁，峭壁下是花鲤塘，每到雨季，花鲤塘总是碧水汪汪一片。传说很久很久以前，花鲤塘常年清水不断。

老刘左看右看一阵，把手里拿着的红布包，在堰根找个地方放了下来，双手抱拳放在额头上，闭着眼睛，默默地念叨起来。王炳中感觉耳朵有些堵，过了一会儿，就“吱嗡、吱嗡”地响了起来，像静峦寺大钟的余韵，看看太阳，又不在敲钟时间。

老刘默念了一会儿，放下拳头就呵欠连天起来，猛地睁开眼后，手指着远处的花鲤塘方向，说：“神龟探水——”

王炳中内心一阵狂喜，他们的身后是龟脊梁，脚下踩着的就是龟头，神龟伸长了脖子，探看着花鲤塘中的水，那不是“神龟探水”是什么？他和周大中对视一眼，几乎同时重复老刘的话：“神龟探水！神龟探水！”

老刘终于停止了呵欠，斜觑着他的红布包说：“独占鳌头！”王炳中给周大中使个眼色，让周大中记住那个放红包的地方。

传说，按风水先生的行规，一般是不会给点准正穴的，点准了正穴，会瞎了风水先生的眼睛。正穴的位置，一般要靠跟着的人看先生的暗示。老刘转悠半天后放红包的地方，王炳中判定，那里就是正穴。

老刘又插香点蜡地闹腾一阵，拿了红包夹在腋下，呵欠连天地说：“行了，行了！水与山同行，山遇水脉止。绝了，绝了！——下边俺给看看动土的时辰，到时候，俺再给定定向口配配镇。”

五月初五，按老刘选好的日子，早来和山花换了订婚小帖。事后，早来把那块双子献寿的羊脂玉，偷偷地送给了山花，山花在一块三尺见方、红彤彤地起了暗花的花累缎上，写了“茕茕白兔，东走西顾”，偷偷地给了早来。王家几乎请了半个村的乡邻，在梨花酒楼热闹了一场，周大中满面红光，一脸的生机勃勃，胜过西山上连天接地的青翠。

自此以后，山花再也不让早来牵手扯衣了，即使对面撞见，也只是抿嘴一笑，远远地绕了去。王炳中看见后，把手伸进牛秋红的偏襟大褂子里，在她的小蛮腰上狠狠地抓挠了一把，满脸的舒心欢喜，把宽腮、大鼻、阔下巴上的每一根神经，都给调动了起来：“看，看看！她倒也不姓牛，拿捏出来的样，比姓牛的还讲究。这男的和女的，都像唱戏，越亲热的，越不靠谱，假正经真风流，好叫唤的猫，就逮不住老鼠。”

牛秋红嘻嘻一笑：“咋？还想听戏？嗯？——那贵贱就不是个东西！”

六月初一，老刘又来到马鞍地，架起一个金光闪亮的罗盘，拉了好多横横竖竖的红线定了向口。鸣过鞭炮后，王家的坟地就动了工。

“神龟探水”和“独占鳌头”的王家坟，迅速地在大坡地村传扬开来，连同那“九环山的一对玉兔”。老刘传奇一般的神测鬼算，有猜测议论的，有演绎加工的；王炳中锦上添花一般的天辅人助，有确信无疑的，有查验追踪的。好多人羡慕嫉妒着周大中的精明算计和花开富贵的狗屎运。

许多人想在鳌头的旁边借借脉气，可惜周边全是王家的地，严严实实的没有别人插针的地界。

许多人都去看王家的坟，按风水先生老刘的说法，此地应有白、红、黄、黑、紫五色土，墓穴深一丈六尺。

王炳中不断地询问老刘，他却总是攥了拳头，按在额头上一声不吭。问紧了的时候，就闭上眼睛，呵欠连天的像小鬼附了身。王炳中以为，那是天机不可泄露的缘故，心里急切地盼望着，另外一个神奇时刻的到来。

老刘说，坟墓甃好放鞭炮的未初一刻，马河滩花鲤塘边的小路上，会走来一个推独轮车，还光着膀子的人，此时正好是封墓时间。

大家偷觑着土的颜色和变化：白土肯定有了，红土是挖上来的红胶泥土，黄土是将到山根时，见到的坚硬的黄沙粒，黑色的土和胶泥土大致相仿，黏而坚硬的红土里，一片片黑色的纹。当墓室挖到一丈二尺深时，见到了紫色土。老刘说，五色土齐全了，嫡亲的儿子晚上必须守墓，以免脉气受了哪个冒失鬼的冲撞。

太阳将要落山，王炳中叫人拿了两条毛毡、两条苇席、两条凉席和一条被单。先在墓穴里铺上毛毡、凉席，苇席架到了墓穴顶上。晚饭后他先小睡了一会儿，街上歇凉的人都陆续回去睡觉后，他到酒楼领了殷小莲，踏了一路的夜色，直奔马鞍地而去。

殷小莲拽着王炳中的后衣襟，自大北沟往西走。季节刚进二伏，潮湿难耐的一片闷热，黑咕隆咚的庄稼地里，仿佛埋藏了千军万马。沟里的白杨林里，一只猫头鹰，“呱呱呱——呦，呱呱呱——呦”地尖叫着。

殷小莲死拽着王炳中的后衣襟，被拖拽着一软一软地走，嘴里还一软一软地埋怨：“日你，老婆——子噻！非把俄，把俄拉了来做哈嘛，你嘎尿日嘀，咋不把你那个俏老婆子拉了来？你嘎蛋子，满肚坏水水……”

王炳中闷声闷气地说：“你不想吃斋念佛，也不想打坐修仙？俺先教教你啥是闭关，再叫唤……”

将近鬼沟子，王炳中回身看见，大北沟北边的沟帮上，飘起一个碗口大小的鬼灯笼（磷火），自边家坟一带，忽飘忽飘地越过马河滩，往大北山方向去了。

“神龟探水”的西边，鬼沟子的东帮，是一块几十亩的平地，当地人叫“鬼台子”，都说是野鬼们赶集聚会的场所，许多人在半夜里都见过，成堆成片的鬼火，在那里“叽叽喳喳”地乱碰乱撞。自从沟里埋了戏班里的几个人后，还有人听到半夜里，有“叮叮咣咣”的锣鼓声和“咿咿呀呀”的唱戏声。

王炳中拉拽着一软一软的殷小莲，刚进入黑咕隆咚的墓穴，殷小莲一软之后，再拉拽不起来了。王炳中摸索一阵，直到点上那盏羊皮罩子灯，软下去好一会儿的殷小莲，才软软地坐了起来。王炳中在墓穴口挂了一个软缎遮帘，外面挡上了苇席。殷小莲一直软坐着，不敢向外边看一眼。

黎明时分，王炳中听到外面有动静，一会儿又听到头顶的苇席上，有沙沙的落土声，探头探脑地往外看，一个人一瘸一拐地往远处跑，恍恍惚惚地看，有些像边老拐。

第二天晚上，王炳中带了十多个夹黄鼠狼的铁夹子，在墓穴的四周，挨个儿钉上了。殷小莲问："钉这东西做哈？闭关噻？"

王炳中懒洋洋地说："闭关，聚地儿，奶奶个孙，昨日黑夜，光顾听动静了，白浪费了这好脉气，也不给提个醒，你这'数票子功'，没人赁也没人租，闲着也是闲着，死了还不是烂了？"

王炳中靠着墙长喘气。他块头不小，耐力却不大，头天黑夜没睡好，今天又看管着甃墓做活儿，指指点点吆吆喝喝了一白天，刚刚又往四围钉了十多个铁夹子，身上有些酸软。"这根白萝卜，倒没啥毛毛腿，调上油盐醋，加上这'数票子功'，嚼上一口嘎嘣脆，这会儿，可惜了了……"

殷小莲躺下去，两只脚倒钩着王炳中的腰："你嘎屎日嘀，一肚子坏水水，想甚个么……"

王炳中靠着墙闭上了眼，不再言语。殷小莲知道王炳中累了，怕他睡去之后她睡不着，一个人害怕，头抵着王炳中一边晃荡一边说："你嘎蛋子好熊噻，甚也没的做，就蔫蔫成这个屎形状了，脖颈子都支棱不起了，还吃啥白萝卜、黑萝卜，俄给你说个故事噻！"

殷小莲说，从前有个穷卖布的，一天卖完布回来，半路上遇见一只受伤的仙鹤，就给救了下来，养好伤后就给放走了。不想仙鹤后来成了精，变作一个美女嫁给了卖布的，后来还生了个儿子。仙鹤在家织布，男人挑出去卖。仙鹤织的布，色彩鲜艳又纹理细腻，卖得很快。同行们说："恁媳妇该不是妖精吧？咋能织出这么好的布来？"有一天，卖布的偷偷地跑回家看，发现织布机上坐着一只仙鹤，正在揪了自己身上的羽毛，织布里的花纹，他突然上去抓住了仙鹤。

仙鹤不高兴，跟他说："相公有所不知，天上之人为仙，地上之人为凡，仙和凡相差天地远；家里之事为仙，家外之事为凡，家里的仙，和家外的凡，要冷热有度，泾渭分明。非要把仙的事，搅到凡那边去，便是自寻烦恼，自找祸端。记住了？"

卖布的也太实诚，吆喝惯了的一张嘴，暖不住半个热屁，没有几天，就把仙的事，说给了凡。

同行们知道后，又教唆："你回去跟你媳妇说说，大家都说你脸色不好看，媳妇娶得太俊了，损阳气，耗元气，没几天，就骨瘦如柴命薄如纸了。"

卖布的回去就说了，仙鹤从嘴里吐出一粒仙丹，让卖布的噙了一下。第二天，同行们发现，卖布的果然满面红光，精神抖擞，问明了缘由后，又教唆他："你和你媳妇说，别人看你的脸色还是不好，等你媳妇再让你噙仙丹时，你就咽下去，你也就长生不老了。你要不吃下她那个仙丹，你活个八九十岁，了不得了，几十年以后，再好的仙女，也就跟了别人了。"

卖布的回去后，照着教唆的话做了，吞吃了仙鹤的仙丹。仙鹤触犯了天条，要回去受责罚了。走的时候，她把儿子留给了卖布的，对他说："我要回娘家，日后你要想我，就见路往南走，见路往南走，有个村庄叫'聚仙台'，我娘家就在那里。"

过了好长时日，仙鹤也不回来。卖布的背了儿子，见路往南走，历尽千辛万苦，找到了仙鹤。回来时，仙鹤从娘家带来一个聚宝盆，聚宝盆里，只要放进一粒米，就有舀不尽的米，只要放进一块碎银，就有拿不完的银子，放啥长啥。

这事被一个小财主知道了，变着法地抢了那个聚宝盆，天天从聚宝盆里往外拿银子，一锭一锭的银子，在家里盛不下。财主的爹很高兴，又蹦又跳地在一边看。因为太高兴了，财主爹一个站不稳，一头栽进了盆子里。财主爹在盆里害怕，拄着拐棍喊："快抱爹，快抱爹！"抱上来一个，里边又长出来一个。财主爹还是喊着："快抱爹，快抱爹！"抱一个，又长一个，小财主抱了满屋子满院子的，一模一样的爹！

小财主着急了，整这么多爹做啥！抱起一块石头，砸坏了聚宝盆，里边跑出两只老虎，把财主爹跟小财主，都吃了。

王炳中听完，知道殷小莲分明是在骂自己。他把殷小莲猛地一把抱住，钻进怀里就咬。殷小莲两只手捂着王炳中的嘴，笑着："莫吃，莫吃噻，哪有这么大的孩子还吃娘奶，再说娘奶早没水了噻！哟哟哟……不大？倒也不算太大，这孩子长得也忒快，生下来就满脸胡子了噻……"

两个人正高兴，听得远处"啪嗒"一声响，殷小莲扭着身子问："嗯呀——哈，扫兴！扫兴！嘎尿日嘀快听！外面哈，哈动静呢嘛……"

王炳中大喘气说："管他啥！小鬼，小鬼！正给，拽，拽，脉气——呢……"

王家的坟修好了以后，王炳中在梨花酒楼招待了一干人等。人们敬神明似的把老刘围在中间。那个准确无误的天人同助，在王炳中的心中翻腾奔涌，像一条源远流长的河。因为在老刘说的未初一刻，马河滩花鲤塘边的小路上，一个推着独轮车的人，分秒不差地赶到了，而且还光着膀子！未卜先知的鬼掐神算，比铁嘴铜牙差不了几分毫。自那时起，一股势不可挡的生机勃勃，自脚跟涌向了王炳中的头顶。他忽然觉得，一种征服一切的力量，正伴着小莲的浅吟低唱，飞越高山海洋，铿锵蓬勃地助推着王家的赏心乐事。

边老拐略有三分醉时，探过身子歪着头，凑到王炳中跟前，故作神秘地问："俺说，甃墓的时候，这响当当的穴位，要真是点准了，黑夜总该有个啥动静吧？"说完后眯着眼，张着嘴，静静地等待王炳中说话。

王炳中脸膛红红的，大下巴上沾着几滴酒珠，鼓起紫红的厚嘴唇，对着边老拐吹了口气，说："还真有动静，动静还不小！"

周围的人都停止了吃喝，伸长了脖子听。王炳中站起来，一只脚踩到凳子上，一只手叉在腰间，聚啸山林一般的虎威彪悍。

他的眼光从大家的脸上划过一遍后，盯着边老拐说："按说，你也该知道，还真有动静！为了做好这天、地、人三合，俺从牛角口村，找了个俊俏娘儿们，瘦长脸儿，高鼻子儿，白生生的一身细肉皮儿，小细腰一晃荡，能忽悠掉魂儿！哼哼唧唧的说话音调儿，就像撑不住劲儿以后，急着找人办事儿！俺半夜里听得，鬼沟子里边，有说、有笑、有打、有闹，鬼台子上，叮叮当当的，唱着《刘墉下南京》。俺想，管他呢，啥也敌不上俺怀里的天仙女儿，赶紧行好事儿吧，耽误了良辰美景，后悔啊！刚要扛枪上阵，就听见正给拽脉气的小鬼儿说：‘看，那边过来一个人儿，还是个拐腿儿，别叫他坏了王老爷的风水儿！’另一个说：‘甭管他，王老爷安着铁夹子呢。’”

王炳中瞅了瞅边老拐的脚，继续说：“俺这边，刚大战了二百回合，忽然感觉头上撒下几把土来，听见一个小鬼说：‘这王老爷整的声音也忒大，叫俺先给配个镇物镇镇。’另一个说：‘你贼羔子聋了？没听见里面的娘儿们正叫唤？王老爷正种胎呢！要惊扰了胎气，咱俩白忙活了一黑夜不说，回去还得叫阎王铡刀铡，油锅煮，看你啥时候能投生！’一个说：‘咋也不是？听那叫唤的声音，像是种上了，咱都操点儿心，可别惊扰了刚坐胎的尚书老爷。’另一个又说：‘尚书是天上的星宿，贵人不怕惊扰！阎王爷早就定好了，尚书老爷到了人间后，大名叫天喜！好叫他老人家天天都欢喜！’”

王炳中说完后伸出食指，在边老拐的鼻子上刮了一下，掂起坛子倒了一碗酒，一仰脖灌了下去，趔趄着上莲香阁去了。

等王炳中踹开莲香阁的门，边老拐才缓过神来，开始狠命地咀嚼嘴里的猪肚肠，嚼了一会儿，忽然眉头一皱，“噗——”地一下全吐了出来，瘦削的双肩向上耸了耸，扭身就往门外走。刚拐过正冲门的大屏风，回过头，“啊呀呀”地大叫一声，往屏风的仕女身上吐了几口痰，抡起拐棍挥了挥，却没有敢敲上去，然后咬着牙，冲着里边跳着说：“王八蛋，王八蛋！恁娘才是牛角口村的俊闺女，恁娘要不叫唤，咋能整出来你！”

王炳中说他从牛角口村，领了一个女人在新挖的墓坑里种人，种出的人还取名叫天喜。边老拐的母亲就是牛角口村人，那个模样也是瘦长脸、高鼻子，白生生的一身细肉皮……而且，他的父亲叫边世喜，王炳中刚种的儿子，阎王给取名“天喜”，那岂不和边老拐的父亲边世喜一个辈分，他就得管王炳中叫爷爷！那恶毒的奚落和咒骂，就像拿着一把柳叶刀，在边老拐肚里搅了几搅——令他生生地痛彻心扉又肝肠寸断。

边老拐走出梨花酒楼的大门后，还在狠命地吐嘴里边油腻的唾沫。当天晚上，他趁着夜深人静，在王炳中家的大门楼里拉了一泡。

第二天上午，王炳中把蹲在北圪台儿上的边老拐，提溜着脖领拽了下来，边老拐嚷嚷起来：“干啥？干啥？这大白天的，遇着土匪了？要给个拐子打架？你不怕乡邻笑话？”

王炳中恶老雕抓小鸡一般，把边老拐提溜了一段才放下，拍拍手说：“你个黑心拐腿，昨日黑夜做啥唻？”

边老拐歪着头，一脸的无辜：“笑话，黑夜能做啥？俺踢蹬着拐腿像浮水，扒着炕边子，咬着嘴片子，薅着花纂子，盖着红绸子，铺着绿缎子，种了个大个子，长着个大鼻子——还不知道俺做啥唻？搂着家里的娘儿们，种人唻！”——王炳中不仅个子大，而且还是个大鼻子。

王炳中一只手揪住边老拐的耳朵，一只手拍着边老拐的屁股说：“信不信，俺砍个枣木橛，把你这个斜门给堵上？那泡大粪，俺一看就知道，是个歪屁股做作的，晌午那一盘辣椒熘肥肠，俺眼看着都叫你一个人吃了，那泡大粪里边，还有没化了的辣椒皮！”那堆脏东西王炳中其实没有见，他起床后，早被林满仓给清理了。

边老拐心里一咯噔，这下可叫拿住证据了！笑嘻嘻地把自己的耳朵，从王炳中手里拽出去：“说实话，昨日真喝多了，真不记得了，你松开手，真要是俺，就叫俺去给吃了。”说着说着，就一瘸一拐地跑了。

边老拐受到的羞辱，一般人总会耿耿于怀一阵子，他却能把绿头苍蝇吞下去当肉吃，撇着嘴嚼巴嚼巴之后，用不了多长时间，那团一塌糊涂的脏东西，连同着那个记忆，就一齐排出了体外。他从石碾街跑了之后，刚拐过墙角，就斜着身子歪着屁股，把王炳中骂了个地覆天翻，骂过之后大笑了一阵，笑过之后，就一溜小跑，找李小赖打牌去了。

开始时，边老拐一吃三赢了不少，黎明以后，被人抓住了攥在手里的两张牌，之后就一直输，直到把赢来的钱全部输了回去，又欠了一屁股债。边老拐急于脱身，无奈找不到借口，两个肩膀向前收拢着，一副挨饥受冻的样子。

半上午的时候，有人进来跟李小赖说，前些天当在当铺的那副水晶眼镜，戴在了王炳中的眼上！他现就跷着二郎腿，端坐在北圪台儿上，一副牛皮烘烘的样子。

那是一副前清的金丝框眼镜，茶色的镜片，对着太阳，能看见一道道棉絮状的水纹，戴到眼上，却异常的清晰透亮，上了火眼睛疼啥的，戴上去凉阴阴的舒服，是一件珍贵而地道的行货。眼镜是李小赖收赌债收来的，在当铺里当了五块大洋，听说又归了王炳中，心里就不是滋味。

就挣银子来说，李小赖有时候玩一个晚上，即抵顶得上王炳中几十亩地的收入，到头来却仍是行囊空空。他就像一条宽大的水渠，那银子“哗啦啦”地流了来，又“哗啦啦”地流了去，最后山不转水转，就是钻到地底下，也要找个地方冒出来，再“哗啦啦”地流入王炳中的大海。李小赖浑身的本事使尽了，伸出去的腰，还是没有王炳中的小拇指粗壮。每每想起来他就痛恨不已。更可恨的是，上次他去找殷小莲，还被王炳中一口唾沫，从莲香阁里给唾了出来。

李小赖不再摸牌，盯了边老拐好一会儿，说：“都说你边老拐，三十六个心眼，七十二个转轴，今儿俺倒要看看，你个名声在外的老草鸡，到底能不能给孍个蛋出来——你去把王炳中眼上的眼镜，摘下来砸了，欠下的债，就一笔勾销了。”

边老拐眨巴着小眼睛，一副为难的样子。李小赖故意奚落：“不吭声？不敢？你就是个圪蹴着尿尿的货，王炳中不是说，他再生个小子叫天喜？那他就是恁亲爷爷！去去去！他家大门楼里的那泡大粪，就是你做作的，趁早圪蹴着给吃了去，回头连本带利还俺钱！”

李小赖这么一说，边老拐吃下的那只“苍蝇”，忽涌一下又返了上来——李小赖几个的嬉笑，让他在女人的裤裆下，又来回爬了几遭。边老拐小愣一会儿后，咬牙切齿说："要说话不算，是大闺女养的！"

说罢，边老拐从李小赖家找出小半坛酒，"咕咚、咕咚"地喝了几口，把剩下的在前胸后背上洒了一些，拉起拐棍，直奔石碾街而去。

王炳中还在北圪台儿上坐着，跷着二郎腿，戴着金丝镜，正比比画画地指点江山，一副满腹经纶、傲视群雄的模样。边老拐晃悠晃悠地走到跟前，也不说话，眯着眼低着头，一副晕晕乎乎要醉倒的样子。王炳中低下头，正在察看那个莫名其妙，边老拐闪电般抓下了他的眼镜，往自己眼上戴了几戴没有戴上去，一松手，眼镜掉在青石台阶下，边老拐晃荡着踩了几脚，金丝眼镜就一塌糊涂了。

边老拐又晃荡几下，才稍稍地抬起头，眯着眼对王炳中说："你——谁？好好儿瞅瞅，连恁二大爷，也不认识了？嗯？你屁三，不是？不是屁三你能是谁！偷俺家的东西，还敢在这儿显摆，俺一拳戳死你，啊，算了！你个，屁，屁，屁三……"老拐说的屁三，是村南的一个光棍汉。

边老拐踩坏了"屁三"的眼镜后，就号啕大哭起来，哭着哭着，就拿头往"屁三"身上撞。

王炳中一时没有反应过来，站在那里愣了，人们都纷纷劝说拉了开来，边老拐晃荡着，一路哭着去了。

王炳中回到家，心里一整天不是滋味，那副眼镜，被边老拐在北圪台儿上，从他的眼上一把抓下来，而且给踩踏得一塌糊涂，还把他糟践成"屁三"！北圪台儿那是个啥地方？那是大坡地村的眼睛珠，那是个敲锣打鼓唱大戏的锦绣舞台！不是个角儿，只能圪蹴到下边歪着头傻听傻看！他的荣光，他的勇武，他的豪横，那可不是唢呐安上哨片，鼓着腮帮子给吹出来的！这一切，叫一个歪屁股拐子装个醉，一脚就给踹翻了？包括大坡地的所有人，除了牛秋红，谁敢摸一下他的后脑勺！

吃过晚饭后，林满仓把摇椅搬到七叶树下，沏上茶。王炳中半会儿也等不得，安置林满仓套大车，他要即刻去漳水，叫张三癞安排几个人连夜过来，别的不要，单买边老拐的手指头，一个指头一百大洋，拿来算数，按数给钱，一辈子不能光当好人，叫鬼也给咱推一回磨……

林满仓刚套好大车，边老拐提了一只便壶，一瘸一拐地迎面而来，看见林满仓，扔下拐棍拽住了林满仓的手，一弯一弯的直想跪下:“叔吔，恁侄，今儿前晌，办了件不蹬底的事吔，在恁主家跟前，给俺说几句好话，那是行好！行好！这辈子享不了福，你就等着下辈子的好报应！”

林满仓指着边老拐脚下的便壶，嘴里说“你——你——你”，还未说出下一个字，就被边老拐弓着身子推进了院里。

王炳中已穿着打扮齐整，刚把那根紫檀木的拐棍掂上。边老拐顾不上说话，“扑通”一声跪了下去 :“炳中叔吔，俺今儿前晌喝酒喝傻咧！李小赖那个龟孙，把俺灌傻咧！俺啥也不知道咧，到了后晌，才知道惹祸了，没认清人，惹您老人家不高兴咧，要不是灌了二两猫尿，打死俺，也不敢摸摸您的脚指头啊，这新鞋不踩臭狗屎不是？大人不计小人过，您看这不是？俺提了一夜壶尿，您要真不饶，俺当您面喝了，再不解恨，您也别动手，俺自己，把那条好腿打折算了。”

王炳中猛地抓起那把便壶，一副要砸向边老拐头上的模样 :“杂种！先把那壶尿，自己倒头上去！”

边老拐半蹲起身子，战战兢兢地向后退了几步，瑟缩着脖子撇着嘴说 :“倒到头上倒不怕，就怕脏了您这块地，要不，俺去街上倒？”

“哟——俺二侄子，多懂话，还怕脏了这地，这头脑头脑，不叫狗掴，侄子的头脑再不值钱，也不能拿尿浇不是？”

牛秋红一边脆生生地高叫着，一边摇摇摆摆地荡了来，提过那把便壶，实实在在地把里边的东西，倒进了旁边的木盆里——原来是清凌凌的水。

倒完之后，牛秋红翻弄着那把崭新的便壶说 :“俺侄子，歪屁股的事也做，没屁股的事也做哎，把恁叔叔婶婶，当了一天吃四顿饭的小孩儿糊弄？整日弄些耍尿泥的小把戏，叫人知道了，把咱个好好儿的三条腿，当成四条腿了！那以后，可咋人前人后地游走！活着丢人，死了都败兴呢，是不是亲侄？”她一边说，一边用手扯了扯王炳中的肩膀。

王炳中随牛秋红来到北房，她不无骄傲地说："屎皮子还没蜕掉呢，就敢在如来佛跟前翻跟斗！茅坑上吊——臭死。甭理他，先在那儿晾一会儿，饧饧性，就叫他滚蛋！"

边老拐在牛秋红的北房前跪到半夜。林满仓第二天还要做活儿，急着锁大门睡觉，看看四周黑洞洞的一片安静，或有意或无意地拿脚轻踹了一下边老拐的屁股，他才艰难无比地爬起来，拐棍都没敢拄，弯着腰，一瘸一瘸地歪歪着去了。

边世喜在世时许给魏老大的"良田二亩"，当时林先生代写了文书并做了中人，不想竟如西瓜皮擦屁股，哩哩啦啦地不能整干净，就连从来不多言多语，不多一句废话的林妻，也一劝再劝林先生，以后离边家远点儿，免得沾毛就烫四两肉。无奈这人世上的事，要想不上当还得上回当，净是些说嘴打嘴的事。

边老拐急用钱，李小桃住宅北边的皮店急于出手，等了好久之后，竟以二十大洋的土坷垃价钱，卖与了石匠白老六。

白老六几代人都与石头打交道，一手精巧的石工活儿。他上有五个姐姐，为了保佑娇贵的儿子平安成人，就加了闺女的行数，取名"老六"。

白老六凭了精湛的手艺，加上每日的省吃俭用，略有些微薄的积蓄。也是白老六的女人贪图便宜昏了头，连同五个大姑子都折腾一遍后，才勉强凑足了二十块大洋。开始时，两口子也算计着边老拐的名声和品性，可那青砖蓝瓦的皮货店，诱惑力实在太大。一家人在诱惑之中，淡忘了开始的算计，最后，把宝全押在了中人林先生和那张管君子不管小人的文书上。

林先生拗不过千恳万求的白老六夫妻，字斟句酌了文书上的每一个字，用刻印一般的蝇头小楷誊写了四张。白老六夫妻把盖着三方指印、字里行间应说尽说、"滴水不漏"的麻头纸，抖抖地揣入怀里，又抖抖地将二十块大洋，当面交与林先生，林先生又当面交与了边老拐。

按照文书约定，边老拐三天内腾清房屋交与白老六。白老六揣了那张文书，搓着手指上的印泥红，心"扑通、扑通"地跳，领了一样心"扑通、扑通"跳的妻子，一起"扑通、扑通"地跳着回了家。

在与日俱增的“扑通”跳里，白老六夫妻慢慢感觉到，手里的那张文书，只不过是一条牧羊的鞭，那群肥美的羊，自始至终圈在别人家的篱笆里。

好几个三天过去后，白老六妻子天天到林先生家哭一回，林先生也是天天往边老拐家里跑。边老拐却像个无根无梢的鬼灯笼，一阵风过，不知又飘到了何处。

林先生累得筋疲力尽之后，才终于见了边老拐一面。边老拐说：“驴笼头都给老六攥住了，这驴迟早还不是他的？就是眼下，俺这驴正在做着活儿，一时半会儿卸不了套——别狗肚里盛不下个针鼻子。”

林先生到底是个有声望的人，他叫齐了边家本户的老少爷们儿，说边老拐再不交房，他就到边老拐家上吊去，让大家做个见证。边老拐没有料到，秀才真有个造反的时候，痛痛快快地答应了第二天交房。

第二天一大早，白老六一家就到了皮货店，进门一看，边老拐正在院中刨坑，方方正正的像一个墓穴。挖上来的土堆上，放了一碗红信石和一壶凉水。

白老六夫妻见状，急问边老拐想做啥。边老拐说：“这房子卖给你了，不假，这下面的土，文书上可没写归你，不信，你再去找找林先生，让那个老古怪，一个字一个字再研考研考，看俺说的是不是！这，咋俺家的时光也不能过了，连个石匠，也敢骑到俺脖子上做作！等会儿，俺就着这壶凉水，喝了这碗信石，往这个坑里一躺，就啥也没了。恁两人仁义的话，就填把土埋上，不仁义的话，就叫俺在那儿臭着。俺小子起升也太小，这几年，俺也不咋走运，给孩子置办不下啥，也就不给孩子添累赘了，也给孩子省下个刨坑埋爹的钱。”说着，坐在土坑边上，爹一声娘一声地吼喊起来。

白老六的妻子咬着牙翻着白眼，一头栽到地上，人事不省了。

经过一番折腾后，白老六把妻子抬回了家。女人只要睁开眼，就扯天扯地地哭个不停，闭了眼，就迷迷糊糊地睡。白老六的五个姐姐一致商量，不能因为几个钱要了弟媳的命，都一直宽慰，说永不索要借给的钱。

林先生从边老拐处要回十个大洋，余下的边老拐打了借条，说好每年还两块，五年还完。白老六的媳妇才慢慢地缓了过来。

福脉云共月

第十四章

战火并灾荒　生死两悲伤

这两年的大坡地百姓，一头扎进了刀山火海，战祸又加了天灾，一个个日本鬼子，都像屁股上抹了大蒜的猴子，疯了一般杀人放火抢粮食，自从大扫荡开始，能够果腹的食物，甚至比生命还珍贵。鸽子岭上的杨老歪，一夜之间蹿遍了大坡地及附近的十多个村庄，抢走的东西不算，仅老弱妇孺就残杀了数十口。

去年五月，麦子刚刚开镰，一场突如其来的冰雹，几乎下了一个时辰，树上看不见几片完整的叶子。冰雹大似鸡蛋小如蚕豆，漫天漫野的白花花一片，冰雹带来的冷气，足以让人们穿上棉衣御寒。好一点儿的庄稼，也只收回了两三成；糟糕一点儿的，几乎颗粒无收。雨过天晴之后，满地的麦粒就开始发芽。

到了秋季，谷穗刚刚发黄，又忽大忽小地下了一个多月的雨，天上地下到处水汪汪一片，谷子、玉米在秸秆上就开始生芽，百姓们赖以活命的苦累收获，一场连绵大雨给整走了多半。

苦难的旧年走了后，蹒跚到了花落又花开的新一年。头年冬季未见大雪，这年春来未见雨滴，明晃晃的太阳和呼呼的大风，只把燥热充斥到天地间的每个角落。人们懒洋洋的脚步，将路上干硬的土块碾碎再碾细，除了坚硬的石板坡，所到之处，脚下都会腾起阵阵尘雾，走不上几步，小腿下的裤管上，就沾满了细密的黄土。由于干旱，小麦刚长到一筷子高就开始抽穗了，翻起来又卷在一起的叶子，灰暗的颜色不胜焦渴，用手轻轻一捋，白而轻细的粉末会沾满整个手掌——正是需要雨的时候。

立夏之后的一天半夜，人们在呼呼的大风中被惊醒，刺骨的寒风，从每个透气的孔洞中涌入屋内。人们急惶惶地重新堵上窗户，在被窝里惊惧惶恐到天明。院子里盆盆罐罐中的水，已结上一层薄薄的冰。天空上翻卷着灰白的云，却看不出有落雨的征兆，潮湿寒冷的风在屋顶上、树杈间，挂了一层薄薄的白霜。寒风又刮了一天一夜，地里的小麦冻死了大半，春播的豆子、玉米、棉花枯瘦伶仃的秸秆上，找不到几片嫩叶。

庄稼主儿的心，一天天的凌乱无度又脆弱不堪，就像一片片烟熏火燎的纸，风吹吹就透了。焦急无比的人们，在惶恐中安上了秋苗。谷子开始抽穗时，竟又干旱起来，朝天仰着的半截谷穗，微风中忽飘飘的样子，像一枝枝狗尾巴草。

林满仓一夜未睡，他的四儿子有余，在新年开始的第五天来到人间，刚刚几个月的小婴儿正害麻疹，高烧了三天三夜。开始的两天，还细声细气地哭，自昨日夜里开始，就不吭不动了。头顶的囟门，一起一伏地翕动着，鼓起的时候，胀起一个圆滚滚的大包；塌回去时，又陷下一个深深的坑，随时都会爆开的样子。

林满仓的女人彻夜抱着有余，过一会儿，给孩子嘴里滴点儿温水，胸前两只干瘪的奶，风干的茄子一般，除了一层皱褶的皮，看不见还有多少水分。

这个女人为林满仓生了五男二女，在有山和有余中间，还生过一男二女，一个不足满月就没了，一个得了百日风去了，一个害天花死了。这个干瘦如柴、寂寞似水的女人，孕育和生产新的生命，仿佛是她此生此世的唯一使命——正像她家的那只黄母鸡，只有找草籽、拾饭粒、寻小虫，生鸡蛋、孵小鸡、带鸡崽，才是其坚定不移，且永恒不二的立世之本。

天微明，林满仓来到那个土坯棚子里，棚子里放着三口水缸，缸周围堆着麦糠，麦糠里冒着一缕缕的轻烟，土坯棚里暖烘烘的闷热。林满仓摸一摸缸外的温度，又掀开盖子，试一试缸里的水温。他每年总要漤几缸柿子卖，赚几个零用钱贴补家用。

二儿子有良已十三岁，那个“有地不种，没翅能飞”的梦一般的想望，虽然仍然看不出些许征兆，但与生俱来的勤快和聪颖，在他的身上，已捂盖不住地四处迸射着。周围的每个村庄和集市，几乎都能看到他的小身影。和林满仓一样，他每天黎明即起，早早地把漤好的柿子背出去卖，卖完后，又背回摘来的青涩的新柿——漤好的上一缸刚卖完，新的一缸就又好了。

庄稼百姓过惯了勤俭日子，好年头都要把一分钱掰成两半花，更何况到了灾荒年。为了把那些柿子全部换成钱，有良还跑到三百台的日本炮楼里去卖。日本鬼子称漤柿子为猴果，在这个粮食都难以为继的时节，有良的猴果，几乎成了他们唯一的果蔬。

由于怕火燃烧得太快，林满仓舀了瓢水往麦糠上洒。有良提着挎篓揉着眼说：“爹，黑夜俺尝咪，那缸漤好了。”

林满仓回过头看着有良，霜打似的一张脸马上松弛下来：儿子粗壮的黑眉，宽厚的下巴，黑葡萄一般的大眼珠，出溜出溜地蹿来跳去。林满仓将漤好的柿子装满挎篓后，摸着有良的头说：“卖不了，也别去炮楼了，那里的人缺人性，翻脸伤人呢！听清了？嗯？卖不了，也不能去那种地方，听好了？”

有良找来一块干净白布盖在挎篓上说：“没事吔，腻歪了俺，他们就吃不上漤柿子，没人敢去。上回一个日本洋娘儿们，穿了一身大袍子，屁股上背着一卷子‘尿布’，趿拉着两块木板，脸上画得妖精似的，拿了俺五个柿子不给钱，俺就揪住她的‘尿布’不叫走，几个日本鬼子都还笑呢！”

林满仓一把抓住挎篓说：“啊？小孩子家，知道个啥！火不烧屁股不知道疼吔！日本鬼子刚挨了打，正有火没处放呢，别没事找事！再说，给你两张军票也没处花，这么旱的年景——有东西也不能叫日本鬼子吃。记住了没有？”

有良嘴里“嗯嗯”地应着，拿开父亲的手，背上挎篓就出了门。林满仓略略犹豫一下，随后追到大门外，刚张开嘴，连有良的影子也看不见了。

后半晌时，林满仓正在王炳中的花园里垫地，老三林大头慌慌张张地来叫他，说有良叫日本鬼子给打了。林满仓回到家，有良满脑袋黑紫的血块，胳膊和腿软塌塌地耷拉着，如何地喊叫也没有个应答。满仓娘跪在院子里，祷告了天地跪佛祖，求了送子奶奶再拜阎罗爷……林满仓的女人抱着有良，一边死命地号，一边拿自己的头，“砰砰”地往墙上撞。

边老拐在院中来回踱着步，见林满仓回来就说：“别急别急，缓过来了，缓过来了，肯定要不了命——你说也是，去哪儿不好，咋去日本那炮楼里头，不给钱就不给钱吧，还硬要，这不，差点儿把命让人家给要了，一枪托砸到天灵盖上，当场没气！日本鬼子要扔去喂狼狗，多亏了俺家的亲戚，知道是大坡地人，就给俺捎了个信，俺给抢回来一条命吔！”

林满仓去请了王老水，王老水大惊失色地洗净包了，有良的整个头颅都肿胀着，仍是不睁眼不吭声。王老水把了脉后，说：“这个，叫俺说，嗯？这么一个意思，外伤止住了，是第一层意思；孩子千真万确受了惊吓，是第二层意思！过几天许慢慢会好——要是有了内伤，就是这么一个意思……这开——天——辟——地——嗯，外伤内伤都因倒了运，要总清醒不过来，那就不好说，这《黄帝内经》，这《伤寒杂病论》，这开——天——辟——地——撞上日本鬼子，红运当头的人，想活命也费劲儿！那日本鬼子，原本就是阎王殿大门坏了，跑出来的一群鬼祟，就是这么一个意思……”

王老水走后，边老拐指着自己身上的血污说：“朝廷不白使唤人不是？俺可是给恁背回来一条人命。”林满仓给边老拐拾了一筐漤柿子，边老拐笑着说着，就是不走，最后又把半升小米面给倒了去，边老拐才揣在怀里，一瘸一瘸地去了。

天持续地旱着，进了八月，挂在谷秆上的半截谷穗，便日见干枯起来，由于缺少水分，近一半的谷子从中间干断了，横七竖八地在地里歪着。有良被打后，林满仓家土坯棚里的三大缸漤柿子，慢慢地变作一摊稀水直到发臭，院里充满了令人窒息的怪味，成群的苍蝇“轰轰”地飞来飞去。

或许是阎王爷打盹儿迷糊的间歇，曾经向林满仓这边斜睨过那么一下下，出麻疹的老四有余，奇迹般地缓了过来，但脸上落下了浅麻坑，有良也终于睁开了眼，却一会儿哭，一会儿笑，眼睛直呆呆地哭笑了几天后，连亲爹娘也不认得了——有良傻了。

饥荒渐渐地蔓延开来，有人开始将能吃的树叶往家里藏，未完全秀出穗的谷草，连牲口也不爱吃。中秋之后，人们把枯死的庄稼当杂草收拾干净，把一块块的土地耪了、耙了、犁了、耢了，田野里光秃秃的萧瑟一片。

过了霜降，西山的野枫和柿叶由黄变红，再由红变干，地里的土坷垃下，结了一层白花花的冰凌碴，一个个庄稼主儿，彻底绝望了。

林满仓躺倒了近一个月，他家里再也不见了秀眉大眼、光亮可人的有良，大坡地村多了一个四处奔颠、半疯半痴的“傻二小”。边老拐为了再要些酬谢，又去过林满仓家几次，最后一次，林满仓的女人已躺在炕上不怎么说话了。满仓娘在太阳底下低着头抱着有余，有余脸上的浅麻坑里，沾满了眼泪鼻涕。

一连几天，夜深人静的时候，林满仓总是到鬼沟子附近，捶胸顿足大哭一场。在这个死一般静寂的旷野中，他把一腔的愤懑和痛楚哭与天，哭与地，哭与蜿蜒的大山和幽深的沟谷。半生的苍凉与苦痛，皮鞭一样抽打着他，飞来的横祸，烙铁一般烧灼着他，他死的心都有。

“老天爷呀，老佛爷呀，俺林满仓，连只鸡也没杀过呀，人前大屁也不敢放一个呀！别人烧香磕头，俺也没往供桌上抛石头呀……”他一个人往鬼沟子里走，一个人在鬼台子上转，他想碰上个鬼神什么的问个明白，阴间是不是一样的不公道？可是，除了呼呼的风和扬起的尘，他什么也看不到。

有良在全家人的心目中，远胜过高挂在天空的那轮圆月，皎洁而明亮，辉煌又灿烂。在林满仓一家人的想望里，有良就像那片绿茵如毡的谷苗，充满着生机，孕育着希望，承载着收获。有谁能想到，这一切在转瞬之间，却被傻二小取代了。十恶不赦的小鬼子，为了小孩子的几个涩柿，将林家仅存的遥遥梦想，给敲击粉碎了。

边老拐在北圪台儿上对人说：“这有田、有良、有山、有余，齐节节四个大小子！

这一眨眼，就变成了大有田、傻二小、三大头、四麻子！这时光时光，就是一时一个光景，想起来，吓得俺光想尿吔——”

太阳快到西山顶，林满仓才起来做中午的饭，他把半瓢干榆叶泡好，正要把仅存的半勺小米往锅里放，林先生来了，手里提着一小捆萝卜缨。

林先生把东西放到炕头上，林满仓的女人睁了睁眼，算是打了招呼。林先生撩了撩长袍，在屋里踱了一阵子方步，慢悠悠地说："这人，不怕倒了运，就怕泄了劲。人这一辈子，谁也不能光走上坡，也不能光走下坡，咋也不能老牛卧墒沟[1]——打倒不如自倒吧？满仓，这还有一家子嘴咧，见天吃呢，总不能喝风活吧？恁东家给俺说，叫你快回去——该做啥做啥，一大堆的孩儿，鸟儿一样，一个个张着嘴，等着喂呢。"正说着，边老拐找来了，问林先生要不要儿子，有心思先看看去。

林先生跟了边老拐往回走，过夏官道时遇见两只狗，林先生平时最怕狗，不想一只也没有叫。一只趴在石阶上，有气无力地抬了抬眼皮；另一只瘦骨嶙峋的，只剩了一副骨架，脊背向高处隆，大嘴紧贴着地，见有人来，夹了尾巴就地一躺，生死有命了。

林先生跟着边老拐看了看，孩子在一个蓝粗布小棉被里包裹着，小棉被乌亮乌亮，黑黢黢的套子湿潮湿潮。孩子三四个月大，虽不胖，倒也精神。抱回家去后，林太太心花怒放的样子，像又做了一回新娘：两颊绯红，双目流光。

当边老拐说要五斗小米时，林太太手一抖，差点儿把孩子扔到地上。她茫然的两只眼四下窥视着，像挨了一鞭子的羔羊。林先生一声不吭踱方步。

边老拐沉不住气了，拐棍往地上一戳，说："三斗，三斗！行不行，痛快点儿！"林太太巴瞪着眼，望望林先生，再看看边老拐，难以名状的表情，像得了什么急症。林先生还是一声不吭踱方步。"两斗！两斗！再不要，俺就抱走了！"

林太太缩着脖子，眼皮一眨不眨，斜觑了林先生好一会儿，抽筋一般地抖了两抖后，战战兢兢地说："当……家……的，俺说，这年头，那——这，大人要

[1] 墒沟：犁地时，犁翻出的土沟。

保不住，这孩子，他靠着墙，长不大……”

林先生看看女人，又扭头看看边老拐，刚要张口，边老拐急不可耐地喊：“罢了！罢了！这山里边的娘儿们，比俺大村的秀才还透彻，透彻！——可你还就不知道，禽兽不穿衣，它靠一张皮，鬼祟不吃饭，它有一炷香！你林先生，总不能盼着，天上掉下个糠窝窝，偏偏砸着你吧？这可是个乱踢乱蹬的大活人！不要米了，两块大洋！就两块，咋样？”

边老拐说完后，一直盯着林先生看：不甚粗壮的几根胡须抖了好几抖，再把那几根胡须慢慢地捻上几捻，又抖了几抖。林先生又踱了一阵子方步后，慢悠悠地说：“俺说这孩子——”他似乎有些难以启齿的话。

边老拐皱着眉头耸耸肩：“小子，大小子！转过来转过去，就没舍得往俩腿中间看一眼？那个东西能哄人？不是年景不好，十块大洋也买不了。”

林先生眯眯笑着，一字一句地说：“俺是说来路，这来路——”

边老拐眼中忽地亮堂，长吁一口气，说：“因为这个，咳！你也早说不是？给恁俩说，要在平日里，俺说往东边，你去西边截就正好，对你——林先生，斯文人，你信俺一回：爹娘往山西逃荒的，后晌刚哭着走人，两口子推个独轮车，车上筐里还有三个小不点儿，那不是个啥稀罕物！倒也不全是，没有的，他还真宝贵！宝贵！今儿这事，俺哄天哄地哄阎王，也决不哄你。”

林先生从女人手中接过孩子，点点头，女人从大襟里，抖抖地掏出一个旧布包，将里边的一块大洋，抖抖地递给林先生。林先生说：“家里就一块，剩下一块，赶明儿借了，就送给你。”

边老拐接过后，一个劲儿地吹吹又听听，心满意足之后，说：“你林先生读书人，俺拐子的磨鞋钱，咋也欠不了。要不，再给俺弄个一把半把的萝卜条、干菜缨啥的，俺总算最后张了一回嘴，恁也总算白拾了一个大便宜不是？”

林太太给了边老拐多半升细糠面，边老拐一边喜滋滋地往外走，一边兴颠颠地偷偷笑，走到大门口时，回过头说：“要不赶明儿晌午，俺过来拿？省你来回跑路了。”其实，除了林先生那样的人，不用说灾荒年，就是在平常，两块大洋就是换三个儿子，也不是什么稀罕事。

边老拐走后，林先生跑到石碾街的杂货店，赊了些红糖和白糖，两口子轮流抱着喂，过大年一般的喜悦又欢畅。这一夜，两个人谁也没有合眼。

天明以后，林先生说："名字俺给孩子想好了——木秀于林，林秀于山，就叫'林秀山'！行不行？你说？"林太太喜滋滋地点着头："俺的贼老头儿喂！好听，好听，是真的好听喂！"

又是一年。

林满仓终于垫完了王家花园的地，用步粗略丈量一下，三亩多不到四亩的样子，往西再也刨不动了，全是坚硬如铁的青石板。石板相连的缝隙中，只长些荆蓬和葛条，夏季到来之时，倒也是郁郁葱葱的一片。林满仓把牲口圈的马粪、驴粪，往地里拉了一些，又从酒坊里拉来两车酒糟，耕翻一遍后，王炳中说："这才像块地，种瓜种豆都行，可惜，除了你满仓种，俺家里边，穿金戴银的奶奶不少，点瓜种豆的爷爷不多。"

花园里的地因了地势的缘故，上下共有四层，最下边那一溜圆弧状，只有两步宽的样子，第二、三层的地，也弯弯曲曲的，最顶上的一层，被下面的三层拱围了起来，虽不足二亩，却比最下的一层高出数丈来，远远望去，下面的三层像玉带缠腰。王炳中请林先生揣摩一番，一个响亮又吉祥的名字就出来了："玉带坪"。

玉带坪位于向阳的西坡下，花园北面烧锅酒坊高大的房屋，挡住了自北而入的凛冽的风。自杏花胀出红骨朵，林满仓就绞了梨花井的水一片片地浇，待梨花香气熏人时，林满仓就张捯着种，到"谷雨前后，撒花点豆"的日子，玉带坪的北瓜苗，已挤挤拱拱地钻出半指高了。

和去年冬季一样，这年的春季仍滴雨未落。过了谷雨眼看又要立夏，田野里到处都是裂开的缝和皴开的皮，四周的山野灰黄一片，挣扎着拱出地皮的小草尖，经干热的风一吹，蔫蔫的样子像要往回缩。用镢头在地里刨起的土块，砸也砸不开，坚硬如西山的石头。解开裤带在地上撒泡尿，尿水"吱吱"地叫着，转瞬即逝，来回扭头的工夫，连尿迹也不见了影踪。太阳直杠杠地照着，把地里仅存的一点儿潮气，也毫不留情地回收走了。深邃高远的天，水洗一般的瓦蓝瓦蓝，看不见一丝带雨滴的云。

经大坡地到山西去的路上，逃荒避难的人流日渐多了起来，有肩扛的，有背驮的，有人拉的，还有担担的、推车的、徒步的。大人孩子一样的菜叶黄脸色，一个个步履蹒跚无法忍受的神态，肮脏凌乱的头发，像架在荆蓬上的鸟窝。

活下去成了人们的唯一要务，饥饿主宰着一切，半个窝头就有女人陪睡觉，二斗高粱就可以换个女人做媳妇。大坡地一带，凡能让人饿不死的光棍，几乎都在这时找到了女人。饥不择食和慌不择路的人们，和陌生人往一个屋檐下一凑，南腔北调和四面八方瞬间融合，仓皇之间就成了人妻人母。和无数个循环往复的大疼痛、小历史一样，年复一年，代复一代之后，大坡地就成了一个来自五湖四海，且人丁兴旺的乡间市井。

梨花酒楼里倒出来的泔水，叫几个外地人拎走后挑拣着吃掉了，不几日工夫，讨泔水的人就排起了长队，又过了几天，泔水也叫本村的人轮流占住了。

再过几日就要夏至了，庄稼主儿再也按捺不住焦灼的心境，家家户户全体发动，肩扛、担挑、车载、人拉，一双双干树皮一般的糙手，将载负着生存厚望的种子耩播下去，直到蓄水池的水见了底，官井的水供不上用，人们才陆陆续续停止了点种。一双双几近绝望和惊恐的眼睛，似乎有了一丝丝希望的光亮。

这天，林满仓和往常一样早早地起来，天尚黑就来到王炳中家，开始劳作牛秋红头天晚上安置的事项。对林满仓来说，有些事尽管是周而复始且责无旁贷，不安置也知道先做啥后做啥，啥该做啥不该做，但牛秋红做定了那个“撞钟的和尚”，不仅在程序上按部就班，而且在时间早晚上雷打不动。林满仓习惯了多年，比住持统领的和尚，还要任劳任怨。

林满仓一身的好苦，而且殷勤闲不住，不该他看的绝对不会抬一下眼皮，甚至该他说的都不一定能给说完整。因为近几年日子不太平，再加上牛秋红的精打细算，王家辞退了好多人。留下林满仓时牛秋红说：“一个肩膀头上扛着一大家人，不留下咋整？那一家老小，喝风能活？”

尽管两家住得不算太远，但自从牛秋红特殊恩典留下了林满仓后，林满仓白天在王家镇日无闲是多少年的规矩，但凡自己家里没有什么特殊大事，晚上也就住在了王家——晚睡早起地干些零碎活儿，最主要的还是掌灯前和熄灯后看家护院。

多少年来，林满仓只违拗了牛秋红一项，自从家里出了那场变故后，他总是隔三岔五在自己家住上几晚。

他的女人，只要看见有良就哭，整日整日地吃不下东西，半碗稀米汤喝下去就撑胀得难受，老葱叶一般黄绿的脸，枯谷秆一般干瘦的身子，晃晃悠悠的一阵风就能刮倒。

林满仓还是请了“人兽并用”的王老水先生。王老水心不在焉地把了几次脉，她吃了几服草药，也不见点滴的起色。后来，或许是王老水嫌弃林满仓，连几个小钱都得赊账，抑或是为了掩饰他的黔驴之技，瞥一眼惊恐万状的林满仓后，看着天说：“这个，叫俺说，嗯？那是气攻心，痰壅盛，将养着，心里通泰了就好了。就是这么一个意思，这《黄帝内经》，这《伤寒杂病论》，这开——天——辟——地——嗯，也就是这么一个意思！”

天色微明，梨花井上的辘轳就不响了，林满仓把各院的水缸都担满了水，然后扫净了院子，给牲口添了草料，抽去挡在鸡窝口的砖头，放开养着的二十多只鸡。正要坐下来歇会儿，脚下忽然飞来一堆蝗虫，那些蝗虫，有的足有三四寸长！人迹不多的大山深处也不多见，有的还在“呼啦啦”地扇着翅膀四处飞。

他先是一惊。普通蚂蚱大多是土灰、淡绿或发黄的颜色，个头儿小，拼尽全力也蹦跶不了多远。这些蝗虫通体草绿带黄，个头儿大，力气足，当地人叫“青头蚂蚱”或“蹬脚山”，黄豆瓣大小的牙齿咀嚼力强，而且食量惊人，硕大有力的双翅，能做长距离飞行。

林满仓随手拿起扫帚拍打，不想越打越多，房上、树上、地上、满院都是，有几只还爬到林满仓身上。院中的鸡，“咯嗒、咯嗒”地惊叫着扑棱棱乱飞，有几只吓得躲进窝里，再不敢出来了。又听到天上“轰隆隆”的一声响时，两棵枣树的枝枝杈杈上，全都爬满了蝗虫！林满仓大叫一声：“老天爷呀——不好了！闹蝗灾了！”他不知道该干什么，大叫着在两个院子里转了几圈，回头大叫着出了大门。

大街上到处都是狂呼乱叫的人。林满仓来到大西沟，听到天空中“呼啦啦”的一片响，暴雨敲打树叶一样的杂乱，抬头一看，飞着的蝗虫，烟雾一般从天地边滚了过来，“呼啦啦”地落到一块玉米地里，“哧哧嚓嚓”的咀嚼声连成一片，只一袋烟工夫，一棵棵玉米苗，就变成一根根光秃秃的绿橛子。

那些蝗虫仿佛在听从着号令，小苗吃光后，“呼啦啦”地又飞向地边的两棵榆树，不长工夫，两棵榆树只剩了光秃秃的枝条。吃完榆树上的叶子后，“轰——”的一声又飞起来，像猛然卷起的一团黑云，“黑云”怪叫着转了一阵子后，“呼啦啦”地卷向不远处的一株柿树，紧接着，一团又一团的“黑云”都向柿树卷去，惊恐无比的人们，还没有来得及细看上几眼，“咔吧吧、咔吧吧”的一声声脆响过后，那株柿树横七竖八的枝杈，就一条条地折断了。

林满仓双腿哆嗦几乎要疯：“来人呀！来人呀！这老天爷不叫人活了，快来人呀……”

他急慌慌地往回走，迎面碰见拿着扫帚的魏老大，魏老大说：“毁了！毁了！这是从哪儿一下子冒出来这些个东西！这满天满地都是，一点儿都不怕人，这边一扫帚打下去死一片，那边该咋还咋！打下去的扫帚还没扬起来，又来了一群，吃不净不走！俺那黄豆苗，连个橛也没剩吔！”

家家户户都赶制了宽大的蚂蚱拍子，到处是拍打驱赶蝗虫的人群。敲脸盆、敲洋桶吓唬驱赶的，赶到一起放火烧的，轰到沟里填土埋的……惊恐愤怒的百姓，用尽了能用的手段，地里的禾苗，却在一日日减少。

逃荒的人一日日增多，一群群地向外拥去，又一群群地向里拥来。小住几日的、马不停蹄的，向东的、向西的……南来北往的人群，清一色的衣衫褴褛，清一色的面黄肌瘦。饥饿和活命主宰着一切，连四处流浪的野狗，都渐渐地恢复了狼性，把暴弃于荒野的尸骸，啃咬得只剩一具骷髅。成群结队的狼，大白天在村子周围乱转悠，在人们的眼皮下，竟敢将骨瘦如柴的猪羊叼了去，时不时地传来狼群袭人的恐怖事件。

比狼群更可怕的，是来自东边的日伪军，他们加紧了摊征摊派，看见能吃的和能用的，就直接下手去抢，四周的村庄，每天都有被枪杀刀劈的百姓。

从山里开来的八路军，和鬼子打了几个大仗之后，鬼子们才蜷曲在三百台的炮楼里，不敢轻易动弹了。杨老歪的队伍，被八路军收拾了二百来人后，自己炸断了上下山的石梯，也悄无声息了。

灾荒带来的饥饿，继续啮咬着骨瘦如柴的人们，能吃的树叶都被捋个精光，连山崖上苦涩的胡枝子，也被人带皮捋了去，光光的枝条风干为一堆硬柴。

绿色的叶子被吃光后，人们在碾子上碾轧能吃下去的一切东西，不太苦涩的树皮，开始被一棵棵地剥光，连石碾街被人们奉若神明的大槐树的叶子，也被人偷偷地捋了大半个。到后来，凡能被捣成粉末的东西，只要吃下去不会顷刻倒毙，都被人碾碎捣烂，吞到了肚子里去。

大西沟里发现了一种能吃的土，紫红色一瓣一瓣的“瓣瓣土”，细腻而有些光滑，比树皮容易下咽。有人试着吃了一些之后，还不知道最后的感觉究竟如何，半天工夫，就叫人成片地挖了开来，宴席一般地将瓣瓣土吃下肚去，填充了几乎粘连在一起的肠胃后，就静静地躺下来，去苦挨另一种苦痛。体格健壮一些的，捂着肚子又跳又蹦，蹦跳够了之后，拉出一串串蚯蚓屎一般的土条条；体弱一些的，从此就送了性命，再也无须忍受饥饿的煎熬了。

外来的灾民和本地饿疯了的百姓，不断滋生着明偷暗抢的盗贼，天上的乌鸦也敢飞到端着的碗里抢食米粒。一只饿得东倒西歪的猫，正在恍恍惚惚地转悠，眼不见，就叫人带皮煮到了锅里。

八路军从山里运来几车米，在王家谷场的皂角树下，烧开了大锅煮米汤。一碗米汤中，只有数得清的几颗米粒，四五口大锅轮流着烧煮，最先喝下米汤的早排泄了出去，没有喝到第一碗汤的，还在排着长队。

几天过后，清清的米汤就换成了糠面稀糊。一队队的八路军士兵，从山里挖回一筐筐的野菜，到后来，糠面稀糊也没有了，变成了野菜掺了酒糟的黑糊汤，黑糊汤也叫人们排着队，一碗碗地舀了去。

在八路军的动员下，王炳中家拿出一些粮食，又维持了十多天时间。

王家遭遇了几次盗贼之后，找了几个人日夜护院，工钱是一日三餐的稀饭，另加一个窝头的补贴奖励。

林满仓抽个空儿，怀揣着加班奖赏的两个窝头回了家。他的女人，头下枕着一块油光四射的砖头，蜷曲在炕边上半睁着眼，有气无力地挥挥手，赶走转了一圈又飞回来的苍蝇，生了干皮的半碗黑糊汤里，漂着几片谷草叶。

满仓娘怀里抱着四孙子有余，手里端着一碗黑糊汤回来，黑糊汤里有霉味还有酒味。林满仓的女人见了有余，眼里绽出一缕亮晶晶的光，她挣扎着抬了几下身子，林满仓帮着女人坐了起来，女人把儿子抱在怀里，脸颊上挂了一缕不经意的红晕，冒了一头的虚汗。

有余把小指头伸到女人的嘴里，女人含着孩子的手指头，黑瘦的面颊抵着孩子的前额，一串热泪滚下来。满仓娘递过那碗黑糊汤说：“满仓家的，这是刚刚煮好的，味还行，比昨日的好，喝点儿吧，啊！还有孩子呢！撑着点儿，啊——没有过不去的火焰山，别吓着孩子，俺听说八路军，正挨个儿动员大户捐粮食哩！到时候，娘去给排队，能喝上碗粮食粥，就好了……”满仓娘伸手要去接孩子，女人搂得紧紧的，一直摇头。

林满仓将两个窝头一个递给母亲，一个递给妻子，他妻却死活不要，只一个劲儿地流泪。林满仓心里不好受，扭头来到院里，几近绝望的两只眼，已蓄满了泪。

满仓娘跟出来，给林满仓说：“是爷们儿就要主事，你就是家里的顶门棍，你得像个顶天立地的主儿，家还在，哪儿有顶门棍先折的事！——不过也得勤回来看看，恁媳妇——才刚刚出了一身汗，衣裳都溻湿了——也别害怕，失势蒙难的人，天将就呢，老天爷总不该饿死瞎眼的雀吧？娘半辈子，没有天天修桥补路，可见庙就烧香，遇佛就磕头呢。”满仓娘说着，那只拿着窝头的手，分明哆嗦了起来。

林满仓出了门，他原想，自己就像在狂风肆虐的旷野中，双手罩着一盏昏黄的油灯，只要稍稍的不经意，灯盏就灭了，可他的两只大皴手，原本就筋骨多皮肉少，四面漏风，连性命都堵上去，还是捂不严盖不住！但“顶天立地的主儿”，正在督促他不仅不能倒下，而且必须尽快干点儿什么；“顶门棍”的使命，在他的骨子里，下了一道赴汤蹈火也得去的死令。

直到太阳快要落山，他在王家的三全大院里转了十八圈，才抖抖地找到王家的大太太牛秋红，平生第一次鼓足了勇气，提出要借半袋米。要不是娘的那句“像个顶天立地的主儿”，他双腿松软惊恐难当，简直要“扑通”一声给人家跪下去。

他的心怦怦地乱跳，像是在胸膛里飞来撞去，想找个能钻出去的孔洞尽快逃离。牛秋红冷热难分的嫩脸，晃晃荡荡地化作模糊一片。他竟记不清究竟是怎样，又是在哪里，背了个小布袋出了王家的大门。走了老远后捏一捏，才知道背着的是半口袋玉米面，一只手里还提了个破竹篮，半篮生了霉点的红薯片和半篮干萝卜缨。好像是怕人半路抢去，腆了大肚的苗香香，还在上边盖了一层干谷草。

走近后谷场时，林满仓才慢慢地收回了四散的魂魄，鼻子酸酸的有点儿想哭。

细细想来，他就像一座“嘀嘀嗒嗒”的钟，伴随着王家的日日夜夜，在不经意的年年岁岁里，他为王家抡圆了大铁镐、大铁锤，攥紧了锄把、镢把、锨把，还在肩头荷负了大小扁担。除了王维贵，王家向来没有谁能斜过半只眼，扫一下他麻木无知的满手老茧，想一想他驼下去的背和累弯了的腰。他的存在，对于王家的每一个人来说，那就是一个存在，和牛头垴上的某块石头一般，即使有幸受人一瞥，却再也无幸被谁牵念。而今天，他看一看手里提的和肩上背的，看着一个个几欲扑到的饥饿人，王家的那点儿小小的恩赐，竟像决堤的河水一般，在他的心头奔涌开来。想起了扣在草筛下的那三只斑鸠，他心里竟生出一个聊以自慰的庆幸来：天底下比俺伤心的东西，还就是多着呢！

后谷场上的皂角树下，黄土拍打起了一个高高的土台，连同周围村子里几个光头净面的财主，一字坐在长条凳子上，胸前别着一朵大红花，其中就有王炳中。

一个身挎短枪的八路军，双手叉着腰在讲话，台下人头攒动闹闹哄哄。歪躺着的、斜坐着的、半蹲着的，拿瓢的、端碗的、提篮的，伸长了脖子的、瞪大了眼睛的、半张着嘴的，流着泪的、耷拉着脸的……充满渴望和期盼的人们，将土台围了个严严实实水泄不通。挎短枪的最后一句加大了嗓门，洪钟一般的声音，在夕阳下的群山中久久回荡：“乡亲们！老少爷们儿！台上的这几位开明仁义之士，有钱出钱，有粮捐粮，尤其是王——炳——中……赶明儿起，晌午饭，每人领半个窝头……”

满仓娘抱着有余，在人群中拿着碗挤来撞去，不知谁领先喊了句：“共产党万岁！八路军万岁！”苦难的百姓群声应和，涌起的钱塘潮一般壮阔。

林满仓回到家里，他的女人在土炕上趴着，一只胳膊压在了身子下，一只胳膊前伸，两只眼圆睁着。前伸的胳膊，指着火台前小桌上扣着的一只碗，碗边多半个玉米面窝头，五六只老鼠一边蹦跳着打架，一边啃咬窝头，“叽叽叽”地欢叫着的兴奋，像刚刚毙杀了一只大花猫。

林满仓脱下露着脚趾的鞋，拼尽全身力气砸向小桌子，几只老鼠翻着跟斗打着滚惊窜逃命，那只扣着的碗被砸翻了过来，碗下扣着的一个窝头，“咕噜噜——”地转了几个圈，有气无力地滚落到地上。

他的女人全身冰凉，林满仓“扑通”一声跪下去，头在地上碰撞得“咚、咚”山响：“老天爷吔！一句话也不说，你就悄悄走咧！再受罪，你也不能扔下俺不管吔——亲爹吔，叫俺咋活呀！爹吔，恁孩子伤心没人说吔——亲爹吔，谁再看看俺吔，以后有话，跟谁说吔……憋死俺咧！老天爷吔……”

大坡地一带的风俗，死去的人在被埋葬前，会被安放在草铺子上停灵。草铺子是在两条板凳上放两块门板，门板上铺上谷草。对死去的人而言，若家里有尚未婚嫁的子女，则视为死者没有圆满完成此生任务，只能享受半个草铺子的待遇——这种人的草铺下不能放板凳，支撑门板的东西用土坯。

林满仓的女人，静静地躺在土坯草铺上，半睁着眼，微张着嘴，她似乎还有许多话想说，却没有谁知道，她到底想给谁说，又到底想说些什么。这个女人，就像一盏倏然熄灭的油灯，悄无声息地走了，和西山柿树上寒风吹过的红叶一般，苦恨无边地飘落了。这个苦命女人的一生，无言无语而谦忍宽厚，坚定执着地完成了自己的使命，无怨无悔地告慰了公公的亡灵，不折不扣地实现了男人的愿望：有人不算贫，没人贫死人。

除了先她而去的，她给林家留下四个儿子：大有田、傻二小、三大头、四麻子。尽管伴着升腾的希望和跌落的遗恨，或许，那四个站着撒尿的男人，才是对这个平凡女人的最佳评说。

满仓娘抓了一把玉米面，捏了几个青杏大小的小饼，煮了一碗稀水汤，放到儿媳灵前的供桌上，哭了个前仰后合、天昏地暗。

那份寒碜的供奉，是她的男人辛劳半辈子，才得以讨到的唯一犒赏，也是她的躯体尚存人间，奉与她的最后一份口粮，倘若灵魂不远，她或许能够猛停住急匆匆的脚步，回望上一眼？

后半夜，一家人再无哭叫的力气，昏昏地打盹儿时，那几个玉米面小饼子，竟被傻二小捞起来偷偷吃了。林满仓看见后，抡起巴掌，将毫无防备的傻二小打了一个跟头。傻二小跌跌撞撞地从地上爬起来后，吐出未嚼完的半个小饼子，瞪着眼睛撇着嘴，趴到他娘的怀里，再不敢起来了。林满仓一边哭，一边拉扯傻二小：“孩子吔，叫恁娘临走，吃顿饱饭吧……”

乡亲们经历了太多的生离死别，已经对每一个来去匆匆的人感到麻木了。第二天中午未到，他们就默默地抻了炕上的半张破苇席，把林满仓的女人一卷，用两条绳子绑了，晃晃悠悠地抬了去。

临出门时，傻二小忽然清醒了似的，两只手死死攥住破苇席不松手，扯着命地哭叫：“俺娘等着俺吔，日本娘儿们，欠钱还没给咧，给俺钱吔，俺娘等着买米吔，叫俺娘吃顿饱饭吔！唉——吔——嗬嗬——欠俺钱吔——没给咧……”

百姓们对这一段苦难时光，习惯上称作四二、三年。百年不遇的自然灾害，加了日伪军的血腥封锁扫荡，在那段苦难的日子里，苦难的人民，承受了一场无以复加的痛楚煎熬，他们真的连浑身战栗的力气都不多。

在这个灾荒年里，做空心挂面的武老栓，十斤挂面换回一个二十多岁的儿子，而且，进门就随了他的姓！这个儿子，就是和雷月琴一起唱梆子戏，还一直惦恋着雷月琴的石小魁。

石小魁正式成为武家一员的那天，武老栓把武姓的长辈都叫了来，被围得严严实实的小土院中，埋了一口盛三担水的大锅，锅里的水上下翻滚以后，武老栓一改往日的吝啬和抠搜，满怀了潇洒和豪壮，喜不自胜地将二斤空心面，高高地抛撒向锅中。

热气腾腾的大柴灶，将一根根的细面煮得稀软如线。武老栓将泡好的一瓢槐叶抛入锅里，往一只铁勺里倒入半勺棉籽油，将勺子放到灶下的炭火上熏烤，咕嘟起一层黑黄的沫。随着油温升高,咕嘟的黄沫一点点地退去,冒起了蓝莹莹的烟。武老栓将小半碗葱花倒进去，放上一撮盐，吆吆喝喝地把那只勺子插入锅中，再来上一个优雅飘逸的旋转,一股飞迸而出的奇香,“毕毕剥剥”地尖叫着四散开来。他拿铲子铲些土，盖住灶下的火，一大锅绿艳艳的葱花挂面汤就好了。

武老栓关紧了小院的门，本家的老少爷们儿，一个个热气腾腾汗水横流之后，他舀起最后一碗挂面汤，“咕咚”一声喝下去小半碗，开怀不已地连连夸赞：“好喝好喝，真香真香！”

林先生喝了两碗槐叶挂面汤，给武老栓写了一张端端正正的字据，石小魁和武老栓都在字据上面庄重无比地按上了红指印，更有武家老少爷们儿的当场见证，从此，大坡地又多了一条汉子——武小魁。

六月将尽的一天，人们抬着一身黄袍的龙王，走完大坡地的大街小巷，在尚官道和夏官道又转了一个来回,敲敲打打地到了石碾街。村西北方向“嘎巴巴——”响了几声炸雷，浓密的乌云咆哮翻滚着，眨眼工夫，大雨点就砸下来，人们欢天喜地往回抬，龙王的大驾已被淋湿了多半。

忍耐和苦痛已经到了极限的庄稼主儿，在大雨中疯狂地叫嚷，干透了的黄土地，“嗞嗞”地尖叫着，一股股潮湿的蒸汽向上涌。一个个深陷的眼窝，闪烁起希望的光，一张张蜡黄的脸，终于看见一丝难得的愉悦。

边老拐挤在北圪台儿上，手舞足蹈地说：“这龙王爷，俺叫你不下雨，昨日黑夜，俺真着了急，跑到龙王大殿后面的一个紧要处，尿了一泡黄尿，摸摸都还烫手哩……”

天地间的一切，渐渐地又活泛起来，几日工夫，剥光了皮的树，自树根又蹿起翠嫩光亮的枝条，连天上的鸟叫声，也变得悠扬而婉转起来，大地恢复了生机。

魏老大看过鸡冠山的那一亩坡地后，在北圪台儿上说：“赶紧种，立秋靠住钱儿，一亩地一布袋儿！”农谚说，耽误了农时的小谷苗，到了立秋时，如果能靠得住一个铜钱，一亩地仍有几十斤的收成。

那场大雨过后，田野间和山坡上，到处都是绿油油一片。林满仓的大儿子有田，给人做放牛娃，每天早早地把牛群赶到山坡上，吃饱了肥美的饲草，那群牛一个个缩进去的肚皮，渐渐地鼓胀起来，松塌的瘦屁股也渐渐地饱满起来，原来懒得睁眼的犍子，也开始围着牸牛“哞哞”地叫。

盖大全的儿子狗剩，也替人放着几头牛。狗剩比有田大，刚过十六。两个人把牛合成一群，既有伴玩耍，互相又有个照应。这天，两个孩子将牛群赶到静峦寺南的山坡上，这里离庄稼地远，不怕牛啃了庄稼。

饥肠辘辘时，狗剩跑到地里，挖回一堆土豆大小的红薯。他和有田两个人一个接一个地吃了个肚子滚圆。到了后半晌，有田就喊肚疼。不长的工夫，狗剩也觉肚子难受，泻了两次后又感到肚饿。两个人商量一下，捡了些干树枝，用石头砌了个火炉的形状，把树枝放进去从下边点燃，把红薯放上去后，再用石块垒严。两个人四下玩耍一阵回来后，小火炉不再冒烟，拨开炭火，红薯已经熟透。

两个孩子又故技重演，有田还领来了傻二小。三个人正要拨开炭火找红薯吃，有田的一头牛和狗剩的牛，为了争夺牸牛打斗了起来，“噼里啪啦”顶撞的犄角，伴着脚下飞扬的尘土，两个人远远地吆喝却不敢近前。停顿下来后，狗剩发现自己放养的那头犍牛的头上，被有田放养的牛划了一个长长的大口子。

狗剩有些着急，说："有田，你的那头牛，是老拐家的？它就和边老拐一样不是个货，叫俺整整它。"说着，捋了一把树叶，包了一块烧得滚烫的石块，慢慢地踅到那头犍牛的屁股后边，猛掀开牛尾巴，把石块给夹了进去。

牛原本就不是智力型生物，受了烫之后，尾巴更使劲儿夹，夹得越紧，烫得就越厉害。因为无法忍受那种苦痛，那头牛"哞哞"地乱顶乱撞起来，乱顶乱撞一阵之后，就和正在山崖边吃草的另一头牛，一起滚落到山崖下了。

满嘴黑糊的傻二小，把林满仓和盖大全招呼了来。因为闯了祸怕挨打，狗剩和有田两个人，找了一棵高大粗壮的大树爬上去，一直趴在树上不敢下来。林满仓和盖大全商量，牛是赔不起，让两个孩子跑走吧。

满仓娘死死拉着怒不可遏的林满仓，母子俩合计到半夜，想起了林满仓嫁到天津的姑姑。当天夜里，满仓娘领着孙子就走了。到了沙水城，寻了个好心人，给有田交代了一下天津的大概方位，老太太一个人哭哭啼啼地回了家。

有田走后，傻二小到烧红薯的山坡上转悠了好几天，深更半夜他还在到处喊叫有田。谁也不知道，他是想哥哥还是想红薯，凄厉的吼叫声，尖脆而且细长，能一截截掐断人的肚肠。

第十五章

三河涌怒涛　山倾铁臂摇

人们在极度的疲惫熬煎里收了秋。漫长的冬季里，他们小心翼翼地算计着每一粒米，除了财大气粗的大户，多数庄稼主儿都是一天两顿饭。

瘦三仍旧在石碾街的大槐树下煎灌肠，小火炉前见不到几个驻足的人。稀稀落落的炮仗，懒洋洋地打发了沉痛的一年。几个闲不住的人，在玉皇庙前敲打了几通鼓，就算迎来了元宵节，然后将双手抄在袖筒里，挤在不甚温暖的阳光下昏昏欲睡。

经历了那场刻骨铭心的苦痛，百姓们好长时间没有缓过神来，大饥荒的幽灵，还在每个人的心头盘绕着，刚去鬼门关转悠了一遭的他们，甚至找不出一个令人开心的话题。议论最多的，是正月十五那天，苗香香生了儿子会来。会来满百日后，王炳中抱着孩子在石碾街转悠，边老拐说："还真没差种哦，除了鼻子小点儿，那就是一个模子脱出来的两块坯！"

转眼，苗香香的儿子会来已快六个月，到了"三翻、六坐、九爬抓"的时候。吃过早饭后，王炳中和会来玩耍一会儿，领着林满仓到村东的地里来。

村东有两块刚买来的春地，早早地耩上了春谷子。"六月六，骑着毛驴看谷秀"，正是春谷子抽穗扬花的时节。那两块春谷地因第一年耕种，三亩多的地上了二十余车驴粪，今年雨水又好，粗壮的谷秆墨绿墨绿，半抽出的谷穗一片嫩黄，大自然奉与人间的妖娆丽景，能醉倒神仙。

地里看不见几根杂草，锄头翻起的一条条垄沟，承接了天上落下来的雨水，从垄沟里翻出的土，被推到了谷根，利于谷子多生根——既多吸收水分，又牢牢地支撑了谷秆和谷穗。一阵风过，田野间绿草的清香钻入肺腑，足以舒缓每一根绷紧的神经。

王炳中摸摸自己的宽腮、大鼻、阔下巴，很少弯过的腰板更加笔直，一脸的阳光灿烂，陶醉在人财两旺的好时光里。林满仓一手扶了锄，一手指着地说：“你看看，这谷子再不能锄了，再锄就划断根了。”

王炳中心满意足，倒背着胳膊说：“不锄了，不锄了，今儿晌午，撵着俺跑吧！”

王炳中领着林满仓，来到村东的李木匠家。

李木匠一儿一女，闺女李小桃嫁与边进财后，再看不见畅心明目的日子，儿子李小旦才十六七岁，还没有成家，老伴早早地过了世，父子二人相依为命，苦挨着穷困光景。得知小桃忍辱含冤的每一次，他总要跑到坟上，向永远安歇的小桃娘哭诉一场。

当初那个糊里糊涂的游移不定，使他身心交瘁悔恨交加，想起妻子临终时托付的眼神，一种深深的负罪感，让他每每恍惚，感觉生死都找不到去处。

大坡地一带犁、耧、耙、耢类的农具，多数出自李木匠的手，好多人家能看见他的手艺，李木匠成了一个响当当的品牌。王炳中要给儿子定做一个娃娃车，所以来到了李木匠家。

进门时，李木匠正在土坯坑里熏木板，听了王炳中定做的尺寸和样式后，拿凿子在一块小木板上，划拉了一堆乱七八糟的道道。王炳中左看右看，看不出个子丑寅卯，笑嘻嘻地说：“瞎划拉些啥，真是木匠记的号，自画自知道，画钩的不是对，画叉儿的不算差。”

“叫你看懂就不找俺了。”李木匠拍拍满屁股的木屑，回答简练而直接。

他的为人说话和他的手艺一样，总是丁是丁、卯是卯的一步到位，从来不多加半个没用的东西。王炳中心里骂着“犟驴”，嘴里又故意问：“这猪、羊还杀不杀？”李木匠头也不抬地说：“稀饭还怕不能管饱喝呢，除了你，谁吃肉？”

李木匠除了木工活儿，还是个好屠宰手。年景好的时候，逢年过节，他总要宰杀几只猪羊拿去街上卖，为人又实诚，从不缺斤短两，忙上几天后，赚几副下水改善生活。经他作弄的东西干净又鲜亮，皮是皮，肉是肉，手脚又快，他剔去的猪、羊骨架，留下的全是白花花的骨头，带不去几两肉。他卖肉随你半斤八两地要，一刀下去差不了多少，两刀下去便足足的分量，拉第三刀的时候不多。

李小桃的儿子壮壮死了后，他疑心是自己杀猪宰羊，给后人积下了罪孽，近年就很少动刀了，若实在拗不过乡邻的请托，动手宰杀之前，总要说一句“猪羊一刀菜”，或者再加上一句“不怨你，不怨我，就怨恁主家来叫我”。

王炳中踏着夏官道中间的青石条，一身的气宇轩昂，他的心情就和路中间的青石条一样，坚实又平阔，光净而舒帖。儿子会来的大圆眼，就像梨花井里的水，纯净透亮又清冽甘爽——或许是因了“独占鳌头”的地气？或许是因了他捐粮赈灾的善举？还是因了他健壮如牛的体魄，加了苗香香的细腰大胯？但无论因为哪一个，每一个都令他舒适满怀、兴奋昂扬。

正走着，周大中着急慌慌地往家里跑，看见王炳中后急迎过来：“老天爷！还不快跑！在这儿瞎转悠个啥！来了几个日本兵，才刚刚，在酒楼里，拿刀把小莲给挑了！”

王炳中抓住周大中正要问，一个日本兵骑了大洋马，“呱嗒、呱嗒”地由西向东而来，一只手攥着软蛋军帽，一只手抓摸着大肚皮，斜挎着军刀，不可一世的熊模样。

鬼子一边摇摇摆摆地走，一边斜了眼四下张望。王炳中面无表情也不言语，拉了周大中和林满仓，低了头贴墙根站下。等到马头刚刚走过，马屁股正到脸前时，王炳中闪电般夺过林满仓的锄头，钩住鬼子的头使劲儿一拉，一下子就把他给拉下马来。没等对方有什么反应，王炳中抡圆锄头，在鬼子的头上就是一阵猛砸，只砸得白花花的脑浆流了满地才住手。那匹大洋马尥着蹶子怪叫着，一溜烟地向东逃窜了。

林满仓的那把锄，长长的白杨木锄把，因林满仓的大手长年累月在上面抛磨，上上下下打油上蜡一般，明亮又光滑；光可鉴人的锄板，闪耀着主人的辛劳与勤快——本是一把绝好的种地工具，王炳中却猛然拿来做了一回打斗杀伐的利器，钩、砸、砍三样功用，临场发挥且一气呵成，一下是一下的干净利落。

街上炸了锅的人群，尖声叫喊着奔散逃命。王炳中三人，自夏官道向南的小巷左拐右拐，向南山方向没命奔逃。尚未跑出多远，身后“咣当、咣当”的枪声，就乱纷纷地呼啸了起来。

直到累得再也跑不动，三个人在南山后的树林深处歇了下来，喘息了大半天后，周大中告诉了事情的原委。

酒楼刚收拾完，一个汉奸翻译领着一个鬼子军官，带着四五个鬼子兵闯了来，好像知道殷小莲，进门就奔莲香阁去了。开始还好生生地喝酒、吃菜、听唱，不长时间，殷小莲就敞着怀跑了出来，一边回身抽打汉奸翻译一边骂：“日你娘老子噻！死了烂了，也不伺候日本鬼子，你嘎尿日嘀不得好死，想日日你娘噻！”

提着裤子的鬼子军官赶过来，左右开弓打了殷小莲一顿耳光。殷小莲胡乱抓挠一阵，忽然弯起膝盖，一下子顶到小鬼子的裆里，小鬼子呜里哇啦一阵后，抽出刀把她给挑了……

三个人在树林中待到后半晌，才小心翼翼地往回走，临到村口时，找个僻静处等顿一会儿。三个人商量一下，选了一条方便遁逃的小巷，一步一探地往石碾街走。

大街上冷冷清清，梨花酒楼一群群拥进拥出的人。王炳中刚到门口，就听见边老拐高声嚷嚷：“你也是大闺女要饭——死心眼，净干些想不开的事，恁东家不是早就说你，你那个东西，闲着也是闲着，死了也是烂了，不就是俩腿一叉的事？好汉不吃眼前亏呢，平时拿了个臭屁股当宝贝，那是你想哄个钱花，今儿这事，也不看看到了啥光景？你夹那么紧做啥？看看，看看，这可好，叫人连肠子都给掏出来了，丢着个白屁股自己啃吧，再没人要了。”

又听得殷小莲骂："边老拐，俄日你娘嚍！拿这些屁话，教你妹子儿去！你嘎尿日嘀，欠俄的钱，还没的还哩，你给俄记死了嚍，今日六月初六，俄就是死了，也要到你家要去，一年不成，十年，十年不成，二十年，看俄——俄——咋收拾，你——老乌龟……"

王炳中近前一看，殷小莲腰上缠着厚厚的一层白布，一说话，鲜红的血就"咕嘟、咕嘟"地往外冒。边老拐伸过头去，几乎和殷小莲对住了脸："都到这步光景了，还日能个啥？你也就脱了衣裳那点儿本事，恁大爷打今儿起，就是想死你，痒死你，倒贴也不尿你了……哼……"

王炳中一把揪了边老拐的脖领提溜了去，正要做点儿什么，白锁住一把扯住他的胳膊："老天爷！这老、老、老——快回家看看吧，出大事了！"

王炳中跟着白锁住急急忙忙地往家跑，门口站了黑压压的一片人，刚进门就看到一片狼藉。会来在廷妮儿的怀里扑腾着双腿，"哇哇"地哭叫，林先生蹲在七叶树下，低着头喘粗气，牛秋红在卧室门口横躺着，地上流了一大摊血，早来抱着母亲的头，已哭不出声音来。

原来，王炳中砸死那个鬼子军官不久，余下的几个日本兵，跟着汉奸翻译就到了家，先在东院乱叫乱翻了一通，抽了林先生几个嘴巴后来到了中院。

牛秋红怕伤了卧室里的早来，两手抓住卧室的门，拼死不让进去，拉拽几下后，就被两个鬼子兵拿刺刀戳死了。

鬼子刚到东院时，苗香香和雷月琴在中院坐着说话，听到东院乱哄哄的喊叫声，抱了会来往西院跑。由于慌了神，苗香香没跑几步摔了一跤，廷妮儿拉着雷月琴，打开了通向西院的门，廷妮儿刚接过会来，日本兵就到了院子里，苗香香喊着"恁两人快点儿跑，孩子要紧，再不跑不认恁了"，一边喊叫一边关住了西院的门，用身子靠着死活不开。

后来的事，也多亏了那幅《墨梅老鹰美人图》，也就是那张画，使王家免遭了更大的血腥屠戮。

王维贵去世后，为了时刻纪念故去的先人，王炳中将那幅美人图替换了牛秋红房里原来的中堂。美人图的作者史云烟，在日本极具声望，培养了大批学生，是日本艺术界顶礼膜拜的大师级人物。几个日本兵看见那幅美人图就开始抢，几乎打了起来，最后卷起那幅画，架起苗香香走了。

牛秋红出殡那天，边老拐给王炳中捎来了口信，说王家的媳妇真走运，在炮楼子里吃饱喝足了，叫日本鬼子给扔出来了，快点儿去三百台南边的玉米地找找去。

苗香香被人抬回来后，双目紧闭脸色青紫，赤条条的一丝不挂，肚子滚圆滚圆，像个打足气的皮球。

苗香香在鬼子的炮楼里待了三天，仅剩下了气若游丝的一条命。王炳中怕把那些污秽之气带到家里，把花园西北角的小石房收拾了两间，把苗香香安置在了那里。

廷妮儿抱了会来一直守候着苗香香，她一直埋怨自己："哎哟哟——俺那天跑那么远做啥哟，咋也想不起来，让月琴看住孩子，俺回来抠死他两个！"

雷月琴哭哭啼啼地去看了几次，苗香香惨不忍睹的样子，叫人没有再看第二眼的决心。苗香香两天里昏睡不醒，有些意识后就往墙上撞头。回来后的第五天，廷妮儿抱了会来找人喂奶，刚走不久，苗香香就在屋外的苦楝树上吊死了。其实，绝命的苗香香不知道，陪她而去的，还有两个人。

那天，几个日本兵扯了一路哭喊叫骂的苗香香，仓仓皇皇地向东逃，村东的李木匠放开了家里的黑狗，拿了一把明晃晃的木匠斧大声喊叫："乡亲们哪，老少爷们儿，帮个手啊，不能叫日本鬼子再祸害中国人哪……俺日死恁亲娘，日死恁亲祖宗的日本鬼子呀……"

李木匠刚喊了那么一声，那条黑狗一蹿一跃，把落在后面的一个鬼子咬住了，李木匠抡着斧子，赶上前就砍了去，小鬼子躲闪快，只被拉了个血口子，跑远的几个鬼子回身围过来，李木匠眼看要吃亏，村子里挥锨、抡镢、舞棍子的百姓，已黑压压地拥了来。几个小鬼子见势不好，胡乱地放了几枪后，架着苗香香，一边乱打枪，一边逃走了。

第二天的午夜后，庄稼主儿还沉浸在睡梦里，百余名日伪军就把村东一带的百姓给驱赶到了墓丘沟附近的东河滩中。李木匠因为昨日的事，晚上睡觉格外警觉，家里的大黑狗刚叫了一声，他一骨碌爬起来，先安置儿子李小旦翻墙逃走了。因为怕儿子跑不远，正准备找些东西顶大门，“咣当”一声门子就被砸开了，大黑狗还没有蹦跳几下子，就被小鬼子乱刀砍成了一坨肉。他刚抡圆手里的斧头，头上就挨了一枪托，晕晕乎乎地倒下后，乒乒乓乓地被打了个血流满面，最后被五花大绑起来拉到了东河滩。

李小旦并没有跑远，他听得村子里渐渐安静之后，就跑到姐姐家敲门，边家或许是提前得到了什么消息，那里除了一片黑暗并无异样。

后来才知道，边老拐头天就嘱咐家里人，黑夜无论听到啥动静，都务必待在各自房里不能动。他说找人算卦了，边家最近有难，得全家人一起夜黑早早睡，有事不吭声。

李小旦先是敲了一阵大门，老是没有回应，就开始连敲带喊。李小桃听清弟弟的声音后，给边老拐嚷了好一阵才开了门，前后这么一耽搁，时间也就不早了。姐弟两个赶紧往自己家里跑，看到一塌糊涂的家，又向人声嘈杂的东河滩跑。

天已大亮，东河滩黑压压的人，李木匠被五花大绑着，姐弟两个刚想近前去，过来一个黑胡子鬼子军官，抬起一脚就把李小桃踹了一个跟头，然后抽出东洋刀放在了她的脖子上，疯了一般地大叫一通后，翻译说：“太君仁慈，看你们两个年纪尚小，同情心大大的，想刀下留人可以，准备五百大洋赎命去。”

黑胡子腾出来一只拿刀的手，叉开五指对着李小旦比了比，又双手握刀指了指李木匠和李小桃，做了个砍头的动作。李小旦高叫一声：“好！好！现大洋！现大洋！有！有！等着，等着——俺去拿，去拿……”

李小旦飞也似的往回跑，一边跑一边喊：“叔叔！大爷！大娘！行行好！谁家有大洋？拿出来，借给俺！快点儿救俺爹，快点儿救俺姐姐！”

他跑了两道街后嗓子喊哑了，乡亲们眼巴巴看着，就是家家户户都砸锅卖铁，也凑不出几块现大洋。李小旦又跑到边老拐家，几乎砸破了大门，也没有换来一声应答。

后来他几乎喊不出声音了，明晃晃的太阳照亮了大半个牛头垴。待东河滩那边传来枪声，他忽然明白了似的，从家里抄了把斧头又向东河滩跑，远远地看见鬼子伪军排着队，向三百台的方向去了。

到了人群中，没有了脑袋的李木匠倒在河滩上，李小桃抱着父亲被砍下的头颅，一边往还在流血的脖子上安，一边声嘶力竭地喊："都快点儿帮忙！安上去，安上去，都快点儿帮忙安上去！这好好儿的人，咋能死？都给俺帮忙安上去……"

那个血淋淋的头颅，到底也没有安上去。后来，魏老大帮着李小旦，给李木匠拼了一副透着窟窿的薄棺材。可惜他一辈子响当当的木匠，竟没有为自己留下一副像样的棺材板。

和苗香香同一天埋的，还有梨花酒楼的殷小莲。那段时间，只有卖灌肠的瘦三，每天去酒楼里看一看。开始的两天，殷小莲还能挣扎着吃上几口软和东西，后来的两天，连口水也不能喝了。她自己感到不行的时候，恳求瘦三，给她在村外，找个破土窑或破庙什么的搬出去。

瘦三哭咧咧地说："闺女！说的啥话！你要不怕别人说啥，就去俺家……"

后来，殷小莲到底还是搬出了莲香阁。大西沟里有烧瓦盆瓦罐的土窑洞，那些远方来的手艺人，都是在农事较为闲暇的冬季，才出来凭借手艺和另一种苦累，挣几个养家糊口的血汗钱。大西沟里的红陶土细腻无杂质，黏度高，他们在那里掏几个土窑洞，住宿兼做工坊。那些土窑洞平时冷清荒芜一片，小孩子们如果人数不多，也不愿意去那个阴森之地玩耍。瘦三抽半天时间，略略地清理打扫了，殷小莲就住了进去，没几天就死在了那里。

周大中在酒楼的账上，支了一块大洋葬了她。从此之后，鬼沟子里又多了一堆不起眼的坟茔。

一个月以后，王家东大院的学堂才正式开了课。每天太阳刚近西山，孩子们就叫嚷着要回家，一个个如惊弓之鸟。

初冬后的一个黎明，三百台那边，传来一阵又一阵“噼噼啪啪”的枪炮声，到了太阳偏西，才渐渐地安静下来。大坡地以及附近村庄的多数百姓，并未感到有什么稀奇。因为近一段时期以来，冀南太行山区域的八路军，势力一天天壮大，他们找准机会后，总会时不时地教训一下日本鬼子，既发动、鼓舞了群众，又保卫、壮大了自己。尤其是日伪军窜出据点祸害百姓之后，八路军总要组织力量予以打击。一般情况下，战斗规模不会太大，时间也不会太长。

没有料到的是，这次白天刚刚打完，自当天半夜开始，风暴雷电一般的炮火，一直打到第二天中午，大地、山峦地震一般晃荡了几下后，传来一声闷声闷气的巨响，时间不长，激烈的枪炮声就听不见了。

紧接着，传来一个惊天动地的好消息：棋盘山、磨盘沟一带的八路军，数天前就秘密地开来了两个团，他们在地下党组织和民兵的配合下，昼伏夜行，秘密包抄，三百台周围村庄的几个日本小炮楼，半天工夫就被端光了。最后攻击的是三百台上的两个主炮楼，那里武器装备精良，弹药储备充足，为了彻底阻断太行山八路军的东进，鬼子在那里修建了三道交通壕，可北接邢州，南通漳水，尤其是东连白口镇总据点的巨壕，近两丈的宽度和深度，可通行摩托化部队。

战斗胶着之时，漳水方面的八路军又调来两个团，炸掉日军的军火库后，几炮就端掉了炮楼的上半部，漫天遍野的八路军和民兵呼啸而上，半个时辰不到，那里就夷为一片平地了。

更令人想不到的是，王家的老佃户盖大全，不知什么时候参加了共产党的组织，他担任的是大坡地村的民兵大队长！更令部分庄稼主儿想不到的是，林满仓成了炸炮楼爆破组的大组长，魏老大竟也担任了爆破组的小组长！没有多少人知道，数年来，他们曾多次参加过八路军的对日攻击，更是全程参加了这次灭倭大战。

百姓们迎新年一般拥向街头，连明彻夜地欢庆胜利，他们闹嚷嚷地抬来祠堂里的大红鼓，你一会儿我一会儿，拼尽全力敲打庆祝。

石碾街上，王炳中悲恸欲绝地哭一会儿，歇一会儿。他没有想到，究竟是哪个人的振臂一呼，转瞬间就完成了乾坤大挪移？不可一世、血债累累的小日本鬼子，折腾了那么多时日，就这么魂飞魄散地没有了？

王炳中抓住大红鼓的鼓槌后，再没有松过手，哪个也夺不走他的家伙，索要得急了，他就会把一张脸向天上一仰，大嘴一撇，“呼哧、呼哧”地又要哭。后半夜，他全身大汗淋漓，像滂沱大雨中的一只落汤鸡。

后来，他的鼓槌越来越慢，大镲、小镲，大锣、小锣，哪一件也配不上了。林先生在一旁高声浪吟：“‘击鼓其镗，踊跃用兵。土国城漕，我独南行！’够了，够了！倭寇灭了，再敲下去，钢筋铁骨也撑不住了！”

林先生的话王炳中没有听清楚，但那对鼓槌，突然又雄赳赳气昂昂地大展威风了！周围的人惊恐地看着，看着看着，大镲、小镲，大锣、小锣又配合不上了，人们惊呼一声后，疾风暴雨一般又敲打了起来，敲着敲着，声音就不对了，“噗噗”的两声闷响之后，大红皮战鼓上的牛皮突然破了！王炳中的两条胳膊，旋风一般地抡了几圈后，两支鼓槌就翻着跟斗，飘飘摇摇地向天上飞去了。他的身子晃荡了一下突然向后仰，直挺挺地倒躺了过去。

从石碾街抬回家中之后，王炳中就病倒了，这一病就是百余天。在这段时间里，他就像去阎罗殿里转悠了一遭，吃不上什么东西，甚至连水都喝不了几口，后来就全身肿胀。肿胀消退些之后，全身蜕了一层皮，连嘴唇和口腔里都蜕了一层。双眼奇大，两颧奇高，两只黑乎乎的手背上，曲曲折折的青筋像一条条蚯蚓。

他的脾气比原来好了许多，真着急上火的时候，也就那么两次。

或许是惦念起了牛秋红的许多好，王炳中自躺下来，自始至终没有离开过那座北房。雷月琴总是说，不愿意看见死人的那些死东西，可单看她的眉眼神态就知道，王炳中在她心里，也随着牛秋红一起死掉了，所以，她从来不踏进北房半步。

或许是牛秋红一直到死，都眷顾她苦心经营的那个窝，她缠缠绕绕的阴魂，或许根本就没有走，因为每逢夜晚，连早来都不大愿意到那个大北房去。所以多数时候，是王炳中一个人，独自煎熬那份苦痛时光。他所能做的事，就是在好受些时，把那些想起想不起的、明白不明白的，梳理了一遍又一遍。

住在西房的雷月琴，似乎没有什么大改变，只是不再哼哼那些激人雄起的调调了，一如既往的那张嫩脸，多了些持重和安详，逗会来玩耍时，倒也甜蜜蜜的幸福满怀，却再听不见她那“咯咯咯咯”的铃铛笑。

突然有一天，雷月琴斜倚在西房的门框上，怀里抱着会来，先是奇奇怪怪地脆叫了几声，然后就双眼迷离地看着天，摇摇摆摆地“咯咯咯咯”了好一阵子。那个久违了的神韵，有着“牛头垴巅，云水万端”一般的质感，像同一把琴的同一根弦上，流淌出来的一个旧音符。

王炳中猛然一惊坐了起来，隔窗望去，“琴”和“弦”也真的没有变，只是拨弄“琴弦”的，换成了另外一双手——武小魁搭着胳膊在院子里站着，还时不时地向北房这边瞄上几眼。

王炳中忽然感觉，嗓子里有一股浓甜浓甜的东西要喷涌出来，他不知如何，就一下子跳到了地上，抓起桌子上的一个妆奁盒，拼尽全力砸向了门外。

他费了好大的劲儿才又爬回到炕上去。稍稍好了些之后，白锁住娘来了，有意思没意思地坐了一通，说了一通，又把牛秋红生前的许多好处，涕泪零落地怀念了一通。说着说着，哭着哭着，不留意就把一块黑色的府绸，卷起来塞进了裤腰里。王炳中只当没看见。

锁住娘走后，牛秋红用过的一把象牙梳子也不见了。她分明用那把梳子拢过几次头，没看见她再往哪个私密之处塞，她应该是在拢头的时候，把梳子顺手插到了纂子上，然后头顶着王家的宝贝，招招摇摇地出了王家的大门。

后来白锁住又来过一回，王炳中故意拿出一块大洋放到炕头上，白锁住斜着膀子来回晃悠一阵，那块大洋就不见了。待他稍稍能动一些之后，就把白锁住从王家撵了回去，连工钱都没有给算。

边老拐也看过王炳中一回，临走的时候说：“唉！这回是真倒下了，唉！见过没见过？那最壮的牲口，甭看它平日里一蹶子尥多高，一蹄子蹬多远，要‘扑通’一声倒下了，爬起来真不容易！咋？还是那么嘴硬心硬？不是把锁住也给撵跑了？恁两家儿不是老亲？亲啥亲，嗯？不教你，你也就不懂，恁老子活着的时候，也没有给你念叨念叨？富居深山有远亲？要是短缺了那俩臭钱，到了孙子那辈，不论谁跟谁，全都变成邻里乡亲了！——你急啥急，再急，三天两后晌地，你也爬不起来，闹不好，你也就直接躺着往那边走了！”

边老拐迈出门槛后，扭回头，前前后后把廷妮儿打量完了，说：“哼哼！要真能鲤鱼打挺翻起来，那也不是王炳中你有啥能耐，那叫有贵人相助！”

倒也是，如果没有廷妮儿那样的悉心照料，来来往往的那么些人，“扑通、扑通”倒下了多少条好汉！王炳中大病一场之后才知道，再强壮的生命，也不过是那盏羊皮罩子灯，一旦摘下那个罩子，猝不及防的一股风吹过来，要是再少了一双及时遮护的手，至多冒上一小股轻烟之后，也就此生安然了。

王炳中到底还是爬了起来，这中间尽管只有百余天时间，可是，等走出大门之后才知道，一样的阳光灿烂碧空辽远，一样的峰峦丘壑蓬勃如旧，全部似曾相识又大相径庭了。怪不得古人常说，万事只在转瞬间。

他感觉躺倒以后的一段时光，也就打个盹儿似的那么一会会儿，睁开眼之后，旧有的山川万物，一下子全跑远了。看见的一切，就像迎来了一位陌生新娘，欢喜不欢喜，舒帖不舒帖，已无关大局，既然熟饭再变不成生米，那就别无选择地开始铁定的生活，红盖头下边那张铁定的脸，看清和看不清，都不重要。

日本鬼子还在的那段时间，王炳中真的没想到，他家的老佃户盖大全加入了共产党的地下组织，还担任了大坡地村的民兵大队长！打跑日本鬼子之后，他才感觉到，这个世界，那只可以扭转乾坤的铁臂膀，不仅早就长了出来，而且已经长得相当的粗壮！

可是，打死他也想不到，靠租种别人的地才能活命的盖大全，他那样的人也能有那么一天在北圪台儿上可以站到自己前面去！而且这个事实，任何人都无可逆转，甚至连鬼神都无力回天！

魏老大欢天喜地的那张嘴脸，他更是没有想到，不就是抱了个炸药包，从偷挖的地洞里，给塞到了日本炮楼的下面去？就干了那点子勾当，值当？他娶了三房如花似玉的女人，都没有过那种激情澎湃的感受！更为扎眼的是，三碾杆都打不出一个屁来的林满仓，不仅天天的伸长脖子大喘粗气，而且混杂在盖大全那伙人中，嘀咕完别人的东家后，就开始嘀咕自己的东家，嘴上嘀咕完之后，手上也开始指指戳戳，还做贼一般的和雷月琴嘀咕什么！他不就是钻在背旮旯，炒过几次一硝、二磺、三木炭，因为没弄好，被炸了个满脸黑乌青，遍衣裳黑窟窿！而他王炳中，在夏官道上砍砸的那一锄头，那才算一条真好汉！那时候只他一个人，没有像他们一样靠一群人，靠一眼望不到边的那个队伍！

减租减息是个什么东西？可全部减掉了也是果真。他跟盖大全订正了好几回：日本鬼子在的时候，他其实就减了租的。有谁能够想到，盖大全如今，早屎壳郎变知了——一步登天了！尚官道和夏官道中间的青石条上，他也竟开始倒背胳膊走路，摇头晃脑说话了！对于王炳中提出的诸多议项，他总是左推右推，说新社会人民当家做主，农协委员全体表决才能算数，他一个人说了不算。

农协是个什么东西？王炳中不仅没有见过，听都没有听说过，可是，也仅仅刚刚听说，就感到那东西是果真厉害。

农协开会那天，王炳中感觉，自己被当成猴子戏耍了一回。满屋子黑压压的人，有蹲着的、坐着的，也有站着的、靠着的，一个个兴奋活跃而表情怪异。他特意换了一身寿字图的咖啡色长袍，戴了一顶白呢子礼帽，气宇轩昂、大度非凡的乡野绅士派头，他自己感觉，真的还不错。

台下有人大声地打呵欠，吵吵嚷嚷地将王炳中的声音淹没。虽然他准备好的讲演定会声情并茂，但最后连他自己，也没有了再说下去的心情。

盖大全抹了一把鼻子走上台后，下面立刻鸦雀无声了。王炳中真真正正地感觉到，在那个鬼神蒙圈的氛围里，他为了凑戏份子，傻傻地跑上台，去翻了两个傻跟斗，除了博得一片哄笑，别无其他用途。

尽管中间周大中撺掇过几个人，给王炳中小小地助了那么几次威，但眼看着，那也不过是秋来的蚊子，“八月十五肿了嘴，九月十五就挺了腿”，盖大全他们还没有吼喊几声，就都小孩子一般变了脸。

王炳中又参加了一次农协的会议后，一种不祥的阴云，就把他严严实实地笼罩了。那一张张活力四射的面孔，都暗藏着一股千钧之势。

盖大全有一副打不断的硬骨头，大晚上被人放过一记闷棍后，在炕上躺了没几天，自能拄起拐棍爬下炕，就又开始满街转悠起来。

北圪台儿上，仍是那群皮包骨的人，却仿佛一夜之间全翻了身，扬眉吐气的感觉，头顶的阳光一般灿烂。

革命的样子究竟是红是白，是圆是方，连林先生那样的人也不甚了然，但却成了庄稼主儿每谈必及的荣光话题。最糟糕的是，王炳中的二太太雷月琴，想都想不到，摁也摁不住，突然之间生机盎然，大步跑小步颠地，汇入那个扛红旗的热流中了。

那股热流的头头是一名解放军的官，大家都叫他安排长。安排长的右手，只剩下了四指和小指，整日骑着大马，挎着盒子炮，盒子炮的屁股上，还挂了一尺多长的红绸布，红光耀眼如一股燃烧的火苗，一身灰黄的粗布军装，屁股后面，常跟着两个扛了长枪的士兵。

已死去半边的七叶树下，王炳中在那里一坐就是大半天。苗香香的死去，留下一个没奶吃的会来，他王炳中少了一位娇丽可人的媳妇，多了一位不可割舍又无暇眷顾的小爷；牛秋红的去世，则如同打断了他的脊梁，令他游魂野鬼一般的没有去处，也没有归处。他无时无刻不在想，他比当年被砍头拔毛的三只斑鸠还要惨，还要冤！

原来的那个家，小到该吃的饭、该穿的衣、该煮食的茶、该拉磨的驴……大到该种的田地、该收的租息、该更换的屋瓦、该走动的亲戚……对牛秋红来说，永远和她手中的算盘珠子一样，永远只能在既定的框架里“啪啪啦啦”地闹腾，永远的井然有序而纹丝不乱。

现在算盘散了架，农协会减来减去的忙乱，就像给他端来一锅半生不熟的糨糊，而且他发现，做糨糊的面粉，变得越来越少。他真担心有朝一日，会有人连粘在锅底、锅边上的残渣也给抠了去——甚至还包括，毫不客气地端走那口锅。

王维贵在世时，经常数落他不知道“锅乃铁聚”，等他终于明白了“铁聚的锅”

之后，全陷入一片混乱之中了。牛秋红在世时，笑嘻嘻地摸着他的后脑勺，说他“穿着皮袄不知道热，脱了皮袄才知道冷”，那时候，他除了厌恶那只不知深浅的玉手外，白纸一片的空荡思维，竟不如村南的光棍屁三！

都说“有钱难买黎明觉”，因为黎明的困倦最是袭人，所以，黎明即起，自古便是对勤快、懒惰的首要考量。屁三却说，“有钱难买黎明叫”。因为他的终生遗憾，就是缺少一个黎明叫骂着，催促男人赶快起床的唠叨女人。

春节过后，王炳中一直处于焦乱不堪中。安排长顺利地减掉了各家的地租和利息之后，和一群多收了粮食的百姓，欢天喜地成立了“大坡地梆子剧团”，武老栓十斤挂面换来的儿子武小魁，当了剧团的团长。

王炳中平时很爱听戏，高兴的时候，自己也哼唱几句，自从雷月琴加入了梆子剧团，他听到梆子响、锣鼓闹，总是吞吃了死老鼠、癞蛤蟆一般，满肚翻腾难以忍受。家里家外，雷月琴一刻不停地背台词念戏文，哼唱起那些烂戏来，幸福满怀的模样，做了神仙一般快活。尤其是排演的《白毛女》，雷月琴扮喜儿，武小魁扮大春，两个人并头鸳鸯比翼双飞的一副眉眼。王炳中真想拿了耪镬，像砸边家的花斑牛一样，将武小魁砸个跟头。他几次大发雷霆，不让雷月琴再唱。

安排长就像长着千里眼，王炳中刚和雷月琴发完脾气，一群短枪并长枪，就来到家里给他做工作。安排长说：“你哟——封建社会那一套，思想得尽快改造改造！”

他只说了那么一句，跟在他屁股后面的那些人，就你争我抢叽叽喳喳给王炳中上了半天政治课。

不仅如此，第二天，剧团的那些男男女女，竟然都到王家花园排练去了！一群无羞无臊的庄稼男女，明明白白地拉手蹭屁股，喝稀饭一样的脸不变色心不跳。廷妮儿在一边抱了会来，偷偷地看了一会儿，说：“这假两口儿扮出来，比真两口儿还像哩！”王炳中白送了一布袋米后，把剧团给撵走了。

说来也巧，雷月琴正月进入了剧团，三月就开始呕吐，谷苗长到膝盖高时，就大腹便便了。

王炳中一万个不放心，寻个时机就问："也怪了——嗯？自从你开了唱，这籽也饱了，墒也好了？"

雷月琴红了脸说："好意思说，你又不是吃斋念经的和尚！"

"该不会自家的窑，烧了别人家的砖坯吧？"王炳中穷追不舍。

雷月琴有些恼："你问老天爷去！"

"万一弄个高粱、禾子一道苗的东西，不好分清可咋办？"

高粱和禾子，是当地再寻常不过的两种农作物，这两种作物，与苗前期的长相极其相似，即使有经验的庄稼主儿，不经过认真的审视，也是很容易搞错的。王炳中的意思很明确：不用说人，就是庄稼，就是真的不是一个种群，分不清的时候，也多得是！

雷月琴终于忍不住，一字一顿地说："你还真不缺心眼，嗯？不过也好说，等慢慢生下来，你就慢慢养，等他一天天长大后，你就认清是驴骡还是马骡了。"

令周大中兴奋有加的是，他的女儿周山花，参加了村里的民兵，仅仅训练一个月，就得到安排长的重点培养，当上了民兵排长，而且还有培养山花入党的意思。周大中喜悦的心情，就像梆子戏里的"硬上功"，一个跟斗接一个跟斗翻跳着，就到了遥远的天际。

周氏家族工于算计又谨小慎微的基因，帮他们稳定了世代的温饱，但上下八代，却找不出一个芝麻大的官来。周家历史上最引以为豪的，也就是三头牛、两匹马、两匹骡和几十亩地的家当了。周大中无时无刻不在想望着，周家在他的手里飞黄腾达——他看到了填补家庭空白的希望。

山花肩扛一支锃光闪亮的钢枪，腰扎牛皮带，和男人一样练刺杀练打枪，若不是娇俏的步态和隆起的胸，简直分不清男女。她几乎面贴面，给当兵走的男人戴红花，跟一起训练的男小伙掰手腕。

王炳中多有不悦地提醒周大中，周大中总是阴阳怪气："新社会了，要跟上形势哟。"从鼻孔里哼哼出来的腔调，居高临下又理直气壮，颇有些安排长的意思。

王炳中给儿子早来说过几次，但那个“茕茕白兔，东走西顾”，早已在儿子的心中生根、发芽、开花了。

山花在早来的心中，和王炳中心里的恒久不变一个模样：一望无际蓬勃茁壮的土地、田苗，生生不息源源不尽的谷穗、麦粒。王炳中把不尽的忧虑说与林先生，林先生不无感慨：“此事古来有之，古来有之。变革之年自有奇事，自有奇事。子曰：‘觚不觚？觚哉！觚哉！’”

王炳中托林先生给周大中说说，他想把山花早早地娶了来，既免了自己的担心，又少了闲言碎语。催了几次，周大中总是不阴不阳地搪塞，林先生给王炳中说：“天不变，道亦不变，德不孤，必有邻。”

其实，周大中早就有了想法，安排长对山花的关心和照顾，他都暗暗地记在了心里，安排长送给山花一本一本的书，被周大中当作一块块光亮的大洋，闺女送安排长出门，也被他看成了有意思的表现。尤其是石碾街上的那次大会，更使周大中王八吃了秤砣。

石碾街上人头攒动，比平时唱大戏还热闹几分。安排长站在北圪台儿上，少了三个指头的手叉在腰间，另一只手只那么一挥，近乎疯狂的庄稼主儿，就齐排排地扯着嗓子喊，放开喉咙唱。山花站在安排长身后，高举着挂了毛主席、朱总司令画像的大木牌，安排长一会儿大声演讲，一会儿扭头看看身后。

在周大中的记忆里，在大坡地的北圪台儿上，能让那么多人同时听谁讲话，有史以来，安排长是绝无仅有的一个；能够正脸站到北圪台儿上的女人，他的闺女周山花，千真万确也是第一个。

他暗暗算计着，将来大坡地村的风云人物，一定是气度不凡的安排长。

周大中为自己的精明和稳健感到自豪，他庆幸山花的正确选择和自己坚定不移的支持。安排长的屡屡回头，虽然多数时候，是看毛主席和朱总司令的画像，但以他的推断，安排长有几次，是在借故看山花的。山花那个不经意的表情，和他这个当爹的心，是息息相通的。

自此以后，周大中总是找些借口，把安排长叫到家里来，实在没办法，就让山花送些什么东西去，既为了抛出一根长长的线，也为了延续众目睽睽之下的荣光。

终于有一天，北圪台儿上有人说，周大中家，要出一对革命夫妻了。

王炳中听到这个消息就怒火中烧。这天，他正准备去警示或教训一下周大中，雷月琴生了，是个闺女。

王炳中一张阴阳怪气的脸，搅乱了雷月琴幸福无边的好心情。给孩子擦巴干净以后，雷月琴说，这孩子，就叫“丑妮儿”吧。

田野里的麦苗刚长出一垄一垄的青翠，大坡地就迎来了一场舒心可意的瑞雪。纷纷扬扬的大雪下了两天两夜，第三天上午，雪停了，厚厚的云团慢慢地变薄、变淡，笑吟吟的太阳，羞答答地送来了万丈光芒，天地间涌出一个明光耀眼的新世界。

安排长照样骑着那匹火红的大马，枪把上那块红绸子，寒风中忽悠忽悠地招摇。山花坐在毛驴车上，怀里抱着一个“呜哇、呜哇”啼哭的婴儿。瘦三赶着车，车轱辘碾轧着冰凌碴子，“嘎吱、嘎吱”地响，三个人说说笑笑自东向西走，迎面撞见了边老拐。

边老拐看清了对面过来的人，一惊一愣之后，一把抓住了安排长的马笼头，指指安排长，又指指山花和孩子，结结巴巴地说：“你——你，你们，咋能这样？这孩子？你，你，你！短了三个指头，下手还不慢？”

安排长一脸的不解，说：“你不是大坡地人？这孩子是他的，也是我的，一样嘛，互相帮助嘛！”

边老拐点着头说：“好！好！互相帮助，你也真会帮助——不过，是你的就好！”一边说，一边扭头返回。

临进村时，安排长有事往北去了，山花还坐在瘦三的车上。刚上了夏官道，王早来一脸怒气地截住了车，行动风范颇有些王炳中的架势，一脸的怒不可遏，更胜了他父亲三分。

早来指着山花怀里的孩子说：“你啥事也做得出来？你，到底是人不是人？”

山花先是一愣，不明白为何遭了这一瓢兜头冰雪水。仔细一想，准是边老拐蛆心又多了个蛆嘴。心里暗暗咒骂一阵，哭笑不得地想，那个加了拐棍才三条腿的贼羔儿，勤快得，竟跑过了四条腿的牲口！

山花碍了瘦三的面子，也不好太多解释，偷偷地抽出一只手，在早来的手心抓挠了一下，做出来的样子，却是把抱孩子脑袋的左手换成了右手。她偷偷瞟一眼瘦三，一脸嗔怨地说："慌里慌张地瞎咋呼啥咧，胆儿小的，还不叫你给吓着了？"然后脸朝着后："今儿黑夜皂角树下等，俺再给你说。"又扬高了嗓门儿对瘦三说："天儿冷，紧走几步呗？"

瘦三拍拍毛驴屁股，吆喝两声"嘚嘚"，灰毛驴甩打几下大耳朵，打了两个喷嚏，拉了小车，"咔哧哧、咔哧哧"地往前走。早来怔怔地站了会儿，又快走几步赶上来，从怀里掏出一个精致的小漆盒，塞给山花扭头走了。

山花回到家里，悄悄地打开小漆盒，里面一块方方正正的花累缎，是订婚时她给早来的。"茕茕白兔，东走西顾"几个字，看起来歪歪扭扭稚嫩有加。看着看着，一个面孔白净、顽皮机灵的小男孩儿，活生生地在脑海中向她走来。

小男孩儿像披了一身春光，和煦绵绵的勃勃生机，行动姿态如画中的小哪吒，不失秀美的威武英俊，飘逸而张扬。王炳中的粗犷和豪壮，加了牛秋红的细腻和精明，被他完美地糅合在了一起。

他像游鱼眷恋小溪一般眷恋她，他甚至知道，她的一皱眉是为了什么。一次，她穿了一件绿大褂上学，心里总以为不好看，整天的不高兴。他凑在她耳边说："小傻妮儿，有绿叶的花，才好看呢！"她心中那座雾锁的云山，马上就变得明净而辽远。"当谁不知道，人家怕弄脏呢！"

她闭上眼，也能闻见他的味道——幽幽的，有点儿像薄荷香，又加了甜杏仁的味道。他，就像她每天起床后，必须要喝的那碗小米粥——永远都割舍不了的滋润。

山花想着想着，心怦怦地乱跳起来。她磨好墨，摊开那块花累缎，在"茕茕白兔，东走西顾"下面，又写了"衣不如新，人不如故"几个字，想了一会儿，似乎又觉不妥，润了润笔又写了两行："生死契阔，与子成说，执子之手，与子偕老。"写好后看了又看，等墨迹干透，折叠好放回小漆盒里。

天黑以后，山花揣了小漆盒，偷偷地溜了出去。临近皂角树时，她故意放轻了脚步，冰碴子仍然"咔哧、咔哧"地响。她很庆幸出门时多了个心眼，挎上了她那支长枪——万一碰见熟人，就说是巡逻查岗。

皂角树边的黑影里，山花站了半个多时辰，仍不见有人来，拿着小漆盒的手已有些麻木，两只脚冻得钻心痛，跺两下又怕弄出大响动。正要转身走，早来忽然钻了出来，山花吓一跳："你个鬼哟，吓死人了，以后再这样，真恼了。"

早来不吭声，抓了山花长枪上的带子，"叮叮咚咚"地来到大北沟，说："痛痛快快的一句话，怀里抱的啥？"

山花以为说她抱在怀里的盒子，用肩膀蹭蹭他说："自己拿回去看！"

"俺说的是白天，你怀里抱的东西！"

山花抬起膝盖，在早来的腿上顶了一下，嘻嘻笑着："你也有脸说，你一头糨糊不是？边老拐胡吣的话你也听？谁家大闺女，生个孩子，还抱了满世界谝？——还不敌傻二小精呢！"

和白天的时候一样，早来开始听边老拐一说，一镢头刨死山花和安排长的心都有，当山花坐在毛驴车上，"吱吱呀呀"地走近了后，十分的怒气就跑了七分。当他一声断喝截住了毛驴车，穿了黄军装、戴了棉军帽、留了齐耳短发的山花，慢慢地抬起了头，两只忽闪的大眼睛，怕光似的眯了两眯，头轻轻地一歪，一半惊喜一半怒地哼了一声后，他就做好了败阵而逃的准备。

回到家后，他一直为见不见面矛盾，不见又想，见了又怕，长在自己身上的两条腿，到底还是没管住。天苍苍黑，他就在皂角树后的墙角处蹲了下来，寒冷刺骨的风和内心炽热的火，剧烈地交织翻滚着，不听话的两排牙齿，"嗒嗒嗒嗒"地一直碰撞。见到山花时他本想迎上去，竟一时掂对不好说些什么，等到山花扭身要走时，才钻了出来。

他思量再三的第一句话，原计划就像林满仓抡圆了的大铁镐，就应该扯天扯地刨出个大坑来，不想，大铁镐一下子撞到了西山的青花石上，冒了一串火星后，又给弹了回来。

王早来此时的感觉，就像一只老鼠，探头探脑地刚踅到洞口，大花猫的爪子，就一下子砸了下来，尽管没有伤到什么，惊跑的魂魄，却一时难以找寻回来。

沉默了一阵子后，山花说："那是瘦三去白口镇买荞麦时，在路边捡回的闺女哩，差不多一生儿[1]了，白净得很嘞，比你给俺的那块玉还细白，名字还是俺给起的咧，叫小玉，好听不好听？这孩子头两天，还好好儿地大吃二喝，前儿个（前天）开始，不吃不喝高烧不退，俺就托安排长，在解放军的卫生所，找人给看了看，打了第二针就好多了——咋？你想要？给瘦三说说抱恁家去，不过——你嘴上还没长毛呢，最多当她哥哥……"

山花幸福满怀，一直说个不停。早来扯了扯枪上的带子说："别去当那个破民兵了，男男女女的，打打闹闹，就是没啥事，也不好看不是？"

山花把枪摘下来，挎到了另一个肩上："你整天关在家里头，大门不出二门不迈，都快成绣女了，也不看看全国形势？石门市都解放了，抽空儿多出来走走，也听听大会，要不，慢慢真成傻二小了。用不了多长时间，全国都解放了，你能想起来，新中国以后是啥样？想都不敢想呢！"

山花冻得发抖，早来拉住山花的双手，塞到自己腋下，说："俺知道外边的世界大得很了，书上不是说，观一叶落而知天下秋吗？光大坡地一个地方，也起不了大年五更。话说回来，你——你，可得叫俺放心。"

"看你都想些啥，臊不臊？还读过书有文化，也该有个头脑，老想些歪事，说些歪话，就不是俺心里头，那个早来了。"

山花用力夹一夹胳膊，怕那个小漆盒掉下去。早来的两只手，不安分地从她的袄外边伸了进去，手指头努力地一抓一抓，从皮带束着的腰间往上钻。

山花感到一阵冰凉："干啥！啥时候学成坏小子了？"

山花说着，一股薄荷伴了甜杏仁的味道，"呼——"地钻入她的鼻孔，她感

[1] 一生儿：方言，一周岁。

到早来那双冰凉的手，变得麻酥酥的滚烫起来，一股燥热荡遍全身。她的两只手，紧紧地抓着早来腋下的衣服，心怦怦地跳，正在向嗓子眼涌动。

早来结结巴巴地说："俺，想——抱着，亲亲你……"

"又不是烧饼馍馍，看馋掉你舌头！"山花一扭身，枪管碰到了早来的下巴上，早来吸溜着嘴抽回了手。山花抻了抻耸上去的棉袄："坏小子，谅你还没长出那个贼胆儿来！"

山花一边说，一边把手里的小漆盒递给早来："天不早了，回吧，心放回肚里，安安生生睡个好觉！俺把自己，关这里边了！"

山花刚走出几步，又扭头回来站到早来跟前："过来，过来！往前靠靠，叫俺闻闻你。"说着，将嘴伸到早来的脖颈处，结结实实地吸溜了几口。

早来清清楚楚地感觉到，山花呼出的热气和冰凉的鼻尖，暖暖的、痒痒的、滑滑的。

第十六章

杏花竹马缘　弦断谁人怜

曾经的一段时光，让周大中心花怒放振奋不已，闺女山花就像安排长的影子，惹得许多乡邻艳羡又妒忌。在众多的庄稼主儿眼中，安排长是大坡地村至高无上的风云人物，小到邻里纠纷，大到婚丧嫁娶，安排长都会言辞凿凿掷地有声。再难的事只要有了安排长，就如同有了一双拨云见日的手，适时地洒下一片明媚的阳光，使纠结的一切一解百解，使接下来的事，变得自然而然且合情合理。山花就像沐浴在春风和阳光下的禾苗，光彩熠熠生机无限。

周大中总感觉自己的骨头，一天天地结实而硬朗起来，心情也一天天地好，连家里的女人，也感到他在变。

周大中的女人叫韩老等，自蒙着红盖头来到周家，没有一天讨得过男人的喜欢。在每一次难以抑制的渴望和懊悔不已的矛盾交织里，他和韩老等稀里糊涂地生了两女一儿：山花、山杏和山民。

周大中不喜欢韩老等，并不是水火难以交融，只因为有一个杏花般灿烂绽放的女子，悄无声息地攫走了他的魂。他虽然没有像梁山伯一样为情而死，却执着地困守着向往“杏花”的天涯孤旅。

十七岁那年，父母因一个不错的价钱，相中了韩老等。此前周大中的表弟，因迎娶回一个调了包的老婆嘴女人，一气之下，自己把自己送走了，所以周大中才不依不饶，一定要见了人再定夺。

尽管说一家养女百家求，但求的内容，除了比比各自“门楼”的高低和量入而出的家境，庄稼人的嫁娶之事，几乎都靠在了媒婆的双腿和油嘴上，十有八九的闺女，都不会在掀起红盖头之前，正正式式地拿给哪个男人看。年纪不大心气蛮高的周大中，死犟死犟的驴脾气，不见人还就是不行。

媒婆跟他说：“行，只能领了你从街上走，远远地瞅，坐在巷子口最高处的，纳鞋底的那个闺女就是。看不看得上，全凭闺女的心性和你的运气。”

周大中欢天喜地跟了媒婆去，巷子口站着、坐着好几个年轻女子，最高的石礅上，一个穿红衣服的小女子正在纳鞋底，小女子不仅面容娇俏，而且举止端庄，热辣似火的目光，在他身上扫来扫去。周大中看第一眼时，那个流光溢彩的妩媚，就把他的三魂七魄一把抓攥了去。

——那分明就是一簇迎风怒放的杏花！饱含了花的艳、花的羞，激荡着入诗合韵的感怀；尽收了春的娇、春的媚，泼洒为引人入胜的妖娆。涩柿子一般青嫩的周大中哪里知道，从女人眼里流淌出来的东西，比孙猴子的七十二变还要多！

自此以后，周大中如饥似渴地掰着指头，算着大喜的日子。

新婚之夜，当他拿着秤杆，挑起新娘的红盖头之后，眼前的人，和那个早已放在心头的人，竟是天壤之别！周大中一巴掌打断红蜡烛，嚷嚷着媒婆使了调包计。周大中当时的情景，比“林妹妹换成宝姐姐”，还要寻死觅活。

韩老等捂着嘴，哭了个稀水一片：“谁要哄你，狼撕狗咬，落不下囫囵尸首！”恶毒的咒誓，如同在周大中的天灵盖上，嵌入一颗枣核钉。

周大中拍打着韩老等大骨大节的手，仿佛割掉头还有出不完的气：“要尿泥的小孩儿，也不能这样哄，坐在最高处的那个，能长这俩狼耙子手？”

“你日瞎头嘴里安着粪叉子，那天，俺就是坐在最高处，就是狼耙子手，爹给的骨头，娘给的肉！”

气急败坏的周大中，第二天就找到媒婆，索要一袋麦子一袋米的彩礼。彩礼倒也没有退回来。令人哭笑不得的是，媒婆说的巷子口的最高处，指的是巷子口的房顶上——当时的韩老等，千真万确就坐在那里；周大中说的巷子口的最高处，指的是巷子口的大石礅——大石礅上，倒是坐着一朵妖艳欲滴的“杏花”，可那朵“杏花”，早开放在了别人家的树上！

周大中急得不行，媒婆说：“谁哄你咪，俺给人家闺女找了个傻女婿！巷子口的石礅比房高？”

周大中就更急，媒婆又说：“咋不坐到石礅上？谁家闺女能坐到大街上，闲日摆着等你看？就是皇帝选秀女，还抬着小轿，去背旮旯里偷偷瞧呢，你比皇帝，差远了！”

媒婆知道了周大中的心思后，皱着眉头捂着肚子，她那个羞涩之地，不顾羞涩地大响了几声，撇着嘴弯下腰，把头扭到了一边去，身子还一颠一颠地颤，颤了一会儿后，一边笑着一边说着扭远了。“哎呀呀，哎呀呀，那个你也敢想？月亮里头还有一个天仙，你想不想？就靠恁家那一布袋麦子、一布袋米？哎呀呀，哎呀呀！要有那样的好事，还轮得上你？”

媒婆的话尽管像个炸雷，但周大中就是忘不了那个坐在石礅上的杏花一般灿烂绽放的女子。

周大中和韩老等两个人，到底还是在一个门洞里开始了生活，只是稍不顺心，他就抱着铺盖东钻西挪。

所幸的是，两个人的孩子，虽然看不见绝顶的风采，但也属于飘逸俊美的那种，眉正目端秀气可人，并且这眉正目端，均来自父母传。

磕磕绊绊了半生以后，周大中在韩老等那里才领悟到了一些别样东西，尤其是那些庄稼女子所特有的原生态的清韵和骨子里的隽永。韩老等却不知道，她的色彩和她的美，多少年来在她男人心里，都坚不可摧地让与了那朵“杏花”。

这天吃过晚饭后，周大中早早地喂了牲口，将自己的被子抱到了韩老等屋里，叠了两个齐整整紧挨着的被窝。韩老等和平时一样，收拾好家里的一切后，准备找个对心思的邻居坐闲夜。

周大中早早地闩了大门，坐在门槛上预备着。韩老等解下腰间的围裙刚要出门，周大中就喊："老等！老等！来！"韩老等听见后猛一怔，大步流星赶过来，摸摸周大中的额头——她以为男人发烧了在说胡话。

二十余年的日子，她听到的招呼永远是："哎——俺说……"那还要等周大中高兴的时候，多数时候，他都是鼻孔里哼一声，接下来含混不清的一堆靠你猜，猜对了没有什么，猜错了他就急。

韩老等摸一摸周大中并无发烧，低下头来看一看，周大中一副笑眯眯的样子，她惊慌失措地问："咋啦，当家的？你可别吓唬俺，当家的，当家的，说话啊……"她说着说着就想撇嘴哭，一副痛苦难耐的样子。

周大中仍是不吭，一只手攥住韩老等的胳膊把她拉进门，反过身来就上了闩，抱起女人上了炕，说了好多对不住的话，虔诚而热烈的神态，像情窦初开的小青年，恋了一位自天而降的美少女。

周大中迷迷糊糊要睡的时候，对女人说："俺真傻！谁知道！谁知道！那——那杏花、桃花、枣花，倒也都好，可谁也不想想，这花养眼，果养人，光想养眼不想养人，那真是个流光锤……"

第二天起，韩老等脸上的红晕再没有消散过，不仅脸上泛着笑，腰身也格外地柔软起来。

周大中学会唱的第一首歌就是："解放区的天是明朗的天，解放区的人民好喜欢……"

最近发生的一件事，令周大中高耸云端的心，一下子跌落下来。

这天，他安置韩老等早些睡下了，收拾好家里家外的琐碎活儿后，山花哼着歌，一身喜悦地从外面进了门。周大中笑嘻嘻地问："回来了？又到安排长那边去了？"他想证实一下，他那个热切的希望，到底有没有错。

山花跺着脚说："爹！你净说些啥话嘛，叫别人听见，没脸见人哩！工作上又没啥事，整天往人家领导那儿跑啥哟，传到那边耳朵里，咋交代嘛！"

周大中一听就急了："那你整黑夜往外颠颠个啥，那么大个闺女了，以后别张嘴闭嘴的那边、那边，那边是个啥！东西南北都加起来，也不算个啥！再说，新社会了，总不能叫一根旧社会的绳子吊死。安排长不是在韩狗子家说，这父母之命，媒妁之言，都是旧社会的东西，新社会就要当新社会的人……”周大中还要说，山花已关住门上了闩。

周大中悻悻地回了屋，东一句西一句，说些关联不上的牢骚话。韩老等费劲儿地听了半天，想了半天，从被窝里钻出来，攥着周大中的手说：“花的爹，要说别的事，俺是井里头的蛤蟆，要说闺女的事，你还得听俺几句——这女子，就像糊在窗户上的纸，没粘上的时候都好说，粘好以后，就不容易挪动了，要是粘的日子再长点儿，就是再能耐的人，鬼法、神法都使上，也揭不回原先的那张纸了——生抠硬扯，更没个好结果，你说，是不是这个理？”

周大中思谋一会儿，说：“你说的那个理，就跟你给俺做的裤衩一样，说起来是个东西，再好，也顶不了件衣裳穿——夏天穿，走不到街上，冬天穿，也数不着屁股冷，就图多费了一块布，没多大用处。”周大中虽然没有像过去一样把韩老等训教一顿，但他把韩老等的话比作了一个贴身的裤头，噎得她半天不敢说话。

周大中想，那个杏花一般灿烂绽放的闺女，咋就该粘到别人的窗户上？就为了一大车麦子、一大车米的彩礼？没有那些东西，也不见得就能饿死她！真是！

后来的一件事，使他进一步坚定了决心，不管它时间有多长，粘到窗户的那张“纸”，他必须给抠下来。

一天，周大中在梨花酒楼里“噼噼啪啪”地拨弄着算盘珠子，安排长带了几个战士站在了柜台前，不要钱不要粮，也不白吃饭，主要说酒楼里有剥削分子的产物：那几班唱曲儿的，也都是劳动人民，为花天酒地的少数人，弹弦子唱曲儿，那是反动派统治的地区才有的事。王炳中顽固不化，屡教不改，他希望周大中共同做工作，把受剥削、受压迫的劳动人民解放出来，让他们回到劳动人民的中间去。

周大中在安排长的感召下，当场把那几个唱曲儿的叫了来，结清工钱后，一个不留打发了去。

周大中跷着腿，体味着终于做了一回主人的感觉，他的整个身心，像飘摇在碧波之上的一叶小舟，既优雅轻盈，又涟漪荡漾——那几个人在他的号令下，卷了铺盖仓皇逃离了酒楼，跑了好远后，才战战兢兢地回过头，悄悄地张望了两眼。那种极舒服的快感，都要把他的心肝肺一起融化了。

安排长双手抱拳对着他说："不愧为山花的父亲。"他不住地点头，不住地弯腰回礼，直到看不见安排长的影子，仍觉着胸腔里那只欢快的兔子，还在风风光光地跳跃不止，仿佛干了一件惊天动地的伟大事业。

他隐隐感到，离那个红色区域，终于又贴近了一步——今后，他再也不能满足于只有温饱，而没有体面的平淡生活了。

王炳中气冲冲地来到酒楼时，周大中仍被那种幸福震颤激荡着，直到文明棍敲到了柜台上，他才猛一惊，看清了站在脸前的人。

王炳中掂着拐棍叉着腰，"当当"地敲打着柜台："共产党把俺家的店，啥时候给你了？嗯？你把别人家的酒楼，当成恁家生养的闺女了，想咋日捣就咋日捣，作弄想咋作弄？就咋作弄？这酒楼上三圈下三圈，你也睁开眼看仔细了，哪块砖头瓦片上写着姓周？羊圈里跑出来头驴驹子——还真当自己是个大东西呢！听狗咬就上南墙，天生的老鼠尾巴—— 一百棒子打不出多少脓血，大年五更拾了只兔子——有你过年，没你也过年！柳篮子摇元宵——你快快给我滚蛋！"

周大中望着王炳中远去的背影，歪着头，拿手指节"当当"地敲了两下柜台："哼！哼！一千年的老鸹——身子都烂净了，就剩下了一个大硬嘴！古人说得好吔，'为富不仁，耀武扬威，一发如雷，一败如灰'。"说完后，昂首挺胸地离了酒楼。

自有生以来，他没有说过半句与此相近的话，那个畅快淋漓又威武豪壮的表达，比关键时刻韩老等的那一声呼叫，还要舒服透顶。可是，回到家闲坐了两天，那个美好的感觉，就灰飞烟灭了。

王炳中回了家后给早来说："大丈夫男子汉，给俺长点儿出息，打起点儿精神！那好人才，比牛头垴上的石头少不了多少，就看你有没有足够的力气搬！再见你跟周大中的闺女拉扯，把腿打折！"

他翻卷着满腔怒火，四处转悠了一天，天擦黑时才回到家。肥沃的田野里，一望无际的禾苗，还有牲口圈里肥硕健壮的驴骡，在他的心头，又幻化出一股磅礴无边的豪气来。

“女子就像糊在窗户上的纸”，韩老等的那句话，可以令许多男人感激涕零又激越澎湃，韩老等似乎早已忘记了。那句话虽然不那么尽善尽美，却是斗大的字认不了半布袋的韩老等——一个农村女人矜持操守的经典表达。在周大中恶毒的咒骂和不已的唏嘘中，她下定决心，要将已粘上窗户的“鬼法神法都找不回”的那张“纸”，帮着男人抠下来。自己盼星星盼月亮盼回的男人，她要像母鸡一样，把他拢在自己的翅膀下——周大中的每丝不快，都像插向她胸口的一把刀。

韩老等从“叫娘活还是叫娘死”下手，决死要抠下山花那张“纸”。山花由死不松手的坚持，变成了无可奈何的哭闹，又由哭闹变成不吃不喝的顽抗。“叫娘活”，最终成了她面前的一堵高墙，巍峨的阻隔，让她在推不倒、攀不过的高墙内绝望。

三天后的一个傍晚，安排长来到了周家。山花从炕上爬起来，梳了头洗了脸，喝了安排长端过来的一碗稀饭后，两个人在屋里嘀嘀咕咕地说开了话。三四天不曾出门的周大中，也终于走出了大门，在大街上漫无目的地游荡，心头的烦躁，像一群可恶的蚊蝇，刚刚挥去，转瞬即来。

周大中在盖大全家坐了一会儿，盖大全说着东，他就拉到了西，说着说着，就浑身蹿火一般，自己也不知道自己到底怎么了。离开盖大全家以后，周大中迎面碰见边老拐。边老拐领着儿子起升，手里抓着一块咸驴肉，父子两个一递一口吃着。

边老拐看见周大中，笑嘻嘻地招呼：“哎呀呀来得早不敌来得巧，你也咬一口尝尝？”说着，就把四处流油的一块肉递了过来。

周大中推让一下，蹲着和边老拐说话，边老拐把听来的旧消息和周大中刚说的新消息，交合整理一番后，嘻嘻笑着说:“叔吔，不是侄子说你，你也甭嫌难听，人一辈子，又想吃肉又不想闻腥，活的不敢捏，死的又不敢拿，这啥事也不能整成。整不成事，你就整日埋怨老天爷？从古到今，见过抢来的江山，没见过送来的江山。你那心事，俺知道了，只要你敢，靠俺准成！”

周大中像暗夜里捡到了一只灯笼，顾不到那只灯笼破不破，还能不能用，甚至顾不到瞧一眼灯笼里到底有没有蜡烛。他紧紧攥着边老拐的手问：“你敢保证？真能成？”

边老拐胸有成竹，在周大中脸前，摇晃着香气四溢的油巴掌说：“给叔说句笑话，也不是吹，小事一桩，没有啥难，只要你拿定了主意，裤裆里边找宝贝——手到擒来。”

周大中皱着眉头，游移满怀心神不宁，哆嗦着问边老拐：“有啥条件？你说！”

边老拐站起身，把起升拉到周大中跟前：“啥条件没有，对这个事，俺就是看好，就愿意白跑！以后人五人六[1]了，记着欠俺的这个人情就行——替俺把小子送回去，等着听好儿吧。”

周大中送回起升没有走，一直和魏老大坐着。魏老大一袋接一袋的旱烟，把小屋子熏得像着了火。周大中估摸着，到了睡得早的人已一觉醒来的时间，告辞了魏老大急急地往回赶。

走到农协大门口，听见院子里吵吵嚷嚷，来到院里一看，边老拐一手抓着屋门的钌铞儿，一手指着盖大全说：“你这官太小，管不了吔，管不了吔！俺要一松手，门开了，安排长死不认账，你有啥法？他可是挎着盒子炮的，你惹不起，这个活儿要是做不好，人家闺女，还活不活人？”

边老拐扭头看见周大中，突然喊叫了起来：“你咋才来？山花娘满街找你！这当家的回来了就好说，俺可松手了，恁都看着办。”说完，提了拐棍，站直了斜着的身子，冲着门缝笑眯眯地说：“别怨天怨地，俺狗逮老鼠，是因为猫不办事！该认错认个错，好好儿的，还是牛郎配织女。”

---

[1] 人五：始义似应做“人物”，人之中的佼佼者。因“物”与“五”谐音，为了挖苦那些自我感觉良好的人，就有了“人六”，口语中许多时候和人六连起来说。人五人六多指那些本来不怎么样，自己却认为光彩无比的人。

安排长双手扒着门缝，刚想说什么，边老拐笑嘻嘻地给噎了回去："乱嚷嚷也没用，乱嚷嚷也翻不了人证物证！深更半夜，孤男寡女，你说能干啥？你还想干啥！"说完，扬了扬手中的拐棍，给盖大全说："俺可忘了，这事咱谁也不能乱嚷嚷，就是他挎盒子炮的破罐子破摔，人家闺女还顾及名声呢！你说是不是，会长？"说完之后，冲着周大中噘了噘嘴，皱了皱眉，留下个玄机走了。

雷月琴和王炳中的女儿丑妮儿已满周岁，丑妮儿不丑，柳眉杏眼粉嘟嘟的脸蛋，任谁一看，就知道是雷月琴的闺女，白嫩细腻的皮肤，让人感觉轻弹可破。

对这个孩子，自生命孕育之时起，王炳中就感觉不到又为人父的喜悦，他试图在孩子身上，寻找些自己的影子，却找不到些许的感觉。没有外人时，他偷偷问廷妮儿:"这到底,是不是咱大院的人？"廷妮儿把丑妮儿和会来的头挨在一起，比对着说："这就是兄妹俩吔，看这眉眼，还不跟你一个样！"

丑妮周岁那天，王炳中邀了不少客人，他笑容得体谦恭有度，笔直的腰杆和高昂的头，还在炫示着大户人家的底气和豪壮。

武小魁不请自到，还送了厚厚的一卷妆花缎，长短足可以叫雷月琴做两身旗袍了。武小魁抱了丑妮儿，时不时在孩子脸上亲上一口，幸福无比的样子，像他是孩子的亲爹。

后来，雷月琴把孩子托给了廷妮儿，自己又回到了剧团。刚演了几场，大坡地的人就说："生了孩子的月琴，比原先还好看，柔柔的韵，也更好听了，大坡地剧团，出了一对金童玉女。"

有一天，王炳中在家里东翻西找，终于抓住了雷月琴的证据：妆花缎裹着的林滤石。他的宽腮、大鼻、阔下巴，一下子全都不舒服起来：丑妮儿那粉嫩的小圆脸，他越看越像武小魁！尤其是刻在那块石头上的两行字，"丝桐合为琴，中有太古声"，他以为那个"琴"，一定是指雷月琴，"丝桐"，应该和泡桐或梧桐是两码事，但一定和武小魁有关。至于"中有太古声"，或许是雷月琴怀着孩子的时候，那咕咕作响的肚皮声——她的肚皮，早叫人摸了一遍又一遍，听了一回又一回！

这天，雷月琴从剧团回家后，王炳中把她叫到了大北房。房间里的一切，王炳中再三说过，不添不去，不动不挪，不修不改，原容原貌。只是再看不见原来的主人。

王炳中拉长了脸，两个人默默坐了一会儿，他突然说："今儿你给俺说说'丝桐合为琴'的事，两口子这些年，俺想听句实话，老太爷跟牛秋红，都在后边看着你呢！"

刚说完，雷月琴就觉得脊背发凉腿发软，"哎呀"大叫一声跑了出去，发疯似的跑到东院后，拉着廷妮儿的手，呼哧了半天。

王炳中追过来后，雷月琴"哇——"的一声哭了起来："王炳中，你咋净干些不是人的事吔！你三妻四妾闹高兴，俺咋就不能有块石头？你要是看不上就扔了俺，犯不上变着法整治人！王炳中，你照照镜子好好儿看看，你还是不是个男人？"没等王炳中反应过来，雷月琴就踉踉跄跄地出了门。

第二天，林先生来到王炳中家，拐弯抹角几乎说破了天，王炳中只是笑着不答话。林先生迈着四方步要走的时候，王炳中说："看林先生的神色，今儿还有话要说，俺聚着劲儿听呢，不说就走了，也不憋得慌？"

林先生慢悠悠地回过头，说："俺给你说，'丝桐合为琴，中有太古声'，这后边还有两句，'古声太无味，不合今人情'，俺给写好放桌子上了。一首古诗而已，在那块石头上刻上它，就有了进一步的说道，有了相辅相成的寓意，更值得收藏罢了。你想，它还能做别的啥？"

林先生一边说，一边迈着四方步往外走。王炳中送他出大门时，说："圣人对小人，自古也甩手没法，叫子孙后代，只能念叨着叫雷公来劈，不想雷公比俺还懒呢，轻易不愿意动弹，要是换个勤快的，叫林满仓、魏老大他们，闲的时候去给帮个忙，世界早就太平了！"

在王家，廷妮儿是第一个实诚人，逆来和顺来的一切，她一股脑地消受了去，平静安详如静峦寺里的尼僧。劈头盖脸的风雨对于她，就像扬入湖水中的一把谷糠，不仅听不到一丝声响，简直看不见半丝涟漪。雷月琴要是廷妮儿，也许在打个闪响个忽雷之后，就啥也过去了，天还是天，地还是地，天地之间的谁还是谁——雷月琴还就是不能。

雷月琴离开家的第二天晚上，夜深人静以后，悄悄地去了花园，在苗香香住过的地方躺了一夜。一个人在屋子里哭天、哭地、哭爹娘，那个伤心孤独，像一棵被人从地里拔起来，又甩到大路上的野草，无人找、无人看，更无人惜、无人怜，静等着被践踏到一塌糊涂。

那一年，她给爹做了一身棉衣一身单衣送了去，又留下平时积攒的五块大洋。雷月琴和爹说了一晚上，哭了一晚上。她回到大坡地没几天，爹一把火烧了小南沟的房子，从此活不见人死不见尸。

苗香香活着的时候，两个人还能说些体己话，她甚至希望，能见到苗香香的鬼魂，即使说不上话，只看上一眼也行。可是，四周除了死一般的沉寂和黑暗，她只听到了几只老鼠在炕上炕下奔来窜去地打闹。村里的公鸡要叫第四遍时，她才渐渐地迷糊起来。

睡梦中，她梦见了爹和娘——在小南沟的家里。小南沟的家到处崭新一片，爹在屋里写戏，娘在院里洗衣。她想扑进爹的怀里大哭一场，却怎么也走不到爹跟前，使劲儿地喊叫，怎么也叫不出声音来！猛抬头，爹拉着娘的手，已笑嘻嘻地站在山尖上的花丛中了。

娘说："闺女吔，这条路要是过不去，就想想别的法！不能思谋那么多，哪笼火都烫，哪泡屎都臭，都得咬着牙受！太活络的人，地下的鬼钢锯拉了你，油锅炸了你，以后不好过；一根筋的人，地上的人快刀剥了你，尖牙吃了你，现时不能过！闺女吔，一个人太孤苦，你就踏踏实实地跟着娘算了！"

雷月琴大喊："不！不！不跟你！你一辈子谁也不惦恋，就惦恋你自己，俺不去！"

她惊醒了之后再不能睡，将近黎明，从西边山上的围墙爬了出去，在山上坐了半晌，又在村里转了一阵，走着走着，到了林先生家。事先约好似的，不长工夫，武小魁也来了。

林先生的儿子秀山已六岁了，拉着雷月琴的手，左看看右瞧瞧，兴致勃勃地看着这个“戏里的人”，看了一会儿说：“姑姑真好看！穿上戏衣更好看，等俺长大了，俺也唱戏！”

林先生一直没吭声，武小魁收拾走吃饭的碗筷，又坐下来。林先生说：“音有幽度，始称琴品。琴音本淡，非有心之人，不能领略其奥妙。时下最要紧的是：瓜田不纳履，李下不正冠；是非之地莫伸手，手不摸红，红不沾手。”

林先生说完就出门了，临走时对武小魁说：“记着俺的话。”

后半晌，雷月琴穿上那身鲜红的对襟褶子衫，把师父给她的那支点翠，端端正正地插到了头面上。武小魁领了四五个人的小场面[1]，一起来到石碾街北圪台儿上。

“唧唧呀呀”的板胡拉响以后，武小魁唱了一段直隶梆子《李天保吊孝》：“……哭你一声姐，我比你大两岁，哭你一声妹，你是我的妻，哭你一声妻咪——你是没过门的大闺女……”

武小魁唱完后，雷月琴唱了段《蝴蝶杯》：“江岸上打过了二更二点，坐不安睡不宁阵阵凄惨。老爹爹遭不幸他把气断，撇下我孤身女有谁可怜。船头上把公子偷眼观看，好一位英俊的青春少年……”

雷月琴唱着唱着就眼泪汪汪了，敲梆子的师傅和琴师，也被带到了戏里，一边拉着、敲打着，一边泪眼蒙眬。边老拐的妻子张红梅说：“闺女哟！你这个唱法，要人命吔……”还未说完，就“呼哧、呼哧”地抽噎起来。

天要黑时，雷月琴回了家，丑妮儿看见娘回来，欢欢喜喜地扑到了怀里。雷月琴解开怀，孩子没有要吃奶的意思。廷妮儿说：“孩子给喂饱了！”雷月琴把丑妮儿抱在怀里，双眼迷茫，长吁短叹。

---

[1] 场面：戏曲文武场的俗称。文武场指戏曲的乐队。文场包括胡琴、月琴、三弦，武场包括鼓板、小锣、大锣，合称“六场通透”。为了增强效果，后亦增加其他管、弦、打击类多种乐器。

王炳中晕晕乎乎地回来后，说：“还行，比猫狗傻不了多少，疯野够了，还知道回家。不过这个事，躲过了初一，躲不过十五！你不是待见唱，今儿，咱也把上回没顾上唱的，接——着——唱——”

雷月琴放下孩子，一声不吭地跟着他，又来到了中院，走到七叶树下时，王炳中猛一回身，将雷月琴踹了一个跟头，找了条绳子，就将她吊到了树上。

雷月琴下午在北圪台儿唱的时候，他正在酒楼里喝酒，一腔的怒火和了一肚子酒精，早把他烧烤得七窍冒烟。他找了一根拴驴的缰绳，折了两下后又在水盆里蘸了蘸，在雷月琴身上狠狠地抽打起来。打了一会儿后，他坐在地上气喘吁吁说：“俺看你这贱屁股还浪不浪，叫你还‘中有太古声’。这小嘴，不硬了吧，那孩子，到底谁的种？浪撇撇的小嘴，平时不是凌厉得很？你也说说，到底是驴骡，还是马骡？”

雷月琴“哎哟”一声说：“王炳中，你再下手狠点儿，俺早不想活了，再叫一声，是大闺女养的！”

半夜以后，廷妮儿才叫林满仓踹开了门，把雷月琴从树上卸下来后，她已手脚冰凉不能说话，王炳中在北房的床上，睡得正沉。

第二天后半晌，雷月琴忽然坐了起来，四下瞅了一圈后，哈哈大笑着跑了出去，那个“太古声”，王炳中还没有弄明白究竟怎么回事，便永远成了一个谜——雷月琴疯了。

令周大中没有想到的是，边老拐在众目睽睽之下，给上演了一出“捉放曹”！他后悔去大街转的那一圈，不然，就不会碰见边老拐；即使碰见边老拐，那些不该说的话，他也不能说；即使说了，他也该向边老拐问清楚，这事究竟想咋办。

周家几辈子的人，向来小心谨慎循规蹈矩，万事知根知底讲究分寸，所作所为，永远像钟表上的那根指针——再激越地蹦跳，也不会跨出表盘半步。边老拐做起事来，就像大山里窜出一头饿急眼的狼，只要遇见可以吃的肉，不讲规矩，不求技巧，也没有章法——咬喉咙，抓肚皮，撕大腿，啃屁股……斗不过也要把对手弄个血淋淋；遇到强大的劲敌时，又变作了黄鼠狼，在生命垂危的刹那，放出一团积蓄良久且奇臭无比的大臭气，对手被熏得晕头转向时，胜利满怀地遁逃而去。

周大中痛恨自己傻傻地做了一件天大的蠢事，边老拐和那只放了臭屁的黄鼠狼一样，胜利满怀地去了，周家规规矩矩的小四合院里，恐怕从此以后，再没有谁能够体体面面迈着方步去石碾街走一趟了。

山花流着泪跺着脚，问他："你是不是俺爹？还想不想叫俺活？"一向温顺如羊的韩老等，也连连拍打着巴掌叹气。

头天晚上睡得迟，第二天早起，周大中还在睡梦中，边老拐就敲开了门。周大中一家子没好气，见了边老拐，全噘着嘴不说话。边老拐仍然欢天喜地，笑嘻嘻地说："这真是拐子屁股——邪门了吔，谁欠咱钱没给咋的？也不说给弄壶烧酒喝喝？"

周大中龇牙咧嘴地摆着手说："罢了！罢了！抱着别人的孩子往井里填，谁也不心疼！那个事儿，咋能那样作弄？大年五更做作了一炕！做作了一炕！"

边老拐掀开笼屉，掰下半块窝头，一边往嘴里送一边说："做作啥一炕，本事不大，倒嘴尖牙利！背个磨扇不知道沉，扛个鸡毛不觉得轻。小鸡还没长出翅膀尖，就想吃鸡蛋，你咋不把月亮摘下来安到恁家，也省着点灯费油！"

周大中和韩老等听了边老拐一阵抢白，不知是喜还是忧，一脸迷茫地看着边老拐不说话。边老拐把半个窝头吃下去后，伸了几伸脖子，又嘴对着勺子喝了两勺米汤，从鼻孔中哼了一声，问安排长那天晚上啥情况。

周大中想了想说，他安慰了山花一会子，高高兴兴送山花回来，还叫山花第二天早点儿训练去。

边老拐想了一会儿，笑了起来："这事成是成了，不过，安排长有点儿急，红火炉子里头的花生豆，他想拿手去抓着吃呢！"

周大中两口子很着急，问究竟啥意思。边老拐鼻子里哼哼着，一副看不上的样子说："才刚刚还想跷跷蹊蹊的，给俺话头听呢！——恁家娘儿们，连个窝头也蒸不好！不好吃，不好吃！哎！——俺给恁两人说，这安排长，是解放军的人，这解放军，可不是国民党，严格着呢，那天黑夜的事，没几天就传出去了，真叫上头知道了，他姓安的，一秃噜到底！”

当日上午，周大中就找到了部队领导，说安排长和闺女两相情愿要求结婚，看手续咋办。部队的领导说，安排长正在办理转业手续，以后的事，可以和地方政府联系。周大中又找到了区公所，所里一位姓苏的区长接待了他，说谁的事最好叫谁自己办。

周大中一边往回走一边想，这事倒是张扬了出去，安排长没啥事了，万一他反悔，闺女以后咋办？

回到家后，他让韩老等去把边老拐找了来。周大中对边老拐说了一下见到的人、答复的话，惴惴不安地说：“这一碗水，算是全泼出去了，万一人家不答应，弄个鸡飞蛋打，可不是闹着耍的事吔。”

边老拐想也没想，说：“吓死他！要是敢给翻跟斗，叫山花裤腰里塞个棉花包，俺领着，告他去！”

看到周大中夫妻一脸窘窘的样子，边老拐又说：“谁敢解开咱裤腰带，伸进去手摸摸真假？就这样吧，以后的事，俺全包了，板上钉钉的事，去弄俩好菜，今儿，叫俺先把这喜酒喝了，办喜事的时候人太多，吃不好也喝不好。”

韩老等欢欢喜喜地买回半个猪肺，打了一斤散酒。边老拐嚷嚷：“这么好的事，也舍不得流点儿脓出点儿血？还没过河就想拆桥？嗯？人嘴两张皮，说东是东，说西是西。俺能把它说回来，就还能把它给说回去。嗯？要不试试？”

周大中把韩老等叫到门外，掰着她的手指头，一样样地安置好，老等战战兢兢的，按着记在手指头上的东西，一样不多一样不少，不折不扣买了回来。

周大中陪着边老拐边吃边喝，韩老等一直如鲠在喉——这一顿饭钱，足够她全家吃上一个月！多少年来，周家的勤俭节约，不仅让她持之以恒，而且让她刻印到骨髓里了。

自她来到周家的第一天，必须遵循一个习惯——不管是谁，吃完饭的饭碗里，绝不允许留下一个米粒，泔水桶里，绝不能看见一个油滴。开始时，周家那些淡而无味的饭菜，她很不习惯，即使咸菜水里熬出的盐巴，也绝不允许多放丁点儿。

后来的一件刻骨铭心的事，才让她知道了其中的奥妙——只有那些少放了盐的菜，才会吃得更少。那时候她已生了山花，娘家的哥哥、弟弟、嫂子、弟媳，领了孩子来赶庙会，她熬的一大锅烩菜，几乎给吃个精光。娘家厚待们走了后，周大中蹦着跳着，大骂她是个败家女人，她稍微辩解几句，周大中差点儿把她赶回娘家去。

早先的周家，三岁的孩子都悭吝无比，周家收割后的地，绝不会留下一枝秕穗给人捡了去。

其实，韩老等并不知道，周大中的节俭，在周家并不算登峰造极，他也只是心痛一把盐，也只是想让少吃点儿。他的先人，甚至想让人不吃饭都能活！那人是周大中的曾祖父。

冬天天短，又没有太要紧的活儿，周大中的曾祖父规定，家里十岁以上，凡不做体力活儿的一干人等，每天未时一刻吃饭，这是一日之中唯一的一顿饭，而且不能吃稠，定量的米熬上一锅稀粥，每顿还必须提前留出一碗来，这碗粥就放在厨房。

到了晚上，因为肚子饿，不容易入睡，也因为曾祖父读过一些书，粗识几个字，每天睡觉前，他统领着一家人，站到预留下的那碗稀粥前，参神拜佛一般行上一会儿注目礼，然后毕恭毕敬地念上一声“粒粒皆辛苦”。念完之后，每人喝一碗热水。最后，大家都在他威严无比的监督下，回自己的屋子摸黑睡觉——既不需要做活儿，又没有什么大不了的事，灯里的油，他都不让多耗。

家里的女人们大多不识字，也许都不知道，他诵经一般念叨的“粒粒皆辛苦”，究竟是一个什么意思。也许因为太饿，肚皮的渴求太强烈，无法顾及“粒粒”和“辛苦”的事，所以，都对老太爷有意见，背地里提起来时，都把他唤作“粒粒”或“辛苦”。

一日老太爷不在家，几个女人饿得受不了，偷偷商量一下，开始拌疙瘩汤喝。正在吸溜吸溜地喝，突然听到了大门外老太爷的脚步声，这个惊呼一声：“坏了！坏了！粒粒回来了！”那个尖叫一声：“了不得！了不得！叫辛苦看见了，又得大闹东京！”

收拾又来不及，咋办？有个脑瓜活络的机灵媳妇，抓了一把黄豆，手一扬，就给撒到了大门内的过道里。

粒粒也许有急事，也许有什么先觉，大步流星地往家赶，根本顾不上操心其他，一脚踩上去，结结实实摔了一个跟头。低头看见满地的黄豆，不胜惊惧地喝叫了几声后，一粒一粒地捡拾，还一声一声地阐述辛苦。等他捡拾完，也阐述完了，里边也收拾得光净了。

好长一段时间，边老拐在周大中家大嚼大咽的每一口，都令韩老等痛彻心扉，忘怀不下。

山花和安排长的事传开后，早来就躺倒不动了，王炳中虽然嘴上说“茄把子吊不死人”，但郁郁寡欢的早来和至死都没有说一句话的牛秋红，总让他忧愁悔恨。那个最爱摸他后脑勺的女人，她离开以后，王家的那场大戏，从此便拉上了谢幕的布幔，锣不再响，鼓不再敲，在此处热热闹闹聚拢着的人，转瞬之间，就四处迸散了——她为王家撑起来的那片天，从此，便风雨飘摇，千疮百孔了。

有一天，一支前不见首后不见尾的解放军队伍，浩浩荡荡地从西边开来，队伍在大坡地短暂休整后，浩浩荡荡地向东开去，后边又浩浩荡荡地涌来。巧的是，当年，王维贵送粮食的那位黄连长，恰恰也在队伍中，他现在已升为团长。路过大坡地时，他在村里住了几天，还专门到王炳中家看了看。

黄团长一路走，一路接收新兵，大坡地一次就有三十多人，挂着红花加入了解放军队伍。王早来在队伍中跑了两天后，对王炳中说：“俺要当解放军。”斩钉截铁的口气，没有商量的余地。

王炳中有点儿晕头，正像王维贵所说，他不知道哪片云彩能下出雨来，忐忑不安地在林先生家坐到半夜。王炳中说：“那边可都是美国武器呢。”

“大清国没有武器？翻个跟斗就不见了。天子不仁，不保四海。仁则荣，不仁则辱。知及之，仁不能守之，虽得之，必失之。”林先生底气十足，言辞凿凿。

“这个俺听不懂，也不想费那个脑筋，说点儿实在的。”

林先生问：“满仓赶的那挂大车，为啥劈柴烧了？”

王炳中说：“快散架了，不能使了。”

“那不能再修修？多用俩好钉子？”

王炳中终于听明白，自他身边一闪而过的一切，正如他家的那挂大车，卯榫腐了，车架朽了，再好的钉子，也无法装钉起来了。改天换地的新世界，不仅是一个自然，更是一个必然。

王炳中回来后就开始为早来准备，不想因为家庭出身问题，黄团长犯了难，村农协主任盖大全，也不同意把早来送到革命的队伍中去。他指了满街乱跑的雷月琴，给黄团长说：“看见了吧？多好的一个人，疯了！”

王炳中找到了黄团长，一腔激愤地说：“大灾荒时，俺献粮救灾，打日本的时候，俺也无偿支援，最起码，该算个开明绅士吧？就是不能马上穿上军装，你也得把早来领走！”

那顿等于全家一月口粮的酒菜，那样的“大出脓、大出血”，让韩老等牵肠挂肚了好长时间。边老拐这天给送来了信——安排长同意了他和山花的婚事。两口子整晚合不上眼。周大中在家，饱饱地吃了一顿加足了盐的菜，反复品咂了无数遍之后，仿佛领悟到了一个做人的真谛！

他抖抖地问韩老等：“哎！俺说，你说啥叫能人？”

韩老等或许认为，“流脓又出血”的那顿酒宴，恰到好处又万分及时，从此之后，她的男人便会喜在眉头，乐在心间了；而且她更坚信，从此以后，她的男人，不会再限制她放进自家锅里的油盐。

韩老等毫不犹豫地说：“敢流血流脓的人，那就叫能人！”——或许只有老天爷知道，韩老等如何竟能想起来这样的话。

周大中“咯咯咯”地笑着，像林先生笑他写错字或答错题的学生。笑够了之后，他万分诡秘地凑到韩老等耳边说：“哟哟哟！看是不是？这杏花跟草，就不能一样！那桃花……也该差不多……不过，再好的花，它蔫了，也就啥也不是了。给你说，这能人，就是啥事都能做得出来的人！要不咱俩也当一回能人试试？”

韩老等感到，周大中把她从未见过天日的肚肠，都给翻了出来，小心翼翼又激情澎湃地洗了又洗，涮了又涮，她的每一根神经，都变得美妙又舒帖，澄明而鲜亮。她想，抽了鸦片之后，或许就是这种感觉——抽了还想抽，忘都不能忘！

韩老等再一次感到，世界上再好的好人，也比不上她的大中。只要他做，他给予她的，永远是牛头垴上神仙一般的快活；而且，全世界只有大中一个人才能做，才会做；而且，全世界只有她韩老等一个人才配，才有资格享受！

山花就要跟安排长订婚时，早来把山花偷送他的那块花累缎，给扔到了大门口。边老拐进门后，山花正抱着那块缎子伤心。边老拐问周大中：“山花抱着啥宝贝缎子，值当一直哭？”

周大中说：“没啥，自己在上边写了几个字，‘茕茕白兔，东走西顾’。”

边老拐马上一脸的蔑视：“想起来了，想起来了，那个九环山的兔子的事！不用说那个，老祖宗还留下来‘三十年河东，三十年河西’呢，这才几年？十年都差得远！这三两年的光景，说天翻地覆，可是眼睁睁都看见了，好些事，老祖宗也不一定都能看准说准！更不用提那个诳人钱、骗人饭的大嘴老刘！也就王维贵那个老东西，都快挺腿了，还给儿孙们扣斑鸠，他想把天底下的能耐，都倒腾到他家去！人算不如天算，他家的坟脉，动土挖墓那会儿，就叫那个宽脸大鼻子给糟蹋了！——这些恁都不知道！还啥九环山玉兔，十环山铁兔！连只野兔都不是！一天不敌一天的光景，还西顾个啥，连自己也顾不住！”

山花听了边老拐的话，哭笑不得地说：“听俺叔净说些啥话，啥家兔、野兔的顾住、顾不住，王宝钏住了八年寒窑，人人传诵呢！”

边老拐拿拐棍戳戳地，有些着急：“唱戏编写的胡话，能信？雷月琴唱了《蝴蝶杯》以后，弄了个啥？——疯了！”

边老拐从山花手里拿来那块花累缎，一边撇着嘴，一边巴瞪着眼看：“‘死生契阔，与子成说，执子之手，与子偕老’，你总要有个七老八十的时候吧，你就能保证，王家的那个小兔羔子，能抱着你这块老草毗[1]一直啃到死？你咋跟雷月琴一个样——净办些疯事，说些疯话！”

韩老等忍不住插话：“是吔，是吔！听清恁叔的话没？恁娘来咱家以前，就坐在房檐边上，偷偷看了恁爹一眼，这还不是打闪忽雷地就过来了！”

在炕上坐着的山花，将身子扭到了墙那边，背着身把一个绣花荷包扔了过来，里面装着那块羊脂玉：“还有这个东西，谁能耐，谁给人家送回去，俺没脸给人家送！”

边老拐拿起那个荷包，看见里面的东西后，脑袋“嗡”的一声有些眩晕，他飞快地把荷包口重新绑上，来回看一眼低着头、眯着眼的周大中两口子，装扮出一副平安无事的口气说：“叫俺送，叫叔叔送，他王家就是给放上几个大狗臭屁，叫俺，叫叔叔，替你嚼巴嚼巴吃了！”

打开荷包，看见那块玉的第一眼，边老拐就有些支持不住，他怦怦乱跳的心突然疯掉了，想要撞破他的皮肉逃出来。他努力镇静，却坚持不住，双手捧着胸，一步步地从周大中家挪出来。拐过房角靠住墙，过了好一会儿，心才不再乱撞。按过去的价钱，这块玉，最保守估计，也能买上几十亩好地。他忽然感到，老天爷要将一笔横财，从半空抛入自己怀里了！要不是瘸了一条腿，他真想找个僻静处，跳上几跳后，再扯开嗓子，喊上句“时气来了不由人，风刮草帽扣鹌鹑”。

他忽然想起，父亲领着他打兔子时吼吼的那两嗓子，虽然他说不清，父亲究竟吼的什么和为了什么吼，但那高亢如流云、激越似波涛的调调，把满腔忧和喜的壮烈、得与失的感慨、予和求的交织，圆满又精准地宣泄出来。

边老拐把表达的方式，交代给了他的拐棍，支撑身体重量的那个东西，向前挪动的每一瞬间，他哆哆嗦嗦的手，都要在地上多敲上几下子。敲到他家大门口，他就构想好了一个偷梁换柱的鬼把戏，躺到床上后，又反反复复地掂量了好多遍，直到感觉万无一失心满意足，才让人叫王早来到村东北的蓄水池去。

那天，边老拐的心怦怦乱跳着，周详的计划似乎有些乱，想了又想的话，滚

[1] 草毗：由于长期生长，根与根连在一起的大草疙瘩。

到嘴边又觉不合适，吭哧了好几回，也没有说出一个字来。

王早来铁青着脸，边老拐欲言又止的样子，叫他猜了个八九分。他对边老拐说：“有啥事快说，夹泡屎不做作出来，不怕憋出来病？俺爹和黄团长，还在家等着呢，不说俺就走了！”

边老拐往早来跟前凑了凑，一本正经地说：“兄弟呀，恁老哥俺眼不大，可是聚光，你信不信？周家那种人，张开嘴，俺就能看见他的粪门。俺兄弟的模样，那可是大坡地的人头，太行山的脑盖！待见俺兄弟的闺女，比西山的柿子还多，在山花那棵歪脖子树上吊死，不值当，不值当！人笑话，人笑话！”

边老拐一边说，一边把那个红荷包，在早来脸前晃了两下。那个红荷包，边老拐只攥了一个晚上，就黑脏兮兮的分不清红绿蓝了。“这是个啥东西！叫俺给往回送，俺看也没看，俺就不想看！怕脏了俺眼！大中那一家子，还有那个臭闺女，肮脏得很！肮脏得很！这还能是个啥，再好的东西，也叫那个不识货的闺女给弄脏了！恶心！恶心！脏不脏的得还给你，不管脏净，你拿回去，原物归原主。”

“就这事？”王早来看也没看，一把抓过那个红荷包，胳膊一抡，抛到了蓄水池里。

红荷包溅起一个不大不小的水泡泡，摇摇摆摆地翻了几个跟斗，慢慢沉了下去——没有谁知道，边老拐在荷包里，包了一块大小差不多的石头！

边老拐靠在水池边的半截石墙上，自天而降的快意，像淹没荷包的那泓清水，铺天盖地向他溢来：谁说天上不能掉馅饼？哼！王家，不过是一头吃饱喝足、横冲直撞的驴！哼！就是头驴，那也得看碰见了谁，撞到俺手里，闪个空儿，就能叫他跌跟头！还爬不起来！

王早来到底还是跟着黄团长走了，走的时候，只戴着一顶军帽，而且还是旧的。

杏花竹马缘

第十七章

大地起风雷　千年一梦真

王炳中感到，说不定在哪一天，他就真要和雷月琴一样了——能疯。

农协敲响的大红皮战鼓，一天比一天热烈，敲打得那个响亮，一天比一天昂扬激越，要把牛头垴都晃荡起来似的。尤其是安排长在区里表态发言之后，大坡地村刚组建的贫农团，就像田野间吸足了水分的野草籽，几日工夫，就破土而出绿茵茵一片了。

王炳中越来越吃不好、睡不着，他感觉，简直到了一个活不成又死不了的境地！父亲生前仰望的那片“下雨的云彩”，如今倒也真下了雨，可那些滋润万物生长的雨水，全都下在了别人家的地里，下在他家地里的，全变成了冰雹！而且，下的那些冰雹，一天比一天密集，一天比一天大！他家地里的收入，一天比一天少不说，“那片云彩”，眼看着又变成“妖云魔雾”了，暗暗地修炼成精的牛头马面们，翻着跟斗聚集到了“那片云彩”上，正“叽叽喳喳”地吵闹着，准备往他家的地里砸石头，甚至抛大雷了！他不想活了！

大坡地周围数十里之内，腰粗气壮的大户，除了窑头村的吕大林和漳水县的张三癞，真能抗得住风浪的，怕也没有谁了。在最难熬的年余时间内，王炳中偷偷地往窑头村跑了好几次，往漳水那边也跑了无数次，和张三癞痛心疾首地谋划了几次，还在吕大林家胆战心惊地住了两个晚上。

可他丧门星一般，与张三癞坐了那么两天后，没几天，张三癞就被镇压了！去窑头村的最后一次，从吕大林家刚走出不远，就“轰隆隆”地进去了一伙扛枪的。他蹲在远远的角落看动静。有人进出几次后，里边就“当当”地打了枪，不一会儿，有人背着一个受伤的往外跑。时间不长，吕大林就被五花大绑着押走了。王炳中屁股一紧，扭头赶紧跑，比林满仓赶着的骡车快多了。

他的好多筹措和计划，自此全部崩塌了。满脑子的不甘、不服，却又别无他法，他感觉疯时的廷妮儿，大致不过如此。

到最后，他翻出父亲寓示家人的那几句话：“忧喜皆因比对，烦恼缘起心累，种收本是一家，无思自然无悔。”有板有眼地吟诵数遍后，他来到院里，对着那棵七叶树高声叫：“砍头拔毛的那三个，漳水跟窑头的伙计，恁两人占下了两个，那怨恁家没有俺家那样的老太爷，扣在草筛子下边的，俺算第一个！大不了，憋个红眼，只要不拔毛剁头，翻盘的机会，他总得有！俺早就说过，‘祸福来去无定，草筛扣出好命’！”

廷妮儿看见了，说：“这又是咋咧！”王炳中看着七叶树说：“不咋，准备钻草筛子！”

王炳中决定了钻草筛子之后，找到盖大全说，他坚决拥护新社会，坚决拥护党的政策。他有一件大事，主动向组织承诺，承诺前，需要组织答应他三个条件：一是确保留下自己活命的财产，留什么，由本人在现有家业内选定；二是留下廷妮儿现住着的东院，且是永久恒产；三是梨花酒楼作为开明人士奖励仍归原主。以上三条如能得到保证，他向组织承诺的是：王家的一干产业，包括所有庄宅、田地以及其他物事，一律贴泥不动[1]，无条件归公，只要不当作浮财就行。

盖大全向上汇报后，王炳中的三个条件和承诺，不仅很快得到上级的首肯，还受到了表扬。

王炳中和廷妮儿忙活了将近一个月，收拾完毕后，王家留下的所有东西，都

---

[1] 贴泥不动：保持原貌不变，糊在墙上的泥巴也不会抠下一块。

被搬到了酒坊前的大谷场上。搬出来的东西，按吃、穿、用大致分了类，安排长派了民兵保卫警戒：黍谷麦麻、油盐酱茶、白面黄米、紫铜黑锡……粗布、棉花、棉线，洋布、府绸、丝缎……七宝枕、红藤席、祛寒帐，西洋钟、熏香炉、木雕床……这时候才知道，王家的谷场并没有多大，好多东西都得摞起来，不然盛不下。有些东西，好多庄稼主儿见都没见过，听也没听过，有的甚至不知道究竟做什么，究竟有何用。那些东西即使归不了自己，他们也愿意多看上两眼。

天黑以后，有人悄悄放风：中农以下的户，明天才可以分东西。不长工夫，人群就有些骚动。

李小赖也在贫农团里，安排长走后，本村的民兵不好意思说什么，趁着盖大全安排掌灯的工夫，李小赖活动了几个人，将看好的几件东西给拿走了，连王维贵经常坐的那对官帽椅，也给藏到了大北沟里。

栽好杆子挂上灯笼后，后谷场明晃晃的八方闪亮。盖大全四处察看时，周巧巧双手抱肚，慌慌张张地躲闪着走，迎面撞见盖大全后，夹在腋下的一双缎面鞋掉下一只来。盖大全一把拽住鼓鼓囊囊的周巧巧，不无揶揄地说："都拿出来！再好的鞋，你也穿不好！"

周巧巧因娘家图了婆家的彩礼，才嫁到大坡地村的。她的男人肥胖而矮小，和蛤蟆相差无几的身形体态，大脑袋像直接安到了肩膀上，村里人习惯成自然，都把他叫作"蛤蟆"。蛤蟆尽管肥胖，身体却不健壮，自小的哮喘病，务不了农也经不了商，加上娶周巧巧时欠了一屁股债，看得见的家当，除了碗筷，就是泥坯灶上的锅了。

为了生活，周巧巧曾经和那么几个人有些不好的瓜葛，李小赖是其中好好歹歹的一个。

最近李小赖又跟周巧巧好上了，听了盖大全说周巧巧"再好的鞋也穿不好"，英雄救美一般，"叽叽喳喳"地喊叫着，跳到盖大全跟前："吔！农协主任，咒骂贫农团妇女破鞋！还真稀罕！党领导的队伍里，可不该有你这号人，农协主任咋啦？俺就是鸡蛋，也要碰你碾磙子一身黄汤！"

李小赖说的时候加了动作，低着头弓着腰，还往起跳了两跳，跳完后对身后的几个人喊："盖大全，俺看见往他家里拿东西了，过不了今儿黑夜，东西就叫人偷光了，傻子才等明儿了分呢！"几个人一齐吼喊，四周的人群，"轰隆隆"地向谷场中间涌动。

安排长正巧赶了回来，他把军帽一摘，手一挥，闹嚷嚷的人群立马安静下来。

后谷场经过十多天的喧闹，终于恢复了原来的空旷和安然，除了留下几块烧酒坛子的碎片，连那些扯碎的布条、折断了的板凳腿，也给人捡了去。

王家东院后边的那所大宅院，后来曾做了卖烧酒的铺子用，盖大全看不惯贫农团里的一些人，为了图个眼不见心不烦，把那里给了贫农团办公用，和王炳中现在住的东院，仅一房之隔。

王炳中一下子苍老了许多，几天工夫，不仅长出了白头发，额头上还堆起了几道皱纹，还经常做错事。有一次他去茅房，解开裤带后，抖了两抖裤腰就转了回来，皱着眉头问廷妮儿："俺才刚刚想做啥咪？扭了个屁股，咋就忘啦？这咋能？撞见鬼了？敢就是撞见鬼了。"

廷妮儿说："忘了就忘了吧，到想起来的时候就想起来了。"

吃饭时，他嫌身子冲着门口挡了亮光，把板凳搬到了里边，回来端碗时却忘了，又在原地一坐，跌了个仰面朝天，他忘了板凳已经拿走了。廷妮儿一边拉一边说："兄弟哟，咱有地方住，有饭吃，这是咋了吔！那朝廷，都还能叫人给撵出去呢，咱又不是皇帝。"

廷妮儿已是三十大几的岁数，中等偏上的个头儿，略略有些发福，却仍然匀匀称称的照人眼。她把头发归到脑后的纂子里，看不见油光，却也黑黝黝的整齐。她能一只手抱了丑妮儿去担水，掂重拈轻的粗活儿细活儿都拿得起来。家里家外不仅收拾得干净，而且整理得有序，不仅像王炳中的大姐姐，更像他的母亲。

王炳中吃完饭，廷妮儿递过来手巾："等会儿，你去老爷子的坟上看看吧，把心里的憋屈都说说，使劲儿喊喊，出身透汗，心就亮堂了。"

王炳中提了香供到了坟上，孤独和被遗弃的感觉，就前呼后拥着扑面而来了。

挪坟时栽上的几棵树，已有胳膊粗细，龟脊梁下马鞍地中的那几座坟茔，早已和周围的黄土地融为一体。父亲讲与他的家史、牛秋红摸他后脑勺的手，无一不在他的心头激越震荡，一幕幕仿佛就是昨天的事。如今，叫这一抔黄土，一股脑掩埋净尽了！老银匠砸得火星四溅的钢锤，还有那个拉风箱的苗香香，那个辫子吊在屁股上的姑娘，那个三月天拔地而起的"水葱"——从大山里的磨盘沟来到大坡地，又从大坡地被鬼子掳入炮楼，连在一起之后，那个扑闪着流光大眼的闺女，就匆匆忙忙地作古千秋了。还有埋在鬼沟子里的殷小莲……

王炳中想着想着，只觉胸膛里一股闷气，自喉咙向外翻涌而出，"啊——呜——呜"地哭喊了起来，闷声闷气的，像是多年前，他用䦆镢砸倒的那头花斑牛。

他扯天扯地喊了一阵子后，觉着头晕眼黑，有些支持不住，使劲儿睁了睁眼，龟脊梁顶上的几行柏树，竟在忽闪忽闪地跳！满目苍茫的山峦，像青花骡拉着的大车，在"吱啦吱啦"地走。

他忽然感觉，真要和地下的那些人见面了！劈头袭来的惊悚，令他浑身一颤，猛地抓住脸前的小树，拿头在上面撞了几撞，一使劲儿后站了起来，擤了擤鼻涕揉了揉眼，与原来一般无二的山峦田野，又在眼前亮堂开来，像闷极了的暑热天气，迎来了一场透顶大雨，让人，让天，让地，让天下地上的一切，都变得崭新而爽朗。

他想起了老爷爷汪天成，真想去祖籍看一看，那个"八山一水一分田"，究竟是怎样一个境况；"前世不修，生在徽州，十三四岁，往外一丢"，那里的人们，现在是个什么样子？那里还有没有人知道，有一个干柴棒肋骨的小男孩儿，连一根上吊死的麻绳都没有，就离开了养育他的山川？后来的后来，干柴棒肋骨的小男孩儿，又一路风雨飘摇，将他的子孙，带到了神奇的太行山？

地上的纸钱四处飞扬，王炳中好像从他老爷爷那里，找寻到一个秘不可宣的经世典藏，王家的百年浮沉史，化成了骨子里翻山越岭的召唤。

王炳中往坟上去了后，廷妮儿收拾了锅碗，打扫干净了屋里屋外，在院子里弯着腰，拉着丑妮儿学步。李小赖嬉皮笑脸闯进来，东张西望一会儿后，在廷妮儿的后身打了一巴掌："嗨！这地主婆，真像个七月核桃，饱盈盈个香脆。"

廷妮儿许是叫打疼了，抱起丑妮儿站起来，气冲冲地说："谁家大闺女早掉[1]出来的野窜种！恁爹恁娘教调你，在家跟恁姐姐过时光咪？"

李小赖一脸嬉皮："嗯呀，还就是，嗯？这俊人不用细打扮，光着屁股也好看，轻轻的一巴掌就给打急了。这么俏气个人，闲着多浪费，那俩暄乎乎的东西，活着归老天爷，死了归老地奶奶，趁这会儿闲着，叫咱搌两口，咋样？"

廷妮儿四周看看，踅摸好了动手的工具，看一眼抱着的这个，又看看领着的那个，叹口气说："行吔，回去叫恁娘把你回炉了，你再给阎王爷说说，投生回来给俺当儿就能了。"说完，抱了丑妮儿拉着会来，坐大门口去了。

刚吃过晚饭，王炳中就让贫农团的人给叫走了，廷妮儿打发孩子睡了后正在洗碗。李小赖不知什么时候进了门，从后边抱住她到处摸索，廷妮儿说："嗯？还是个死不撂，嗯——洗碗占着手呢。"一边在围裙上擦手，一边往西房走。李小赖在后边抱着她的腰一直不松手，像刚学耩地的人，跌跌撞撞地扶着一把耩地的耧。

到了西房后，廷妮儿说："死不撂，给解下围腰。"

李小赖以为廷妮儿有心思，蹲下去帮她解了围腰上的带子，解下围腰后回身去关门，廷妮儿早从炕席下抽出半个剪刀，顺手扎到李小赖的屁股上，李小赖用手去夺，手上又被划出个血口子。

李小赖龇牙咧嘴地逃到院子里，廷妮儿握着半个剪子撵了出来，李小赖早窜到大门外，廷妮儿边追边喊："小狼羔儿！慢点儿跑，试试俺敢不敢，连你那几根臭肠子，一齐给掏出来！"

第二天，贫农团来了一伙子人，先把南院林满仓的铺盖卷给扔到了大门外，"叮叮咣咣"地乱砸了一阵后，吵嚷了一阵子。紧接着又来到了后院，正要动手，廷妮儿看准一个瘦猴小个子猛扑上去，一手揪住一只耳朵，低头就把脸上的一块肉给咬住了。

瘦猴挣脱后，廷妮儿顺手抄起一把镢头，满院子追着打，正打着，大门外突

[1] 早掉：方言，怀孕早期流产。

然一声断喝："都住手！干啥？土匪？"

李小赖一瘸一拐地从远处走了来，围着喊话的陌生人转了一圈，说："这六个指头挠痒痒——凭空多了一道！哪块地里，冒出来你这根葱？你干啥的？"

和陌生人一块儿进来的小年轻说："这是工作队的郝队长，你们啥贫农团，登门入户的像土匪！"

李小赖摆摆手，贫农团的人"轰隆"一声散了。

贫农团的人走了后，郝队长在院里的小凳子上坐下，笑眯眯地看着廷妮儿问："你叫廷妮儿？"廷妮儿点点头。郝队长上下打量一阵子后又问："就你打日本鬼子啸？说说那件事，叫咱也受受教育。"

廷妮儿忽然不好意思："你那么大的官，啥没见过哟，净笑话人。"她又想起什么似的抬起了头，两眼闪烁着豪迈不已的光芒："真的，俺真后悔——那天俺要再使上点儿劲儿，把鬼子的眼，准定给抠出来，那天……"

工作队来到大坡地的第一件事，就是肯定了贫农团的工作，又解散了贫农团，还把贫农团划分了"当辈穷""老辈穷""坐富穷""浪荡穷"等十大穷，李小赖一类被分在了"浪荡穷"。安排长对贫农团进行了整顿清理，从此之后，贫农团就成了农协领导下的贫农小组。

贫农团解散后，有人把安排长告到了区公所，说安排长以权压人，公开勾引贫下中农女儿，拆散群众美满婚姻。

区公所把山花叫了去，由一个叫小白的年轻人负责调查。小白十八九岁，嘴上毛茸茸的一圈黄胡子，白白净净的有些腼腆。区公所设在白口镇一个老地主的大宅院中。

在一间小屋子里，小白坐在一个小长桌前，拿了一支拇指粗的自来水笔，桌上一沓印了竖长条红线的信笺。山花背冲门口坐着，门口外面，几个人伸着脖子，探着身子往里看，一边看，一边捂着嘴巴"哧哧"地笑。

小木门关不严，小白关住门插上，一会儿又拉开了闩，在门缝里夹上一块纸后，坐下来开始问姓名、年龄、籍贯，记下后又开始问："安排长摸过你没有？"山花怯怯地问："说实话？"小白点点头。"摸过。""摸过几次？啥时间？""当时没在意，没想到这还能出事，没留账本，记不清了。"小白一个字一个字地记。

山花心中害怕，生怕捅了什么娄子，探过头去看，小白说："不用急，一会儿叫你看，你不看，还怕你不给签字画押呢！——跟安排长在一块儿，脱过衣裳没有？"山花向后捋了捋刘海儿，说："脱过。""脱了几回？""天天在一团，该操的心还怕操不到，谁整天记着脱衣裳的事。"

问了一会儿后，小白把纸拿过来让山花看，看了以后，山花签了字按了指印。临出门，她又回来拉住小白问："这就清了？"小白说清了。山花又问："俺当是啥大事，就这个？值当叫俺几十里地跑了来？"

山花刚说完，外边偷看偷听的几个人，"嗡"的一声大笑着跑开了，一边跑一边喊："咱小白可成了城墙上的鸦雀——经过真枪真炮了！见了大世面了，再不用谁教，啥也学会了，往后不愁找不见媳妇了！"

第二天，安排长被叫到区上没让回来。边老拐找到周大中家说山花："俺这么毒的眼，咋就愣是没看出来？——这孩子也是，也真是到了新社会了，这下手也忒快！忒快！谁知道你心急个啥？咳！——还真是女大不中留，留来留去留成仇。"

山花听了边老拐一番话，翻瞪着眼不知所云。山花娘扯着边老拐到一边，嘀嘀咕咕地问了一阵子，皱着眉头把山花叫到一边去，嘀嘀咕咕地说了一阵子，又气又急地跟边老拐说："俺说哎，她叔吔，万没有的事，万没有的事！哪儿跟哪儿哎，沾不上边的事！要有那事，俺抱住闺女，娘儿俩跳井去！"

第二天，周大中夫妻和山花一起，坐了边老拐的大车上了白口镇。到了白口镇，边老拐先跟安排长见了个面，他跟安排长说："俺套了自家的大车，拉了山花母女，先跟小白论论理，再到郝区长那儿告他一状，轰轰烈烈的革命，大坡地离不了您呢！"

回头边老拐跟韩老等说："下边的洋鼓洋号，就轮着你咧，俺估摸，有人是头上穿袜子——下不去咧，就专门闹咧！你梗住脖子别松劲儿，就着劲儿当一回花木兰，叫他都看看，啥叫大闹东京！在大坡地，也长长自家的威风。"

过了一会儿，他又叮咛韩老等："都听懂了？知道都该做啥了？"

韩老等使劲儿点着头，大步子甩开了勇烈，雅韵尚存的腰身，在倔强的头颅和大胯之间一摇一颤，像一根力挑千斤的扁担。

小白正在洗衣裳，旁边两个中年女人，正一递一句逗他。边老拐努努嘴，韩老等早已七窍蹿火，一溜急急的小碎步，戳到小白脸前："哎哟哟——就你这小孩儿？嫩得掐掐还流水呢，岁数不大，咋满肚肮脏事？来，来，来！先叫俺摸摸你！"

韩老等说着就把小白拽起来，两只手在他的头上身上摸了一遍，低下头，看着满脸通红的小白说："咦？这咋还是个俊年年的白小子？俺浑身上下摸索了你好几遍，咋没见你变成流氓？"

小白猛地挣脱韩老等的手，一路小跑拿回了几页纸，咕嘟着嘴，交给了一个小老头儿。小老头儿坐在墙根的暖阳下补袜子。"你看看，这明明都是她自己说的，两人在一块儿摸过，还脱过衣裳，她还签着名，按着手印呢！"

韩老等撵了过去说："还脱了裤子哪！好好儿瞅瞅，写上没写上？回去问问恁娘，再问问恁姑姑，看她们去茅房，脱裤子不脱？嗯？扛个大枪跑半天，一身臭汗，不脱了衣裳透透气，等捂蛆呀你……"

小老头儿拿着那几页纸，一张张地翻着看，韩老等脸朝着太阳，看不清对方。她拿手掌搭到额头上，弯下腰仔细瞅了瞅，老头儿也就三十多岁——头上包了条旧毛巾，身上披了件黑棉袄，加上正在缝补的那双带底的布袜子，活脱脱小老头儿一个。

小老头儿把手里的东西还了小白，说："每件事，都写了一句话，也没有个前因后果、来龙去脉，谁看得懂？重新调查！"

小白自觉冤枉："你不是说，为瓜就为瓜，为枣就为枣，别瓜枣乱搅。"

小老头儿蹬上补好的袜子，说："为瓜，你就摘了片瓜叶？连瓜蔓也没看见，就知道啥是瓜了？为枣，你就看了看枣核，能知道是甜是酸？去去去，重来重来！平常叫你读点儿书，学个字，哎！比割肉上吊还难受，还想干革命，以后，种地没文化也白来！"

小白正要领了韩老等他们去，李小赖领了几个人，冲着小老头儿远远地喊：“郝区长！郝区长！千万别上坏人的当。边老拐！你一撅屁股，俺就知道你放啥屁，这逮也是你，放也是你，蒙蔽上级、欺骗组织都是你，郝区长千万别上他的当！日本鬼子在的那会儿，他就卖烟泡，当汉奸！”

边老拐倒是不慌不忙，把走入人群就找不见的郝区长，上上下下打量了好几遍，拿拐棍往地上戳了两下后，一脸轻蔑地看着李小赖说：“你当还是旧社会，你当还是你横行霸道的时候？你那几个小狗腿的命，没几天，也就都给‘革’了，烧燥一天是一天的事！你还有脸给郝区长汇报？快回去，把恁爹的玉石烟嘴赎回去——咳！忘告诉你了，烟嘴赎回去也不能使了，肮脏得很！周巧巧在她的那个脏地方，蹭了一遍又一遍！”

郝区长穿上他的大黑袄，一边往外走一边说：“瞎嚷嚷个啥！狼咬屁股似的，革命工作自有人管，事实为依据，纪律是准绳，不用恁俩操心！”

区公所给安排长和山花做了结论：革命同志，自由恋爱，移风易俗，新事新办。郝区长把安排长送上大车时说：“大坡地乡政府成立前，农协代表要再过一遍筛子，土地分配的步子要加快。”

大车过了窑头村，就追上了李小赖几个。边老拐歪着屁股吆喝着大车，向外探出半个身子，拿拐棍比画着说：“贼羔儿们听着！谁的脚后跟也敢踩？在俺脸前翻跟斗，俺原地不动，等你十年也撵不上！”

后来，李小赖又把安排长告到了县里，山花虽然别扭了一段时间，但上级再次调查时，她明确又中肯地证明了，安排长是一个作风正派、立场坚定的革命者。时间不长，安排长被正式任命为白口区的副区长，主抓窑头村以西的革命工作。

安区长走马上任后，在边老拐的一手操办下，和山花正式结了婚，婚后暂时住在周大中家。婚礼庆典隆重而简约，两个人都穿了一身土黄色的军装，胸前戴一朵小红花，给在场的长辈、亲戚和农协代表一干人三鞠躬后，就算完成了革命夫妻的典礼。

边老拐给杀了一头猪，大事小事都弯下腰，在周大中耳朵边轻声慢语地问询，周大中对突然受到的抬举，几乎招架不住。乡亲们也热情，毛主席和朱总司令的画像，周大中收了两大摞。郝区长还给送来了一床新棉被，梆子剧团从外地专门赶回来，唱了《打柴得宝》以后，又唱了《白毛女》。

在大坡地人看来，山花的婚事，是大坡地第一桩隆重又别致的大喜事。

安区长做了新郎没几天，县里又来了调查组，主要原因是，大坡地群众反映，安区长和地主富农勾勾搭搭，排挤贫下中农，农协代表敢怒不敢言；利用土匪家属报复革命群众，搞白色恐怖；借婚事大操大办，搜刮民财，白拿群众东西……

地主富农和土匪家属的事，主要指边老拐。地主和富农的首要条件，是占有多量土地、牲畜和农具，边家的大部分土地，日本投降之前就归了别人，现划分为中农，符合政策精神。魏老大本属孤儿，在边家常年吃住，也参加相应的生产劳动，不存在巨额盘剥问题，魏老大今后自由决定去留。

张红梅娘家为秀水村，母亲为外婆抱养，现已去世，贫农，历史清白。

其实，张红梅的真实历史，大坡地人知道的，只是一些影影绰绰的事，看得见、拿得出的真凭实据，几乎没有。外人不知道的是，红梅娘在世时，和提着脑袋玩命的人生活惯了，学了一套狡兔三窟的本领。她跟随杨老歪初到鸽子岭，千挑万选，找了秀水村一位孤命老妇，想方设法认成了干娘。当年，她也时不时地去看望干娘，也带些丰厚的物品，也住上一些时日，干娘只知道，闺女的婆家生活富足，却没有登过闺女家的门。

秀水村二十余户人家，零零散散地分住在数座大山上，同村百姓，或许也有老死不相往来的事，大山外边的人到了那里，被他们当成天外来客不为过。张红梅嫁到边老拐家时，就是从干姥姥家上的轿——调查组到来之前，边老拐骑了头毛驴，拿了十斤盐和一卷洋布，到秀水村做了一回天外来客。

调查组的人翻山越岭，历尽辛苦，才找到了那位白发苍苍、老眼昏花、耳背舌拙的老太太。老太太终了此生，见到的人没有见到的树多。她看到调查组几个人，惊惧了好一阵子。老太太惊惧够了，叽叽喳喳地一直问："山外的小日本走了没？

日本鬼子的大炮，到底能不能，从这个山头隔着沟，打到那个山头上？……”

老太太光着脊背，黑黝黝的一身褶皱皮肉，松松垮垮地坠着，像一件经久耐用又裁剪错了的衣裳；佝偻着腰，却能在山石路上健步如飞。不管调查组询问什么，她永远按照自己的思路，叽叽喳喳地说个不停，像一个不食人间烟火的老神仙。

调查组里有人急躁，说：“你知道不知道？山外边女娲补天的五色石，又掉了一大块，天快塌了！”

老太太还是叨叨不停，一直叽叽喳喳的，像念着另一本《山海经》：“百丈崖上的黑老鸹，全配了对；黑煞洞中的黄狐子，早修成了仙；鸽子岭头的众妖精，又转生了人；狼魔沟里的树貉子[1]，能唱大戏……”

有人悄悄咕哝：“这个，敢是上十八辈子都是哑巴？老太太一激灵之后，忽然双目炯亮：“还甭不信！宣统年的一个大闺女，丘在了清凉寨，民国三十六年，又诈了尸！还甭不信！到了民国八十年，老天爷开始睡大觉，阎王殿再不支油锅……”

直到调查组的同志呵欠连天，老太太才嘟嘟囔囔地抱了一抱柴草，哆哆嗦嗦地烧起火，白水煮了一大锅北瓜汤。调查组的人，喝了一碗北瓜汤之后都走了。

大操大办的事缘起婚礼那天，凡是送了贺礼的，哪怕只送了一张画，老老小小都吃了一碗猪肉菜。到后来，凡能拉下脸来的人，也都人挤人、人挨人地舀了一碗。

猪是边老拐自家养的，安区长按市场价已付了钱，虽然边老拐推让过几次，但周大中最后又给送了回去。

大坡地的农协工作，倒真正的令调查组不满意，开始的几天调查，部分农协代表不是推托有事，就是干脆不给见面，连农协主任盖大全，也有些心事重重了，工作组反复做工作，一个个仍然噤若寒蝉，吞吞吐吐地避重就轻，缺乏干革命的劲头和热情。

郝区长代表工作组和县里领导意见，跟安区长谈了话：“大坡地最要紧的工作，是迅速掀起土地分配的高潮，抓生产，保安全，支援前线，解放全中国。”

[1] 树貉子：果子狸。

安区长做了深刻的自我批评，首先找到盖大全谈了个通宵。盖大全最大的顾虑，是农协人心不齐，想吃肉又怕闻腥的主儿太多，走在革命前头的人，打死狼都来吃肉，狼咬着了自家受疼。不排除个别人有两面派的可能。农协会上，县城那边土地分配的做法，他只是提了提，当天晚上，就有人往家里扔石头，大门也给砸了个窟窿，刚喂百余斤的猪，也叫人给毒死了。盖大全最后战战兢兢地问："俺小子狗剩，到底敢不敢回来？"

提到儿子，盖大全伤心得不是一道眼泪，安区长听了狗剩当年的事，一脸怒气地训盖大全："亏你还是农协主任，这点儿政策也不掌握，以后，咋领导别人干革命闹翻身？啥年代的事了，以后所有的土地和牲畜，都是全体劳动人民的。马上叫狗剩回来，参加革命运动！"

盖狗剩回来后，和父亲抱在一起，哭了个昏天黑地。昔日的放牛娃，已长成二十多岁的大小伙子，个子比盖大全高了半头。盖大全还想抱起儿子转个圈圈，抱了两次，狗剩的脚都没有离开地面，狗剩倒是把父亲抱了起来，盖大全用手捶打着狗剩，咧着嘴嘻嘻地笑着，眼里就又蓄了泪。盖大全拿袄袖子擦了一把，就出去了。

不长工夫，盖大全从外面回来了，他从武老栓那里赊了二斤空心挂面，去周大中家要了一张毛主席像和一张朱总司令像，端端正正地把毛主席像贴在了屋子的正中央。院子里正对大门处，是一个杂草蒙着的简易棚，平时放些农具和杂物，他把里面的东西收拾了之后，把朱总司令的像挂到了墙上。

盖大全恭恭敬敬地在每个像前磕了三个头，拉着儿子的手说："要不是毛主席，俺儿回不来咧，毛主席比恁爹亲吔！"说着说着，又瘪着嘴哭了。

盖狗剩几乎成了土地分配运动的活教材：要想过上幸福的日子，不跟党走不行；穷苦人要想幸福的日子万年长，不坚决彻底地革命就是死路一条。欠租交不起粮的、借钱还不了息的、外出逃荒的、家有饿死的、卖了儿女的、守了活寡的、挨打受气的、当牛做马的……所有和苦难关联起来的人，迅速地聚集到了一起。在安区长和工作组的指引下，狗剩像盛开在山崖上的那簇迎春花，金灿灿地绽放之后，引来了满园春色——大坡地顷刻之间，就要苍山叠翠大地焕彩了。

为了给下一步工作打下坚实的组织基础，农协的代表进行了重新选举，选举前，专门召开了全村大会。安区长讲解了代表的条件和资格审查事宜。要讲完时，他再一次把狗剩叫到台上，缺了三个指头的手叉在腰间，另一只手把狗剩的手高高地举起："这就是活生生的喜儿，这就是我们看见的白毛女！"会场下，山花领着人群齐喊："毛主席万岁！共产党万岁！"

选举的会场比看梆子戏还热闹，选票刚收了不到一半，台下就闹嚷嚷地成了一锅粥，原来多数人不识字，把选票给画乱了。魏老大率先走上台说："一堆的横道道竖道道，上面的人名和人，一点儿也没有仿像的地，俺使劲儿记了大半天，等找到笔画票时，又忘了哪个是哪个了。"

台下哄笑一片。还有人急于上茅房，去的时候拿手捏着名字，怕画错了，系腰带时挪乱了手指头，交上去的票还得重新画。

当天晚上，安区长组织召开了"诸葛亮会"，以尚官道和夏官道为界，分成南北两块，再以石碾街为中心，小胡同为参照，南北划线，分为东北、东南、西北、西南四个组。魏老大死不愿意和边家在一起，经农协同意，分到了西北组。西北组预选的代表，都在台上坐着，以每人的特点设计选票：戴帽子的、光头的、包手巾的、叼烟袋的……选票上省略了名字，在应该写名字的地方，画上帽子、光头、手巾和烟袋……由于笔不好找，选民都从自家带一截香，在选票上的帽子、光头、手巾或烟袋下面，把要选的那个烫个窟窿，窟窿多的当选。

其他几个组更是快捷简便，每个代表的身后放一个水桶，旁边放一筐豆子，选哪个代表，就往哪个代表身后的桶里放一粒豆子，豆子多的当选。

边老拐颠着拐腿，满大街撵着问："快说说，你是窟窿代表，还是豆代表？"

根据上级指示，大坡地的土地分配要在年前完成，新成立的农协在工作组的带领下，给地主富农留足了他们的那一份后，半月时间就丈量了所有的土地，清点了多余的房宅，经过农协的充分讨论认定之后，一个个庄稼主儿做梦一般，跟着"呼啦啦"的人群，在一处处陌生的门上，锁上自己的锁。一双双颤抖的手，在世代渴望的土地上挖沟埋界，印记下一个个真实的千年梦、万年求。

石匠白老六在自己的地里边，埋了一溜三尺多长的石条，林先生说："石头埋多了，不好犁了。"

白老六夫妻一直在林先生屁股后边跟着，等到林先生不太忙了，拽住林先生的胳膊，指着手里的地契，抖抖地问："您可是先生，是圣人教调出来的，绝没有虚言，您再说说，这能成了真的？"当年他买边老拐的皮店，林先生写的那张买卖协议，比这张地契大得多，结果不仅赔了钱，还差点儿要了妻子的命。白老六至今心有余悸。

林先生指着地契上的大红印章说："看清楚了，这是人民政府的大印！不是当年那会儿，你我他，嘴对嘴，写张纸，再往上按几个指头印。那个东西，脊梁后边是空的，哪儿也靠不住，遇上个腌臜货，就成了废纸。这个和那个不一样，这个的脊梁后边，靠的是共产党的人民政府！"

白老六不住劲儿地点头，抖抖地说："先生费心了，整日没个闲，别上了火，大事小事靠您办呢！"林先生扭回头喜笑颜开地说："求仁而得仁，又何怨！"

李小旦家的北边，原是王炳中家的米店。米店学徒的住所独门独院，和南边李小旦家仅一墙之隔。那个地方虽不大，却是座严严实实的院落，那座房子分给了魏老大。李小桃借回娘家的机会，帮魏老大收拾个干干净净。

魏老大从边家搬出时，除了身上穿的，只带了三件东西：又臭又脏的铺盖、铜烟袋和那个炮弹壳。鸡冠山的那块坡地，自他耕种以来，每年也有个不太多的小积攒，平时他又不怎么花。从边家搬出时，他的那个小积攒，被边老拐搜刮了去。

鸡冠山的那块地因为土太薄，路又远，分地时根本没人要，所以仍旧归魏老大，除此之外，他还分了三亩半地，其中二亩土质较薄，只能种些春种秋熟的庄稼，余下的一亩半，全是可以种麦子的好地。

隆冬天气，到处硬邦邦一片，魏老大却要把他的每一块地，每天都走上一遍，拇指大的石头，也要从地里捡出去。每天从地里回来，他总要背一捆干草，捣弄碎后，扔到门口的角落里，搅拌上茅粪之后，再用黄土蒙起来。他想沤一堆粪，明年开春，全拉到他的地里去。

这天中午之后，魏老大到西山上，把分给自己的一棵柿树锯倒了，收拾好之后，把最粗的一截扛了回来。自从能喂猪、喂羊、烧火、提水开始，他在边家劳作了十余年，边家什么都有，他哪件也拿不走，自己买又没钱。李小桃偷偷给他送来了一口小铁锅、一只歪把勺子、一把不太好用的切菜刀，可他连个切菜的案板都没有。他扛回那截柿树，计划叫李小旦给做个切菜的案板，再镟个擀面杖。刚搬的新家只有四面墙，他手里分文没有，就多扛了一截回来，余下的东西送给李小旦，也好抵顶工钱。

那截木料五尺多长，粗细却有五六把，湿沉湿沉的，有二百余斤重，魏老大一口气从西山扛到了家。进入大门的那一刻，他才感到分量真的不轻，“扑通”一声扔到院中，砸出一个硕大的坑。走到屋里后，借着微微的月光，他看见炕边的火台上，放着一碗稀饭和一个窝头，“咕里咕咚”吃下去后，才感到双腿和腰有些胀痛。

当他擦着火镰要抽烟，才看清土炕的破席片上，放了一床整整齐齐的被褥。惨淡的月光下，什么东西都是灰蒙蒙一片，他没有油灯，去茅房抽了几根麻秸秆点上，麻秆红彤彤的火苗，不时爆着火花。看到被子上老鼠咬的那两个破洞时，才知道那就是自己的东西——破洞虽然已经缝好，但那是他牵肠挂肚的一个所在。

曾经有一段时间，他总把他的炮弹壳从破洞塞进去，抱着炮弹壳，睡上一个踏实愉快的好觉，因为炮弹壳里，不仅装着他鸡冠山一亩坡地的文书，还装着那块“独钓寒江雪”的黄绸布。此生此世，能给他的生命不断加注活力的，就是那个炮弹壳了，如果不是那个炮弹壳，他实实在在的生命历程，就是河卵石堆积起来的东河滩——除了坑坑洼洼高低不平，就是对生命的绝望。

尽管他喝过李小桃捧过来的粥，夜深人静时，也想象过李小桃的其他——但她是边家永远的媳妇，边进财的永远的妻。

魏老大吹灭麻秆，吸足烟，和衣躺到铺盖卷上，一股淡淡的胰子香味，直冲鼻孔而来。他习惯了霉味夹杂着汗臭的味道，失去那个臭烘烘的伴侣，反倒有些不适，空泛和不安开始全身乱窜。刚刚闭上眼，身子轻飘飘地到了土地庙，他娘还是瞪圆了眼，微张着青紫的嘴，一群绿头苍蝇飞来飞去；一会儿又轻飘飘地到了鸡冠山，王炳中的青花骡，还在吃他的豆苗；边世喜又拿了痒痒挠，咬着牙敲他的脚踝骨，问他“心肝肺咋长到了脚后跟”；李小桃给他送到小石房的米面饼子，真好；忽然又是一张杨旗旗的苍白脸；分给他的那一块肥沃的田地里，李小桃正和娘，坐在地里掐谷穗……

一会儿，他又感觉全身胀痛，好像有什么东西，在往肚子里不住地打气，身子将要爆裂……一点儿都受不住的时候，他忽然感觉，打在肚子里的气，从下面一下子释放了出来，像一只放了气的猪尿脬！时间不长，那只猪尿脬又被吹胀了起来，比第一次胀得还厉害。

后来，他痛快淋漓地大叫了一声，像张红梅生边起升时喊叫的那种声音。

第二天，李小旦来串门时才看见他，当时魏老大窝着头蜷曲在土炕上，一脸青紫，棉裤的裤裆湿漉漉的还在滴水。刚好盖大全来找魏老大，两个人摆弄了半天，魏老大才哼了一声出来。盖大全说：“还好，还好！裤子里没有别的东西，要有了别的东西，气跑光了，可就真挺了腿了。”

盖大全去请了先生来，先生看了半天，也不知道究竟是什么毛病。魏老大平时是有名的四大：手大、脚大、屁大、饭量大。如今他的四大少了两大，多了一个肚大。他在炕上静静地躺了两天水米未沾牙，肚子胀得碾磙子似的，也不排气，而且从第三天开始就不睁眼了，浑身滚烫还说胡话。

实在没有办法之后，李小旦就把姐姐李小桃叫了来。李小桃吓了一跳，魏老大的嘴唇也青紫起来，隆起的肚皮，比怀孕的妇女还要大，而且气息微微，手脚冰凉。她拉着魏老大的手，“呜哇”一声哭了起来：“贱命吔，老大，贱命吔！好时候刚透了个小苗苗，你就要走咧——贱命吔……”

李小桃刚吼喊两声，魏老大猛地咳嗽，头和脚往起一翘，肚子一鼓，排了一串长气，睁开眼后嚷嚷着要解手。李小旦架着他到了茅房，他哩哩啦啦地撒了半茅罐。回到屋里后，就说饿得慌想吃饭。李小桃急急忙忙到弟弟家，舀了半瓢玉米面，在灶火上煮了半锅玉米面糊，魏老大嘴不离碗，一口气喝了下去，工夫不长就周身出汗，热气腾腾的像洗了个热水澡。不到日落，竟然又是活颠颠的一个魏老大了。

魏老大好了以后给李小桃说:“啥也不怨,俺心里透亮着呢,分了房,又分了地,你又给俺拆洗了新盖体，一高兴，七窍走乱了，魂也跑远了。俺娘死时闹了一回，这是第二回了，以后再要有太伤心、太高兴的事，都可得给操点儿心，就当行好呢。俺思谋着，再闹一回，真就把俺给憋死了。”

第十八章

翻身秀红旗　先生赴戎机

自从分了房和地，那自天而降的喜悦，差点儿让魏老大送了命。他就像一只饿急了的鸡，猛然被抛到了谷堆里，突如其来的惊诧，使原本按部就班的神经，一下子全错了位。

选举那天，魏老大被当作烟袋画到了选票上，当选代表后让他上台发言，他一会儿低头一会儿摇头，连铜烟袋也不知应该放在哪个手里好，他吭哧了半天也没有说出一个字，临下台时有人喊："窟窿也给你烫了，大小总得给亮个相吧！"

魏老大走到人群里才应答了一声："谁家犁地耩地找俺帮忙，绝没二话！"

可惜，眼下既不耩地也不犁地，魏老大天天去自己的地里转一圈，即使没有什么农活儿，也总愿意蹲在地边看上大半天，比动了情的男子，去看自己心爱的女人，还要不辞辛苦锲而不舍。

那天，魏老大扛了一捆干柴回家，盖大全截住了他，威严的口气，像老师训教调皮捣蛋的学生："老大！你净做些驴尾巴苫驴屁股的活儿，白叫乡亲们往你的大烟袋底下，戳了那些个窟窿！你这代表咋当的？也抽点儿工夫，先去那些没人照看的人家转转，看谁过不了年！上级给了些救济粮，抻展良心看看想想到底该咋分，都要像你一样没点儿觉悟，再憋住一股邪气没人管，看能不能活！"

魏老大嘿嘿地笑着，说：“你不知道，见天儿不看看俺那些地，睡觉合不上眼呲。”

腊月里，盖大全领着农协代表，把全村的贫雇农家全转了一遍，根据各家的境况和人口的多少，大家投票后，把上级给的两车玉米分了。魏老大捡拾地上散落的玉米粒时，盖大全才想起来，从边家净身出户的魏老大，忘了给他留几斤。魏老大一边捡一边说：“年好过，月难熬，早早打算开春[1]咋种地吧！俺光棍一条，一人吃了全家饱，好歹对付一口就过年咧。”

盖大全说：“要说咱伙计几个，谁也没领救济粮，咋说也到了新社会啦，总不能叫老大家的灶火不冒烟吧？各自回家给老大拿点儿，好面不嫌好，糠面不嫌赖，十斤不多，半斤也不少——不过丑话说到前头，大年节下的，谁也不能跟家里娘儿们较劲儿，通顺就拿，不通顺拉倒，叫人知道了，笑话咱干部家属没觉悟！”

腊月二十八，是大坡地村一年里最后一个集，人们习惯叫“穷汉子集”。旧社会，平时买不起东西的穷人，都会在这一天，来集市上转一转，买一些残次品或处理货。直到这天，魏老大才腾出时间，把他拾来的几百斤干柴卖了。碗、筷、油、盐置办齐全后，他捏着几张皱巴巴的纸票子，又在街上转了半天。

他想买个旧棉袄穿，身上的棉袄连滚带挂，小窟窿里露着套子，大窟窿里露着肉。他想了又想，最后打定了主意：一出正月就不太冷了，有钱不买半年闲。

他相中了一条蓝道道的羊肚手巾，心想，分了田又分了房，新年里总要到处走一走，叫人看了，身上也总算有件新东西。他包在头上试了好几次，最后还是摘了下来，心里嘟囔着：又不数头冷！就走开了。

后来他走到一个鞋摊前，卖鞋的正在打包收拾。由于魏老大脚大，卖鞋的解开包袱翻了又翻，找出一双半高鞡的棉靴来。他的脚刚伸进去，就感到暖烘烘的舒坦，站起来试试，大小正合适。在北圪台儿上来回走几步，厚实而坚硬的新鞋底，“咔嗒咔嗒”地脆响。听到响声，他想起了边老拐家的大黑马——四个蹄子的铁掌掉了两个，马蹄上的软骨，翻翻着向上翘起，边老拐却一直舍不得那副马

[1] 开春：立春之后的春季。对庄稼人来说一般指土地解冻之后，可以忙农事了。

掌钱。他觉得自己要是买了那双鞋，简直比边老拐还要烧包。

他低着头脱了那双鞋，卖鞋的一张无可名状的脸，比他魏老大放不出屁的表情还要难看。他重新将一双大脚，套进那双透了底的尖口鞋，怦怦乱跳的心才平静下来。

卖鞋的不知是嫌弄脏了他的鞋，还是嫌乱倒腾一阵，白给自己找了麻烦，焦躁得发脾气。魏老大躲债似的走了好远后，还听到身后两个鞋底“叭叭”的撞击声，他悄悄嘟囔：“急个啥，鞋是你的，钱是俺的，谁又不是老天爷，能叫两人都高兴。”

魏老大纠结的心，就像两个小孩子在肚子里吵架，回去心有不甘，买个东西又怕花钱。他转悠了一会儿，在大槐树下蹲了下来，从屁股后面抽出那支明晃晃的铜烟袋，捏一捏烟荷包，里面的烟叶仅够装三锅，他悄悄地在屁股下面的地上，抓了一把干槐叶，两个大巴掌搓拧两下，装进了烟荷包。

抽了两三袋之后，他终于想起了盖大全墙上的毛主席像，心里豁然开朗起来：俺咋说 ，心里头一直别扭，原来是家里少了这个，俺的天！少了这个，那还了得！烟袋锅也忘了磕就别到了后腰上，急慌慌地在石碾街上转了起来。谁知道跑遍了卖年画的店铺和货摊儿，几乎每家都说着相同的话：“早卖光了，都啥时候了，俺还在找呢！”直到白老六在他的后腰上拍打起来，他才想起来忘了磕烟袋里的烟灰。

白老六说 ：“烧窟窿烧上瘾了？光顾整啥呢！”

魏老大拿着烟袋杆，梆梆地敲着脑袋，歪着头皱着眉对白老六说 ：“毛主席给了咱房和地，咱咋忘了毛主席！”

白老六把魏老大叫到一边，神秘兮兮地说 ：“周大中家有，山花出嫁的时候，别人送了一大摞呢。”

两个人一起到了周大中家，周大中正在院里烧着灶火煮白萝卜条，听了两个人的意思后，拍着巴掌说 ：“恁两人是正月十五贴门神——迟了半月咧！”

魏老大着急地拍着屁股连连摇头。周大中站起身，伸个懒腰说 ：“快去抱柴烧水，等会儿，指不定能给恁两人弄一张。”两个人就问到底咋回事，周大中说，安区长托人在白口镇给留了点儿，要是没叫别人拿走，赶天黑就拿回来了。

果然，天要黑的时候，安区长拿回来一百多张，抱着往大中家走，后面跟了一大群人。安区长把主席像抱进东房，翻身就把门闩了，从窗户里露出半张脸喊："老大过来！叫大家排好队，我认不准人，贫下中农先领！"

人群里有人问多少钱一张，安区长把嘴对了窗户喊："不要钱，回家谁也不能给粘歪了，高高兴兴过大年，开春好好儿搞生产！"

魏老大回了家后，先在墙上画了线，照准后，把毛主席像端端正正地贴了上去，嘴里还不住地念叨着："毛主席给了咱房和地，咱咋能忘了毛主席！"

魏老大煮好小米稀饭，端起大粗瓷碗喝了一口又放下了，他端着油灯，屋里屋外看了又看，最后站到毛主席像前，虔诚又恭敬："俺说原先老觉着心慌，总觉着有一股气憋着放不出来，这下可算通泰了，这'抱着人家孩子，住着人家宅子'，哼！打今儿才真通泰了，也不心慌了，这东西都是谁的嗯？谁的也不是！都是毛主席的！这宅子是毛主席给俺魏老大的；这地是毛主席给俺魏老大的；这孩子？这会儿还没有。边世喜变着法做作俺，毛主席要早来了，他敢？吓死他！你王炳中倒也很厉害，敢惹毛主席？"

吃罢饭，魏老大把另一张毛主席像给李小旦送了去——他帮了安区长的忙，安区长多奖励了他一张。

新年的鞭炮放过之后，原定于过了破五开学的农民夜校，提前开了课，夜校地址定在了烧锅酒坊。讲课的老师，是工作组里一位东北女子，姓田。她不习惯大坡地村人称呼她"先生"，大坡地的百姓又不乐意叫她拗口的"老师"，最后统一了意见，一律称呼"田田"。庄稼主儿很乐意叫"田田"这个名字，响亮亲切，又饱含了崇敬和爱戴。

田田是东北人，结实的身板，宽大的脚片，十六岁就到了部队，夫妻二人原来都转业到了地方，大部队一批批南下时，丈夫又被抽调了回去。

田田让大坡地好多女人仰慕：土黄色的布军装，腰扎一条宽大的皮带，一个扁圆的水壶斜挎着，裤腿用长布缠裹着，多了几分英俊干练，又多了几分威武阳刚。女人们远远地看了两天后，大胆些的，开始去摸田田的绑腿。

田田把那根布条解下来让大家看，又把肥大的棉裤卷起来，又白又细的一条腿，让女人们啧啧称叹。马上有人想象着田田的丈夫，一定是个虎背熊腰又很会疼人的俊罗汉。

有人问："田田，你都吃了些啥好东西，长了那么白那么细的肉？"田田说："从小喝松花江的水长大的，东北松花江，美得很哪！没听人唱我的家在东北松花江上，那里有森林煤矿，还有那满山遍野的大豆高粱……"

于是有人说："原来松花江，是个养美人的地方，怪不得日本鬼子，拼了命地霸占了好些年。"

田田站在讲台上，讲了绑腿的用途：长时间急行军，使小腿减少胀痛；到了草丛林间，防止小爬虫钻进裤管叮咬；遇到高山或深沟，可做绳索；战友负伤，绑上树枝可做担架；俘虏了敌兵，可做捆绑的工具；战利品多了，可以打包背回……

田田还讲了新中国的当下，新中国的明天。

第二天，田田让大家谈感想，一个平日里快嘴快语的女人，做了一晚上的发言准备，台下练得好好的，站到台上后浑身一直哆嗦，两只手牵在一起捧在胸前，哆嗦着说："俺在田田的训导下，俺弄准了，弄准了……"

台下一片哄笑。

"弄准了啥叫落后，落后就是，就是……就知道忙来了做活儿，闲来了找伴儿，不忙不闲，撵鸡子上垛儿……"

台下笑得前仰后合。田田用手里的那根细棍子，"啪、啪"地敲打着桌子。细棍子是学员从大门外的皂角树上砍的，剥了皮又打磨了，直溜溜的光滑坚硬。

讲话的女人手捂着嘴，扭着身子，不好意思地笑了一阵，又说："咱妇女们，不能光开开门纺花织布转锅台，关住门盘起小脚想生孩儿；该知道娘儿们也应新社会里换新貌，该知道娘儿们也能'吭哧吭哧'扛大炮；不能光想自家有地有房的好时光，也要想想天下还有多少穷人没解放；不能光想骑着毛驴哼着小曲儿回娘家，也要想穿上军装扛上钢枪打天下……还有……还，有，想不起来了，打今儿以后，俺就是要跟田田一样，撵着毛主席，解放全中国！”

发言的女子回去刚坐下，就“吱喳”一声叫了起来，她报告说，屁三要占她的便宜，拿个凉鸡爪子，伸到她后边的裤腰里了。

田田拿起皂角棍，猛地敲在桌子上，叫屁三站了起来。屁三弯着腰，歪着脖子，摇晃着脑袋，说：“她老爷爷是东北的，俺老奶奶、老爷爷也是东北的，俺想看看她，喝了咱大坡地的水，到底长了一身啥皮肉。反正俺这身皮肉，没啥景致，也没个看头。”

田田一声不吭，三步两步走到屁三跟前，伸开胳膊就把他夹在了腋下。屁三双腿在半空中胡乱地踢蹬，嘴里不住地“呜呜”乱叫，田田把他夹到门口后，“扑通”一声扔到了雪地里，“嘭——”地关上门，拍着两只手说：“俺那疙瘩，就没见过你这号银（人）！”

在夜校里，令魏老大欢天喜地的是，他学会了《翻身乐》这首歌，在他看来，《翻身乐》才是他透心透骨的最深刻表达：

东北风呀，刮呀刮呀！刮晴了天，人民哪，翻身哪，大家伙儿过新年，哎嗨，过的是翻身年。哎嗨哎嗨哎哎哎嗨，太阳出来，亮呀亮呀亮堂堂呀，人民呀翻身呀，毛主席领导咱，哎嗨……

在边老拐那样的人看来，魏老大除了犁地、耩地、放大屁，再找不出第二个有用的地方来。上了夜校之后，他的灵性和聪慧最终被田田发现，低沉、浑厚略带沙哑的嗓音，如滚滚而来的滚天雷，《翻身乐》的曲调经魏老大一唱，就像瘦三煎入锅中的灌肠，一样的做法，却是别样的味道，漫天诱人的香气，那真叫一个绝！

田田叫魏老大单独演唱时，他痛苦不堪的表情，像边世喜又狠砸了他的脚踝骨。田田把他叫到门外，柔声细语地说了一会儿，又比比画画地教了一会儿。

魏老大再次站到台上，竟学会了打节拍，2/4 的节拍，被他龙飞凤舞地比画得甚是好看。他热情澎湃地唱着，越唱越激昂，越唱越高亢，台下的好多人看呆了。

魏老大在夜校里学会的第二首歌是《黄河大合唱》，这是一首雄壮无比、激人奋进的歌。

夜校刚开始的那段时间，魏老大觉得最有意思，“毛主席万岁”几个字，一直令他激动不已，他家的墙上、地上，到处都有那几个字的痕迹。烧灶火时，他也抽出一根棍子在地上画。没几天，他就受到了田田的高度赞扬。田田当着大坡地全体学员的面，多次夸奖魏老大是个爱学习且灵性极高的人。

除了圆睁着眼死去的娘，他一生之中，从未受到过任何女性公开而由衷的褒奖。接下来的日子，他学拼音、学算术，记忆奇好且成绩优良，好几次还站在田田的位置，领了学员们读和写。从五官到四季，从家禽到家畜，从山川到河流，魏老大学了许多有意义的字。那些天，平时挨着枕头就能打起呼噜的魏老大，兴奋得整夜都合不上眼。

天气渐渐泛暖，冰雪消融，万物复苏，魏老大再也不愿意去夜校了。鸡冠山的地，去年又被山洪冲开一个豁口，尽快把那里填平补齐，才是他唯一的要务。

不管干啥，得先种地，有了粮食人才能活，识字的事倒也不赖，但那个不能吃，有安排长、田田这些人也就行了。早先的时候，要是好歹有那么一片地，就是拿手抠着种，娘能死？天大地大，啥也没有种地的事大！魏老大这样想，想过几遍之后，决定再也不去夜校了。

田田找到他，一脸严肃地问：“咋啦，嫌我讲得不好？”

魏老大想了半天，不好意思地说：“没有的事，没有的事咃！俺老大，天生攥锄把的命，攥不了笔杆咃！开始学的‘猫’字，一看就像个猫样；‘鸡’字，琢磨琢磨，还真有点儿像鸡，羊像羊，兔像兔！后来学的，像俺‘魏老大’这仨字，除了‘大’字有些讲究外，‘老’字，咋也看不出来像‘老’，‘魏’字，更看不出个啥讲究，斜道、竖道的一大堆，写起来麻烦，记起来也费劲儿，咋也不敌俺刨地锄地舒坦。你是个好先生咃，就是俺没有那个命，身上也短缺那根筋！”

田田后来又找了几次，他索性找个借口不给见面了。

过了一段时间，魏老大除了“毛主席万岁”和“魏老大”，其余的字，差不多都让他和了小米稀饭穿肠而过了。不过，魏老大的嗓音却没有变，一样的低沉、浑厚，略带沙哑。

好雨知时节。清明刚过三天，下了一天一夜的牛毛细雨，提锄的、扛耧的，刨坑的、埋土的，驴拉的、人背的，合作的、单干的，种花的、点豆的、播谷的、种黍的……做啥的都有。山坡上、沟谷里、河滩边、树林下，到处是人。筋骨壮的举重，力气小的拈轻，来来往往的人群，比梁间筑新巢的燕子还要繁忙。到了四月，就满眼的碧绿，一片接连一片，黄土地上的苍翠，浩浩荡荡地葱茏无边了。

渐渐地有人传说，江南的国民党兵已过了长江北岸，清一色的美式飞机大炮，正“轰隆隆”地向华北开来，像盖大全一类的“首恶分子”，都将被五花大绑拉到东河滩枪毙！——铁子弹头，“砰”的一声钻进脑门子，掀开了天灵盖，白花花的脑子四溅一地——王炳中正准备拾两团人脑子，治雷月琴的疯病。

农协代表们的家门口，一个晚上几乎都被浇了一遍大粪，鬼沟子里半夜传来了炸弹的声响。几个农协代表地里的麦子，整块整块地被毁，最严重的是，县工作队驻地的水缸里，叫人投放了信石，几个工作人员差点儿送了命。

又过了几天，有人竟把政府新分的地契送到了农协，白老六连房契也送了来。盖大全拽住白老六的胳膊不让走，白老六一会儿站起，一会儿蹲下，死活不吭声。盖大全学着安区长的样子，一脸怒气地训斥：“死气不出，活气不冒，老天爷咋给你安了个男人头，去！圪蹴一边尿一泡去，立着尿的，就没有你这号人！”

白老六哭咧咧地拉着盖大全的手说：“叔吔，你行行好吧，俺家有老婆孩子，好死不敌赖活着吔！”

大坡地的百姓，陷入惶恐不安中。周大中心神不宁地问安区长：“这天，还能变回去？”

大坡地的情况很快反映到县里，郝区长和安区长都在县里做了检讨，郝区长说：“这就是革命不彻底的结果！要放手发动群众，以革命的暴力，对抗反革命的暴力！”

安区长连续召开了农协代表会，全体民兵荷枪实弹日夜巡逻，代表们开始了拉网式的明察暗访。很快有人反映：在周巧巧家看见一个水壶，和田田丢的那个一样。

安区长带着民兵赶到周巧巧家，周巧巧的儿子正拉着水壶满院子转。周巧巧一会儿说是孩子捡来的，一会儿又说是自己买来的，跟着安区长的民兵猛拉了几下枪栓，周巧巧说是李小赖送的。

李小赖被抓到农协时还百般狡赖，周巧巧掂了那把水壶站到他脸前后，就浑身瘫软下来。他承认了下毒的事就开始大骂：“周巧巧你个破货！恁老子的小命，葬在你个破鞋手里了，把你个千人戳万人蹴的货，早点儿弄死就好咧！”

周巧巧指点着小赖的额头说：“叫你个绝户头，当贼还留下个记号！你王八蛋，安安生生地上路吧，欠恁祖宗的钱，到了那边花去吧！”

工作队进一步追查，意料之中的是，李小赖供出了幕后指使人王炳中。

王炳中也被抓到农协后，边老拐听说了，愣怔了好一会儿，看看天，看看地，又揪着自己的两只耳朵摇了几摇，确信的确不是一个梦之后，呼呼生风地抡着拐棍大叫：“这老天爷，这老地奶奶！这龙王、老君、观世音！到底是哪路神仙睁开了眼？啊？说一声，留个名姓，叫俺知道该谢谁……”

边老拐手舞足蹈地喊叫了一阵子，终于感到那个突如其来的惊喜，更需要一个不差分毫的明证，哼着“呜里哇啦”的小调，向工作队的办公地点赶了去。

他带去了一筐热腾腾的牛肉大葱包子，还特意从窗户塞给王炳中一个，手舞足蹈地说：“叔吔，你倒也倍精，这两人不看井，三人不做贼，你跟李小赖勾勾搭搭，倒也差不多能捂住，不想，人算不敌天算，半路上冒出个周巧巧，两人变成三人了，那就得露馅！啥也甭想了，后悔出屎来也没用！准备往那边去吧——不过，叔叔上路之前，俺可跟你说，死在周巧巧手里，这事传出去，可真不好听。咳！不好听也没法，说不知道的人，是他不敢说，本来知道的人，也不愿意说，长着眼的东西都清楚，大坡地那个宽脸大鼻子，他天生不是个东西！不过，你还是把那个包子吃了吧，里边准没人下信石，俺可不像你，动不动就想要人命！”

王炳中把那个包子掂到手里左看右看，说：“俺早就知道恁娘相中俺了，不想恁爹我命太硬，一时半会儿，怕还不能去给恁娘做伴儿，也是——俺就是想不起来，啥时候还跟恁娘睡过？老是不操心，尿出来你这么大个小子！还挺孝顺。”

王炳中说着，忽然把那个包子从窗户里砸向边老拐：“俺有俩儿子呢，哭爹，也轮不上你个狗日的货！”

李小赖交代的事多数经过了验证，买信石的时间、地点、人证和下信石的物证，一一形成了完整有效的证据链，李小赖投毒确定无疑。唯有李小赖指证王炳中的材料，令人大惑不解。

李小赖说：“四月二十吃过中午饭，根据事先定好的时间，俺来到了王炳中的家。进门后，王炳中穿着厚厚的一身棉衣，外面套着个翻毛羊皮袄，桌子上放着个点亮的灯笼，怀里抱着一个茅罐。俺说王炳中你疯了？王炳中叫俺小点儿声说话，说先生给看了，他今年有难，当天是交运的日子，点上灯笼抱个茅罐，是为了避灾躲难。王炳中给俺安置好要办的事，先给了俺五十块大洋的定钱，装在一个小黑布包里，俺还挨个儿看了看，都是湖南省造的亮光光的龙洋。说好事成之后半月内，再给五十块大洋的余欠。出门时，王炳中给了俺一把蒲扇，神秘兮兮地叫俺盖住脸，说别叫西屋的廷妮儿看见了。”

最后李小赖说：“俺想你搞啥鬼，盖住俺脸，廷妮儿就看不见了？俺悄悄往西屋瞅了一眼，廷妮儿正扒着窗户往外看呢。俺没有多想，揣上那个小黑包就走了，心想半月以后，剩下的钱要是不给，俺就去他家要去，不想，没到半月，就给逮住了。”

李小赖一边说，王炳中一边点头称是，待李小赖签字画押后，王炳中站起身拍拍手要走，被两个民兵拦了下来。王炳中手舞足蹈地大笑一通，说：“李小赖你疯了，净说些疯话，四月二十俺穿一身棉，再套个羊皮袄？大家伙儿听听，那么热的天，是俺有病，还是你疯了？还穿着皮袄抱着茅罐？呵呵，哈哈——亏你编得出来！再说，你啥时候去过俺家！准是怕死给吓疯了。”

安区长和工作组的同志商量一会儿，派两个民兵押着李小赖取物证和人证。到了李小赖家，找到了一个小黑布包，黑布包里倒有五十块龙洋，却全是江苏省铸的。后来又到了王炳中家，廷妮儿一口咬定，她四月二十那天不在家，那天她领了两个孩子，去小坡地村看戏去了，一起去的还有好几个人，天快黑时才回了家。廷妮儿还说，她压根就没有在西屋住，见鬼也得等到她死了。李小赖早先去过家一回，她一个人在家，想做不是人的事，叫她扎了一剪子，那个疤，这会儿怕也没长好，谁不信谁就看看。王家也没见过翻毛羊皮袄。

直到李小赖被拖往鬼沟子枪毙，他才明白过来：到底王炳中高了他一手，除了西屋窗户上那个晃动的人影，他确实没有看清，他说的句句是实话，湖南省造的龙洋，他是为了防王炳中做手脚，一块块认认真真查验的，那怎么能有差！可王炳中为了他自己的万无一失，早做了天衣无缝的成败筹措，在一扭身的工夫里，就给调了包！还有那个茅罐，那可是千真万确的呃！臭烘烘的东西，也值当编一个假出来？

而如今，他绝无半点儿假话的如实交代，却成了王炳中顺利脱逃的有力证据！王炳中精心绾了一个借刀杀人、金蝉脱壳的鬼套子，他糊里糊涂往里一钻，就叫人给勒死了！玉皇大帝和阎王爷都知道，谁也不能跳出来为他说上几句话！黑压压的人群里，没有一个人想想，天底下哪个规规矩矩的人，能过成那么大的财主！你个杂种王炳中！鬼谷子都算计不过你！

李小赖跪到土坑前，还在大声喊叫："王炳中！俺日恁亲祖宗！大领导、小干部听清了，想清了！街坊四邻也听清了，想清了！王炳中自己交出他家的世产，那不是他服了，那是他怕了！那是他算计好了的一个连环套！要能留下俺，俺给戴罪立功，破了他那个连环套！捅不破那个脓包毒疙瘩，他死也不能消停！日后看哪个能安生！领导们、乡邻们……俺日死恁祖宗王炳中……"

尽管有不少人依据作案动机，怀疑王炳中玩了鬼把戏，但指责李小赖的声浪，几乎淹没了一切。

枪毙李小赖之后，缘于王炳中身上的重重疑点，对他的重点调查并没有停止。

根据最新线索，针对农协干部的那些威胁活动，包括散布的那些谣言，还有早些时候，盖大全被人半夜里打的那一记闷棍，均确定是漳水那边的“六离会”干的。

“六离会”又叫“二坎会”，属民间会道门组织，起源于清末，活动在冀南，抗战刚开始即投靠了日伪，因多次残杀八路军干部、战士，被集中力量予以了剿灭。

接着查明，漳水的六离会属残余势力，他们在大坡地村进行的一系列活动，大坡地这边不仅有人参与了策划，而且还给予了相当数额的活动经费。更为重要的是，根据情报，漳水那边刚发生的一桩特大血案，就是六离会制造的，六离会下一步要实施的计划，就是针对沙水这边的暗杀活动。漳水那边已完成前期侦查，正计划实施抓捕。

县里及时做了指示：尽管目前还没有王炳中参与六离会事件的直接证据，鉴于漳水那边发生的紧急情况，以及各种线索指向，应即刻控制嫌犯，并给予必要威慑，一来便于安抚群众推进工作，二来有利未雨绸缪防患未然。

这天，王炳中刚刚起床正要洗脸，从门口拥进一群民兵，拉拉扯扯地把他拽到了院中。王炳中连推带搡地大叫：“就恁几个？凭啥？俺倒背着胳膊尿尿——就是不服（扶）你！”

武小魁一边往他跟前走，一边说：“咳！大坡地出了个硬通货，都啥光景了，还尿尿？不说你搬着屁股看天——有眼无珠！”

王炳中眼一瞪，“呼哧、呼哧”开始喘粗气，看样子想要动手。武小魁唱戏的功夫没白练，一个忽闪就抱住了王炳中的后腰，没想到王炳中身板大力气足，回身卡住武小魁的脖颈来了个别腿摔，两只大手使劲儿一推，武小魁仰面朝天跌了去。

眼看局势难控，狗剩拉了枪栓，对着天放了一枪说：“王炳中，再敢抡拳舞棒绑一绳！你拐腿子老婆上楼梯——不（服）扶还真不行！”

狗剩摆了摆手，“呼啦”一声拥上去几个人，拧着王炳中胳膊拉走了。

一群人向大门外拥，廷妮儿追着说：“炳中啊，听姐的话，不能老是硬铮铮的性，弯个腰低个头……”

位于太行山麓的大坡地村，虽然山坡地居多，山梁间宽大的区域内，却有一片片上好的良田，那是大自然的造化所致。太行山是一面雄伟瑰丽的天然坝墙，它阻挡了黄土高原上向东倾塌的黄土，千万年的风雨变迁之后，自西而东跨越太行山汇入东海的水，在坦缓的沟谷间留下一层不薄的土，虽然面积不大数量不多，但那是上天的一份特殊馈赠。

魏老大有一块地就在那片黄土上，大小一亩半的样子，土质细密耐干旱，和东部大平原相比，如果都不用地下的水浇，从春节到麦收，只要三四场透雨，这里的土地就是一片丰收景象，东部平原的沙土地，却有可能要歉收。

这年也是少有的风调雨顺，春节过后落了五六场透雨，魏老大的那块地，收了四百余斤小麦，他买了口大水缸都没有盛下。后来他到西山上敲砸了一些青石，在屋里垒了个粮仓，又去三道岭扛回两块红石板盖了上去，既卫生干净，又不怕老鼠啃咬。

该种的地种上以后，魏老大捞洗了三十多斤麦子，天黑之后，点着油灯去石磨上磨。他那两只“龇牙咧嘴”的大鞋，下接地气又上观天气，陪着他在磨道里“啪嗒、啪嗒”地转。磨扇随着步子的快慢，“哧咕、哧咕”地响。一粒粒的麦子，受不住磨扇的沉重压迫，张着嘴龇着牙，从磨扇缝里一粒挤着一粒向外涌，挤下的碎粒在磨盘上成了堆以后，魏老大停止推磨，把那些混有面粉的碎粒，扫到簸箕里开始筛面。

筛面粉的工具里，二尺余宽、四五尺长的柳条大簸箩，是魏老大借来的；两块长方形的厚木块做腿，再由两根直溜些的木条把两条腿连起来，筛面粉的罗放到两根木条上，一边推拉着来回滑动，一边磕碰厚木腿，夹杂在碎粒中的面粉就筛了下来，这个简单实用的工具叫“罗床子”，也是老大借来的；筛细面粉的细罗和筛粗面粉的马尾罗[1]，还是魏老大借来的。

魏老大不缺推磨的力气，却没有筛面的经验，工具全是借来的不说，从小到大，他几乎没有一捧属于自己的麦子。他把簸箕里的麦子碎粒倒进罗里一些，把罗放

[1] 马尾罗：尾，读yǐ，用马尾巴上的长毛，或其他部位的长鬃毛做筛绢的罗，一般网目较粗。

到罗床子上筛，紧拉慢拽地筛不下多少面粉。他学着别人的样子，将罗在罗床子的腿上磕一下，一个用力过猛，把罗里的碎粒也磕溅起来，撒到了簸箩中筛好的面粉里，还得从头再筛。

魏老大有的是力气，一遍一遍地重复，仍然一遍一遍地欢喜。终于筛完了，他把那些筛去面粉的碎粒倒到磨扇上，再“啪嗒、啪嗒”地推磨。快到半夜，他终于把有生以来，第一次属于自己的大丰收果实，变成了充溢着麦香的白面，最后只剩下一小堆滑溜、细腻的麸皮。魏老大不住地捧一捧白面闻上一闻，再拍一拍两只大手，呵呵地笑上一阵，满身的大汗淋漓，遮掩不住满腔的欢天喜地。

李小桃帮着推了一会儿磨，筛了一会儿面，留下一双鞋走了。

回到家后，魏老大把尖口黑布鞋，蜜甜蜜甜地穿在了脚上，大小都合适。李小桃临走时，说他身上的气味，比边老拐家的大黑驴还呛人。

他穿着那双新鞋，往新买的水缸里担了半缸水，凉凉爽爽地泡个痛快，爬出来坐在石头上抽起了烟，一边抽烟，一边上上下下地搓，搓起的黑泥，开始时大小像米粒，一会儿如绿豆，一会儿如黑豆，渐渐地变成小青杏大小，并且越搓越多，像刚下大雨时，从山坡上冲下来的黑羊粪蛋。

第二天，一身清爽的魏老大到街上理了理发，寻思了半天，终于下定决心，要吃一顿拽面。

灶下的火“噼噼啪啪”地燃烧着，锅里的水“咕嘟嘟”地翻滚着，李小旦做的柿木案板，沉重又光滑，他费了半天劲儿，可一根根面条一拽就断。

他最欣赏李小桃拽面，两只袖管高高卷起，面团一般粉嫩的胳膊，优雅欢快地在面盆里翻揉一阵，然后将柔软的面团放在案板上擀薄。刀剁案板的声音清脆而轻柔，一阵响声之后，擀薄了的面团变成了宽窄一样的面段子，她抓起四五根面段的两头，扯了几扯又折了几折，缎子一般柔滑的拽面条，跳着舞飞入沸腾的锅里——极尽娴熟的优美，像雷月琴唱戏时玩要的手帕，叫人看得眼花缭乱，却走不偏应走的一招一式。

魏老大拽了一半，才知道面和软了，也忘了放盐。

他后悔了半天，本想端上那碗拽面，到石碾街上显摆一回，闷熄火以后，发现煮了半锅面片汤和面疙瘩。

第二天，他掀开瓦缸[1]盖子，歪着头看着半瓦缸白面："嗨！这新社会的头一个五月，不吃顿像样的拽面，对不起毛主席！"

魏老大这次和的面放进了盐，拽的时候，硬邦邦的拽不动，劲儿小拽不开，劲儿大拽断了。他听李小桃说过，这是放多了盐，或和硬了面。

拽面条和他的锄板一般厚，捞了一大花碗，像一碗卷卷曲曲的泥鳅。

他的大花碗底小口大，扣在头上远远看，酷似一个清朝的兵帽。大花碗外面画着五个蓝色的图案，图案中间一个粗短竖，短竖两边是两个长而弯曲的云勾，像蝴蝶的两个卷开来的须，卖碗的说，这叫"蝴蝶碗"。按魏老大平时的饭量，饿急了的时候，能喝两碗半稀饭，平常人一碗下去足够了。

魏老大呼呼地吃完一碗又盛了一碗，才想起来，家里有山上采来的两根山葱，洗了洗，切碎后撒在碗里，绿油油的招人喜欢。他端起大蝴蝶碗，顺手又拿了两瓣蒜，贴着南墙根的凉快地，笑盈盈地往石碾街而来。路上碰见个认识的，远远地打招呼："吃了没？尝尝？"等走到大槐树下，只剩下了半碗。

到了又该下地的时候，他才吃完剩下的半碗"锄板"拽面。往回走的时候，他喜笑盈盈地给认识的人说："这新麦子面，就是有劲儿，吃下去扛事，耐饥！"

回到家里后，他洗净了大蝴蝶碗，扣在土炕下的火台上，来到毛主席像前深深地鞠了一躬——要不是吃撑了肚子，头几乎就要挨住了地。直起腰来后，他觉得鼻子有些酸，想哭一场。

过去，在每一个日出日落的岁月里，能在石碾街的大槐树下，显显摆摆地吃上一碗面，只有王炳中、边老拐那样的人才敢。周大中那样的人物，好多时候，也只有拿手捂着吃的份儿，就是在石碾街上，板板正正地走上个来回，他魏老大也没有那种资格，更没有那个勇气。

在他的印象里，在世上的千千万万人中，他永远是一只无家可归的流浪狗，

[1] 瓦缸：红土烧制的陶缸，当地多用来盛米面。

永远的孤独，永远的无助，永远的命比黄连——一条沾满污秽的尾巴，要永远夹在两腿之间。他是一个殷勤强壮的庄稼人，犁地、耩地、撒豆、种棉、放磙、扬场样样精熟，可多少年来，几乎所有的人，都夸奖东家的庄稼长势喜人，却永远没有人说过他魏老大的手艺好，能吃苦，会做活儿！

他有一个愿望，希望能在石碾街上显显摆摆、人五人六地走上个来回，体验一回做人究竟是一个什么样的滋味！

春天曾有人传说，有数十个溃逃的国民党兵，从山西那边跑到了鸽子岭上，带着两挺机关枪投靠了杨老歪。刚收麦子的时候，山里的村庄就进了土匪。

大坡地向西，因为到了深山区，最大的村磨盘沟，也不过三百余户人家，余下的全是些八户、十户、三五十户的小村子。鸽子岭的土匪最后到了大坡地，连续两个晚上抢了十多户人家，打死了两个人，还打伤了十多个人。刚刚过上太平日子的百姓，又人心惶惶起来，解放军的大部队，一批批地往南方去，短时间内，无暇攥着拳头去砸鸽子岭这个跳蚤。

鸽子岭虽弹丸之地，但它的周围，山高沟深又一望无际。眼下又到了夏季，土匪们在丛林中居高临下以逸待劳，从岭下向上攻，再多的人也是枪靶子，重型的武器又用不上。

安区长是个打惯了仗的人，大坡地村的青壮民兵，组织起来有百余人，加上周围村庄的人不下五百人，但训练有素的军事战斗力明显不足。鸽子岭的土匪近二百人，一半以上是打惯了仗的兵油子，即使民兵和土匪是十比一的比例，自身的损失也不会小。

一日，安区长和林先生坐着闲聊，有意无意说了自己的想法。过了两天，林先生要求上一趟鸽子岭，他要把一部分土匪赶下山来。林先生说得条条在理，安区长听来也觉得有道理，但总以为，秀才遇见兵，有理说不清。更何况，还有他们这些枪林弹雨中闯过来的人，如果让一文弱的教书先生，去周旋一伙穷凶极恶的匪徒，传出去简直是一个笑话。

安区长坐在林先生家里，找种种理由阻止他的计划。林太太在院中烧了柴火烙饼，林先生的儿子林秀山，活蹦乱跳地帮着烧火。

林太太平平静静地做着活儿，既没有激动和喜悦，也没有惶恐与不安，安稳的神态，就像到了一个薄雾缭绕静寂寂的秋夜——挂满露水珠的草丛里，只有唧唧鸣叫的虫和微微吹来的风，美丽的秋夜，一片深厚的安详和幽谧。

林太太烙完最后一张饼，坐在一边的长条凳上，两只手向后捋一捋头发后，交叉着放在了胸前，长长地“嗯——”了一声，不紧不慢地说：“俺说，俺家的是个有分寸的人，他不会去摘那个还没有熟透的柿子。再说，一肚子的书用好了，抵得上千军万马呢，不能撒豆成兵，可立木顶千斤呢！叫他去吧！”

第二天天刚刚亮，林先生背了林太太烙的那摞饼走了，仍是那一副不紧不慢的四方步。安区长带了两个人，一直送到三道岭下。太阳慢慢升起，天空上红彤彤的灿烂一片。林先生到了三道岭山顶，安区长还看得见，一个蚂蚁大小的人，缓缓地朝这边招手呢。

林先生走后，安区长每天派人到林先生家去，做些砍柴、晒麦、担水、扫院的活儿，林先生家的地，早不知被谁偷偷地给锄过了。

这天，安区长跟林太太坐了半天，心有不安地说：“按说，早该到鸽子岭了。”

林太太正扯了碎布条垫鞋底，她瞅了瞅安区长，说：“没呢，当家的不是个莽撞人，他半辈子不坐没底子的轿——没猜错的话，他这时候，在毛得贵家呢！”

毛得贵是林先生的远房表哥，住在棋盘山深处，出身军人家庭。棋盘山里大大小小的山岭和沟壑，毛得贵念叨起来，就像熟知自家房顶上的梁和檩。他的枪法奇好，能打落天上的飞鸟。

林先生走后的第七天，安区长坐不住了，他和盖大全商量，找几个熟悉那一带情况的村民，带上民兵和工作组的同志，去寻找或接应一下。盖大全说：“三十五十的人到了棋盘山里，就像往蓄水池里撒了一把盐，说不顶事，还真解点儿心焦，说顶事，那是哄人。”

安区长没有想到的是，在保密第一的工作状态下，不算聚集到棋盘山附近的民兵，自发组织起来的百姓队伍，短短几天就达到了千余人。

第十天傍晚，棋盘山里的民兵把林先生接了回来，完完整整的一个人，只是消瘦了不少，眼窝子陷了进去，眼眶凸了出来。林太太流着泪，死死攥着男人的双手，说："俺说，当家的，这回俺想，怕是，没了你咧……"

原来，林先生扮作一个被斗地主，大摇大摆上了鸽子岭，声称自己的房和地，一点儿不剩地被分给了百姓，那些穷鬼缺衣的有了衣，缺房的有了房，缺粮的有了粮，没媳妇的，还都娶上了媳妇！自己整夜整夜睡不着觉，就上山来借兵借枪报仇。

一个个饿得精瘦的土匪，抢光了林先生的烙饼后，围着他问东又问西。林先生赖在山上不走，借机在山上搞宣传、做动员。开始时，杨老歪有心把林先生留在山上，后来看他四平八稳的步子，上不了房也爬不了墙，而且个头儿也不大，比竖直的长枪高不了多少，就指派军师给林先生说："三国有个张松，跟你一样五短三粗，鼻塌齿露，可人家有贵处，声如洪钟，过目不忘！你连个好嗓眼都没有，更甭说过目不忘！吃不下几口硬饭，还得细嚼慢咽，大粪你也造不了多少。要不，借给你条麻绳算了，到了那边，给阎王多说几句好话，许收你。"随后就把林先生赶下了山。

鸽子岭上的那伙人，原就是一群乌合之众，兵油子也好，悍匪也好，多数人还是想求得个好生活，听说了山外的变化，又跟林先生打听了政策，都拼命往山下逃，杨老歪虽然抓回来几个毙了，但到底还是镇不住，三五天时间就跑了一多半。

二十天后，安区长组织了五百余人的精干队伍，在毛得贵和林先生的带领下，顺利地登上了鸽子岭，没放几枪，岭上的土匪就缴了械，前前后后搜了几遍，只是不见了杨老歪。后来听说，在众土匪拼命往山下跑的时候，杨老歪见大势已去，早趁着黑夜溜了。

第十九章

山妮自选郎　夭桃饮恨亡

大圪梁村在大坡地的西边，静峦寺就在两个村中间的山上。站在高处远远地望，静峦寺像是一个挑夫，一头担了大坡地，一头挑了大圪梁。大圪梁依山而建，正是一方水土养一方人，二百余口人的小山村，五十多户人家，有近四十户石匠。或许是因为祖祖辈辈跟石头打交道，一个个养成了硬邦邦的性子。

日本鬼子在的时候，他们也就去了大圪梁村两次，进村后，别说找些吃食，见到活着的东西也不多，而且，在村子里东蹿西跳了半天，竟没有喝上一口水。

日本鬼子要走时，终于看见了一个喘气的活物—— 本来和百姓一起藏在山上的大黄狗，不知为啥又跑回了村。大黄狗狂怒无比，冲着鬼子龇牙咧嘴叫，暴怒的神态，把活人吞下肚的心都有。鬼子打了一枪，大黄狗扑倒一个又咬伤一个，然后跑进一户人家，衔了一对小孩子的虎头鞋向西山跑。

一队鬼子兵在后面紧紧追赶，追到虎头崖下边的坑洞里，“轰隆”一声巨响，巍峨壮阔的虎头崖，天落地陷一般坍塌了下去。大地颤抖一阵，巨大的声响像一串长了腿的炸雷，从这个山坳滚到另一个山坳，最后“轰隆隆”地炸响在天边。升入天际的滚滚烟尘遮天蔽日，烟尘滚过之后，白河滩上的虎头崖，变成了后来的虎头山，二十多个鬼子兵全被压在了下面。那是大圪梁村的石匠们，在那里设下的陷阱。为了那一声雷震，四十余个石匠在虎头崖上，一天不停鏖战了三年，等待了两年。

大圪梁村的石匠，有声誉鹊起的胆识，有令人刮目的智慧，也有卓尔不群的独到脾性。村里有个姓蔡的石匠，只有一个独生女叫“改改”。改改娘当年的意思，是希望闺女不要和她爹一样倔拗，改一改九头牛拉不回的脾气。

如今改改已长到十八岁，石匠一样厚实的身板、宽宽的肩膀、黑黑的脸膛，除了大胸脯，几乎接近男人的线条。但她找婆家的标准很是挑剔，刚满十六岁就有人给提亲，里里外外过不了改改的眼。蔡石匠只有这一个女儿，在大圪梁村，他家也是一户过得去的人家。改改中意的，多半对方不满意；对方乐意的，改改却看不上。

蔡石匠有些急，放出风来说，谁给改改找到中意的婆家，除应给的媒人礼之外，再送一套石台阶，还给加一副上马石[1]。而且婆家彩礼分文不收，除了正常的陪嫁，再送一匹骡子。媒婆贪恋那些媒人礼，把王炳中家原来的小账房白锁住，给蔡家介绍了去。

白锁住的脾性，和多年前在王家的时候差不多，他除了身板大了好些，年龄长了好些，还是总爱把脑袋歪歪着，兴奋有加或底气十足时，还是经意不经意地把身板斜起来。自己生得缺斤少两，挑拣起别人来却规圆矩方。其实，正式见面之前，锁住偷偷地去过大圪梁，远远地看了改改两眼后，心中自是一百个不乐意。无奈他爹赶鸭子上架，催得人仰马翻，白锁住心中着急，故意把脚脖子扭了一下。锁柱爹一跺脚，赶了一挂大车回来，才把白锁住和媒婆打发了去。

白锁住跟了媒婆坐上大车，从大北沟向西走了不远，碰见李小桃的弟弟李小旦。魏老大从山上锯回的那截柿木，李小旦共做了大小四个案板，魏老大用了一个，李小旦自己留下一个，背了另外两个到大圪梁去卖，碰见白锁住的大车就坐了上去。

[1] 上马石：旧时小脚女人多，骑牲口往来不方便，住宅的大门两边各有一个二尺余高的台子，以方便上下，上边的那块大青石统称为“上马石”。

到了大圪梁，李小旦找个人多的地方，下车卖他的案板。谁知白锁住也不走了，非要李小旦陪他去相媳妇。李小旦说他和魏老大都等钱用，今天啥也不干，也得把案板卖了，白锁住就坐在一边等。

不想改改有点儿急，在家待不住就出来转悠，刚出门就碰见媒婆，一见媒婆没有领来人，就更着急："咋又是光屁股一个人？哎哟哟！还能不能结个茧了？俺的那双鞋都磨破了。"

媒婆在改改脸上拧一把："疯闺女吔，不知道害臊，心急吃不了热豆腐！来了，来了！在三官街卖案板呢！"

媒婆的话刚说完，改改已走去好远，在三官街来回走了两遭，仔仔细细把卖案板的看够了，一向大方的改改，脸红心跳地回了家。

媒婆见到改改的样子，以为事情成了，故意逗开心："看不上？看不上就算了，俺可是从大坡地几千口人里头，挑拣出来这么一个，给人家说媳妇的媒人，比大圪梁山上的羊粪蛋都多！要还看不上，俺把人领走吧。"说着，假装扭头走。

改改把大辫子往身后一甩，说："把俺的那双鞋脱下来，把脚扛到脖子上，待见去哪儿去哪儿！好歹没长翅膀，要不你还想上天呢！"

媒婆笑呵呵地说："俺就知道，你死妮子对了卯眼了。"

李小旦卖了一块案板，剩下的一块再也找不到买主，媒婆催得要命，白锁住死活不愿意一个人去。最后白锁住说："小旦，把你的那块案板给俺装上车，俺要了，你也不看看，那边逼得猴上杆！"

中午时，改改娘擀了三大碗又细又长的面条，红乎乎的酱汤里，煮着干瓜片，还有荷包蛋。李小旦端着大碗挑了几挑后，媒婆心里咯噔一下，暗暗叫了声：不好不好，坏了坏了！仿佛乔太守乱点了鸳鸯谱。

原来李小旦的大碗里，除了盖在上头的一个荷包蛋，又从下边翻上来两个！媒婆急忙把蔡石匠两口子叫到一边，说："整差了，整差了！不是这个是那个！"

改改一手玩弄着大辫子，一手抻着衣裳角，半低着头，靠在门板上，偷偷看李小旦吃饭呢！她少有的拘谨和温顺，令石匠夫妇都看傻了眼。

蔡石匠说："啥整差了，跑的路不少，就这回整对了，要把事给搅黄了啊，说好的一套石台阶，不给你！"

媒婆扯了扯改改的衣裳，把她叫进了里间屋说："俺可给你说好，闺女你看错人了，那个一身硬骨头的是锁住，锁柱爹手里才攥着大钱！大眼的那个叫小旦，是个没爹没娘的穷木匠！"

蔡石匠两口子瞪大了眼，看着改改的脸色，改改说："谁叫你给多领了一个！二大娘的两片嘴，死人也能给说活了，就那个！说成了，再给你两双鞋，加一身洋布衣裳！"

蔡石匠盘算了好久，一脸忧虑地说："这事，闺女，你可掂量好了，光凭娘家给你的那匹骡子，这时光，翻腾起来也不容易！"改改跺着脚说："小猪子生下来，还有二斗粗糠命呢，俺就不信，能饿死俺！"

就这样，改改和李小旦订了婚。

天刚刚透亮，李小旦到姐姐家套好了大车，准备到白口镇置办些结婚用的东西，临上车时，一向睡懒觉的边老拐，趿拉着鞋撵到门外，拽着李小桃的包袱说："大哥不在家，以后生活难熬着呢，这钱，是俩手紧捂紧盖，还从指头缝里往外流呢，这大屁眼草鸡，不能硬充……"

张红梅一边系着身上的扣子，一边说："操那么多废心，咋也使不死你！那是人家娘家的厚待根，打断骨头连着筋哩。去吧，路上操点儿心！"

李小旦拐回自己家拿了些东西正要走，魏老大正担了一担水回来，大黑马见了魏老大，"咴儿咴儿"地叫着再不走了，牵了缰绳掉屁股，打了屁股尥蹶子，一副焦躁异常、狂怒无比的模样。

魏老大往家里倒了水，摸了摸大黑马的屁股它就安生下来，打着喷嚏扭过头，在魏老大身上蹭起来。魏老大说："咦？这牲口，比边老拐懂人性多了，这么长时候了，还念旧！"

李小桃说："要没啥事，你给跑趟腿吧，这牲口太大，性子也太急，小旦怕使唤不住。”魏老大爽快地答应了。李小旦因为要垒家里的院墙，留在了家里。

魏老大跳上车后，大黑马甩开四蹄，摇响了脖子上的铜铃，颠颠地走了。

刚刚立秋的天气，虽然仍在三伏，却已没有了原来的潮湿和闷热。湛蓝的天空，一下子高远了起来，也比原先开阔了许多。微微的晨风夹杂了青草的气息，叫人神清气爽。魏老大的烟瘾似乎一下子大了起来，拿着铜烟袋，一袋接一袋地抽，蓝色的烟雾，顺着风飘向身后的李小桃。李小桃抱着包袱低着头，一直在看他的脊背。

不知从什么时候开始，她习惯了那种夹杂着汗腥气的旱烟味。那种味道很冲，吸入肚子后，又翻卷着直冲到脑门子，然后化成一股无名的舒畅，再钻入每一个骨节，甚至每一根头发丝里面去。渐渐地，她好像对那种味道上了瘾，长时间见不到魏老大时，就想抓把烟叶子闻一闻。

车子走上青龙岭，天空的白云由微黄变得微红，一会儿工夫，就红彤彤地灿烂一片了。

魏老大再一次把烟叶装满烟袋，李小桃说："烟荷包破了，俺再给你做一个吧。"魏老大猛吸了一口烟，一团浓浓的烟雾从口腔滚出，刚离嘴边，又一口吸溜了回去，过了一会儿，蓝色的烟雾在肚中转了一圈，才从两个鼻孔中慢慢地钻出来。极度舒服的神态，像吃了一大口香生生的回锅肉。

"坐前边吧，后边颠得慌。"魏老大舒服够了，才答非所问。

李小桃往前挪了挪，说："年上个儿（去年），俺种了点儿烟叶，一直忘给你拿，啥时候，给你送过去？"

魏老大说："进财还没有信？"

魏老大还是答非所问，李小桃有点儿急："瞎牲口毁犁裂耙，贱东西胡乱打岔，不会装听不见，就不会装个哑巴？不装哑巴，能不能说点儿别的？就愿意拿苍蝇往人嘴里捅？这人真是，大屁不少，没一个中听的！"魏老大再不作声。

快到白口镇时，魏老大见大黑马的一条腿有些拐，停下车一看，下面四个蹄子向外翘翘着，扁圆的样子，像四个长反了的蘑菇，一个蹄子卷起来后，又裂开一个大口子。

魏老大一连声地咂着嘴，“啧、啧、啧”的响声，比女人们叫小鸡时还要欢快，叫够了之后，着急地对李小桃说：“这叫啥来着？啥来着？破败？破败？——想起来了，破落！破落户，破落户！破落了是真害怕，人拐了不算，也不在乎牲口了——都得给弄拐！”

李小桃捂着嘴笑起来，身子一颤一颤地：“这大屁放的，没个调调，呛死人！”

说着说着，魏老大真感觉肚子有些不好受，他忍不住“扑哧”一笑：“看，再说，说曹操这曹操还就来了不是？——得先给牲口钉掌吔。”说完就赶了车，到陈铁匠那里给马钉掌去了。

陈铁匠雅号“陈大锤”，能拿得动锤头时就跟铁打交道，锄头、镰刀、镬头，菜刀、剪子、钌铞……凡铁家具几乎都做，除此之外，还钉马掌修驴蹄。

陈大锤皮肤白皙、身材粗壮，乍看像根又白又粗的大萝卜，四乡八里的人，都知道白口镇有个陈大锤。

魏老大和李小桃赶到陈大锤的铺子时，陈大锤正在打铁，他的闺女陈宝妮，拉风箱带抡铁锤。

铁匠三个儿子一个女儿，大儿子叫日本的飞机炸死了，余下两个儿子已成家分开另过，两口子和女儿在一起生活。虽然只有一个女儿，但穷人家的孩子，向来是惯吃惯喝，却不惯懒做活儿。

陈宝妮二十一岁，已经过了找婆家的最佳年龄。她跟着父亲，历练了一身好苦，和父亲一样，敦实的身材，紫红的脸膛，大茶碗一样粗细的胳膊，疙疙瘩瘩的一身腱子肉，男人一般的壮实，却肤色白皙，像一个透灵闪亮的白瓷壶，只是少了一般女子的风韵。所以尽管活好，但就像一头没有犄角的牛，再辛勤的劳作，也抵消不了看在眼中的不舒服。

打铁用的铁砧有三百余斤，是一个凸面顶的大生铁蛋子，顶下面对应的两边，各有一个向外伸出寸余的小肩膀，像长在铁砧上面的两只耳朵。

“咚——当当、咚——当当”，陈大锤拿钳子夹着发白的铁块，陈宝妮抡着铁锤在砸。“咚”是大锤砸在红铁块上的声音，“当当”是陈大锤手里的小锤子敲在铁砧边上的声音。小铁锤敲打的点数，以及不同的节奏变化，有指挥大铁锤敲砸力度和方位，以及继续和停止敲砸的功效。

“咚——当、咚——当”，大锤和小锤就开始一起砸了。“咚——当当、咚——当当”，陈宝妮抡着铁锤，从下面往身后抡，身子就往后倾，待铁锤抡圆到头顶，有一个眨眼的停顿，然后身子前倾，用力把铁锤砸向铁块。

铁锤伴着四溅的火花，划着一个又一个美丽的圆弧，那块铁随着铁匠的翻动，由厚变薄，由粗变细，由短变长。

院子里放着一个掉了一块的铁砧，经雨水冲刷，亮堂堂的干净。李小桃不懂规矩坐在了上面。陈大锤看见了，怒气冲冲地走过来：“你倒坐得蹊跷，嗯？要是拿捏准了，找对付了，还敢坐到圪针上？”

陈大锤说完李小桃，转过身说魏老大：“你也是啥也不懂？两口子在家没高兴够，来这儿找乐来了？走走走！今儿俺啥活儿也不做，多少钱也不挣，恁两口子快走！远远地找乐去。”

李小桃怯生生地站起来，满面通红，陈宝妮推推搡搡，把陈大锤拉到一边：“哎呀，急个啥！人家不知道，不知者无罪，神气儿都宽宏大量！你不是早就渴了？喝水去！快喝水去！”

陈大锤走后，魏老大和李小桃才知道，铁匠们的祖师是太上老君，铁砧是太上老君的膝盖，万万戏弄不得，更不要说一个女人坐在上面。

或许是受了“两口子”的鼓舞，魏老大笑呵呵地张着大嘴，兴奋有加地拿马缰绳打了一下小桃，说：“那么俊个人，咋也没个着落，跟了太上老君算了，咋你也坐到人家膝盖上了。”

陈大锤生了李小桃的气，自顾到后院喝水去了。陈宝妮让魏老大把马牵进钉掌的木桩里，魏老大说不用，这马老实着呢。

陈宝妮拿来一个膝盖高的小板凳，板凳上面钉着两个布鞋底，然后拿出一把带着丁字木把的切刀，把切刀的木把夹到腋窝处，双腿一前一后叉开，身上所有的力量，全集中到了那把切刀上。这架势，像一个男把式。

她把马蹄上的角质层，一块一块地切下切平，比着切好的蹄子敲打好铁掌，三下两下就给钉了上去。魏老大愣愣地看着，心想：这闺女，比个男人还能干，谁娶了她，准能生个大胖小子，母大儿肥呢！

他正想着，李小桃把手里的包袱塞过来，说："往正经地方操点儿心，月亮里头有个仙女，要有心思，啥时候托个神仙给说说？这会儿着紧也没用，看把脖筋给扭断了。给！看好俺包袱是正经，别连你也叫人给拐跑了！俺去那边走走。"

李小桃颤颤着的细腰一扭一荡，狂风暴雨漫卷起来的柳条一般。魏老大看着那个扭扭摆摆的腰身，心里清楚，那分明是一种不说话的咒骂！他有些激动，自言自语说："要有馍馍，谁吃窝头吔——哼！馍馍也是块干馍馍，牙口软的，怕咬不动……"

李小桃方便回来后，四个马掌都钉完了，要算账时，陈大锤端了水递给陈宝妮，然后把手伸到李小桃脸前："四万（旧币一万相当于后来的一元）！"

魏老大说啥时候涨价了。陈大锤说："给恁俩就涨价，翻倍，就是四万！"

魏老大知道，陈大锤还在生李小桃坐铁砧的气，就说："才刚刚对不住了，娘儿们家不知道，你大人大量！"

陈大锤仍然不往回缩手："不中，你说得轻巧，火不烧谁屁股谁不疼，凉快话谁不会说，前年有人坐了俺的铁砧，闺女好生生的婆家就给退了，一直等到这时候，还叫俺等三年？你多掏个钱，这霉事就给破了。"

李小桃捂着包袱说："你给说个条件——要是不嫌靠西，俺给恁闺女找个婆家。"

陈大锤说："条件问闺女，不过说这话的人多了。俺信谁？要真找着了，啥时候来俺这儿，白给你钉掌。"

李小桃一听，以为陈大锤为了坐铁砧的事，在转着圈骂人，眼圈一红，说："论辈分，你是做叔叔、大爷的人了，咋这样说话？"

陈宝妮急了："爹吔，天天叨叨那个，嫌俺扎你眼？俺就不嫁！死了，就填到火眼里头烧了。"说完，转过身来给李小桃说："还是两万，哪就有那么灵的神气！”临走时，李小桃应承了给陈宝妮找婆家的事。

后半晌，李小桃办齐了货，两个人往回返，大黑马的蹄声，轻盈而清脆。

魏老大坐在车辕后的左边，李小桃坐在右边，太阳热辣辣地照着，瓦蓝瓦蓝的天空中，几对鸽子忽高忽低地旋着飞，钉了铁箍的车轱辘，碾轧着崎岖不平的黄土路，“咣当、咣当”地响。

正是谷穗早弯头、玉米要干缨的时节，高高低低的沟谷里山岭上，黑森森绿茵茵一片，蓬勃兴旺的五谷，在庄稼人的粗手中、汗珠里，展示着耀眼的兴旺，满目青翠的田野，正一步步融入成熟和收获里去。

这个时候，是四季苦累的庄稼主儿，能略做小憩的时段，田野里零零星星的几个人，也不再风风火火地紧忙活。李小桃穿了一件蓝底白花的绵绸长褂，细腰板随着大车摇摇摆摆、颤颤悠悠的，如小狗拨磨的那截高粱秸皮。

魏老大不敢看李小桃的一双眼——深邃寂寥如两颗冬夜里的寒星，莹莹的光，能穿透人的胸膛，让人感到一种刺骨的绵绵幽怨和无尽的淡淡哀伤。

买被子面时，掌柜的给添了两盒香粉，香粉盒里有一面小圆镜。李小桃照着小镜子，往脸上搽了一些粉，扭过头来说：“俺把宝妮给你说说咋样？”魏老大斜瞅一眼，一张艳若桃花的脸，正喜笑吟吟地看着他，一对眸子，仿佛在秋水中荡漾着。

魏老大说：“好生生的一个人，做作得快像个妖精了。”

李小桃说：“少再给俺拉犁扯耙！嗯呵呵——吔！俺看宝妮切马蹄的狠劲儿，原本跟你就没啥意思！咳，停车，还看俺像妖精呢，叫俺下去，看妖精吃了你，以后，就钓不成你的啥‘寒江雪’了。”

魏老大的大手抚着大黑马的屁股，丢了什么东西似的。

车子刚过窑头村，他多么希望，车上装满了烧饼和水，让大黑马拉着他们两个，在这满目青翠里一直走下去，走到头发变白，走到地老天荒。心里慢慢想着，身上就慢慢地舒展起来，可心可意的感觉，如一望无际的遥遥碧空。从李小桃的一双眼中，他感觉到了一种渴望或温暖。那个在他的睡梦中，模糊又遥远的人影，就在眼前的车辕后边坐着，而此时此刻的天地间，就只有他们两个。微风中晃荡摇曳着的一朵花，浓艳浓艳地开放着，且只为他一人拥有和独享。

魏老大眯着眼，品咂着睡梦一般的幸福。李小桃喊叫着："停了，停了！俺想去那边。"

魏老大知道她想方便，"吁——"的一声停了车，李小桃身子轻轻一歪，两只脚着了地，急匆匆地钻入深深的青纱帐中。

魏老大跳到另一边的堰根方便了，上来后正在装烟袋，忽听李小桃在玉米地里尖声叫。他急急地往里钻，以为她碰到了坏人。慌里慌张地钻到地里后，李小桃一手提着裤子，一下子跳到魏老大身后。魏老大顺着李小桃的手看去，是一对正背着"枣枣"的癞蛤蟆。魏老大说："叫唤啥吔，吓死人了！俩相好的癞蛤蟆，没见过？又不咬你，想咬你，也顾不上。"

李小桃在他身后，一边系着腰带一边说："还有一条长虫[1]呢，花里胡哨的乱出溜，钻到裤腿里咋办！"

往外走时，魏老大腾出一只手来想做些什么，李小桃突然"呜呜"地叫，趴在他的肩头咬了一口，嘴里喃喃："做不得，做不得，好哥哥，叫俺留半条命吧……"

李小桃把弟弟的婚事张罗得差不多时，把陈宝妮介绍给了林满仓的儿子林大头。大头刚十九岁，三四年前，还是脖颈上插了个棉花桃状的大头，三四年的光景一闪之后，就像得了几场透雨的春花夏草，眨眼间就疯长起来。他比林满仓高半头的个子，坚实有力的一身疙瘩肉，棱角分明的大脑袋，看得见摸得着的阳刚。

林大头自从和陈宝妮见了一面后，见了林满仓就躲，躲不过时，也是一边应了，一边哼哼唧唧地不说话，难以忍受的不自在，像生了一身牛皮癣。

满仓娘絮絮叨叨地数落："这金花配银花，西葫芦配南瓜，这弯刀对了瓢切菜，人总得称称红薯量量姜！挑剔别人，先看看自个儿能吃几个窝头，喝几碗稀饭！画上的人好看，不能跟你做伴儿过时光。《聊斋志异》里的人俊，人家看上的是相公，

[1] 长虫：蛇的俗称。

图个日后上皇榜呢；皇宫里的人都不丑，那是伺候皇上呢！”

林满仓说话更直接：“大年五更孩子哭——你要啥没啥！茅缸里头拉大锯——你臭扯个啥！再臭扯，俺卸了你腿！”

说着就找棍子，林大头就跑，林满仓在后边撵。到底是年轻人脚轻腿快，林满仓也是心急，没跑几步摔了个跟头，裤子也摔破了，膝盖上磕了个大口子，鲜血汩汩直流。林大头又往回跑，林满仓龇牙咧嘴，痛楚难忍。林大头离林满仓太近了怕挨打，又不忍心看父亲疼痛难耐的样子，在一个恰到好处的位置，战战兢兢地说：“爹吔，愿意了，愿意了，行不行？别打了，行不行？”

林满仓说：“愿意了俺还打你咋？还不快把爹拽起来！哎哟——真疼，到底老了。”林大头赶紧往起扶，林满仓说：“愿意了你早说，非叫恁爹着急，就非叫爹着急？不着急了，俺还能打你？”

或许是摔得太疼了，或许是林大头同意了之后，林满仓太高兴了，他一边说着，一边紧攥着手里的鞋，在儿子的大头上，“呱嗒、呱嗒”地抡了几下。

李小旦娶蔡改改，和林大头娶陈宝妮差了没几天。蔡石匠没有舍得送给闺女一匹骡子，陪嫁了一头灰不溜秋的毛驴。

李小旦赶着那头毛驴，拉粪、犁地、耩地、碾米、磨面……蔡改改在不在车上，他都精神焕发红光满面。四邻八舍羡慕又嫉妒，他们不在意李小旦的媳妇蔡改改，更专注那头灰不溜秋的毛驴！在他们看来，能睡觉生孩子的女人，满街都是，那根本不是什么稀罕，毛驴却是家境殷实的庄户才能拥有的一件东西！它能拉车、能驮粪、能犁地……它能做的一切，和他们的生命、生活都紧密地联在一起，它是庄稼人朝思暮想的一件大物事。

能和李小旦牵上些瓜葛的人，都小心谨慎地和他说些恭维的话，为的是在他的心目中，早早地留下印记，好在农忙时可以用一用他的驴。就连周巧巧那样的人，也争着跟李小旦套近乎。盖大全说：“巧巧，注意点儿影响！小旦成了有家室的人，刚撑起来的小船，经不起你一脚踹，小旦那只猫，不闻腥！”

李小桃在弟弟娶了媳妇后，像突然换了一个人，她的穿着打扮，一天比一天鲜亮。她跟魏老大一块儿去了一趟白口镇后，自己又去了一趟，买了两套扬州谢馥春的香粉、唇彩和眉粉，蔡改改嫁过来后，她给了弟媳妇一套。一套香粉有四个椭圆形的盒子，紫、绿、红、黄四种颜色，四种香味，鸭蛋形状的粉饼，远远地就能闻见袅袅的奇香。

蔡改改在镜子中照照自己的脸，拿在手中的香饼，马上又放了回去，抱着李小桃的脖子说："俺可不使，俺可不使，俺这样的脸抹上去，糟蹋这好东西了，不要，不要，万不要！要使还是姐姐使吧，人生得好，再使点儿好东西，也叫别人知道，咱李家，净生些好人才！"

李小桃原本就是一个俊生生的俏姑娘，描画之后，更像一朵娇艳的花：弯弯的眉，透灵的眼，桃花一般的粉腮，加了淡淡的栀子花香气，袅袅婷婷的，像花瓣中碰碰就折的花蕊。大坡地村越是有些姿色的女子，越是嫉妒这个从花丛中走出来的女人。人少的时候，魏老大总爱说李小桃越来越像妖精，越来越像《聊斋志异》里的狐狸精，他却愈来愈爱看"妖精"的那张脸，越来越爱闻"狐狸精"身上的香气。

冬至那天，天上飘了一阵子雪花，李小桃提了两个包袱来到弟弟家，魏老大也在那里。回大圪梁时，蔡改改从娘家拿了块羊油回来，中午煮了白萝卜条，炒了花椒面，把羊油生好，搅进碎萝卜丝里包饺子。几个人一家子似的，热热闹闹地吃了一顿团圆饭。

蔡改改早就看出魏老大对李小桃有些意思，也就故意撮合。后半晌，她炒了两个菜，搬了一坛子酒，对李小桃说："姐姐，咱家的事，老大哥前前后后，给操了不少心，早就该致谢人家，一天天地也就忘了，家里东西也现成，咱家里来串门的多，不安生，要不就到后院去，实实诚诚地陪老大哥喝碗酒。"

魏老大推让几句，还是把酒和菜端到自己家来了。不长工夫，蔡改改扯着李小桃，一路说着笑着来了："新社会了，哪有那些个事，一会儿俺也过来。老人不是常说，'正经好人不说人，养汉老婆说死人'！谁敢瞎说，俺听见了，一锤子砸他个血窟窿。”

魏老大和李小桃说了半晌话，太阳要落山时，李小桃又往脸上搽了搽粉，跟魏老大说：“天快黑了，今儿黑夜，俺兴许就变妖精了，趁还是半个人，咱俩喝碗酒吧。”说着倒了两碗酒，端起一碗，一仰脖子喝下半碗。魏老大张着嘴，瞪着眼，皱着眉，把李小桃上上下下看个够。

李小桃说：“看啥看，还没变成妖精呢！”说着，又端起碗和魏老大碰了碰：“喝口吧，过了这个村，再没有这个店了。”说着，又把半碗酒喝了下去。

魏老大抿了一口后，说：“你到底咋了吔，这样喝，能受得了？那是酒，不是水，俺娘那会儿，俺就吓破胆了，你别吓唬俺！”

过了一会儿，李小桃的酒劲儿涌上来，浑身燥热，脑袋晕乎乎的，像钻到了云雾中。她解开上衣的两个扣子，红艳艳的小棉袄，像一簇烧旺了的火苗。

李小桃倒第三碗酒时对魏老大说：“都说娘儿们喝了酒，比花都好看，今儿就叫你看看，李小桃，有没有那点儿意思！”

魏老大夺李小桃手里的碗，她却端起魏老大的碗喝了：“今儿黑夜不走了，你敢不敢？”

魏老大像听到了一声炸雷，摇晃着的两只大手，像两把急着扇风的蒲扇，哼哼呜呜地说不出话。李小桃拉过魏老大松树皮一般的皴手，双颊艳红，满嘴滚烫：“俺还就……就相中，这俩大手了，再白的粉，也抹不白，糊不平，可就是，看着踏实吔！——也是，俺跟你，也就是咱村的那两棵皂角树，按说，也算一对，离得也不远，怕这辈子，都到不了一团了，刨出来一个挪过去——也没有人那样做，就是硬做，也没有个好结果，也……是叫……你……说准了，抽空儿，俺找……找太上老君去，咋样？嗯？”说着，又解开了一个扣子，歪着头，看着老大“咯咯”地笑。

正说着，边老拐嚷嚷着闯了来：“嗯？要脸不要？嗯？这到底还要脸不要？俺爹活着时，早看出来恁两人不是个东西，今儿咋说——嗯？”一边说，一边拿拐棍敲打着桌子。

李小桃晃晃荡荡地扭过身，嘻嘻笑着说：“俺当是谁哩——哎呀，聚财！立到石碾街喊一声，谁不知道李小桃不要脸！你在家那句话咋说來？嗯？能吃仙桃一个，不吃烂杏一筐？俺还真是那筐烂杏，烂杏！烂杏，也轮不上你吃！老大吃了，也轮不上你！边老拐，俺还跟你说，你，连恁那个活不见人、死不见尸的哥哥也算在内，加起来，也敌不过魏老大那个大屁！”

正吵嚷，蔡改改跑了来，说：“哟——嘿！谁家的野狗吃饱了大粪，跑到这儿来胡吣！哟——嘿！拐子！怨不得腿拐，那心就不正！没见哪个要脸的东西，拿个屎盆子，专往自家人头上扣！”

边老拐刚抡了一下拐棍，蔡改改早抄起了一把铁锹，说：“还反了你了，再叫唤一声俺听听，看敢不敢把那条腿也给砍了！”

蔡改改的铁锹还没有举过头顶，边老拐旋风一般往外跑：“快来逮潘金莲跟西门庆啦！孙二娘杀人了！西门庆勾搭潘金莲了……”

蔡改改追到门口：“叫唤恁奶奶个头！早听说大坡地出了个恶鬼，恁姑姑就是李家请来的钟馗！跑慢点儿，看敢不敢撕吃了你！”

蔡改改回头安慰两句，关上院门，又往前边院里忙去了。李小桃扯了怀，趴到火台上，淅淅沥沥地哭了一通，稍稍清醒了一些。魏老大给舀了盆凉水洗了把脸。她从包袱里拿出那个白“鸭蛋”，细细地往脸上搽了一遍，跟老大说：“不该喝你的酒，眼也肿了——不愿意叫你看见俺难看……”

刚刚从云缝里钻出来的一弯冷月，又静静悄悄地钻了回去。李小桃舒一口长气，迷迷离离地说：“够了，送俺回去吧！赶明儿，把那个花包袱，给了俺兄弟，蓝包袱，给你了！”

魏老大怕边老拐再闹出什么是非来，叫李小旦和蔡改改一起，把李小桃送了回去。李小桃回去后，魏老大心里闹嚷嚷的不是滋味，喝了两碗酒才睡了去。

第二天魏老大起得迟，打开那个蓝色包袱一看，一件白绵绸上衣、一条黑裤子和一双尖口布鞋。叫声“不好”，急忙把花包袱送给前院的蔡改改。蔡改改也是刚起床，正在梳头，打开包袱一看，一对玉镯子配些银首饰，还有十五块大洋和两块缎子被面。

魏老大想起昨晚上李小桃说的一些话，把能说的、该说的说了一遍后，大家猛一惊。三个人一路小跑赶到李小桃家。家的门子虚掩着，推门进去，李小桃穿戴得整整齐齐，口鼻流血死在床上。

埋了李小桃后的整一个月，李小旦一直躺在炕上没有起来，蔡改改也是见天抹泪。腊月二十三，打发灶王爷上天的日子，魏老大过来给放了一把鞭，李小旦才起了炕。蔡改改忏悔似的，跟李小旦说着自己的种种不是，说她把姐姐害了。李小旦说："好木匠除了榫头锯得齐，卯眼凿得直，尺寸放得准以外，还得熟知木性。唉！姐姐，没有谁知道她心里的苦……"

魏老大回到家关住门，憋屈了整整两天。到这个时候他才明白，李小桃为什么要搽粉描眉，原来她早有打算——她要在生命的最后时段，留下一片耀人眼的残红。她在玉米地里说的"留下半条命"，因为另外的半条，早已死在了边家。她留下的半条，完成了给弟弟娶妻成家的任务后，再把和她一样的那个苦命人，张望上最后一眼，就了无牵挂地走了。

第二十章

钢枪亮堂堂　参军种田忙

李小桃死亡的最后结论，是自己喝了信石，喝信石的碗和喝剩的红信石，端端正正地放在桌子上。李小桃死时穿着一双红绣鞋、一身绲了红边的绿绸衣裳。偌大的房间里，阴冷得怕人。她的死，像陡地卷来一场凄风苦雨，将一树繁盛娇艳的碧桃花打入泥水，再经了千军万马，被践踏得了无生机。

雷月琴骤然间清醒了，抱着李小桃的头哭了一通，又吼喊着跑走了。后来，北圪台儿上的种种传说和猜测，却一次次地击打那个孤苦魂灵。

有人说李小桃中了邪，死的当天晚上，有人看见，她到她爹娘的坟上哭了一通——说不定是撞见了哪个孤身野鬼；还有人说，李小桃，花一样的装扮，仙女一样的娇容，哪能经得起死乞白赖二皮脸的日夜琢磨，她恍恍惚惚地上了贼船，上了贼船之后又后悔，后悔了以后就不能活；也有人说，边老拐占了李小桃的便宜，她那样的女人，岂能不一死了之。

边老拐却坚持说，蔡改改又当孙二娘又当王婆，李小桃死在了大坡地的西门庆——魏老大之手。

魏老大拿了那个炮弹壳来到边老拐家，抽出鸡冠山一亩坡地的文书，说："又琢磨那片地了不是？给你算了，惹不起，俺还躲不起？"

要不是张红梅在场，边老拐真想拿拐棍，把魏老大的脚踝骨狠命砸上几下，再问上一问："你的狼心狗肺，在脚后跟上也挂不住了？"他喘着粗气斜着眼，围着魏老大转了两圈说："拿回去当神码[1]供着吧，俺擦屁股都嫌拉得慌，欠俺的五块大洋，还了俺算你能耐！锅里头吃、锅里头做作的白眼狼！好好儿的人，叫你给弄没了！"

没过多少天，李小旦的灰毛驴叫人给毒死了，这回，人们确信是边老拐干的，因为边老拐曾给人说过："俺嫂子上路，咋能光屁股一个人，最起码也得骑头毛驴走吧！"

前段时间，大坡地村出了几起恶性事件，农协的多数会员，都受到了重大威胁，轻的毁庄稼，重的打闷棍，百姓们更是人心惶惶。线索指证漳水那边的六离会，并且大坡地这边有人为六离会提供了巨额资金支持。王炳中被列为重点嫌疑对象后，把武小魁摔了一跤，还差点儿和其他民兵动了手。

后来，漳水那边通知，他们抓捕六离会的时机尚未成熟。因为缺乏证据支持，王炳中又钢嘴铁牙、滴水不漏，找不到一点儿破绽，就被临时放了回来。

平静了月余时间后，"问题或许没有那么严重"的想法也刚刚有，武小魁家的两间半房子就叫人炸塌了，工作队的一匹马，也让人给砍死了。

这当口县里通知：漳水县将对六离会成员全面围剿，为防止狗急跳墙，大坡地这边的重大嫌疑人，应予即刻控制并提前讯问，以求协同作战全面开花。

王炳中当即被工作队叫了去。关键时刻熬了几个通宵，根据王炳中的表现，大家一致判断：距离水落石出、大白真相，只是再加把火的事了。

大家轻松地睡了一晚之后，第二天早上，王炳中就躺在地上再不睁眼，也再不说半句话，三天没有喝一口水，也没有吃一口饭，恩威并行的手段全用上了，仍不见丝毫的效果。

不巧的是，漳水那边忽然传来消息：被围困的六离会成员持枪拒捕，已经被

[1] 神码：贴在墙上供神的版画。

全部击毙了。

奇怪的是，消息传来的当天晚上，王炳中自己爬起来要水喝，要饭吃，吃饱喝足之后，变了一个人似的，似是而非又影影绰绰的那些话没有了，对所有的讯问对答如流且滴水不漏。因为找不到有力的证据和有效的突破口，坚持了一段时间后，工作队又把他放了回去。

其实所有人都憋着一股气，各项工作并未松懈。有一天晚上，有两个人在半夜之后，钻进了梨花酒楼，将近黎明时钻了出来，一路经土地庙奔漳水方向去了。工作队这边的几个人一路猛追，被追的那两个人发现了后面的人，顺手点燃了两个土炸弹，转眼就无影无踪了。

大坡地发生的种种，虽尚未酿成重大血案，但其疯狂手段和危险程度，已经火烧眉毛、势如累卵了。尤其是在半夜里，从梨花酒楼钻进钻出的那两个人，绝不是偷鸡摸狗的蟊贼，因为他们随身携带着炸弹！

至此可以基本判定，王炳中，已经和某个反动武装勾结到了一起。

漳水那边围剿六离会，如果切实做到了连窝端，那就说明王炳中勾结的，是另外的反动武装。这个反动武装现在隐匿在哪里？是贪图钱财，做单笔买卖的江湖黑道？是旧政府遗留或埋伏下的散兵游勇？还是有目的、有组织的反动会道门？

如果没有连窝端，那些残余势力，现龟缩到了何处？更重要的是，残余分子发动的报复，将会更加疯狂！

上级指示：即刻勘查梨花酒楼，必要时，对王炳中进行武装监管。

这天，王炳中刚起床，雷月琴忽然跑到酒楼里，屋里屋外地蹦够喊够了之后，在泔水桶里捞东西吃，临出门时，抓起半块泡烂的面饼子，糊了他一脸。

恰好工作队带着几个民兵来了，其中就有武小魁——一个十斤挂面把自己卖了的人，怎么配在他面前指手画脚！他心中的那团火越聚越大，令他无法忍受。

这伙人找他谈过几次，鲜明而响亮的主题，是消灭剥削分子，这次却在酒楼里转来转去，像要找寻什么东西。

工作队几个人正在到处察看，武小魁一个人来到了厨房，连锅、碗、瓢、勺也挨个儿翻看。王炳中猛然抓起一把菜刀挥向武小魁，武小魁急忙躲闪，菜刀从胳膊上划拉下来，在砍第二刀时，武小魁又一躲，菜刀砍到水缸上，刀把和刀身“当”的一声断为两截。那口水缸由开始的一条小裂缝，“咔——哧哧”变成一条大裂缝，紧接着“哗啦”一声，一缸水流了满地。

王炳中的那个连环动作，只是眨眨眼的那么一会会儿，眨眼之中，他就高声叫喊着跑到了大门外。

石碾街上聚集来好多人，他把手里攥着的刀把，狠狠地甩到大街上，冲着越来越多的人高声叫："四街乡邻救人哟！救人哟！都来看哟！革命队伍里头，混进来坏人了！这好人不能活了！这大白天，进门就想偷东西，专捡贵重的拿！这会儿正在里边四处翻嘞！都看看去，都看看去！俺可是响应号召的开明人士！不想这好人不能活了！这武小魁，大白天进家明着抢！他十斤挂面把自己卖到大坡地，老少爷们儿，都知道到底咋回事！他公报私仇，大白天拿刀砍俺，一刀砍到了水缸上！都看看，都进去看看！这好人不能活咧，老少爷们儿，不能活咧！俺趁早回家，准备俺的后事去……"

武小魁被突然袭击后一下子愣住了，定下神来看了看，上衣被划开了一个大口子，胳膊上被划破一层皮。他和工作队的人到了大门外，王炳中早一路喊喊着回了家。

回到家后，王炳中叫廷妮儿找了一套新衣服，穿上后，在镜子前照了又照。廷妮儿一边拿笤帚扫他旧衣服上的尘土，一边说："顺水的船好推呢，天冷了要穿棉，天热了，就得穿单，大小时令撵着哩。山不过来咱过去……"廷妮儿好像知道了什么，或者感觉到了什么，话格外稠。

王炳中扣上呢帽，抻抻衣裳角就要出门，廷妮儿问要去做啥，急急慌慌的样子。他说："没啥，出趟苦差，记着别误了嘴的事，吃饱喝足，才能谁也不服。钱还在那儿放着。"

王炳中刚拐到尚官道上，迎面来了一群人，扯腿逮胳膊一下子把他放倒在路中间的青石条上。他倒下去时栽得很重，头"咚"地撞在了地上，脑袋嗡嗡地颤响着，像撞响静峦寺大钟之后的余韵。

接下来就有人绑，这一次他感到比任何时候都绑得紧，七手八脚把他提起来时，感到两个肩膀上都被撕了一个大口子出来，黑呢礼帽被人们踏在脚下，乍看像一片晒干了的牛粪。

他就大喊：“礼帽礼帽！俺的礼帽，俺的礼帽！”人群中就有人说：“这儿没有里帽，倒有个外帽给你戴上！”一个大纸筒子就给扣到了头上，纸筒子的圈做得有点儿大，下边的边卡在两个肩膀头上。

他被人推着、搡着、牵着，“嘀嘀咚咚”地往前走，那群人说着、笑着、闹着，像终于找回了自己丢失已久的牛或羊。王炳中来来回回地一直想在中间的青石路面上走，因为双眼什么也看不见，他怕走到边上，叫凸起的石头给绊倒了，屁股上却猛地叫人踹了两脚：“日恁奶奶的你！你就一直捣蛋！你就一直盘算！眼看顶不住了，交了房子地出来，又不敢明着要回去，变着法地瞎捣蛋！不把你整服了，这个世界就不能太平！”忽然又有人在他的肋下打了一拳，硬邦邦的拳头像一块石头，而且每说上一句，就要砸上一拳头：“你心里边的那些鬼，想别人不知道？不充那个假积极，能留下那么多财产？你那么多黑心肝，还想拣好路走，你真比驴还精！”

王炳中忽然感到肋下疼痛钻心，呼出去的一口气再也吸不回去，他猛地蹲到地上，不一会儿就躺下去翻滚起来。当他终于吸入那口气后，就大骂：“狗攮的窜种们，随你咋想，也不能下死手！这抬头不见低头见……”还没说完，数不清的拳脚就铺天盖地而来。

斗争王炳中的大会和大坡地乡成立的仪式在同一天进行，安区长为大坡地乡的第一任乡长。王炳中再次被扣上那个麻头纸糊的高帽子的时候，看见上面还写着他的名字，斗争大会仍然在石碾街。大会进行了精心的安排和准备，第一个走上台的是瘦三的弟弟白文昌。

白文昌是真正的贫下中农，而且有文化，他是安乡长亲自选中的人才。瘦三挤在台子的最前面，伸长了脖子高仰了脸。看得出来，他的两片嘴唇一直在抖。

他拾来的闺女小玉已有四五岁，细皮嫩肉瘦瘦削削，娇嫩得豆芽一般。小玉骑在他的脖子上，一只手抓着他的头发，一只手在空中乱舞着。瘦三一只手抓着小玉，一只手半弯着，大拇指和其余的四个指头，不停地搓捻着。

瘦三比白文昌大十一岁，眼看三十的年龄，却找不到那个谈婚论嫁的人，尤其是捡回了小玉之后，更没有人愿意进门就做后娘，而每当瘦三看到弟弟的出息，比他已经娶了媳妇还高兴。他一直梦想着，白家定会生长出一个骑马坐轿的人，并以此去回报合不上眼的老爹。

白文昌走上台，向台下鞠了一躬，又拿出几张讲话稿时，瘦三感到，他无怨无悔又经久不衰的付出，今日终于有了回报，就像他蒸煎的灌肠——把一粒粒的荞麦筛好、捡净，再晒干，去了壳、磨成粉、搅成糊、加上盐、添上料、烧上火、上了笼、蒸成坨，最终小心翼翼地削成薄片，一片片放入滚烫的驴油中，随着“嗞嗞”的爆响，扑鼻的香气终于四溢开来——老白家，终于有了一个能够站在台上、高高地对着台下讲话的人！

——那个空前绝后的荣耀，是经了他多年的不懈努力，才终于捧出来的。从此以后，大坡地没有谁不知道，离骑马坐轿已不再遥远的白文昌，他的哥哥，就是煎灌肠的瘦三！弟弟托起白家的荣耀，他瘦三就是那荣耀的根。经了他不遗余力的累年操持，他的荞麦粒，将变成弟弟肚子里曼妙绝伦的文字；他的灌肠坨，就是弟弟头脑里光辉灿烂的文章。

白文昌洪亮的声音抑扬顿挫，言恳辞切壮怀激烈，强大的穿透力，共鸣着在场的每个人。最后的几句话，瘦三听得真真切切：“人民靠我们去组织，中国的反动分子，靠我们组织起人民去把他打倒。凡是反动的东西，你不打，他就不倒。这也和扫地一样，扫帚不到，灰尘照例不会跑掉……鸽子岭上的杨老歪，就是一个有力的明证，人民发动起来时，他夹起尾巴就跑了……”

王炳中越听越咬牙切齿，他想不到，许多年前在大西沟，跟他伸手要大洋的那个小崩豆，如今竟也站到台子上，咄咄逼人地指桑骂槐！

白文昌发言完毕以后，边老拐第一个跳上台去，一对小眼睛比原先更加的明亮，精神似乎比所有人都振奋，他耸着膀子攥着双拳说："王炳中整治疯了雷月琴，这就是文昌说的活生生的教材！那么俊的一个好人才他都下得了手，他还能在乎谁！乡亲们都说说，对还是不对？王炳中就是反动东西，咱不打他就不倒，大家看大家看，戴个高帽子也不低头……"

边老拐激动得喊叫不停——当初，他边家的一块块肥沃的良田，变戏法似的一块又一块都姓了王，那个变来变去的戏法，曾把他折磨得坐卧不宁生不如死，现在他真是庆幸，人算不如天算！如今那一块块肥沃的良田，又变戏法似的谁知道都姓了啥！不知道姓了啥还不算，还要麻绳一绑，拉到千人欺万人唾的大台子上斗！——要不是共产党，有谁能整治得了宽腮、大鼻、阔下巴的王炳中！落在王家花园里的那个炸雷，就是"天算"他王炳中的开始！他边聚财，才是大坡地命大、福大、造化大的大福大贵之人！

也许是边老拐说雷月琴的话激怒了武小魁，他跳上台去，在王炳中的后脑勺上狠抽了几巴掌，大高帽子也被打得掉到了台下。王炳中向后扭了扭脖子，武小魁又抡圆了巴掌，在他的脸上掴了几掌："俺叫你烧包！叫你满脸横肉蛮不讲理！原先你咋打别人咪？这改天换地了，别人就咋打你！不服气？不服气就气死你！这就叫革命！革命！革命！"

斗争大会后，王炳中的态度，令安乡长和工作组的同志很不满意，大家讨论了一个晚上，也没有拿出个好主意。

窑头村的地主吕大林打死了农协主任，区上通知各村要选代表，参加枪决吕大林的大会，为了达到镇压的目的，各乡的首恶分子，要同时押往大会和刑场陪绑。安乡长选了王炳中陪绑去。

窑头村的大会在村北的一块空地上，大木桩搭起个简易的台子。吕大林被五花大绑着，他的两条腿早迈不开步，两个雄赳赳气昂昂腰挎短枪的，后面跟着一排同样雄赳赳气昂昂肩扛长枪的，把反剪着双手的吕大林抬到了台子上。一个和黑白无常拿着的令牌有些像的宽纸牌，在他虾米一般的脊背上背着，上面写着"反动恶霸吕大林”七个大字，名字上还打了一个大大的红叉叉。一个花白胡子老头儿，疯也似的哭叫着，跑上台去咬了吕大林的耳朵，愤怒的百姓不断地向台上抛石头，要求砸了他的“核桃”。

“砸核桃”是指把人捆绑着扔到河滩里，然后叫人远远地向身上扔石头，生生地砸死，据说漳水有个地方，就用这种办法惩治那些十恶不赦的地主老财。

控诉吕大林罪行的人还没有讲完，两个扛枪的民兵奔上前去，就把他架到一棵大槐树下，反剪着双手的吕大林，被一下子吊到槐树上，王炳中看得清清楚楚，一团团的屎尿，顺着吕大林的裤腿，噼里啪啦地向脚下滑落。

王炳中暗暗地下定了决心，他不能忍受王家几代人的辉煌，在他的手里坍塌下来，就是死，也要留下最后的轰轰烈烈，他不能给大坡地人留下一个王姓人稀松脓包的话柄，更不能给子孙后代留下一个自羞于人的糟点。

王炳中从窑头村回来后，安乡长和工作组的人，进进出出地商量了两天。第三天，他又被反绑着拉了出来，戴高帽子的时候，他清清楚楚地看见了写着“王炳中”三个大字的宽令牌，而且一样打着大红叉叉，他忽然感到，自己真要和吕大林一样，待肚子里的东西全部排泄完毕之后，再在脑门子上让人给钻个血窟窿。

猛然间，他身上的每一块肌肉，忽然好像都在往胸膛的方向挤压，直到挤压得他再也难以忍受，于是竭尽全力大叫一声：“牛秋红！在那边预备好！好好儿摸摸俺的后脑勺！苗香香！把你的大辫子梳洗光溜了，王炳中想死你们了！爹吔！等等俺，到了那边，咱爷儿俩相跟着，一团去婺源逛几天！”喊过之后，又跟牵着他的民兵说：“不叫喝酒吃肉，总该给弄盆水，叫光光净净地走吧？”牵着麻绳的人拽了拽手里的绳子，说：“急着想走了？还没到时候，等会儿，先去石碾街西边的大槐树上吊一绳再说！”

王炳中忽然浑身一震，差点儿瘫软下去。他本想喊过那些话之后，有哪个气愤不过，二拇指头一勾之后，他也就轻轻松松地走了，吊绳子那一关也就免了。不想，那和娶媳妇之前必须下小帖、过大书等一样，是一样都不可缺少的固有程序！他真不能忍受拉在裤裆里的屎尿！几乎崩溃了的头脑甚至开始埋怨，当年是哪个断子绝孙的出的主意，在石碾街上栽那两棵槐树！

这个时候，他甚至开始深深地羡慕起边家来，一个个败家败得一塌糊涂，败家子却换来了一身的轻松。也只有在这个时候，他才彻头彻尾地领会了，他父亲王维贵，把六只斑鸠分作两堆的深切含义，也同时领会了那一碗瓜子和那一碗绿豆。他付给边家的一摞摞大洋，开始变得轻如微尘。他感到有魏老大那样的一座小院和一碗小米稀饭，那是一个何等的快乐和逍遥！庄宅、田地和酒楼也敌不上一觉睡到日照顶，再喝一大碗廷妮儿擀的杂面条！

此时，只要不让他流下那一大摊肮脏的屎尿，谁要能让他痛痛快快地往那边走，他就真敢先给谁磕三个响头！

王炳中大喊着叫来了安乡长，说："看你也像个顶天立地的男人，要死来个痛快的，俺把脖子伸展了，谁要是眨眨眼、撇撇嘴，乱叫唤一声就是你孙子，找准那要命的地方下手，是男人就干个光鲜事儿。"

安乡长皱着眉头想了一会儿，说："这里的决定权在两个方面，一个是你个人的态度，一个是群众对你的态度。"说完后就走了。

农协的代表就有人问盖大全下一步咋办，盖大全说："咱等等看，这会儿这个态度倒有些转变……你不想想，就是头牲口，三鞭两鞭打下去也就通了人性，那也难！见过苍蝇没有？没吃饱屎的，它转上一圈还得回来！革命不彻底是自挖坟墓……"

在这一次斗争大会上，王炳中几乎动都没敢动，牵麻绳的民兵，倒也没有把他往大槐树下边拉，但充斥在他脑海里的，全成了一幅又一幅吕大林屎尿横流的画面。

谁也不会想到，自此以后，王炳中变得态度奇好。大小是一个领导，只要沉下脸来有板有眼地说，他就一声接一声地应，满脸的惶恐里，充斥着数不尽的毕恭毕敬。

后来，王炳中主动要求，把梨花酒楼交出去。没过多长时间，又要求把他家朝南走的月亮门堵住，现有院子和房屋都减少一半，向东开个大门，也就是把王家老东院的南院也交出去。

鉴于王炳中的思想、态度发生了重大转变，又没有发现他新的作案动向和证据，最后被作为重点管理对象，又放了回去。

这天，他的两个膝盖上一边坐了会来，一边坐了丑妮儿，一身轻松地对廷妮儿说："难过？只要咬住牙受，草筛子下边照样活。你看，咱有房子住，还有大马车，有儿、有女、有牲口、有地，这瘦死的骆驼，还是比马大吔，指不定哪天，蹬转棒槌又大翻身咧！——今儿晌午，咱擀杂面吃吧？"

廷妮儿说："俺就说，这活人还能叫尿憋死？只有想不开的事，没有迈不开的步！——吃啥也行，看着你顺当了，姐姐做啥也有劲儿，这人哎——"说着扭过头去，抹了抹眼往屋里去了。

三月三，麻奶骨朵开得黄灿灿。大坡地一带都是靠天吃饭的旱地，一场透雨过后，春耕就忙了起来，每当这个时候，家家户户老老少少，能动的劳动力，都涌向了田间，一来为了不误农时，二来为了那点儿雨水，时间一长耽误了墒情，出苗就受到了影响。

魏老大既无牲口也无犁耧，别人耩种完后，才轮得到自己。他东家忙一天，西家忙一天，终于借下了耩地的牲口，耩地的耧又叫别人扛了去。

后来，林先生从棋盘山里买回了一头驴，和魏老大、林满仓三个人，起了个大早到了地里，刚刚能看清对方的五官，就把毛驴套上开始耩，不想，一切像撞见了黑道日，魏老大急得满头大汗，一遭地也没有耩到头。

一向好脾气的种地把式也失去了耐性，魏老大一会儿说，林先生喝墨水喝多了，不摸驴脾气，就叫林满仓牵驴；一会儿又说，林满仓不会使牲口把驴吓惊了，又叫林满仓扶耧自己牵驴。自己牵上驴后，毛驴照样不是尥蹶子就是掉屁股，一会儿驴不走，一会儿套股断。

折腾到早饭时，他才终于从驴身上找到了毛病：林先生的那头毛驴，是从棋盘山里买来的！

棋盘山里的驴，干活儿以驮为主，山外的驴以拉为主，山里的驴干活儿时，脊背上缺了驮东西的驮子，很不习惯。此外，吆喝驴的口令也不一样：山外人吆喝“吁——吆吁”和“喔——喔哈”代表左和右，和吆喝骡、马一致；山里人吆喝驴，和大坡地这边吆喝牛一样，“嘚嘚——嘚嘚——”和“咧咧——咧咧——”代表左和右。不仅如此，大坡地这边吆喝牛时，“嘚嘚”的后面，有一个长长的拖音，没有拖音的话，把“嘚，嘚嘚”吆喝成了短促的爆发音，那是在驱赶驴、骡、马向前走，就不是吆喝牛了。

受了一早晨埋怨的林满仓说：“老大就数你精，咋不早早放你那个大屁！

林先生笑了个一团糟：“哟，哎哟哟哟！这个？还真是，倒说是各地有方言，大坡地跟棋盘山，可都是一道川，都属晋语系，这毛驴，嗯？”

王炳中到底为种地犯了难，廷妮儿还要看护两个不大的孩子，下不了地，她就去叫了林满仓来。王炳中还是至死不变的牛脾气，令他尤其忘不了的是，石碾街上那次针对性的大会，林满仓竟还摇晃着手里的小彩旗，和别人一起欢呼！他的老东家，尽管身后站着两个扛枪的，他又是努嘴又是歪头，是不敢往这边看一眼，还是不屑往这边看一眼？他到不了李小赖那种地步！一个个的，真是！

王炳中正在家里收拾耩地的耧，他费了半晌的劲儿，才刚刚安插好。看见一脸惶然的林满仓，他直起了发酸的腰说：“呃——你是，满仓？知道自己是满仓，那还算好，还算好！从今儿往后，俺不剥削人了，也当个劳动者，再不榨贫下中农的血汗！”

林满仓悻悻地走了，王炳中拍着两手土说：“俺还就不信，耩下去高粱，能长上来绿豆！”

最后他跟周巧巧搭了伙。王炳中平生第一次扛起耩地的耧，刚扛起时还说没多沉，不想路远无轻担，到了墓丘沟，就肩疼腰酸起来，两只手摁着耧杆，浑身不舒服，弯着腰撅着屁股，还是感觉后边沉。

久种地的人扛耧时，都把用来盖种子敲土块的泼拉棒，绑到前边的耧杆上，扛耧时，两头重量好平衡也好走路，到了地里用耧时，才摘下来绑在耧腿上。王炳中在家时，就把泼拉棒绑到了耧腿上，所以一直感到一头沉，走起路来，泼拉棒随着步伐，晃荡晃荡地敲打着耧腿，一个劲儿“呱嗒、呱嗒”地响，像驴骡走路时的蹄声。那种感觉很不舒服。

王炳中终于把耧扛到了地头，他累坏了，就是在家焐上被子，再喝上两碗老姜、葱胡、红糖水，都发不了那么多汗，浑身上下像水洗了好几遍。因为还有好多活儿等着做，又没人替，略略喘息一下，他就赶紧套牲口。

套牲口时，他又是一次大折腾，那头青花骡也是奇怪，林满仓让它套车、耩地，该它进车辕或套耧杆了，有时连个“抄、抄”的后退口令都不喊，轻轻抖一下缰绳，甚至大声吭吭两下，青花骡连个表示抗议的喷嚏都不打，就颠颠地倒退着，退入它该到的地方去了。

王炳中无论如何套不上，不是骡子掉歪了屁股，就是耧杆没有放正，费了好大的劲儿，终于套上了，却忘了拴骡脖子上拉耧的夹板，它一蹿，又从两个耧杆中间跑出来了。那头青花骡怎么就不知道它是在王家吃草吃料，在王家长了这么大，他王炳中，才是它真正的主人！可是到了最后，王炳中就是喊声“抄、抄”，也得尽量温柔，不然，青花骡不是打滚就是尥蹶子。王炳中出了一身身的大汗，也没把骡子套到耧里边。

他没有办法，去堰根、地边拔回一抱青草，让青花骡慢慢嚼着，他才和周巧巧两个人抬着耧，小心翼翼地放到了青花骡的背上。王炳中浑身颤颤着，却再不敢高声叫喊，他怕骡子不高兴了，再给他尥蹶子，真把它惹毛了，不用说耩地，一个蹄子踹不对，耧也给踢散架了。

王炳中小歇一会儿有了精神，在青花骡屁股后边，远远地低声骂：“你就是头骡子，真是驴跟马做作出来的杂种！怨不得把谁惹急了，全都这样骂：你个不要脸的，你是个啥？你是头骡子？骡子！杂种！也怨不得老天爷，叫你个骡子天生就不能生养，那是惩罚你个杂种！”

套好了青花骡，耧斗里也放好了种子，再细细检查一遍，万无一失了，终于可以开耩了。王炳中尽管仍然呼天喘地，总算心情好些了——像完成了一项艰巨无比的高难任务，而且这项高难任务，比他年轻时在那个电闪雷鸣的大雨天，爬到牛头垴上的牛脖颈处难多了！

他轻轻吆喝一声，看一眼迷惘又渴望的周巧巧说："嘿嘿，啥也不怨，骡子这种东西，它天生杂种，杂种没一个好东西，你说是不是？早知道，牵上咱家的大红马，那顺颠颠，是不是？"

周巧巧心里想，少浪吧，天已经不早了，一起来耩地的人，这会儿一个也看不见了，他们不知道又去别处耩了多少了！你王炳中这样干活儿，怕连自己的地也耩不上，弄不好叫俺白给你忙活两天，俺的地，等着牵大马吧！哼，哼哼！你个宽脸大鼻知道个啥，牵大马？恁家那匹大马，性更烈，就没有干过拉车耩地的活儿，怕连个"吆吁、喔哈"都听不懂，逼急了，一蹄子连你也踹残废了！就是踹不残废你，跟牲口置上两天气，再啰唆上两天，地都晒干了，也不用耩了。

周巧巧心里这样想，却满脸堆笑说："是，真是！杂种东西，没一个顺丝缕、通人性的！"

周巧巧牵着青花骡走了没几步 ，因为牵墒的人不会牵，不知道该拉紧嚼子还是该拽住笼头，拉耧的牲口很不舒服，弄不清是要它犁地还是耙地，四个大铁蹄来回掉摆着走，一下子，踩到了周巧巧的脚面上，好在地已经犁过了，暄腾腾的黄土有缓冲作用，如果脚下是硬地面，大青花骡的一蹄子上去，那只脚怕也就残废了。尽管有缓冲，毕竟压力大，周巧巧的脚面，眨眼间肿胀成了发面馒头。

只有耩完了别人的地，才轮得上耩自己的地，周巧巧略事休息，咬着牙又牵起了青花骡。

王炳中受了周巧巧的鼓舞，学着林满仓的样子，往手里吐了口唾沫，掂起耧就开始耩。当他把耧铧插到地里后，才知道"荆条编成筐篓篮，看着容易做着难"。开始的几步，双手抱着耧像是在摔跤：耧铧插得深了，骡子拉不动，往起提一提浅点儿吧，骡子又不知道他把耧给提起来了，还是使着同样的力气，一下子又蹿了出去。他顾得上摇耧忘了看垄线，看准了垄线却忘了摇耧，终于感觉深浅合适了，垄线也走直了，才发现耧斗里，不知什么时候已没有了种子！到底耩到哪里没有了种子？也不知道，还得顺着垄沟，一截一截地挖开土找。

周巧巧也顾不上喊叫脚疼了，弯着身子弓着腰，一只手捂着嘴“哧哧”地笑：“你不是说，除了生孩子，啥事能难为得了你？”

王炳中蹲在地上，“呼哧呼哧”喘粗气，大把大把地甩着脸上的汗，翻过来半只眼，乜斜着周巧巧悄悄嘟囔：“你个——咳！年头变了，那鸭子都想打更叫鸣！和尚他也敢娶妻生子！你个——臭——脏——屁，屁……”

他唧唧哝哝了一阵子，忽然往起一站，叉着腰冲着周巧巧说：“有啥！有啥！你是真不知道还是没经过？——跟头一回入洞房一样，这本来哪儿也好生生的，又不是啥技术活儿，嗨！还就是愣手忙脚乱！——你少操废心，弄不了几下就好了。”

周巧巧歪过头去，冲着土堰上的圪针蓬说：“一个放臭屁的嘴，一个不中用的货，弄多少下，你也是熊包软蛋一个！”

暖洋洋的太阳照了没几天，地里的种子争先恐后地向上拱，再等上个十天半月，就到了需要锄地间苗的时候了。王炳中耩到地里的高粱，倒也没有变了绿豆，一块块的地，却像一个个生了癞疮的头：没苗的地方，露着一块块黄地皮；有苗的地方，忽高忽低、忽稠忽稀，弯弯曲曲的像一条气息奄奄的蛇，稀的地方苗不够用，稠的地方，一簇一簇的苗无法锄。

锄地时，林满仓让廷妮儿给他捎了几次话，第一次说锄得太稀了，打不了粮食。

王炳中说：“稀谷秀大穗，他懂个咧咧！”只有驯化好的牲口，才听得懂“嘚嘚”和“咧咧”的号令。大坡地一带，骂那些连牲口都不如的人时，会说“不懂个嘚嘚、咧咧”。王炳中说林满仓这人，能听懂“咧咧”，属半个牲口。

第二次林满仓又叫廷妮儿给他说，锄得太稠了，一堆一堆的谷苗间距，应不小于一大拃，他的地上不了粪，没劲儿，要太稠了，到了秋天，收一堆谷秆子收不了穗。

王炳中急得跳脚：“驴跟牛抵头，他的脸真硬！哈巴狗咬月亮，他就不知道

天有多高！童养媳当媒婆，他都顾不住自己！”

又过了几天，廷妮儿又给王炳中说：“满仓说棉花要种到高处的阳坡上，沟里不透风能种棉花？大西沟里的背旮旯地，到了伏天一焐，都得掉蘖，咱的棉花比萝卜种得还稠，伸不开胳膊（横枝），坐不上桃。”

在王炳中种的地里，只有大西沟里点种的棉花绿油油的喜人。林满仓这么一说，把他心中仅有的一点儿喜悦和安慰，也给荡涤个干干净净。

这次王炳中什么也不吭了，他一连生了好几天闷气。

有一天，林满仓正在锄第二遍谷苗，小苗不到一拃高，看上去虽绿油油的兴旺，却苫不严垄背，绿的苗和黄的土，看得真真切切，让那些不经常种地的人，无论如何也联想不到能有个心满意足的收获。

林满仓锄地时不弯腰，光着黑油油的脊背，肩上搭了一条黑油油的粗布手巾，不慌不忙地一锄紧挨一锄，明晃晃的锄头向前一伸插入土中，再往回一拉，翻了两翻又搓了两搓，地下的湿土翻了上来，上面的干土又翻了下去。垄背上划出一条浅浅的沟，多余的土都被推到了谷苗根部。

常种地的庄稼主儿，都是这样的锄法：地面上的麦茬和杂草翻到下面成了肥，地面下的杂草种子刚发芽，翻了上来就活不成；垄背的小沟有利于蓄水，推到苗根部的土，有利于小苗滋长根须。

过去王炳中听林满仓说过，他也曾竭尽全力做，无奈锄头到了他手里，无论如何不好使唤。用的劲儿小了，锄头下不到地里去；使的劲儿大了，往回一拉，连谷苗也划掉了。攥住锄头弯下腰去，仔仔细细务整了一会儿，回头看一看，该有个差不多的效果，无奈腿也哆嗦，腰也打战，浑身和水洗了一般。

刚擦了擦流进眼睛里的汗，紧挨着的地邻就喊他：“王炳中，你咋锄去了谷苗，留下了抓地蔓？”

“抓地蔓”是田间的一种野草，刚长出时，叶子和谷苗一般模样，比麦苗和韭菜还难以区分。王炳中一腔火起，把锄一抡扔出去好远——可惜又蹚倒了一大片。

林满仓微微侧着身，不紧不慢地一搂、一翻又一搓，手里的锄头，像梆子戏的演员玩耍的折扇，似乎没费多大的力气，就叫王炳中看了个眼花缭乱。他每锄一会儿，就扯下搭在肩上的那条黑手巾，在脸上抹一把，又搭到另一个肩头，在手里吐口唾沫，又悠悠然地翻舞起锃亮的锄头，一会儿工夫，就锄到了地头，然后蹲下来，抱起粗瓷的黑水罐喝几口水，咂巴咂巴嘴。

王炳中四处瞅一下无人注意，连连地给林满仓招手。林满仓刚放下黑水罐，回过头正要再锄，看见王炳中比比画画地招呼着，以为老东家有什么急事，连忙赶过来，在王炳中身边蹲了下去。王炳中压低声音，气呼呼地说："林满仓！你个吃屁长大的东西，大坡地就你是个种地把式？有事没事，去俺家瞎捣鼓啥，你糟包奶奶送旋具——净操些狂心！"

传说，有一个什么也不懂、不做正事却爱管闲事、爱操闲心的老女人，叫糟包奶奶，家里人去耩地，她认为做活儿的人忘了带旋具，不辞辛苦给送了去。其实，旋具是犁地才用的农具。

林满仓被噎得半天说不出话，等王炳中哼着梆子走了好远后，才自言自语说："咳！这也是，这嗑瓜子嗑出臭虫来，啥人（仁）都有，砍草毗喂瞎驴，喂也白喂！牵着不走，打着倒退。哼哼！俺吃屁，到了秋天，就你种的那号地，吃屁也没人给你放，喝风吧你！"

其实王炳中喊叫林满仓之前，早在地头站了好半天，他暗暗观察、研究了林满仓锄地的姿势和动作，看来看去，也没有看出太多的花样，一样的锄头，一样的一双手，一样的小谷苗和黄土地，林满仓的那种随心所欲，令他可望而不可即。

抢白完林满仓后，王炳中顿觉神清气爽，哼着小曲儿，每到一处人多的地方，就驻足听人们拉呱一会儿，静静地看一会儿，再琢磨上一会儿，到了青龙沟自己的地里时，再一次满怀信心干了起来。令他兴奋不已的是，他终于分清了抓地蔓和谷苗，还认识了同属一类的狼尾巴草，还知道了背地旮旯的豆苗，是给野兔子准备的干粮，还知道了瓜是百日草，谷是见土生，眉豆秋凉吃。

令他扫兴不已的是，累了个贼死之后，想的和做的仍然差了很远，他几次想扛起锄拍屁股回家，走到地头，又踅了回来——前天才露头的杂草，两天不见，绿茵茵的和谷苗一般高了。

魏老大路过时，笑呵呵地冲他喊："还不赶紧锄，雨前锄不净，雨后没法锄！秋后打一地草籽，来年，这块地就变成大草原了，后年就撂荒了，大草毗连个蛋，犁都没法犁！"

王炳中重新攥住锄头撅起屁股，开始使用自己独创的姿势锄，手上的大水泡，磨得他生生疼。

他到底也没有把林满仓学了来。太阳把人影拉长之后，正是庄稼人锄地的好时候，除非不透风的低洼地，风也渐渐地凉了，汗也渐渐地少了，上烤下蒸的辛苦，也在一点点地减轻了。

王炳中没经验，不知道沟里、洼里通风差，散热慢，最好一早一晚锄，最热的时候，在地势高的地方做活儿好。中午之后，他在青龙沟里拼命锄了小半天，稍稍凉快时，却再也忍受不住了。他感觉直起的腰，再也弯不下去，弯下去的腰，再也直不起来，两个鼻孔喘出的气也不够使唤，嘴里的焦渴，化作一块一块的黄鼻涕。总共锄了三遭地，他就喝了一罐子水。口干舌燥得要命，水却喝完了，浑身上下火烧火燎。坡顶上的树，被千里风招摇得"哗哗"作响，沟子里仍然高烧不退，闷如蒸笼。

王炳中自己问自己，"赶明儿太阳还出来不出来"，问完了，倒拖着锄，嘟嘟囔囔地跑到坡顶上，找个树荫坐下了。身上的汗全落了，肚皮上、胳膊上、肩膀上、脊背上、脖颈上，生了一层针尖般大小的盐粒。抬头看看不松劲烧烤的大太阳，回去吧，又怕人笑话，说他没有个庄稼人的样式，讨饭吃也找不见门楼子。于是扛了锄头，在田野里转悠起来。

从青龙沟到墓丘沟，从鬼沟子到马鞍地，一块一块的田地，被青石、红石的橛子，分割成了一块块方的、长的、三角的、半圆状的几何图案，黄豆、黑豆、高粱、玉米、谷子，一样的油鲜光亮郁郁葱葱，疏松或板结的地皮、粪肥的多少、田苗的颜色，都在彰示着田地主人的勤劳或懒惰。原来那些姓王的田地，一块一块的，也不知归了谁家所有。

他渐渐地明白，在过去，满圈肥壮的驴骡和一望无际的收获，才是他王家永远的脊梁，在那个脊梁的坚挺力举之下，他才有了一颗高昂的头颅，也就是这些身外之物，却把人分成了三六九等。这一切的演变，就像梆子戏拉开和合上的幕，一拉一合之后，就到了另外一个天地。

路过鬼沟子时，他想起了殷小莲，几年光景，连那个不起眼的黄土堆，也消逝得几无影踪了——那个细皮嫩肉的陕西小女子，论长相，一身的妩媚风流，和画上的人差不了几分毫；论能耐，吹、拉、弹、唱，琴、棋、书、画的功夫，也不是谁想拿就能拿得起来；论女人的气质，她是一个不可多得的绝顶尤物！

想当年，她也是父母襁褓之中的心尖尖，谁承望长大后，如花的秀美，变成了一棵任人攀折的杨柳，被人攀折的终极目的，就是苟延那条青枝绿叶的命。苟延下来的命，就再去经受风吹雨打，攀折和苟延，循环了无数次之后，千里迢迢的尘旅结束，化作了鬼沟子里的一抔黄土。那抔黄土，即使被大风吹起来，谁也没有工夫去想一想，风中的那粒微尘，到底是谁。

王炳中想，这人，原不比鸡狗驴骡强，如果毛驴子和杂种骡能够造大车，世上总不能够分出，拉车的驴和坐车的杂种。他更是深深理解，父亲临死前剁吃的三只斑鸠，和草筛下扣着的三只斑鸠，还有那两碗瓜子和绿豆，才是一条可意会而不可言表、可神通而不可语达的生活真谛。

太阳落山后，他来到鸡冠山上。魏老大的那块地，栽种的三棵杨树一棵也没有成活，他把悬崖下长出的两棵楮桃树，精心打理了几年，如今，已碗口般粗细。王炳中到了那块地时，魏老大正坐在悬崖边的楮桃树下，望着满地谷苗出神。

王炳中就奇怪，长在这一带的楮桃树，一般成不了材，树叶大都被人捋去喂羊或喂猪，楮桃树横生的枝枝杈杈尤其旺盛，时间久了会影响耕作，如若长在地头田间，大都叫人砍了去。魏老大的地边，从石崖上钻出的两棵树，却被作弄得颇有了形状，两棵树像两个相好的人，站在鸡冠山的悬崖上相拥相偎，日日夜夜张望着大坡地村。

王炳中生出了满肚的激愤：魏老大，你个贼羔儿，真该你兴旺几天了！

见王炳中过来，魏老大把坐着的石板抽出来让给了他，光着的两只大脚互相搓着。他欢天喜地又舒心透顶的模样，让王炳中如鲠在喉。

两个人说着闲话，说着说着，魏老大就扯到了种地上。说起种地，魏老大自有一腔冲天的豪迈。他问王炳中："你的地，是你自己耩上的？"

王炳中底气十足地答："那还有假，啥大不了的事，俺耩下的谷子，没见长上来高粱。"说话的口气，比魏老大还粗壮。

魏老大点上铜烟袋，咂巴着嘴问他："你以为，那和你娶娘儿们一样？你耩的那也叫地？长虫戏蛤蟆，狗吣的活儿！你知道啥叫'三摇三不摇'？"

魏老大继续说："三摇，就是耧还没有插到地里，就开始早摇三下——耧斗里的种子，要走耧腿这段路，等种子掉下去时，耧铧刚好插到土里，这才能不断截；三不摇，就是耧离地边一步远的时候，就不摇了，少摇三下——等耧腿里的种子都掉光后，严好耩到了头，不至于到头的一截太稠。人家满仓好心好意说说你，还就是不听——那叫个啥东西？越拨拉越硬？"

魏老大本来是一番好意，王炳中听了后，总觉着像批斗大会，愤愤不平地说："还三摇三不摇，你不就比俺多抓过几把土坷垃？你给俺说说，啥叫'滚菠萝功'，啥叫'数票子功'，你听说过？要不是裤裆里有东西坠着，你还真能上天了！"

魏老大在楮桃树上磕了几下烟袋，说："三天三夜炖了只公鸡，除了硬嘴，浑身上下都烂透了，你还有啥！"

王炳中坐下来，一边往外抠鞋里的土，一边说："有啥？俺家塞到墙缝里的钱，抠出来就够俺花了，瘦死的骆驼，还是比马大。呵，呵呵，呵呵呵……"

魏老大不等王炳中说完，趿拉上鞋，一边"啪嗒、啪嗒"地走，一边回过头来说："咋不是，你原先是一大群骡子、马，现时今，就剩下了一头驴，还是死驴！心里头啥时候也不好受。俺原先连根驴毛也没有，现如今，俺能跟林先生合使一头小毛驴了，比你高兴得很呢！"

魏老大笑呵呵地拍了拍满屁股的尘土，丢下一串畅快无比的响亮后，气势雄壮地走了。

王炳中想，这魏老大，憨是憨了点儿，该灵光的时候，还真灵光。他透彻得很呢，老太爷走之前，说的那个“忧喜皆因比对，烦恼缘起心累”，不用谁教，他竟也知道！

麦收时，不知谁家的两个远房亲戚，挪到了大坡地乡，总共母女两个，漳水人，闺女叫石小彩。

石小彩家祖祖辈辈的大财主，小彩娘是财主的第五房夫人，石小彩是财主的第十个子女。她有同父异母的三个姐姐六个哥哥，土地分配时，因为拥有巨量枪支，制造了大血案，财主和石小彩的四个哥哥都被镇压。漳水一带，土地分配运动比较激烈，她们听说大坡地这边较为平和，母女二人净身出户，来到了大坡地。一座只有三间破房的旧院落，她们买下了，和盖大全在一条街上。

石小彩刚二十岁，挺挺拔拔的个头儿，袅袅婷婷的身段，一身自天而降的秀美，像花蕊中滚动的露珠——蓝天白云下，闪烁着一尘不染的七彩炫丽。她平时话语不多，说话时从不拖泥带水，嗓音很脆，像静峦寺静心师父在大雄宝殿里摇响的铃铛——纯纯正正的优美，还夹带着威慑的力量。

大坡地未出阁的闺女，大多是变着花样梳辫子，石小彩的发型，却像一个另类的天外客：额前的刘海儿剪短了，和头顶的发丝一块儿，给一个花绸布条齐根绑了，像一把厚实精巧的羽毛团扇；额前的发际有些弯，飘在头上的如意云一般；其余的头发剪了齐肩长短，一个个发卡夹得整整齐齐。她的大褂变了小褂，羞羞答答地只苫住了半个胯。活灵活现的细腰，真真的似一根颤悠悠的扁担。小嘴高鼻，细眉弯眼，高兴的时候一笑，小嘴抿了，细眼也跟着眯了，刚出窝的黄嘴小雀一般。

她们母女的到来，像大坡地突然飞来了两只鸬鹚——原本江南水乡的普通生物，来到太行山的阡陌市井，就变成了一道奇异风景。

在老家，石小彩原有一意中人，是本地煤窑头的儿子，叫“豆宁”。豆宁读了半截子洋书，天生一身豪门世子的傲气，风流倜傥，落落大方，正应了高阁闺秀的景。石小彩的一颗心，早随了人家去。只可惜，如胶似漆的卿卿我我，被突如其来的风暴掩杀殆尽。劳燕分飞的根本，是她们寄生的那个阶层彻底垮塌，石小彩和豆宁，是覆巢之中的两个鸟卵。

盖狗剩第一眼看到石小彩时，石小彩穿着的，是一件玫瑰红的对襟绲边小褂，曲尽其妙的裁剪技术，像是比着腰身描出模板，再比着模板裁剪缝纫出来，没有半点儿赘余，也没有半点儿紧瘦，一切恰恰好。狗剩只瞄了一眼，浑身的震颤和惊惧，几乎使他灵魂冒烟。她颤悠悠的扁担腰，像一把烧红的烙铁，“哧哧”地死命烧烤，在他的内心深处，烙下了一方生死难泯的印记。她抿着的小嘴和眯起的眼，像千万朵喜气盈盈的玫瑰花，在看得见的时空里灿烂绽放着。他的魂，一下子就被勾了去。

从那天起，他有事没事，总要到石小彩家的附近转一转，像一个犯了毒瘾的烟鬼，那个颤悠悠的扁担腰，就是他的烟泡。按捺不住时，他就戴了民兵的红箍，到那座小破院中，找个茬子问几句话，或通知几件事，把“大雄宝殿里摇响的铃铛”，细细地品味一番。

石小彩总是乜斜着一双眼看他，傲娇的神态，像有着生杀予夺大权的将军。盖狗剩怀揣着一腔豪勇，不攻城略地死不甘休，把那个扁担腰品咂够了，就心满意足地走了。

盖大全看出了儿子的端倪，他感到狗剩的心思，就像爬上牛头垴的百丈悬崖，去攀折那株鸡冠花——那个冒险，足以使人粉身碎骨，万劫不复。

每每想起儿子，盖大全总感到脊背透凉，惶惶不可终日。他把过去的、现在的，见过的、听过的，好说的、不好说的，和盘托给了狗剩，分明把一篇能够洞明世事又能够透析万象的文章，交给了儿子狗剩，其中的言辞凿凿，就像重新证明了三一三剩一。大煞风景的是，盖狗剩根本不喜欢读他的“文章”，听听都烦，他一天见不到石小彩，就饭吃不下，觉也睡不香，那个颤悠悠的扁担腰，才是他的朝思暮想。

盖大全有些急，他关上街门，又关住屋门，把农协主任的身份和狗剩爹的角色来回变换着用：“你癞蛤蟆，非得吃那个天鹅屁？再俊的人，还不是吃五谷杂粮？再丑的人，也不耽误生孩子、洗衣裳、做饭！白年年的豆芽，它长不成树！一翅能飞上天的鸟，养到家里头，它不能活！”

盖狗剩气哼哼地看着蓝天说：“净说些难听话，吃啥天鹅屁，她石小彩，也算只天鹅？一个破落户，扫地出门的剥削分子，落架的凤凰还不如鸡呢，还天鹅！”说完开门走了。

盖大全再一次明白，再好的车把式，也降服不住一匹发情的马，再坚实的河床，也经受不住川流不息的洪水滚动。毫无办法之后，他找到了林先生，林先生把狗剩叫到了家里。

林先生的儿子秀山已八岁，腰里挎着一把木制的小手枪，正给梭镖头上的麻丝染红。见狗剩进来，他非要扛一扛那杆长枪。狗剩把保险关了，把枪放到秀山的肩上。秀山紧紧摁着枪托，一边踡着小正步来回转，一边脆生生地唱：“到敌人后方去，把鬼子赶出境……不怕雨，不怕风，抄后路，出奇兵……”

林先生思谋了半天，写了一张纸，拿到狗剩眼前，一行行地念给他听：“二八佳人体如酥，腰仗利剑斩愚夫。明里不见人头落，暗里叫人骨髓枯。”

狗剩听也不听就说：“你是旧社会的老脑筋，田田不是说，中国共产党，就是要打翻几千年人吃人的旧社会！叫地主富农的后代身上，掺点儿咱贫下中农的血，不好？你看看秀山，都要这样，这改造旧社会的任务，完成得也就快了。”

令盖大全没有想到的是，狗剩娶石小彩的决心，像是黄了梢的麦穗，刮几场干热的风之后，眼不见就熟了，而且随了革命的形势，几乎到了办也得办、不办也得办的境地。

分了田有了房的百姓，参军的热情不再像从前那样高涨，盖狗剩却坚决报了名，他的条件是，娶了石小彩马上当兵，他要给大坡地的好青年，带个好头。

安乡长专门派人去石小彩家做工作，还说她们母子两个如果同意，马上就成了革命军属，是优抚对象，石小彩嫁了后，马上能给落户、分地、修房。

小彩娘从原来靠着的“大山”上摔下来，遍体鳞伤，痛不欲生，而且，眼看着那座“大山”稀里哗啦了，她根本没指望那座倒掉的“大山”，再给她长出几把烧火做饭的柴草来。她给石小彩说：“这边的事，钉子都给钉到板子上了；那边的事，眼看着瓜蔓枯了，根也烂了。闺女，甭思谋那蔓上的瓜了。”

小彩娘不愿意再提“大山”的事，她把石小彩莫失莫忘的豆宁，比作了蔓上的瓜。说完后，把半生的哀怨和委屈，给了闺女一个和盘托出，呼呼的眼泪，像六月天的雨。

石小彩头脸不顾，哭着说：“他要是叫一枪打死了，俺还是豆宁的人！”

盖狗剩是穿着军装进入洞房的，安乡长主持了狗剩的婚礼，乡里专门派人把结婚证送到了家。闹哄哄的人群散去后，狗剩轻轻地闩住了房门。

他当民兵时，和众多的庄稼主儿一样，上面一件或大或小、或胖或瘦的单褂或棉褂，下面无论单或棉，都是相差无几的一条“裊裆裤”，那是祖祖辈辈的庄稼人，代代相传的行头。

裊裆裤是庄稼人不图好看，只图方便做、方便穿、方便用的服装样式，肥肥大大的各部位，比练武术的功夫裤瘦小不了多少。为了方便穿、方便脱，还方便做活儿，裤腰的宽度，甚至能达到实际腰围的两倍，除了两个裤腿口和裤腰口，绝没有第三个进出口，绑上两个裤腿口，就是一条硕大的双筒布袋。

冬季的寒冷日子，养着小孩子的女人，盘腿坐在热炕上，有人会解了腰带，把孩子放进裤腰里，让孩子享受小袋鼠一样的温暖。由于腰口太宽，绑腰带前，要将多余的腰口揪紧后，再折回来，一大堆挤挤撞撞的褶皱，就乱乱团团地集聚到了裤裆处，当地人就叫“裊裆裤”——任凭多俊美的人，再靓丽的青春和优美的曲线，都会给皱皱褶褶的裤裆“裊”了去。

狗剩换了军装后，裊裆裤自然没有了，挺挺拔拔的小伙子，一脸的精气神，突如其来的英俊，令石小彩惊诧眯望了好一会儿。

他双腿打战，一只脚跨上炕前的火台时，颤颤着的脚让他打了一个滑，膝盖猛地磕到了坚硬的石台上，直磕得一会儿胀麻，一会儿酸痛……

参军种田忙